Über die Autoren:
Daniel Holbe, Jahrgang 1976, lebt mit seiner Familie im oberhessischen Vogelsbergkreis. Insbesondere Krimis rund um Frankfurt und Hessen faszinieren den lesebegeisterten Daniel Holbe schon seit geraumer Zeit. Neben der erfolgreichen Julia-Durant-Reihe, die er seit dem plötzlichen Tod von Andreas Franz weiterführt, schuf er eine eigene Reihe, die im ländlichen Raum spielt. Nach Giftspur, Schwarzer Mann, Sühnekreuz, Totengericht und Blutreigen ist Strahlentod der sechste Kriminalroman der Reihe, die er seit Band 3 gemeinsam mit Ben Tomasson schreibt.
Ben Kryst Tomasson, Jahrgang 1969, ist Germanist und Pädagoge und promovierter Diplom-Psychologe. Ehe er sich ganz dem Schreiben widmete, war er einige Jahre in der Bildungsforschung tätig. Tomassons Leidenschaften sind die Geschichten, die das Leben schreibt, die vielschichtigen Innenwelten der Menschen, Motorradfahren und Reisen zu jenen Orten, an denen Sonne und Meer sich treffen. Tomasson ist verheiratet und lebt in Kiel.

Strahlentod

Kriminalroman

Besuchen Sie uns im Internet:
www.knaur.de

Aus Verantwortung für die Umwelt hat sich die Verlagsgruppe
Droemer Knaur zu einer nachhaltigen Buchproduktion verpflichtet.
Der bewusste Umgang mit unseren Ressourcen, der Schutz unseres
Klimas und der Natur gehören zu unseren obersten Unternehmenszielen.
Gemeinsam mit unseren Partnern und Lieferanten setzen wir uns
für eine klimaneutrale Buchproduktion ein, die den Erwerb von
Klimazertifikaten zur Kompensation des CO_2-Ausstoßes einschließt.
Weitere Informationen finden Sie unter: www.klimaneutralerverlag.de

Originalausgabe Dezember 2021
Knaur Taschenbuch
© 2021 Knaur Verlag
Ein Imprint der Verlagsgruppe Droemer Knaur GmbH & Co. KG, München
Alle Rechte vorbehalten. Das Werk darf – auch teilweise –
nur mit Genehmigung des Verlags wiedergegeben werden.
WILLY
Komposition & Text: Konstantin Wecker
© 1977 Sturm & Klang Musikverlag GmbH / Chrysalis Music Holdings
GmbH / Alisa Wessel Musikverlag
Redaktion: Regine Weisbrod
Covergestaltung: ZERO Werbeagentur, München
Coverabbildung: Busara / shutterstock.com
emoji von Cosmic_Design / Shutterstock.com
Satz: Adobe InDesign im Verlag
Druck und Bindung: GGP Media GmbH, Pößneck
ISBN 978-3-426-52590-6

5   4   3   2

Ogfanga hat des ja alles 68
Woaßt as no
Alle zwoa san ma mitglaffa
Für die Freiheit und fürn Friedn
Mit große Augn
Und plärrt habn ma
Bürger laßt das Glotzen sein
Kommt herunter
Reiht euch ein
Und du warst halt immer
Oan Dreh weiter wia mir
Immer a bisserl wuider
Und a bisserl ehrlicher

Konstantin Wecker, »Willy«

Bahnstrecke Fulda – Bad Hersfeld, neun Jahre zuvor

Er hasste diese Einsätze.

Dafür war er nicht zur Polizei gegangen. Er wollte gegen Verbrecher vorgehen und für Gerechtigkeit sorgen, nicht auf jene einprügeln, die im Grunde das Richtige taten.

Eine Wahl hatte er nicht. Als Frischling wurde man dazu verdonnert. Die schwere Schutzausrüstung, die wie eine mit Blei gefüllte Jacke an ihm hing, der Helm mit dem Visier, der Schutzschild und der Schlagstock. Die Fahrt mit dem Mannschaftsbus, rasant über die Autobahn, holperig auf den Forstwegen, die zum Einsatzort führten. Über ihnen das Rattern der Rotoren. Von oben sah die Kolonne vermutlich aus wie eine Prozession blau-silberner Ameisen.

Ein harter Schlag, dann stoppte der Wagen. Der Truppenführer sprang hinaus, die anderen folgten.

Weicher Waldboden unter seinen Stiefelsohlen, hohe Tannen, Nebel, der in dicken Schwaden zwischen den Stämmen waberte. Man sah kaum die Hand vor Augen.

Aufstellen in Reih und Glied, der gebellte Marschbefehl.

Vorrücken.

Sie stolperten einen mit vorstehenden Wurzeln übersäten Weg entlang. Einmal wäre er beinahe gestürzt. Im letzten Moment erwischte ihn Harald an der Schulter und hielt ihn fest. Der Kollege lachte dröhnend.

*Harald und Ulf hatten sich selbstverständlich freiwillig ge-
meldet. Sie waren gern dabei, wenn die Systemzersetzer, wie
sie sie nannten, aufgemischt wurden.*

*Aaron war froh darüber. Harald und Ulf hatten ihn unter
die Fittiche genommen in der Polizeistation. In ihrer Gegenwart fühlte er sich sicher.*

*Klar, am Anfang hatten sie ihn gepiesackt und die üblichen
Gemeinheiten durchgezogen. Initiationsriten. Egal, bei welcher Truppe man war, ohne ging es nicht. Aaron hatte gute
Miene zum bösen Spiel gemacht: Als sie ihn in voller Montur
unter die kalte Dusche gestellt hatten. Beim Trinkspiel mit den
Streichhölzern, von denen er natürlich immer das kürzere
zog, bis er einfach vom Stuhl gekippt war. Bei dem vorge-
täuschten Einsatz, zu dem sie ihn allein losschickten, mit dem
Streifenwagen, bei dem die Tankanzeige kaputt war. Fast
zwanzig Kilometer war er gelaufen, um einen Kanister Sprit
zu besorgen.*

*Dass er nicht die Kollegen angefunkt und um Hilfe gebettelt
hatte, hatte ihm Respekt eingebracht. Danach war Schluss gewesen mit dem Drangsalieren. Aaron gehörte jetzt dazu, und
Harald und Ulf waren seine Mentoren.*

*Die beiden kannten einander schon lange, waren Kollegen,
Freunde und außerdem verschwägert. Ulf war mit Haralds
Schwester verheiratet. Mittlerweile hatten sie ihn ein paarmal
eingeladen. Aaron fühlte sich fast schon wie ein Teil der Familie.*

*Der Boden unter seinen Füßen wurde immer matschiger,
zum Nebel gesellte sich ein feiner Nieselregen. Der dichte Wald
lichtete sich. Aaron sah die Schneise.*

*Dort verliefen die Schienen. Nach Bad Hersfeld im Norden,
nach Fulda im Süden.*

Es war nur eine der möglichen Strecken und vermutlich nicht die, auf der die Wagen mit den klobigen Containern rollen würden. Doch ausschließen konnte man es nicht.

Aus dem Nebel drangen jetzt Stimmen zu ihnen. Aufgeregt. Angespannt. Entschlossen. In einiger Entfernung schälten sich die ersten Silhouetten heraus.

Es waren mehr, als er angenommen hatte. Die Gegner waren deutlich in der Überzahl.

Die Polizisten formierten sich. Aaron klappte sein Visier hinunter, hob den Schild vor den Körper und umklammerte den Schlagstock. Dann marschierten sie in geschlossener Reihe auf die Gruppe zu.

Seine Kehle war trocken, er konnte kaum schlucken. Sein Puls raste. Er schwitzte unter der dicken Montur. Seine Augen brannten. Er hatte Mühe, durch das feuchte und beschlagene Visier überhaupt etwas zu sehen.

Doch je näher sie kamen, desto besser konnte er die Demonstranten erkennen. Sie trugen die übliche Uniform des Widerstands, Parkas und Palästinensertücher, Jeans und bunte Regenjacken, selbst gestrickte Pullover und Wollmützen, schwarze Hoodies und Basecaps. Aaron sah viele Männer mit langen Haaren und zotteligen Bärten.

Die Demonstranten hatten eine Kette gebildet und Hindernisse aus bunten Kartons, umgestürzten Baumstämmen und Steinen auf dem Gleis aufgetürmt. Sie hatten Schilder und Banner dabei und schwenkten Fahnen.

Atomkraft? Nein danke!

Behaltet euren Müll!

Gegen Castor.

Der Staffelführer gab das Signal zum Anhalten. Er schaltete sein Megafon ein.

»Sie befinden sich auf Bahngelände. Verlassen Sie diesen Bereich umgehend! Andernfalls müssen wir Sie festnehmen.«

Als Reaktion bekam er Gelächter und wütende Rufe.

Aaron lauschte. In der Ferne meinte er das Geräusch eines sich nähernden Zugs zu hören. Würden die Castor-Behälter tatsächlich diesen Streckenabschnitt passieren?

Der Staffelführer hob die Hand und wies nach vorn. Die Demonstranten würden nicht freiwillig weichen, das war allen Beteiligten klar. Wenn sie die Strecke rechtzeitig räumen wollten, mussten sie schnell und konsequent vorgehen.

Aaron setzte sich in Marsch, genau wie alle anderen. Er schaltete seine Gefühle ab. Die Protestierenden hatten recht, man durfte diese Atommüll-Transporte nicht einfach hinnehmen. Aber jetzt war er im Dienst, und seine private Meinung hatte hinter der Pflicht zurückzustehen.

Die Demonstranten wichen nicht zurück. Sie hielten sich an den Händen und sahen der vorrückenden Staatsmacht finster entgegen.

Aus einem Gebüsch schoss plötzlich ein Tier hervor, ein Marder, vielleicht auch ein Iltis, und geriet Ulf, der neben ihm ging, vor die Füße. Der Kollege strauchelte, verlor seine Linie und kollidierte mit einem Baum.

Ulf Schleenbecker fluchte und nahm den Helm vom Kopf. Das Visier hatte sich verbogen und saß schief.

Aaron durchfuhr ein heißer Schreck.

»Ulf! Setz den Helm wieder auf.«

Der Kollege lachte ihn an. Er war groß, stark und selbstbewusst. Dunkle Augen, markantes Kinn und ein Dreitagebart, der seine Männlichkeit unterstrich.

»Nun mach dir mal nicht ins Hemd, Kleiner«, spottete er.

Aaron wollte das Grinsen erwidern, doch im selben Moment

bemerkte er aus dem Augenwinkel, wie einer der Demonstranten den Arm hob. Eine schnelle, aggressive Bewegung, dann flog ein Stein.

Es war ein Volltreffer, genau an die Schläfe. Ulf Schleenbecker fiel wie ein gefällter Baum.

Sein Schwager Harald Faust war sofort bei ihm. »Ich kümmere mich um ihn.«

Er zog den Getroffenen zwischen die Bäume.

Der Staffelführer ballte die behandschuhte Faust. »Holt euch das Schwein!«

Aaron rannte los, genau wie die anderen. Das Blut in seinen Adern kochte.

Den Protest gegen Castor fand er richtig, aber Gewalt gegen die Beamten, die nur ihre Pflicht taten, war ein Verbrechen.

Er war bei den Ersten, die den Mann erreichten, umfasste seinen Schlagstock fester und schlug wütend zu. Der Steinewerfer schrie auf. Ein Kollege drehte ihm die Arme auf den Rücken, zwang ihn erst auf die Knie, dann zu Boden. Ein anderer versetzte ihm einen Hieb in die Nierengegend.

Aaron wollte ebenfalls noch einmal zuschlagen, doch dann fiel sein Blick auf den Jungen, der danebenstand und die Szene beobachtete. Schmal und blond, mit langen Haaren, die ihm in die Stirn fielen, acht oder neun Jahre alt vermutlich. Er schaute auf die Polizisten, die den Mann auf dem Boden festnagelten und Plastikhandschellen um seine Handgelenke festzogen, so stramm, dass sie tief ins Fleisch schnitten. Seine blauen Augen waren weit aufgerissen, sein Blick war fassungslos. Er streckte die Hand aus, ohne jemanden zu berühren. Eine Träne rann ihm über die Wange, und Aaron hörte das Wort, das er leise sagte.

Papa.

1

6. November
Berlin

Seit Tagen hingen graue Wolken wie eine schmutzige Decke über der Stadt. Ab und an regnete es, aber der Himmel riss nicht auf. Die Luft war feucht, nicht eisig kalt, jedoch auch nicht warm genug, um angenehm zu sein. Die Menschen hasteten mit gesenkten Köpfen durch die Straßen, die Basecaps und Kapuzen tief ins Gesicht gezogen.

Es dämmerte bereits. Die Straßenlaternen gingen an und warfen verzerrte Schattenbilder aufs Pflaster. Trostlosigkeit breitete sich in ihr aus. Sie sehnte sich nach Sonne, nach Licht, nach Wärme. Wie schön wäre es, den Winter auf der anderen Erdhalbkugel zu verbringen. Aber sie hatte ihren Job. Sie konnte nicht einfach weg. Ihre Jungs brauchten sie.

Heute war es besonders schlimm gewesen. Es hatte Entlassungen gegeben. Für die, die zurückblieben, war es hart. Eine neue Rangordnung musste gefunden, neue Bündnisse mussten geschmiedet werden. Der Respekt, den man ihr gewöhnlich entgegenbrachte, blieb da manchmal auf der Strecke. Heute war sie nicht die allseits geschätzte Sozialarbeiterin gewesen, sondern nur die Projektionsfläche für widerliche Phantasien, ausgedrückt in einem Vokabular, das sie ihrem Verlobten nicht würde wiedergeben können. Zu unaussprechlich waren die Dinge, die die Jungs mit ihr anstellen wollten, wenn sie sie in einer dunklen Ecke in die Finger bekamen.

Zum Glück war das nicht möglich.

Trotzdem empfand sie plötzlich ein Unbehagen, das sie sich nicht erklären konnte.

Sie stoppte ihr Fahrrad an der Einmündung zum Skatepark und wandte sich um. Ein Stück hinter ihr war eine Gestalt zu sehen, dunkel gekleidet, mit Jeans und einem Kapuzenpulli, wie ihn viele hier im Viertel trugen. Kreuzberg, ihr Kiez, war einer der Stadtteile, in denen vorwiegend Alternative, Studenten und Migranten lebten. Normalerweise mochte sie das. Doch heute hätte sie sich die Sicherheit einer gediegenen Wohngegend gewünscht.

Sei nicht albern, schalt sie sich selbst. Der Typ war harmlos. Nur Spießer fürchteten sich vor jungen Männern mit dunklen Bärten, Rastalocken oder zerrissenen Jeans.

Trotzdem überlegte sie, den längeren Weg über den Columbiadamm und die Hermannstraße in Kauf zu nehmen statt der Abkürzung durch die Hasenheide. Aber sie wollte nach Hause, und der Umweg würde sie bestimmt zehn Minuten kosten. Der Mann hinter ihr war außerdem zu Fuß und würde sie nicht einholen können. Entschlossen lenkte sie ihr Rad in den Park und trat in die Pedale.

Sie passierte die Hasenschänke, das Freiluftkino und den Spielplatz. In Gedanken betrat sie bereits den schmalen Flur ihrer WG und ging direkt in die Küche. Morten und John würden bereits da sein. Morten würde am Herd stehen und etwas Leckeres kochen, während John auf einem der Stühle saß, die Füße auf einen zweiten gelegt, und in der Zeitung blätterte, aus der er Morten die interessanten Passagen vorlas. John war zwar faul, aber so charmant, dass man ihm nicht böse sein konnte. Außerdem sah er blendend aus. Trotzdem hatte Janine sich nicht in ihn, sondern in Morten verliebt. Ein warmherziger, freundlicher Mann, der nicht nur kochen, sondern auch zuhören und sich einfühlen konnte. Für Janine, die unter schwierigen Bedingungen groß geworden war, erst bei ihrer alleinerziehenden Mutter, dann bei ihrem Stiefbruder, war das wichtiger als alle Äußerlichkeiten.

Sie lächelte, als sie an den vergangenen Sommer dachte. Es hatte lange gedauert, bis Ralph sie endlich in Berlin besucht und ihren Verlobten kennengelernt hatte. Zuerst hatte er geglaubt, es wäre John, das hatte sie in seinen Augen gesehen. Er war heilfroh gewesen, dass der Mann, für den sich Janine entschieden hatte, einer war, neben dem er sich nicht so unzulänglich vorkam wie neben John, der sich sein Studium mit Model-Jobs finanzierte.

Dabei hatte Ralph keinerlei Grund, sich minderwertig zu fühlen. Er war total in Ordnung. Aber das wusste er selbst wohl nicht. Anders konnte sie sich nicht erklären, warum er es immer noch nicht geschafft hatte, seiner ehemaligen Kollegin Sabine Kaufmann seine Zuneigung zu gestehen. Dabei sah doch ein Blinder, dass sie nicht abgeneigt wäre.

Der Angriff kam vollkommen unerwartet.

Nicht von hinten, sondern von der Seite. Eine vermummte Gestalt sprang aus einem Gebüsch hervor und stieß einen Ast zwischen die Speichen ihres Vorderrads.

Das Rad blockierte, und Janine wurde nach vorn über den Lenker geschleudert. Reflexartig hob sie die Arme und rollte sich ab, trotzdem war der Sturz schmerzhaft. Für ein paar Sekunden konnte sie nur nach Luft schnappen. Dann fokussierte sich ihr Blick wieder.

Sie befand sich in einem einsamen Bereich des Parks, der nur spärlich erleuchtet war. Der Angreifer stand direkt vor ihr. Er war groß und trug einen schwarzen Umhang mit ausgepolsterten Schultern, dazu eine schwarze Maske mit rot glühenden Augen. Am ausgestreckten rechten Arm schwang ein seltsames Objekt: eine dicke, schwarz glänzende Kugel an einer kurzen Kette, die an einem stabilen Griff befestigt war.

Im ersten Moment war sie vor Schreck wie erstarrt. Halloween war doch längst vorbei. Was sollte diese Aufmachung? Dann überschwemmte sie ein Gefühl der Erleichterung. Die Waffe konnte nicht echt sein. Sicher war es nur eine Attrappe. Hier im Park trafen sich oft Gruppen zu Live-Rollenspielen. Der Mann musste sie mit einer Mitspielerin verwechselt haben.

»Hey«, sagte sie und zeigte ihm die Handflächen. »Ich gehöre nicht zu eurem Spiel. Ich bin nur auf dem Weg nach Hause.«

Der Mann stieß einen Laut aus, der an das Knurren eines hungrigen Wolfs erinnerte. Er drosch die Kugel gegen einen Baumstamm.

Das Geräusch war entsetzlich, wie ein Vorschlaghammer auf einem morschen Balken. Rindenstücke und Holzsplitter flogen umher.

Janine hatte plötzlich einen trockenen Hals. Die Kugel war nicht aus Pappe oder Schaumstoff, sondern aus Metall. Es war kein Spielzeug, sondern eine tödliche Waffe.

Wieder brachte sich der Angreifer in Position. Sie versuchte, von ihm wegzurobben, doch sie hatte keine Chance. Er folgte ihr mühelos und klemmte sie zwischen seinen Beinen fest. Wie ein Rachegott ragte er über ihr auf. »Stirb!«, spie er und holte aus.

Sie hob die Arme vors Gesicht.

Bitte nicht, flehte sie still. Sie hatte Ralph ausgelacht, wenn er sich Sorgen gemacht hatte, sie könne überfallen oder vergewaltigt werden. Ihr würde schon nichts passieren, hatte sie geglaubt. Doch jetzt erkannte sie, dass die coole Attitüde, mit der sie sich immer sicher gefühlt hatte, ihr nicht den geringsten Schutz bot.

Die Kugel sirrte durch die Luft und sauste auf sie herab.

Oberhessen, im Vogelsbergkreis

Ralph Angersbach studierte die große Karte, die sein Vater an der Seitenwand seines Wohnraums angepinnt hatte. Nordhessen in einer Darstellung, die geographische und geologische Besonderheiten hervorhob. Der alte Gründler, wie immer mit zotteligen Haaren und wirrem Vollbart im blasslila Baumwollhemd mit weiten Ärmeln und einer Weste aus braun gemusterter, grob gestrickter Wolle, die an griechische Schafhirten erinnerte, deutete mit dem knochigen Zeigefinger darauf.

»Hier!«, polterte er. »Hier will unsere geschätzte Landesregierung ein Endlager für den Atommüll aus La Hague und Sellafield einrichten. Vielleicht. Und hier«, der Finger wanderte zu einem anderen Punkt auf der Karte, »verläuft die ehemalige Strecke der Kanonenbahn. Das ist das Zentrum unserer Aktion.«

Ralph konnte nicht verhindern, dass ihm ein Lachen entwich. »Kanonenbahn?«

Johann Gründler kniff die Augen zusammen. »Deine Kenntnis der deutschen Geschichte ist so rudimentär, dass es wehtut.« Er winkte seinen Sohn zu den beiden gemütlichen Sesseln vor dem Kamin und bedeutete ihm, Platz zu nehmen. Dann schenkte er Tee aus der bauchigen Kanne ein, die auf dem Stövchen bereitstand. Ralph roch eine fruchtige Note und dazu einen Hauch von Alkohol.

»Was ist das?«

»Kirschblüte mit einem Schuss Rum. Sehr anregend.«

»Bei dir geht auch nichts ohne Rauschmittel«, kritisierte Ralph.

Gründler verdrehte die Augen. »Wenn ich schon nicht rauchen darf, wenn du hier bist.«

»Gegen Tabak habe ich nichts.«

Sein Vater richtete den Blick zur Decke, als wolle er den Herrgott um Beistand anflehen. »Tabak«, sagte er verächtlich.

»Den Konsum von illegalen Drogen kann ich als Polizist nicht akzeptieren«, erklärte Ralph, obwohl er das bei anderen Gelegenheiten durchaus schon getan hatte. Sein Vater war nicht immer so rücksichtsvoll gewesen. Solange es nur der alte Gründler selbst war, der an seinem Joint zog, konnte Ralph damit umgehen. Ein Problem hatte er, wenn sich die alten Hippie-Freunde seines Vaters zum gemeinsamen Haschisch-Rauchen trafen. Zum Glück war aus der geplanten Wohngemeinschaft auf Gründlers Hof hier oben im Vogelsberg bisher noch nichts geworden. Dafür gab es jetzt die neue Protestgruppe.

»Die Kanonenbahn«, erklärte Gründler in belehrendem Tonfall, »ist die Eisenbahnstrecke von Berlin über Koblenz und Trier nach Metz, die in der zweiten Hälfte des neunzehnten Jahrhunderts aus militärstrategischen Gründen angelegt wurde. Metz gehörte, wie du vielleicht weißt, damals zum Deutschen Kaiserreich.«

»Nein.«

Sein Vater seufzte theatralisch, was wohl bedeuten sollte, dass er nichts anderes erwartet hatte und sich fragte, warum er mit einem politisch derart ungebildeten Sohn geschlagen war.

»Nach dem Deutsch-Französischen Krieg, der von 1870 bis 1871 stattfand, musste Frankreich das Reichsland Elsass-

Lothringen an Deutschland abtreten. Daraufhin wurde die Bahnstrecke gebaut, um das neue Territorium effizient an die Reichshauptstadt Berlin anzubinden.«

»Aha. Und warum Kanonenbahn?«

»Weil sie entsprechend dem Kanonenbahngesetz gebaut wurde. Dabei ging es um militärisch wichtige Strecken zu Orten, zu denen man Soldaten und eben Kanonen schnell befördern können wollte. Wirtschaftliche Aspekte spielten dagegen keine Rolle. Im Gegenteil führt die Strecke an den großen Ballungsräumen vorbei, sodass sie für den normalen Reiseverkehr kaum genutzt wurden. Nach der deutschen Teilung und dem Mauerbau wurden dann einzelne Streckenabschnitte stillgelegt, weil die Verbindung zwischen Hessen und Thüringen unterbrochen war.«

Angersbach gähnte. »Und was hat eure Aktionsgruppe gegen die stillgelegte Kanonenbahn einzuwenden?«

»Nichts.« Gründler stand auf und gestikulierte erregt. »Es geht darum, dass ein Konzern in Schwalmstadt die Strecke reaktivieren will.«

Ralph nippte an seinem Tee. »Das ist doch gut. Bahnverkehr ist ökologisch sinnvoller als Straßenverkehr. Für den Klimaschutz ist das der richtige Weg.«

Gründler hob die Arme zur Decke. »Darum geht es aber nicht.«

»Sondern?«

»Dieser Konzern ist ein Transportunternehmen. Die wollen sich das Monopol auf alle zukünftigen Atommülltransporte sichern. Das ist ein Riesengeschäft.«

»Wohl kaum. Der Ausstieg ist doch beschlossene Sache.«

»Aber unser Müll liegt in den Wiederaufbereitungsanlagen in La Hague und Sellafield. Dort will man ihn – verständlicherweise – nicht behalten. Also kommt er zurück. Und wir müssen sehen, was wir damit anstellen.«

»Wenn du es verstehst, warum protestierst du dann dagegen?«

»Es geht darum, dass die Castor-Behälter von A nach B gefahren werden, ohne dass es bereits eine sinnvolle Lösung gäbe. Gerade jetzt ist eine Umsetzung von Sellafield nach Biblis im Gange, von einem Zwischenlager in ein anderes.«

»Und?«

»Das gefährdet die Bevölkerung. Oder glaubst du, die verdammten Dinger sind dicht? Bei allem, was mit Kernenergie zu tun hat, tritt Strahlung aus, bei jedem Atomkraftwerk, jedem Zwischenlager und jedem Transport der Brennstäbe. Dagegen protestieren wir. Die alte Kanonenbahn darf keine Todesbahn werden.«

»Okay.« Ralph ergab sich. »Das ist sicher richtig.«

Sein Vater verdrehte die Augen, stellte aber seine Belehrungen ein. »Komm«, sagte er stattdessen. »Ich zeige dir etwas.« Er führte ihn aus der Hintertür in den Hof.

Draußen war es stockfinster. Gründler betätigte einen Schalter neben der Tür, und ein Flutlicht flammte auf, das jedem Fußballplatz eines Amateurvereins Ehre gemacht hätte. Es beleuchtete den alten Opel, mit dem sein Vater durch den Vogelsberg kutschierte – und einen VW-Bus in verblichenem Nato-Oliv mit gemusterten Stoffvorhängen, den Ralph noch nie gesehen hatte. Am Heck prangten diverse Aufkleber: »Freie Republik Wendland«, »Atomkraft? Nein danke!«, die Weissagung der Cree (»Erst, wenn der letzte Fisch ...«) und die obligatorische weiße Friedenstaube auf blauem Grund. »Das ist mein neuer Bulli. Nicht so schön wie der alte, aber trotzdem. Ein T3 Syncro, Ex-Bundeswehrfahrzeug und ein Allrad, wie der Name schon sagt. Den habe ich günstig im

Netz geschossen, bei den Kleinanzeigen«, verkündete Gründler stolz. »Genau das richtige Fahrzeug, um bei den Demos gegen die Kanonenbahn dabei zu sein. Da bin ich immer direkt vor Ort.« Er öffnete die Schiebetür und machte eine einladende Geste. »Schau mal rein. Waschbecken, Gaskocher und Klappbett Marke Eigenbau. Standheizung und Klo gibt's natürlich ebenfalls, auch wenn es nur ein Porta Potti ist – eben alles, was man so zum Leben braucht.«

Ralph machte einen Schritt auf den Syncro zu, blieb aber gleich wieder stehen, weil das Smartphone in seiner Tasche vibrierte. »Sekunde«, sagte er und schaute auf das Display. Eine unbekannte Nummer, Berliner Vorwahl. Ein mulmiges Gefühl beschlich ihn.

»Angersbach«, meldete er sich zurückhaltend.

»Polizeidirektion 5, Abschnitt 53«, meldete sich eine dröhnende Stimme am anderen Ende. »Polizeihauptmeister Koschke am Apparat.«

Das war das Revier in der Friedrichstraße, das für den Straßenzug in Kreuzberg zuständig war, in dem sich Janines WG befand.

Aus dem mulmigen Gefühl wurde ein saures Brennen. Ralph hatte sich von Anfang an Sorgen gemacht, als Janine nach Berlin gegangen war und ihr soziales Jahr im Jugendknast begonnen hatte. Sabine und er hatten seine Halbschwester einmal vor der Drogenfahndung gerettet, als sie noch minderjährig gewesen war und bei ihm in Okarben gewohnt hatte. Sie hatte ihnen geschworen, dass es damit vorbei sei, doch nun war sie offenbar erneut auf die schiefe Bahn geraten. Dabei hatte er beim letzten Mal einen so guten Eindruck gehabt. Morten, ihr australischer Verlobter, der in Berlin Jura studierte, schien einen guten Einfluss auf sie zu haben.

Vielleicht war es ja auch etwas ganz anderes. Im letzten Sommer hatten Janine, Morten und der dritte WG-Mitbewohner John, ebenfalls ein australischer Gaststudent, viel Zeit mit Ralphs Vater verbracht. Ralph hatte sie mehr als ein Mal in seinem Haus angetroffen, wo sie mit Onkel Joe, wie sie ihn nannten, zusammenhockten. Der Geruch nach Marihuana war jedes Mal überwältigend gewesen.

Hatte *Onkel Joe* sie in seine Widerstandsbewegung hineingezogen? Gab es in Berlin auch Proteste gegen die geplanten Endlagerstätten und womöglich auch gegen die Kanonenbahn? War Janine von der Polizei verhaftet worden, weil bei einer Demonstration etwas aus dem Ruder gelaufen war?

Ralph holte tief Luft. »Kollege Koschke«, sagte er bemüht jovial. »Was kann ich für Sie tun?«

»Es … äh … geht um Ihre Halbschwester. Frau Janine Angersbach.«

Ralph schloss die Augen. Er hatte es gewusst.

Der alte Gründler zerrte an seinem Ärmel. »Was ist los?«, wisperte er.

Ralph schüttelte ihn ab. Der Beamte am anderen Ende räusperte sich. »Es tut mir leid, Herr Oberkommissar, aber ich muss Ihnen mitteilen, dass Ihre Halbschwester gestern Abend von einer unbekannten Person überfallen und verletzt wurde.«

»Wie bitte?« Das Blut rauschte in Ralphs Ohren. Für ein paar Sekunden herrschte vollkommene Leere in seinem Kopf. Dann kamen seine Gedanken langsam wieder in Gang.

Auch davor hatte er Janine gewarnt. Die Gefahren der Großstadt.

»Was ist passiert?«, presste er hervor.

»Ein Mann hat Ihre Halbschwester in der Hasenheide vom Rad gestoßen und mit einer Art Morgenstern attackiert. Eine schwere Metallkugel an einer Kette mit einem gummierten Griff.«

Nein!

Ralph wollte schreien, doch heraus kam nur ein undefinierbarer Laut.

»Sie hat Glück gehabt. Der Hund eines Spaziergängers hat den Angriff bemerkt und ist auf den Mann losgegangen. In letzter Sekunde sozusagen. Allerdings …«

»Ja?« Ralph hätte den Kollegen am liebsten an der Gurgel gepackt, doch am Telefon ging das ja nicht. Wie konnte man einem Angehörigen eine schlimme Nachricht auf eine solche Weise überbringen? Was lernten die Berliner eigentlich in der Ausbildung?

»Der Schlag war zwar kein Volltreffer, doch die Kugel hat Ihre Halbschwester trotzdem am Kopf erwischt. Sie hat eine Gehirnerschütterung. Angesichts der Tatsache, dass der Täter sie offenbar töten wollte …«

Er sprach nicht weiter.

Ralph konnte nicht schlucken. Seine Kehle war völlig ausgedörrt.

Johann Gründler verschwand im Inneren des T3 und stand fünf Sekunden später wieder vor Ralph, einen silbernen Flachmann in der Hand.

»Trink das!«

Ralph setzte die Flasche an die Lippen. Es war irgendein widerliches Zeug, billiger Korn oder Wodka, der in der Speiseröhre brannte, doch es half. »Was ist danach passiert?«

»Der Angreifer hat den Hund erschlagen und ist geflohen. Die Waffe hat er verloren oder weggeworfen. Wir haben sie ein paar Hundert Meter vom Tatort entfernt im Gebüsch gefunden. Der Hundebesitzer hat ihn verfolgt, aber nicht eingeholt. Er hat dann die Polizei und den Rettungswagen informiert. Die haben sich um Ihre Halbschwester gekümmert. Sie war bewusstlos. Es hat eine Weile gedauert, ehe sie uns sagen konnte, wer sie ist.«

»Wo ist sie jetzt?«, presste Ralph mühsam hervor.

»Im Klinikum am Urban. Ich schicke Ihnen die Nummer auf Ihr Mobilgerät.«

»Danke.« Ralph drückte die Verbindung weg, ohne die Abschiedsfloskel des Beamten abzuwarten. Wenn der Mann noch Fragen hatte, konnte er sie später stellen.

Ungeduldig starrte er sein Smartphone an. In Wirklichkeit waren es nur Sekunden, doch ihm kam es vor wie eine halbe Ewigkeit, ehe das Display aufleuchtete und den Eingang einer Nachricht anzeigte.

Rasch kopierte er die Nummer, die ihm Polizeihauptmeister Koschke geschickt hatte, in sein Telefonbuch und tippte auf den grünen Hörer.

Der Ruf ging raus, aber niemand nahm ab. Er wollte schon aufgeben, als es am anderen Ende knackte.

»Ralph?«, erklang Janines Stimme aus dem Hörer, und vor Erleichterung wurden Angersbach die Knie weich.

»Janine.« Seine Augen füllten sich mit Tränen. »Wie geht es dir?«

»Na ja. Ich fühle mich ein bisschen geplättet.« Sie hustete, und Angersbach brauchte eine Sekunde, um zu begreifen, dass sie gelacht hatte. »Aber mach dir keine Sorgen«, sagte sie betont fröhlich. »Es ist alles in Ordnung.«

Angersbach blinzelte. »Du bist überfallen worden. Jemand hat auf dich eingeschlagen. Er wollte dich umbringen.«

»Ach was.« Er hörte ein Rascheln und das Geräusch, mit dem bei einem Krankenhausbett Kopf- und Fußteil bewegt wurden. Janine hatte sich offenbar in eine aufrechtere Position

gebracht, jedenfalls klang ihre Stimme jetzt deutlich kräftiger.
»Na ja, vielleicht. Aber das kann nur ein Irrtum gewesen sein.
Oder der Typ war ein durchgeknallter Psychopath. Das war
nichts Persönliches. Du brauchst dir keine Sorgen zu machen,
dass er es erneut versucht.«

Ralph war nicht besonders gut darin, Zwischentöne wahrzunehmen, doch in diesem Fall schrie es ihn geradezu an. Da
war etwas, das ihm Janine unbedingt verheimlichen wollte.
Aber warum?

»Du hast eine Idee, wer das war«, sagte er ihr auf den Kopf zu.

»Unsinn.« Wieder dieses hustende Lachen. Aufgesetzt, fand
Ralph. Aber was sollte er tun, wenn Janine nicht mit ihm darüber reden wollte? »Willst du den Kerl einfach so davonkom-
men lassen? Er hat dich immerhin verletzt!«

»Ich hab's ja überlebt.« Der bockige Ton, den er so gut
kannte, schlich sich in Janines Stimme. Eigentlich hatten sie
diese Phase längst hinter sich; ihr Verhältnis war in den letzten
Jahren sehr entspannt geworden. Aber Janine konnte es nach
wie vor nicht leiden, wenn er sich in ihr Leben einmischte
oder ihr sagte, was sie zu tun und zu lassen hatte.

»Bitte, Janine. Lass mich dir helfen.« Er wollte es nicht, aber
er konnte nicht anders, als zu betteln.

»Mach dir keine Sorgen«, wehrte sie ab. »Die Polizei hier in
Berlin kümmert sich um alles. Und die Wunde am Kopf ist
hübsch verarztet worden. Heute Nacht soll ich noch zur Beobachtung hierbleiben, morgen darf ich nach Hause.«

»Willst du nicht lieber irgendwo anders hingehen?«

»Wohin denn? Etwa zu dir?«

Ralph musste sich Mühe geben, nicht allzu verletzt zu klingen. »Zum Beispiel.« Warum denn auch nicht? »Oder … zu
Onkel Joe.«

»Danke. Aber das ist nicht nötig. Es ist besser, wenn ich genauso weitermache wie bisher. Du weißt schon. Der Reiter, der vom Pferd gefallen ist …«

»Sollte so rasch wie möglich wieder aufsitzen, weil sonst die Angst immer größer wird.«

»Genau.«

»Okay.« Ralph wusste nicht, was er noch sagen sollte. Außer vielleicht … »Ich könnte dich besuchen kommen. Morgen. Es ist ja Wochenende.«

»Das ist lieb. Aber es ist nicht nötig. So viel Stress für dich, und ich hätte ohnehin keine Zeit. Ich habe Dienst in der Strafanstalt.«

»Wie du willst.« Ralph wollte auf keinen Fall aufdringlich erscheinen. Sonst würde sich Janine nur wieder in das Schneckenhaus zurückziehen, aus dem Sabine Kaufmann und er sie mühsam herausgeholt hatten. Stattdessen würde er sich einfach am nächsten Morgen in den Zug setzen. Wenn er vor ihrer Tür stand, würde sie ihn nicht wegschicken.

»Dann schlaf dich erst mal aus«, riet er. »Und pass auf dich auf.«

»Das mache ich.« Sie klang mit einem Mal sehr müde.

Ralph hätte gern noch einen Moment ihre Stimme gehört, doch seine Halbschwester drückte ihn weg.

Er schloss kurz die Augen. Dann erklärte er dem alten Gründler, was passiert war, ließ aber seinen Verdacht, dass der Angreifer Janine und niemanden sonst hatte töten wollen, weg. Stattdessen stellte er es so dar, als sei sie zufällig einem gewaltbereiten Betrunkenen in die Quere geraten.

Sein Vater tätschelte ihm den Arm. »Janine ist stark. Sie kommt darüber hinweg. Und sie hat ja Morten.« Er betrachtete nachdenklich den natogrünen VW Bus. »Wenn ich Zeit hätte, würde ich sie besuchen fahren. Aber ich will morgen bei unserer Kundgebung gegen die Kanonenbahn dabei sein.«

»Tu das. Janine würde nicht wollen, dass du ihretwegen den Widerstand im Stich lässt.«

Auf keinen Fall sollte sein Vater wissen, dass Ralph entgegen Janines ausdrücklichem Wunsch nach Berlin reiste.

Der alte Gründler sah ihn misstrauisch an, aber dann nickte er. »Manchmal hast du ja doch vernünftige Gedanken.«

Ralph verabschiedete sich rasch von ihm und eilte zu seinem dunkelgrünen Lada Niva, der vor dem Haus stand. Er musste nach Hause, packen.

Wiesbaden

Endlich Freitag!

Sabine Kaufmann bewegte den Kopf im Rhythmus der Musik, die ihr in den Ohren dröhnte. Viel zu laut eigentlich, wenn man es vom Standpunkt der Otologie aus betrachtete, aber genauso musste es sein, wenn sie sich den Stress der Woche aus dem Gehirn spülen wollte. Sie sang den Text des Sommerhits mit, reckte die Arme zur Decke und stampfte die Anspannung mit jedem Tanzschritt in den Boden des Clubs.

Zurzeit ermittelte sie wieder einmal in einem dieser Fälle, die sie hasste. Es ging um Wirtschaftskriminalität im großen Stil, und der Großteil der Arbeit fand am Schreibtisch statt. Recherchen, Recherchen, Recherchen. Die Verdächtigen wurden nicht befragt, sondern von den dafür zuständigen Kollegen observiert. Die Beweislage war dünn. Ehe es zu den ersten Verhaftungen kam, würden noch Wochen, vielleicht Monate ins Land gehen.

Dabei wollte sie so gern wieder einmal hinaus auf die Straße. Sie mochte diese Jahreszeit mit dem milden Licht und den bunten Blättern an den Bäumen. An diesem Wochenende würde sie endlich wieder im Taunus joggen, doch unter der Woche war sie vor Sonnenaufgang aus dem Haus gegangen und erst weit nach Einbruch der Dämmerung zurückgekehrt. Vom Herbst hatte sie nur beim gelegentlichen Blick aus dem Fenster ihres Büros etwas mitbekommen, und von dort sah sie kein gelbes und rotes Laub, sondern nichts als nüchterne Fassaden.

Nicht zum ersten Mal fragte sie sich, ob ihr Wechsel zum LKA in Wiesbaden ein Fehler gewesen war. Rückblickend schien ihr die Arbeit bei der Mordkommission abwechslungsreicher. Aber sie hatte den Schnitt gewollt, um ihrem alten Leben den Rücken zu kehren. Der Zeit in Bad Vilbel mit dem Experiment der dezentralen Mordkommission und ihrem verhassten Chef – und der Erinnerung an ihre psychisch kranke Mutter und vor allem an ihren plötzlichen Tod.

Geholfen hatte es nichts. Man konnte vor diesen Dingen nicht weglaufen, und es nützte nichts, den Schmerz zu verdrängen. Er lauerte hinter der Mauer der Abwehr, die immer brüchiger wurde, und würde erst aufhören, wenn sie sich ihm gestellt hatte. Sabine wusste das, aber sie schaffte es einfach nicht, ihrer Trauer den nötigen Raum zu geben.

Stattdessen stürzte sie sich seit einiger Zeit ins Wiesbadener Nachtleben. Seit den Ermittlungen vor drei Monaten, genauer gesagt. So vieles war wieder aufgewühlt worden, als sie im Fall eines ermordeten Kollegen in Bad Vilbel ermittelt hatte. Zusammen mit Ralph Angersbach.

Der DJ legte einen neuen Song auf, den Sabine nicht mochte. Sie wechselte in einen anderen Raum des Clubs, in dem die Musik nur gedämpft zu hören war, und setzte sich an die Bar.

Der Barkeeper mixte ihr einen Caipirinha und lächelte, als er ihn vor ihr auf den Tresen stellte. Er kannte sie. Sie brauchte nur noch den Finger zu heben.

Während sie ihren Cocktail schlürfte, sah sie sich um. Es war der Bereich des Clubs, in dem man Kontakte knüpfte. Vornehm ausgedrückt. Jeder, der zu den Single-Partys kam, wusste, worum es ging. Die Männer hofften auf eine heiße Nacht, die meisten Frauen auf die große Liebe.

Deshalb wunderte Sabine sich nicht, als sich ein Mann neben ihr auf den Barhocker schob und sie von oben bis unten musterte. Er sah nicht schlecht aus, glatt zurückgekämmte blonde Haare, rasiertes Kinn, graue Augen. Nicht unbedingt ihr Typ und überdies viel zu jung, Mitte zwanzig, höchstens, aber das war auch egal. Sie wollte keinen One-Night-Stand. Wenn er mehr zu bieten hatte, spielten Aussehen und Alter keine Rolle. Und wenn nicht, dann erst recht nicht.

Der Mann stützte sich mit dem Ellenbogen auf den Tresen und wandte sich ihr zu.

»Du bist die hübscheste Frau, die ich heute Abend hier gesehen habe«, startete er sein Anmach-Programm.

Sabine lächelte müde. Sie fand sich nicht unattraktiv, war sich aber ihres Aussehens ebenso wie ihres Alters bewusst. Im nächsten Jahr wurde sie vierzig. Sie war klein, und ihre halblangen blonden Haare waren nichts Besonderes. Beim Tanzen hatte sie etliche Frauen gesehen, die mehr zu bieten hatten, langbeinige Schönheiten mit langen dunklen Haaren, Blondinen mit perfekten Kurven und eine Brünette, die getanzt hatte wie eine Göttin.

»Dann bist du wohl gerade erst gekommen«, erwiderte sie.

Ihr Gegenüber stutzte kurz. Dann lachte er. »Okay. Der Spruch war nicht der beste. Aber im Ernst: Ich mag diese aufgestylten Frauen nicht. Du siehst echt aus.«

Sabine neigte den Kopf. Saß da womöglich tatsächlich der Jackpot vor ihr? Der Mann, den es eigentlich nicht gab? Der in einen Club ging, um eine Partnerin zu finden und nicht nur ein Betthäschen für eine Nacht? Und der darüber hinaus ein Faible für reifere Frauen hatte?

Er streckte die Hand aus. »Ich heiße Carl.«

»Sabine.«

Er hielt ihre Hand zu lange fest. Sie wollte sie ihm entziehen, doch er gab sie nicht frei. Stattdessen legte er ihr die andere Hand in den Nacken und presste seine Lippen auf ihre. Sein Knie schob sich zwischen ihre Beine.

Igitt!

Sabine drückte ihm mit der freien Hand gegen die Brust, aber er ließ sich nicht wegschieben. Er drängte sich immer näher an sie heran und versuchte, seine Zunge zwischen ihre Lippen zu zwängen.

Das ging nun wirklich zu weit!

Sabine riss das Knie hoch. Carl knickte ein. Seine Hände und seine Zunge verschwanden. Er krümmte sich stöhnend auf dem Barhocker und schwankte so sehr, dass sie fürchtete, er könnte herunterfallen.

Aber das war nicht ihr Problem. Sie nahm rasch einen Geldschein aus der Tasche und legte ihn dem Barkeeper hin, der mit beiden Händen an der Schanksäule hantierte. Offenbar hatte er keinen Zweifel gehabt, dass sie mit der Situation zurechtkam. Oder er fürchtete um die Perfektion seiner Bierschaumkronen. Sie nickten einander zu, dann lief sie los.

Für heute hatte sie die Nase voll.

Sie trat aus dem Club auf die Straße und sog die kühle Nachtluft ein. Suchend schaute sie sich nach einem Taxi um. Ihr Renault Zoe hing in der Nähe ihrer Wohnung an der Elektrozapfsäule. Gekommen war sie mit dem Bus, aber jetzt hatte sie keine Lust auf den öffentlichen Nahverkehr. Sie wollte so schnell wie möglich nach Hause und eine heiße Dusche nehmen, um Carls Berührungen abzuspülen.

Im Grunde war nichts passiert, aber sie fühlte sich trotzdem beschmutzt. Was fiel diesem Mann ein, sie einfach anzufassen? Sie selbst hatte keinerlei Signale in dieser Richtung ausgesandt.

Unweigerlich musste sie an einen anderen Mann denken. Einen, den sie sogar geküsst hatte, nach einem aufreibenden Arbeitstag in seiner Wohnung in Gießen. Sie hatte geglaubt, dass etwas zwischen ihnen entstehen könnte, aber entweder war er nicht interessiert, oder er war einfach nicht in der Lage, einen Schritt auf eine Frau zuzumachen. Nun, das konnte es nicht sein, mit der anderen war er ja zur selben Zeit im Bett gewesen. Was kein Problem gewesen wäre, weil zwischen ihnen zu diesem Zeitpunkt noch nichts passiert war. Das war es auch danach nicht, wenn man von dem Kuss absah. Über den er offenbar lieber hatte reden wollen, anstatt ihn zu wiederholen.

Nein, die Sache war aussichtslos. Ralph Angersbach war einfach ein Stoffel, der niemals über seinen Schatten springen würde. Warum sonst hatte er sich in den vergangenen drei Monaten nicht ein Mal bei ihr gemeldet?

Gut, sie hatte es ebenfalls nicht getan. In diesem Punkt war sie ein wenig altmodisch. Sie war eine emanzipierte Frau, aber den ersten Schritt in einer ernsthaften Beziehung musste der Mann machen, fand sie.

Ein Taxi war weit und breit nicht zu sehen.

Sabine beschloss, ein Stück zu gehen. Im benachbarten Viertel würde sie sicherlich ein Fahrzeug finden. Dort waren mehrere Restaurants und Lokale angesiedelt, und für die Taxiunternehmen war immer ein gutes Geschäft zu machen. Das ließen sich die Fahrer nicht entgehen, schon gar nicht am Freitagabend.

Sie passierte einen schmalen Durchgang zwischen zwei Häusern, als jemand sie von hinten packte und in die Gasse stieß. Der Angreifer drehte sie zu sich herum und presste sie mit dem Rücken gegen die Hauswand. Es war Carl, den sie an der Bar abserviert hatte.

»So springst du nicht mit mir um.« Er hatte sich vor ihr aufgebaut, mindestens dreißig Zentimeter größer als sie, mit breiten Schultern. Sein ausgestreckter Zeigefinger zitterte vor ihrer Nase.

Sabine versuchte, sich ihre Angst nicht anmerken zu lassen.

»Und was willst du dagegen tun?«, fragte sie spöttisch.

»Ich zeige dir, wer hier das Sagen hat.« Er griff in den Halsausschnitt ihres Tops und riss den Stoff entzwei. Wieder zwängte er sein Bein zwischen ihre Beine und klemmte sie so eng zwischen sich und der Hauswand ein, dass sie keine Chance hatte, ihn noch einmal mit einem gezielten Tritt in die Knie zu zwingen. Wo waren sie, ihre Reflexe, ihre Selbstverteidigungstechniken, die sie theoretisch aus dem Effeff kannte? Wie gelähmt hing sie in seiner Schraubzwinge. Sein feuchter Mund legte sich auf ihre Lippen, seine Hände machten sich am Reißverschluss ihrer Jeans zu schaffen.

Panik schoss in ihr hoch wie eine Stichflamme. Dieser Typ wollte sie vergewaltigen, und sie konnte sich nicht wehren. Ihre Hände waren zwar frei, aber sie konnte keine Kraft in ihre Schläge legen. Sie war auch nicht in der Lage zu schreien, weil sein brutaler Kuss ihren Mund verschloss.

Würde ihr jetzt, mit fast vierzig, das widerfahren, vor dem sie sich als junges Mädchen immer gefürchtet hatte?

2

Bahnstrecke Fulda – Bad Hersfeld, neun Jahre zuvor

Als sie endlich den letzten Demonstranten, der Widerstand geleistet hatte, in den Polizeibus verfrachtet hatten, fühlte er sich vollkommen ausgelaugt. Das T-Shirt und die Boxershorts, die er unter seiner Schutzausrüstung trug, klebten feucht auf der Haut. Sein Kopf unter dem Helm schien zu kochen, die Gliedmaßen waren weich wie Gummi, die Füße in den klobigen Stiefeln fühlten sich an wie Klötze. Seine Finger in den schwarzen Handschuhen waren taub. Am liebsten hätte er sich die gesamte Ausrüstung vom Körper gerissen, doch damit hätte er sich lächerlich gemacht und sämtlichen Respekt verspielt, den er sich gerade erst erworben hatte.

Immerhin, der rötliche Schleier, der sich vor seine Augen gelegt hatte, lichtete sich endlich wieder, und sein Puls normalisierte sich. Aaron schob den Jackenärmel zurück und warf einen Blick auf seine Armbanduhr. Was ihm vorgekommen war wie eine Stunde, waren nur knapp fünfzehn Minuten gewesen.

Die meisten Protestler waren geflohen, nachdem seine Kollegen und er so energisch gegen den Steinewerfer vorgegangen waren. Nur ein paar Hartgesottene hatten sich den Beamten noch entgegengestellt, und einige, die nicht halb so cool waren, wie sie vorgaben, hatten nicht weglaufen können, weil sie sich an die Hindernisse auf den Schienen gekettet hatten und sich nun nicht so schnell hatten befreien können, wie sie es sich wünschten. Sie alle waren jetzt auf dem Weg zum nächstgelegenen Polizeirevier, zur Feststellung ihrer Personalien. Manche würden wohl auch in eine Arrestzelle wandern, und der Steinewerfer würde direkt in die Untersuchungshaft überstellt werden.

Nun galt es, die Stämme und Steine von den Schienen zu bugsieren. Aaron mobilisierte seine letzten Reserven und packte mit an. Der Zug würde tatsächlich diese Strecke passieren. Er hatte ein paar Kilometer von hier einen Stopp eingelegt, weil der Lokführer über die Blockade informiert worden war, doch sobald der Weg frei war, würden die Waggons mit den Castor-Behältern anrollen.

Es dauerte nur wenige Minuten. Eine Hundertschaft durchtrainierter Polizeibeamter konnte schnell beiseiteschaffen, was ein paar Hundert Alternative in stundenlanger mühsamer Arbeit zusammengetragen hatten.

Die Männer hatten ihre Visiere hochgeklappt, und die Mienen waren von grimmiger Zufriedenheit erfüllt. Aaron dagegen verspürte vor allem Ungeduld. Er wollte zu Ulf und Harald und sich versichern, dass mit seinem Vorgesetzten alles in Ordnung war. Eilig lief er den schmalen Waldweg entlang.

Der blonde Junge kam ihm in den Sinn. Wie mochte es sich anfühlen, wenn man mit ansehen musste, wie der eigene Vater einen Stein auf einen Polizisten warf und dann zu Boden geworfen und verhaftet wurde? Aaron war voller Mitgefühl, während er zugleich heiße Wut auf den Vater verspürte. Man konnte nur hoffen, dass er zu einer angemessenen Strafe verurteilt wurde.

Der Weg beschrieb eine Kurve, ehe er hinter dicht stehenden Tannen zum Parkplatz führte. Aaron beschleunigte seinen Schritt.

Er sah Harald Faust sofort. Der Kollege hockte mit dem Rücken an einen Baum gelehnt. Den Kopf hatte er in den Nacken gelegt, sein Blick war starr in den Himmel gerichtet. Ulf Schleenbecker lag neben ihm auf dem Waldboden.

Aarons Herz setzte aus, und er geriet ins Stolpern.

Wo war der Rettungswagen, den Harald angefordert hatte? Und warum war Ulf noch nicht auf dem Weg ins Krankenhaus?

Faust wandte ihm den Blick zu, als Aaron auf ihn zulief. Das Gesicht war nass, die Augen mit Tränen gefüllt. Aaron hörte das Geräusch eines Zugs, der sich näherte. Zwischen den Bäumen sah er die Silhouette einer schweren Diesellok, gefolgt von mehreren Waggons, auf denen sich die riesigen weißen Container mit ihrer charakteristischen Form befanden: liegende, halbierte Zylinder mit abgeflachten Rundungen. Das Schlusslicht bildete eine weitere Diesellok.

Aaron fiel neben Schleenbecker auf die Knie, während der Castor-Transport vorbeizog und in einer lang gezogenen Kurve verschwand. Ein furchtbares Kribbeln erfasste seinen gesamten Körper, als hätte die strahlende Fracht ihre Finger nach ihm ausgestreckt. Er sah den offen stehenden Mund seines Kollegen, den trüben Schleier über den Augäpfeln, doch die Erkenntnis wollte nicht in seinen Kopf. Er rüttelte an Schleenbeckers Schultern und sah Hilfe suchend zu Faust.

»Was ist denn mit ihm? Wo ist der RTW?«

Der Kollege wischte sich mit dem Handschuh übers Gesicht. »Ich habe ihn abbestellt«, würgte er hervor mit einer Stimme, die hohl klang wie aus einer anderen Welt. »Ulf ist tot.«

7. November
Wiesbaden

Vor dem Fenster dämmerte es. Sabine Kaufmann seufzte und kuschelte sich tiefer in die Decke. Erst dann fiel ihr auf, dass etwas anders war.

Sie war nicht allein.

Sie zwinkerte, um den Schlaf aus den Augen zu vertreiben. Ihr Geist wurde nur langsam wach. Die Lider waren noch schwer, die Gedanken träge. Ihr Kopf fühlte sich an wie mit Watte ausgepolstert.

Es dauerte ein paar Sekunden, bis sich die ersten Erinnerungsfetzen formierten. Zeitgleich zog ein mulmiges Gefühl ihren Magen zusammen.

Carl. Die enge Gasse. Sein Mund auf ihrem, seine Hände überall auf ihrem Körper.

Aber er würde doch nicht neben ihr im Bett liegen, in ihrer eigenen Wohnung? Dann hätte er sie betäuben müssen, sonst hätte sie nicht so entspannt, geradezu selig geschlafen. Sie fühlte sich ausgeruht und geborgen wie lange nicht mehr.

Sabine spürte einen warmen Atem im Nacken und eine Hand, die ihr über die Haare strich.

»Guten Morgen«, sagte eine tiefe Stimme.

Sie rollte sich herum und sah den Mann an, der auf der anderen Seite ihres Betts lag. Blond wie Carl, aber nicht mit streng zurückgekämmten, sondern gelockten und zudem komplett zerzausten Haaren, außerdem älter. Siebenunddreißig, das wusste sie, weil sie erst vor ein paar Wochen seinen Geburtstag gefeiert hatten.

Mit einem Schlag kehrte die komplette Erinnerung zurück.

Carl hatte es nicht geschafft, seine finsteren Absichten in die Tat umzusetzen, weil ihm zwei Männer in die Quere gekommen waren. Bernhard Schmittke und Holger Rahn, Kollegen aus dem LKA, die zufälligerweise in der Gegend unterwegs gewesen waren.

Der Club, in dem Sabine getanzt hatte, stand unter Beobachtung, weil man vermutete, dass dort mit Koks und Tabletten gedealt wurde. Die Zielperson, die Bernhard und Holger an diesem Abend festnehmen wollten, war nicht aufgetaucht. Stattdessen hatten sie gesehen, wie Sabine den Club verlassen hatte. Sie hatten auch den Mann entdeckt, der kurz nach ihr auf die Straße getreten war und sie verfolgt hatte.

Kurz entschlossen hatten sie sich an ihn drangehängt und waren deshalb zur Stelle gewesen, als Carl über sie hergefallen war.

Bernhard hatte ihm Handschellen angelegt und ihn in Polizeigewahrsam verfrachtet. Holger hatte Sabine nach Hause gebracht.

Sie hatte am ganzen Körper gezittert, und er hatte ihr ein heißes Bad eingelassen. Anschließend hatte er sie in eines ihrer großen, flauschigen weißen Handtücher gehüllt und trocken gerubbelt. Und dann hatte er sie einfach festgehalten.

Irgendwann hatten sich ihre Lippen gefunden. Sabine hatte nicht gewusst, ob es eine gute Idee war, doch der Wunsch, sich fallen zu lassen, war übermächtig gewesen.

Holger Rahn legte ihr die Hand an die Wange und strich mit dem Daumen darüber. Seine blauen Augen leuchteten. »Das war schön mit dir heute Nacht.«

Sabine lächelte, doch innerlich zuckte sie zusammen. War es nur das gewesen? Ein Trost für eine Nacht? Wollte er jetzt einfach gehen?

Sie betrachtete seinen blond gelockten Schopf, die Bartstoppeln auf dem Kinn, den muskulösen Brustkorb. Ein sportlicher, gut aussehender Typ. Single, weil er mit seinem Beruf verheiratet war, und außerdem ein Mensch, dem seine Freiheit über alles ging.

Sabine seufzte. Warum landete sie immer bei den falschen Männern?

Rahn hauchte ihr einen Kuss auf die Stirn und warf die Bettdecke beiseite. Er federte geradezu aus dem Bett und reckte sich.

Was würde er jetzt sagen?

Lass uns so tun, als wäre nichts passiert?

Die Kollegen müssen es ja nicht wissen?

Er hob seine Boxershorts vom Boden auf und stieg hinein. Schlüpfte in die dunkle Stoffhose, die er im Dienst stets trug, und das dunkelblaue Hemd, das so gut zu den blonden Haaren und den blauen Augen passte. Zuletzt zog er Socken und Slipper an und griff nach seiner schwarzen Lederjacke.

»Was hast du im Kühlschrank?«, fragte er.

Sabine blinzelte. »Kühlschrank?«

Holger Rahn grinste breit. »Ich dachte, ich koche Kaffee und besorge ein paar Brötchen. Ich würde gerne mit dir frühstücken. Aber ohne Wurst und Käse ist das nichts für mich. Wenn du nichts da hast, gehe ich schnell etwas einkaufen.«

Ein warmes Gefühl breitete sich in Sabines Brust aus. Dort, wo sich die s-förmige Narbe befand, die sie von einem Fall davongetragen hatte, der sie beinahe das Leben gekostet hätte. Holger hatte in der Nacht darüber gestreichelt und zärtliche Küsse darauf gehaucht.

»Es ist alles da«, erwiderte sie. »Wurst, Käse, Orangensaft. Ich habe sogar eine Flasche Sekt kalt gestellt.«

Rahn lehnte sich in den Türrahmen und sah ihr tief in die Augen. »Wenn du mich fragst: Das ist der Beginn einer wunderbaren Freundschaft.«

Damit drehte er sich um und verließ das Schlafzimmer. Sabine hörte seine Schritte im Flur und gleich darauf die Wohnungstür, die ins Schloss fiel.

Sie ließ den Kopf auf das Kissen zurücksinken und lächelte.

Ein Mann, der Brötchen holte und *Casablanca* zitierte. Das war doch eine Perspektive.

Nordhessen, im Knüll-Bergland

Thalhausen war der ideale Ausgangspunkt. Von allen Seiten aus gut zu erreichen, nur ein paar Kilometer von Homberg an der Efze, der A7 und den Bundesstraßen 323 und 254 entfernt. Im Nordosten schloss sich ein ausgedehntes Waldgebiet an den Ort an, im Westen tangierte die stillgelegte Strecke der Kanonenbahn den Ortsrand. Der Wald lud zum Wandern ein und bot dafür einen großen Parkplatz, auf dem sich die Gruppe versammeln konnte. Fuhr man auf der schmalen Landstraße weiter nach Osten, gelangte man zum Wildpark Knüllwald.

Die alte Bahnstrecke zu reaktivieren wäre in vielerlei Hinsicht ein Gewinn für die Region. Eine bessere Anbindung der kleinen Ortschaften ans Schienennetz. Man wäre weniger abhängig vom eigenen Auto und hätte ein gutes Argument gegen den weiteren Ausbau der A49 und anderer viel frequentierter Straßen. Die Bahn wäre ein wichtiger Beitrag zum Klimaschutz und zur Erhaltung der Biotope für die hier beheimateten Tierarten.

Das waren die Begründungen, mit denen sein Bruder für den Wiederaufbau der Kanonenbahn warb, zusammen mit dem zu erwartenden wirtschaftlichen Aufschwung selbstverständlich. Damit waren jederzeit Befürworter zu gewinnen, wofür auch immer. Dass Dietmar sich als Bürgermeister der Gesamtgemeinde zusätzlich einen Katalysator für seine weitere politische Karriere und eine Festigung seiner Position, sprich: viele Wählerstimmen bei der nächsten Bürgermeisterwahl, erhoffte, sagte er natürlich nicht, aber Jürgen Geiger war sich sicher, dass das der eigentliche Antrieb war.

Dass sich eine Bürgerinitiative gegründet hatte, die energisch gegen die geplante Reaktivierung der Kanonenbahn protestierte, hatte jedoch nichts mit Dietmars Ambitionen auf ein Amt im Landtag oder gar im Bundestag zu tun. Vielmehr war es der Verdacht, der aufgekommen war, als ein Mitglied der kleinen, neu gegründeten Umweltpartei BioTOPP herausgefunden hatte, wer sich mit hohen Investitionen am Neuaufbau der Strecke beteiligen wollte: der im nahen Schwalmstadt ansässige Konzern ZYKLUS, spezialisiert auf die Abholung, Entsorgung und Wiederaufbereitung von Gift- und Sondermüll. Dahinter, so die Vermutung der Umweltpartei, stand der Plan, sich für die zahlreichen im Rahmen des Atomausstiegs anstehenden Transporte radioaktiven Mülls zu qualifizieren. Gerüchteweise war die Firma auch an den derzeit unter heftigen Protesten stattfindenden Rücktransporten wiederaufbereiteten Atommülls aus der Anlage in Sellafield beteiligt, der ins Zwischenlager nach Biblis auf das Gelände des stillgelegten Kernkraftwerks gebracht wurde.

Jürgen Geiger knirschte mit den Zähnen. Diese Transporte waren unsinnig. Solange es kein Konzept für die endgültige Lagerung gab, war das Verschieben von einem Ort an den anderen bestenfalls Augenwischerei. Schlimmstenfalls zerstörte man nicht nur Umweltressourcen, sondern auch Menschenleben. Als Biologe kannte er die Auswirkungen, die radioaktive Strahlen auf Lebewesen hatten. Dass die Castor-Behälter die Strahlung nicht zu hundert Prozent abschirmten, war eine durch viele Indizien belegte Vermutung.

Hinzu kam die Angst, dass sich die ZYKLUS AG nicht nur einen Wettbewerbsvorteil hinsichtlich der Transporte verschaffen wollte, sondern zusätzlich Fakten schuf, die bei der Suche nach einem Endlager eine entscheidende Rolle spielen könnten. Bisher standen die infrage kommenden Regionen Hessens nicht besonders weit oben auf der Liste. Doch mit der wiederbelebten Kanonenbahn könnte sich das ändern.

Aus diesem Grund hatte BioTOPP eine Bürgerinitiative gegründet, die gegen die Reaktivierung der alten Bahnstrecke kämpfte und stattdessen dafür warb, einen Radwanderweg daraus zu machen. Es war ein seltsamer Spagat, dass engagierte Bürger, die aus tiefster Überzeugung für öffentliche Verkehrsmittel und die Reduzierung des Individualverkehrs plädierten, sich plötzlich dagegenstellen mussten, doch Jürgen konnte die Argumentation nachvollziehen.

Er hatte sich dem Protest angeschlossen, der auch einen Graben quer durch die eigene Familie zog. Das betraf nicht nur seinen älteren Bruder Dietmar und ihn selbst, sondern zudem ihre Ehefrauen, die ohnehin schon seit der gemeinsamen Schulzeit im Clinch lagen. Von seinem Vater, einem Führer der Protestbewegung, ganz zu schweigen. Dazu kamen noch sein jüngerer Bruder Marius, der ebenfalls gegen die Kanonenbahn kämpfte, sich aber keinesfalls seinem Vater unterordnen wollte und außerdem das Vorgehen der Bürgerinitiative nicht radikal genug fand, und dessen vierzehnjähriger Sohn Elias, der ein großer Anhänger von Greta Thunberg war und sich mit seinem Großvater in Sachen Klimaschutz verbündet hatte.

Jürgen Geiger seufzte. Wenn es nach ihm ginge, würde die Bewegung mit Ruhe, Vernunft und wissenschaftlich fundiert agieren, doch dafür war sein Vater zu sehr Alt-Achtundsechziger. Für ihn war jeder Protest zugleich ein Kampf gegen das System, dem man sich auf keinen Fall unterordnen durfte.

Geiger nahm seine Brille ab und rieb sich die Augen. Es war noch früh am Morgen, die Sonne war eben erst aufgegangen, doch auf dem Parkplatz herrschte bereits reger Betrieb. Die Camper, Wohnwagen und umgebauten VW-Busse standen über den Platz verteilt, ungeordnet natürlich, wie es sich für Revoluzzer gehörte. Jemand bereitete Kaffee auf einem Campingkocher zu, die Aktivisten standen in kleinen Gruppen zusammen, vertilgten mitgebrachte Brote und diskutierten angeregt. Am Rand des Parkplatzes hatte eine Gruppe junger Frauen in selbst gestrickten Ringelpullovern ein weißes Laken auf dem Boden ausgebreitet und malte mit roter Plakafarbe große Buchstaben darauf. »Stoppt die Ka…«, konnte er entziffern. Einige Teilnehmer hatten sich bereits auf den Weg gemacht, um das erste Stück des Bahndamms von Thalhausen in Richtung Wernswig ein Stück weit abzulaufen, um festzustellen, ob die für heute geplante Aktion nach wie vor durchführbar war oder der Gegner womöglich Hindernisse installiert hatte. Nicht ohne Grund, in den letzten Wochen und Monaten hatte es schon einige scheinbar zufällige Polizeieinsätze gegeben, die ihre geplanten Proteste unterminiert hatten – auch solche, von denen die offiziellen Stellen eigentlich keine Kenntnis gehabt haben dürften. Aber heute schien alles glattzugehen, bisher waren keine Hiobsbotschaften von den Spähern eingetroffen.

Der Plan bestand darin, vom Parkplatz in Thalhausen aus die Kanonenbahnstrecke abzulaufen und Mahnmale aufzustellen. Vogelscheuchen, die »Atomkraft? Nein danke«-Schilder hochhielten, ein paar Skulpturen, die verstrahlte Lebewesen darstellen sollten, angefertigt von einem Künstler aus der Initiative. Dazu Transparente, die man an den Bäumen befestigen wollte, und mehrere Bahnen Absperrband, die sich von Thalhausen bis Frielendorf ziehen sollten, dem Ziel ihres heutigen Protestmarsches.

Jürgen blinzelte, weil er glaubte, neben einem der VW-Busse eine Bewegung wahrgenommen zu haben. Einen Schemen, eine Person? Sie ging nicht, sie huschte zum Waldrand und war gleich darauf verschwunden. Oder hatte er sich getäuscht?

Geiger setzte seine Brille wieder auf und spähte über den Platz. Fixierte den Bus, bei dem er die seltsame Gestalt zu sehen geglaubt hatte. Es war ein alter T3 Syncro in Nato-Oliv, mit zahllosen Aufklebern, die Heckscheibe glich einer Litfaßsäule.

Hatte der Mann etwas am Fahrzeug manipuliert? War das wieder ein Versuch, die geplante Demonstration schon im Vorfeld zu sabotieren?

Geiger ging näher an den Bus heran. Er war vielleicht noch fünfzehn Meter entfernt, als ihn ein gleißendes Licht aus dem Inneren des Busses blendete. Ein ohrenbetäubender Knall zerriss die Stille über dem Parkplatz. Die Metallhülle des T3 platzte auf, die Scheiben zerbarsten.

Jürgen Geiger wurde zurückgeschleudert. Glassplitter flogen ihm ins Gesicht. Etwas Hölzernes, ein Stuhlbein oder dergleichen, traf ihn vor die Brust und warf ihn zu Boden. Metallteile, Porzellanscherben und Plastikfragmente schossen durch die Luft und regneten auf ihn herab. Er spürte die Hitze der

Explosion und sah Flammen, die aus dem geborstenen Fahrzeug in die Höhe züngelten.

Sein Gesicht brannte wie Feuer, Brust und Rückgrat fühlten
sich an wie zertrümmert, die Beine waren taub. Sein Herz raste, das Blut rauschte laut in den Ohren, während sich sein Gehirn aufzulösen schien. Von weit her hörte er Stimmen, pani-
sche Rufe und schmerzerfüllte Schreie. Dann trug ihn eine
gnädige Bewusstlosigkeit davon.

3

Gießen, neun Jahre zuvor

Es war ein merkwürdiges Gefühl, plötzlich auf der anderen Seite zu sitzen. Zwar trug er seine Uniform, und es war vollkommen klar, dass man ihn als Zeugen vernahm und ihn keiner wie auch immer gearteten Verfehlung beschuldigte, aber dennoch ... Allein die Räume im Polizeipräsidium Mittelhessen schüchterten ihn ein. Dazu der Staatsanwalt mit dem grau melierten Haar in seinem teuren Anzug und dem durchdringenden Blick aus den dunklen Augen, und dieser Oberkommissar, der aussah, als hätte man ihn geradewegs aus dem Urlaub geholt mit seinen ausgebeulten Cargohosen, dem Wettergesicht und der Wuschelfrisur.

Der Staatsanwalt tippte auf das Foto, das zwischen ihnen auf dem Tisch lag.

»Sie können also bezeugen, dass dieser Mann den Stein geworfen hat?«

Seine Stimme klang so streng, dass Aaron beinahe salutiert hätte. »Jawohl.«

Der Oberkommissar kritzelte etwas in sein Notizbuch. Dann blickte er auf. »Sie kennen den Mann?«

»Nein. Nicht persönlich, meine ich.« Aaron leckte sich nervös die Lippen. Natürlich hatte er in den letzten Tagen einiges erfahren. Dass Ulf Schleenbecker der Schwager seines Dienststellenleiters Harald Faust war, war ihm vorher bekannt gewesen. Davon, dass Ulf seine Frau betrogen hatte, hatte er dagegen keine Ahnung gehabt. Inzwischen wusste er, wem Schleenbecker die Frau ausgespannt hatte.

Ronald Walther, dem Mann, der den Stein geworfen hatte.

Aber das war nur Hörensagen. Gerüchte, womöglich Verleumdungen, üble Nachrede. Faust hatte Zeter und Mordio geschrien. Dass der Treffer kein Zufall gewesen sei, nicht nur die sinnlose Aggression eines verblendeten Demonstranten, sondern ein gezielter Angriff.

Eines verstrahlten Demonstranten, hatte einer der uniformierten Kollegen gemurmelt, und Aaron hätte fast gelacht. Der Witz war gut. Aber Schleenbecker war tot, und Aaron fühlte sich, als hinge ein Bleigewicht an seiner Seele. Er konnte nicht einmal die Mundwinkel heben.

Jedenfalls gab es nun eine Mordermittlung. Der Staatsanwalt hatte das Verfahren eingeleitet, und der Kommissar war für die Beweiserbringung zuständig.

»Nun erzählen Sie schon.« Der Staatsanwalt wedelte ungeduldig mit der Hand.

Aaron straffte sich. Er fasste die Ereignisse dieses schrecklichen Tages zusammen, so wie er es schon unzählige Male getan hatte.

Der Staatsanwalt trommelte ungeduldig auf der Tischplatte. »Die entscheidende Frage ist: War Ihr Vorgesetzter Ulf Schleenbecker ein zufälliges Opfer? Oder ist der Steinwurf gezielt erfolgt, mit der Absicht, ihn – und niemanden sonst – zu töten?«

Aaron schluckte. Sein Kopf fühlte sich heiß an.

Harald Faust hatte versucht, ihn davon zu überzeugen, dass es ein kaltblütiger Mord gewesen war. Seine Sicht der Dinge war ebenso schlicht wie plausibel: Als Schleenbecker den Helm abgenommen hatte, hatte Walther den Mann erkannt, der ihm Hörner aufgesetzt hatte. Deshalb hatte er den Stein aufgehoben und ihn Ulf mit aller Wucht an den Kopf geschleudert. Weil er den Rivalen killen wollte.

Das Bild des Steinewerfers, seine erhobene Hand, der Stein, der durch die Luft flog und Ulf an der Schläfe traf – das alles hatte sich in Aarons Netzhaut eingebrannt. Wenn er die Augen schloss, konnte er genau sehen, wie Walther seinen Kollegen ermordete. Aber war das auch die Wahrheit? Oder hatte sein Gehirn die Bilder im Nachhinein so angeordnet? Nachdem er erfahren hatte, dass Ulf mit Walthers Frau im Bett gewesen war?

Als Zeuge bei einer Vernehmung und erst recht vor Gericht durfte er nur aussagen, was er mit eigenen Augen gesehen hatte, nicht, was er glaubte. Das galt nicht nur für die Frage nach dem Motiv, sondern auch für die anderen Dinge, die ihm durch den Kopf gegangen waren. Er war nicht in der Position, sich aus dem Fenster zu lehnen.

»Ich weiß es nicht. Er muss ihn erkannt haben, sicher. Wir waren ja nicht weit entfernt, fünfzehn Meter vielleicht. Aber ob er wirklich so genau hingesehen hat? Ulf hatte den Helm gerade erst abgenommen. Vielleicht hat Walther nur seine Chance gesehen und den Stein geworfen, ehe ihm klar geworden ist, auf wen er gezielt hat.«

Der Staatsanwalt grunzte unzufrieden. »Das glauben Sie doch selbst nicht.«

Aaron stand auf und nahm Haltung an. »Nein. Aber meine persönliche Meinung tut nichts zur Sache.«

»Danke.« Der Staatsanwalt signalisierte mit einer ungeduldigen Handbewegung, dass er sich entfernen durfte. Er beugte sich zu dem Kommissar, und Aaron hörte, wie er ihm zuraunte: »*Macht sicher noch Karriere, so korrekt, wie er ist. Aber Freunde wird er auf diese Weise nicht finden.*«

Aaron biss sich auf die Lippen und zog rasch die Tür zu.

Ja, Harald Faust und die anderen in der Polizeistation würden enttäuscht sein, wenn sie erfuhren, dass er nichts dazu beigetragen hatte, die Mordanklage gegen Walther zu unterstützen. Aber er hatte das Richtige getan. Oder nicht?

7. November
Knüll-Bergland

Ralph Angersbach fluchte. Er war schon fast in Kassel gewesen, als ihn der Anruf erreicht hatte. Eine Explosion auf einem Parkplatz, irgendwo in der Nähe von Homberg an der Efze. Wahrscheinlich eine undichte Gasleitung, Nachlässigkeit, menschliches Versagen. Aber es waren mehrere Personen zu Schaden gekommen, und es gab einen Toten, deshalb hatte die zuständige Polizeistation die Kollegen vom Polizeipräsidium Mittelhessen angefordert, die Spurensicherung und zur Sicherheit auch die Mordkommission. Ein Vertreter der Rechtsmedizin war ebenfalls auf dem Weg.

Normalerweise wären sie dafür überhaupt nicht zuständig; Homberg gehörte zum Polizeibezirk Schwalmstadt, der wiederum dem Polizeipräsidium Nordhessen zugeordnet war. Dort herrschte jedoch zurzeit gravierender Personalmangel, weil eine Grippewelle nicht nur die Mordkommission, sondern auch die Kriminaltechnik lahmgelegt hatte. Die beiden Polizeipräsidenten hatten sich daraufhin kurzgeschlossen und auf dem kurzen Dienstweg entschieden, den Fall an das Polizeipräsidium Mittelhessen abzutreten, und zwar komplett.

Damit war Gießen zuständig, und diejenigen, an denen die Arbeit hängen blieb, waren Angersbach und seine Kollegen sowie die Gießener Rechtsmedizin.

Warum musste das ausgerechnet heute passieren? Es war Samstag, er hatte frei, und er wollte dringend zu Janine nach Berlin. Sich mit eigenen Augen davon überzeugen, dass mit ihr alles in Ordnung war. Und herausfinden, was sie ihm verschwieg.

Hatte der Überfall etwas mit ihrer Tätigkeit in der Vollzugsanstalt für jugendliche Straftäter zu tun? Die Rache eines frisch Entlassenen? Oder eines Angehörigen?

Aber soweit er wusste, kam Janine gut mit den Jungs zurecht. Etliche von ihnen waren scharf auf sie, und das gefiel Ralph überhaupt nicht, doch es schien nicht plausibel, dass einer von ihnen mit einer schweren Metallkugel auf sie losgehen würde.

Hinter Homberg wechselte er von der Bundesstraße 323 auf die 254, dann auf die Landstraße, die nach Thalhausen führte. Eine hübsche Landschaft, sanfte Hügel, viel Wald, große landwirtschaftliche Flächen, auf denen das Grün der Zwischenfrucht leuchtete, die später als Dünger untergepflügt wurde.

Erst jetzt, als ihm bewusst wurde, wo er war, beschlich ihn ein ungutes Gefühl. Er hatte nicht richtig zugehört, als ihm sein Vater den Vortrag über den Protest gegen die geplante Reaktivierung der Kanonenbahn gehalten hatte, aber er erinnerte sich, dass die Strecke irgendwo hier entlanglaufen musste. Hatte der explodierte Campingbus womöglich etwas mit der Bürgerinitiative zu tun?

Normalerweise kam es frühestens bei den Protestkundgebungen zu Gewaltausschreitungen, aber wenn wirtschaftliche Interessen im Spiel waren, wurde vielleicht bereits im Vorfeld mit unlauteren Mitteln agiert. Was, wenn jemand die geplante Demonstration um jeden Preis hatte verhindern wollen? Wenn dem alten Gründler etwas passiert war?

Hör schon auf.

Er war nicht der Typ, der sich verrückt machte. Wozu sollte man sich den Kopf zerbrechen, wenn man die Fakten nicht kannte?

Angersbach passierte das Ortseingangsschild von Thalhausen und fuhr an ein paar gediegenen Einfamilienhäusern vorbei. Rechts tauchte eine Metzgerei auf, links ein Bäckerladen. Dahinter befand sich die Einmündung, die ihm der Kollege von der Leitstelle beschrieben hatte.

Er lenkte seinen gutmütigen alten Lada Niva auf das Waldstück zu. Dichter, hoher Baumbestand, Laub- und Nadelgehölze. Davor ein Hinweisschild zu einem Wanderparkplatz. Es wäre nicht nötig gewesen, Ralph sah das Absperrband, die rotierenden Blaulichter und die uniformierten Kollegen, die an der Straße patrouillierten.

Während er auf sie zusteuerte, zog er seinen Dienstausweis aus der Tasche und ließ die Seitenscheibe hinunter.

Der Streifenbeamte warf nur einen kurzen Blick auf den Ausweis. »Sie werden bereits erwartet, Herr Oberkommissar«, bekundete er, während sein Kollege das rot-weiße Flatterband anhob, damit Ralph darunter hindurchfahren konnte.

Der Parkplatz war groß, trotzdem schien er für die Zahl der Fahrzeuge, die dort standen, zu klein zu sein. Ralph machte mehrere RTW und Streifenwagen aus, außerdem die weißen Busse der Kollegen von der Spurensicherung und den knallroten SUV, den sich Wilhelm Hack vor Kurzem zugelegt hatte. Sein Rücken bereitete ihm seit einiger Zeit Schwierigkeiten, deshalb hatte er sich für ein Fahrzeug mit hohem Einstieg und bequemer Sitzposition entschieden, obwohl er diese Schlachtschiffe eigentlich verabscheute. Doch man musste eben Kompromisse eingehen. In diesem Fall war die Entscheidung gegen die Umwelt und für die Erhaltung seiner Arbeitsfähigkeit gefallen.

Er wusste, dass Hacks Pensionierung bereits am Horizont lag, doch er hoffte, dass es bis dahin noch eine Weile hin war. Angersbach müsste sich dann an einen anderen Kollegen gewöhnen, und dieser Gedanke missfiel ihm. So schwierig Hack im Umgang auch war, Ralph konnte sich nicht vorstellen, dass ihn irgendjemand würde ersetzen können. Hack war eine Koryphäe. Niemand machte ihm etwas vor. Ralph wusste das zu schätzen. Deshalb verzieh er ihm auch seinen Umgangston. Trotz aller Kabbeleien war Wilhelm Hack im Laufe der Jahre so etwas wie ein Freund geworden.

Angersbach stellte den Lada Niva hinter den Einsatzfahrzeugen ab und entdeckte ein weiteres Auto: lang gestreckt und schwarz, mit einem weißen Namenszug an der Seite und geöffneter Heckklappe. Zwei Männer in schwarzen Anzügen standen daneben.

Ralph wurde die Kehle eng. Opfer von Explosionen sahen meist schrecklich aus. Trotzdem würde er sich den Toten ansehen müssen, ehe die Bestatter ihn mitnahmen.

Er stieg aus dem Wagen, ohne dass ihn jemand beachtet hätte, und ging auf das Zentrum der Ereignisse zu. Eine große Gruppe von Menschen, an ihrer Kleidung und den Schildern und Transparenten, die sie bei sich hatten, unschwer als Mitglieder der Protestbewegung zu erkennen, stand hinter einem straff gespannten, rot-weißen Absperrband und schaute zu den Einsatzkräften, die mit dem explodierten Fahrzeug und den Verletzten beschäftigt waren. Die Luft war trüb, Aschepartikel flo-

51

gen umher, und auch die Rauchwolken hatten sich noch nicht vollständig aufgelöst. Über dem gesamten Platz hing der beißende Geruch nach verbranntem Fleisch und Gummi.

Es war wie ein Schlag in die Magengrube. Angersbach blieb stehen. Die Knie wurden ihm weich, und in seinem Kopf produzierten die Nerven ein statisches Rauschen.

Der zerstörte Bus war ein natogrüner T3 mit Campingausstattung. Die Karosserie war aufgeplatzt, das Innere des Fahrzeugs komplett ausgebrannt. Ein Baum war von der Wucht der Explosion entwurzelt worden und aufs Dach gestürzt. Die Aufkleber an der Heckscheibe waren von Ruß geschwärzt, aber Ralph erkannte die rot-gelbe Struktur des »Atomkraft? Nein danke?«-Aufklebers und das Weiß-Blau der Friedenstaube. Bei dem großen Sticker mit den vielen Textzeilen handelte es sich zweifellos um die bekannte angebliche Weissagung der Cree, die mit dem Schluss endete, dass man Geld nicht essen konnte. Ralph hatte irgendwo gelesen, dass der Spruch in Wirklichkeit nicht von Indianern, sondern von einer kanadischen Umweltaktivistin stammte, doch das war im Augenblick vollkommen belanglos.

Das Einzige, was ihn interessierte, war die Tatsache, dass er diesen Bus kannte. Sein Vater hatte ihn ihm erst gestern Abend gezeigt.

Wie ferngesteuert lief er auf das Fahrzeug zu. Das hintere Kennzeichen war geschmolzen, nur noch der Metallrahmen, der es gehalten hatte, war übrig. Auf der Vorderseite sah es nicht besser aus, auch hier war das Kennzeichen so weit zerstört, dass kein Buchstabe und keine Zahl mehr zu erkennen waren. Aber Ralph wusste ohnehin, wem der Bus gehörte.

Um die Fahrerkabine herum bewegten sich mehrere Personen in weißen Schutzanzügen. Einer von ihnen war der Mann mit dem Glasauge, Professor Wilhelm Hack, Rechtsmediziner in Gießen, von Eingeweihten wegen seiner rüden Art *Hackebeil* genannt.

»Ah. Der Kollege Angersbach.« Hack entdeckte ihn von den Ermittlern als Erster. »Ich hoffe, Sie haben noch nicht gefrühstückt? Das hier ist kein schöner Anblick.«

Er trat beiseite, und Ralph sah, dass jemand am Steuer des T3 saß. Zu erkennen war von der Person nur noch wenig. Ein geschwärzter Schädel, ein gekrümmter Körper. Die Kleidung war verbrannt, ebenso wie Haut und Haare. Nur die derben Stiefel an den Füßen waren noch erhalten.

»Fechterstellung«, kommentierte Hack. »Typisch für Verbrennungsopfer. Durch die Hitze ziehen sich die Muskeln und Sehnen zusammen und zwingen den Körper in diese unnatürliche Haltung.«

Ralph beachtete ihn nicht. Er versuchte sich verzweifelt zu erinnern, ob sein Vater solche Stiefel besaß. Ohne Erfolg. Er konnte es nicht sagen. Aber wer sonst sollte der Mann am Steuer sein?

Angersbach ballte die Fäuste. Die Hilflosigkeit, die Verzweiflung raubten ihm den Atem. So viele Jahre hatte er nichts von seinem Vater gewusst. Dann hatte er ihn endlich kennengelernt, bei einem spektakulären Fall, der Ermordung seines Halbbruders, bei dem auch der alte Gründler und er selbst zu Schachfiguren im perfiden Spiel des Täters geworden waren.

Es hatte lange gedauert, bis sie sich angenähert hatten, doch mittlerweile hatte sich eine freundschaftliche Beziehung entwickelt. Nicht unbedingt herzlich, das lag ihnen beiden nicht, doch von Zuneigung und gegenseitigem Respekt geprägt, trotz aller Verschiedenheit.

Und jetzt ...

Ralph wandte sich ab und würgte.

»He.« Einer der weiß gekleideten Spurentechniker legte ihm die Hand auf den Rücken und schob ihn eilig vom Bus weg an den Waldrand. Ralph erbrach sich hinter den nächsten Busch. Hinter sich hörte er Hacks meckerndes Lachen. »Der Kollege hat einen schwachen Magen.«

Angersbach wischte sich den Mund ab und wirbelte zu Hack herum. »Den hätten Sie auch, wenn Sie Ihren Vater so vorfinden würden«, bellte er.

Der altgediente Rechtsmediziner blinzelte mit dem gesunden Auge. Das andere, das aus Glas war, blieb natürlich starr. »Ihr Vater?«

»Ja. Das ist sein Bus. Er hat ihn sich gerade erst gekauft. Gestern Abend hat er ihn mir gezeigt.«

Kurz bevor der Anruf gekommen war, dass jemand Janine überfallen und beinahe erschlagen hätte. Zufall?

Die Gedanken wirbelten durch Ralphs Kopf wie in einem bunten Kaleidoskop.

Was, wenn es kein Zusammentreffen unglücklicher Umstände war? Wenn die beiden Vorfälle etwas miteinander zu tun hatten und irgendjemand die Opfer gezielt ausgewählt hatte? Nicht, weil Janine im Jugendstrafvollzug arbeitete und der alte Gründler gegen die Reaktivierung der Kanonenbahn protestieren wollte, sondern weil sie die beiden wichtigsten Menschen in seinem Leben waren?

Er spürte eine Hand, die nach seinem Arm griff. Der Beamte der Spurensicherung hielt ihm eine Wasserflasche hin.

»Trink mal was, Kollege«, forderte er ihn auf. »Du bist ja bleich wie ein Gespenst.«

Ralph leerte die halbe Flasche in einem Zug. Danach hatte er zumindest nicht mehr das Gefühl, jeden Moment umzukippen. Der Beamte ließ ihn los. Hack trat auf ihn zu. »Was denken Sie?«, fragte er und kniff die Augen zusammen.

»Ich …« Ralph musste einen neuen Anflug von Übelkeit hinunterwürgen. »Ich fürchte, das ist etwas Persönliches.«

Hacks Gesicht zeigte keine Regung. »Dann sollten Sie nicht derjenige sein, der diesen Fall bearbeitet«, sagte er nüchtern. »Jedenfalls nicht allein.«

Angersbach nickte und fühlte sich wie eine Aufziehpuppe. »Ich informiere das LKA. Die sollen jemanden schicken. Sabine.«

Hacks Mundwinkel hoben sich für eine Sekunde. »Das ist eine Ihrer seltenen vernünftigen Ideen«, verkündete er. »Frau Kaufmann wird die Sache schon klären.«

Das klang alles andere als mitfühlend, doch Ralph wusste, dass es Hacks Art war, ihn seiner Anteilnahme zu versichern.

»Ich sehe mir den Leichnam an«, versprach der Rechtsmediziner grimmig. »Wenn es irgendwelche Spuren gibt, finde ich sie.«

Davon war Ralph überzeugt, und trotz des Schocks und der Leere in seinem Inneren empfand er für einen kurzen Moment Dankbarkeit. Dafür, dass niemand anderes als Wilhelm Hack persönlich sich dieser Sache annehmen würde.

4

Gießen, neun Jahre zuvor

Lebenslänglich.«

Der Kommissar, der eigens in die Polizeistation gekommen war, um ihnen die Nachricht vom abschließenden Urteil im Todesfall Ulf Schleenbecker zu überbringen, sah nicht glücklich aus. Dabei war die Verurteilung das Resultat seiner Arbeit.

Ronald Walther hatte geleugnet. Angeblich hatte er nicht gesehen, dass der Polizist, der den Helm abgenommen hatte, sein Nebenbuhler war. Und auf keinen Fall hätte er die Absicht gehabt, ihn zu töten. Der Wurf sei ein spontaner Impuls gewesen. Weil er so wütend war, dass die Beamten den berechtigten Protest gegen den Castor-Transport unterbinden wollten.

Das Gericht hatte ihm nicht geglaubt. Vor allem deshalb nicht, weil mehr als ein Dutzend Zeugenaussagen vorlagen, die bestätigten, dass Walther das Gesicht des angegriffenen Beamten genau hatte sehen können. Alle stimmten darin überein, dass der Impuls zur aggressiven Handlung erst erfolgt war, nachdem Walther den Polizisten erkannt hatte. Etliche wollten sogar den Hass in Walthers Augen wahrgenommen haben.

Dass aufseiten der Demonstranten niemand diese Aussage unterstützte, hatte das Gericht nicht gestört. Die Protestler

hielten zusammen, das kannte man ja. Einzig der Oberkommissar schien Bauchschmerzen zu haben, genau wie
Aaron.

»Ich mag solche Fälle nicht«, knurrte er, als er mit Aaron in
der engen Teeküche der Polizeistation stand. Die Kollegen hatten ihn zu einer spontanen Feier genötigt und ein paar Flaschen
von der Tankstelle geholt. Inzwischen war die Stimmung
weinselig. Tränen über Ulfs Tod wechselten sich ab mit Hass-
reden auf den Täter, dem man noch weitaus schlimmere Pla-
gen an den Hals wünschte als lächerliche fünfzehn Jahre im
geregelten Strafvollzug. Als man vom Auspeitschen beim Tot-
prügeln angekommen war, hatten der Kommissar und Aaron
das Dienstzimmer verlassen.

Aaron zapfte zwei Becher Kaffee aus der großen Warmhal-
tekanne und reichte dem Kommissar einen davon. »Milch?
Zucker?«

»Danke, nein. Ich trinke den Kaffee schwarz«, knurrte der
Kommissar.

Eine Weile schwiegen sie. Der Kommissar leerte seinen Becher. »Ich fahre zurück nach Gießen«, verkündete er. In der
Tür blieb er noch einmal stehen. »Übrigens: Mir hat das gefallen. Sie waren sehr anständig, Kollege.« Er blinzelte. »Verzeihung. Ich habe mir nicht mal Ihren Namen gemerkt.«

»Ammann. Aaron Ammann.«

Ein flüchtiges Lächeln huschte über das Wettergesicht.
»Auch mit A also.«

Aaron sah ihm nach, wie er über den Flur davonstapfte, und
dachte nach. Er kam ebenfalls nicht gleich darauf, doch dann
fiel es ihm ein. Der Kommissar hieß Angersbach. Ralph Angersbach.

7. November
Knüll-Bergland

Sabine Kaufmann schaute aus dem Seitenfenster des Dienstwagens auf die dicht bewaldeten Hänge und die grünen Felder, die vorbeiflogen. Sie war froh, dass sie nicht selbst fahren musste. So konnte sie ihre Gedanken schweifen lassen und die Fakten zu verdauen versuchen.

Ihren Renault Zoe hätte sie ohnehin nicht nehmen können, von Wiesbaden bis Thalhausen waren es fast zweihundert Kilometer, und die Abdeckung mit Elektrozapfsäulen war in der Region um den Knüllwald herum, wie anderswo auch, nicht besonders hoch. Die Reichweite des Wagens war schlicht und einfach zu gering. Vielleicht sollte sie doch darüber nachdenken, sich ein Hybrid-Fahrzeug anzuschaffen, um umweltbewusst zu fahren und trotzdem auch für längere Strecken gerüstet zu sein.

Doch im Augenblick hatte sie andere Sorgen. Ralphs Halbschwester war von einem Unbekannten angegriffen und mit einer schweren Metallkugel attackiert worden, offenbar in der Absicht, sie zu töten. Und Ralphs Vater war in seinem Campingbus verbrannt. Zwei Vorfälle, die sich innerhalb von nicht einmal vierzehn Stunden ereignet hatten.

Sabine war kalt vor Entsetzen, hinter ihren Lidern brannte es, und ihre Kehle fühlte sich an wie zugeschnürt. Zwei Menschen, die sie gut kannte beziehungsweise gekannt hatte, waren brutal angegangen und, in Gründlers Fall, auf eine der grausamsten Arten, die man sich vorstellen konnte, aus dem Leben gerissen worden.

Noch stand zwar nicht fest, ob es sich bei der Explosion um einen Unfall oder einen Anschlag gehandelt hatte, doch Sabine glaubte schon lange nicht mehr an Zufälle.

Irgendjemand attackierte gezielt die Menschen in Ralphs engstem Umfeld. Jemand, der sich an Ralph rächen wollte. Eine andere Erklärung konnte sie sich nicht vorstellen.

Ganz kurz blitzte der Gedanke auf, ob Carl etwas damit zu tun haben konnte, doch er war am gestrigen Abend in Wiesbaden gewesen, nicht in Berlin, und soweit sie wusste, befand er sich immer noch in Polizeigewahrsam. Wenn er die Explosion am Bus des alten Gründler bewirkt hätte, müsste er schon am Tag zuvor tätig geworden sein. Außerdem spielte sie nicht wirklich eine wichtige Rolle in Ralphs Leben, auch wenn sie sich vielleicht irgendwann einmal etwas anderes gewünscht hatte.

Tränen traten ihr in die Augen. Sie hatte den alten Gründler gemocht. Er war ein kluger, warmherziger Mann gewesen, ein Freigeist, unangepasst und kritisch, mit einem wachen und informierten Blick auf die Welt. Sabine hatte sich bei ihm wohlgefühlt und seine Ansichten geschätzt. Dass er nun tot war …

Es musste schwer sein für Ralph, und für Janine ebenfalls. Sie war zwar keine Blutsverwandte von Johann Gründler, hatte ihn aber sofort als Onkel adoptiert. Sabine mochte Ralphs Halbschwester mit ihrem hintergründigen Humor und ihrem rebellischen Geist. Wenn sie daran dachte, dass auch Janine beinahe gestorben wäre …

Ungeduldig schüttelte sie den Kopf, zog ein Taschentuch hervor und tupfte sich die Augen ab. War sie überhaupt die Richtige für diesen Fall? War sie nicht persönlich viel zu sehr involviert? Sie kannte die beiden Opfer, hatte eine persönliche Beziehung zu ihnen. Ihr Vorgesetzter, Kriminaloberrat Julius Haase, hatte darin kein Problem gesehen. »Sie sind betroffen, aber nicht befangen«, hatte er gesagt. Im Gegenteil hatte er einen Vorteil darin erkannt, dass Sabine mit der Familie vertraut war: »Sie verfügen über Informationen, die sich ein anderer Kollege erst mühsam zusammensuchen müsste. Das verschafft uns einen Ermittlungsvorsprung. Sie können von Beginn an zielgerichtet und effizient ermitteln«, waren seine Worte gewesen.

Nun, wenn das so war, musste sie diesem Vertrauensvorschuss auch gerecht werden. Sie schnäuzte sich und steckte das Taschentuch weg.

»Alles okay?«, fragte Holger Rahn. Er wandte kurz den Blick von der Straße ab, um zu ihr herüberzusehen, konzentrierte sich aber gleich darauf wieder auf den Verkehr. Die A5 war dicht befahren, und Rahn bemühte sich, so schnell wie möglich ihr Ziel zu erreichen. Er hielt sich weitgehend auf der linken Spur und nutzte jede Gelegenheit, sich an der endlosen Lkw-Kolonne vorbeizuschieben, die sich die Steigungen hinaufquälte. Mittlerweile hatten sie Alsfeld passiert und näherten sich dem Hattenbacher Dreieck.

Sabine ließ ihn an ihren Bedenken teilhaben.

»Du hast recht. Es ist ein zweischneidiges Schwert«, entgegnete er. »Einerseits bist du mit der Faktenlage besser vertraut als ein uninformierter Kollege. Andererseits fehlt dir vermutlich die Objektivität. Aber dafür hast du ja mich.«

Sabine musste schlucken. Wie sachlich das auf einmal klang, beinahe schon herablassend. Das war nicht ganz das, was sie von dem Mann hören wollte, mit dem sie die letzte Nacht verbracht hatte. Doch Rahn saß offensichtlich nicht als ihr neuer Freund neben ihr, sondern als Kollege.

Es sollte sie nicht wundern. Sie kannte Holger seit einigen Jahren und wusste, wie verbohrt er war, wenn es um seine Arbeit ging. Es war seine Stärke, sich vollkommen auf eine Ermittlung zu konzentrieren, aber zugleich auch seine Schwäche.

»Wie ist die aktuelle Lage?«, erkundigte er sich.

Sabine nahm das Tablet aus der Handtasche, um ihre Mails zu checken, so wie sie es seit ihrem Aufbruch aus Wiesbaden alle paar Minuten getan hatte. Bisher ohne Erfolg, doch dieses Mal gab es gleich zwei neue Nachrichten, einen Bericht von der zuständigen Polizeistation und erste Ergebnisse der Spurensicherung. Sie nahm sich zuerst den Polizeibericht vor.

»Wir haben einen Toten und vierzehn Verletzte, zwei davon schwer«, las sie laut vor. Die Zahlen waren ihr bereits bekannt und hatten sich in der letzten Stunde nicht geändert, aber darüber hinaus hatte Julius Haase ihr nur spärliche Informationen mit auf den Weg geben können. »Außerdem einen Sachschaden im sechsstelligen Bereich. Durch die Explosion sind Glasscherben, Metallsplitter und Plastikteile umhergeschleudert worden. Sie haben die Demonstranten getroffen, die sich in der Nähe des Busses aufgehalten haben, und die umstehenden Fahrzeuge beschädigt. Der Bus ist komplett ausgebrannt. Die Metallhülle ist geborsten, die Fenster sind herausgeflogen, genau wie der Inhalt. Ein in der Nähe stehender Baum ist entwurzelt worden und auf das Dach des Fahrzeugs gestürzt. Die Kollegen haben Teile einer Campingküche und einen Gasbrenner gefunden. Die Verletzten wurden in ein Krankenhaus gebracht. Der verbrannte Leichnam, bei dem es sich vermutlich um Johann Gründler handelt, wurde in die Rechtsmedizin Gießen überstellt. Die endgültige Identifikation ist aufgrund des Zustands der Leiche nicht möglich und muss per Abgleich des Zahnstatus oder durch eine DNA-Analyse bestätigt werden.«

Sabine schloss die Augen. Sie hatte in ihrem Berufsleben bereits etliche Verbrennungsopfer gesehen. Es gab kaum etwas Schrecklicheres. Wie mochte es für Ralph gewesen sein, vor der verkohlten Leiche seines Vaters zu stehen? Sie empfand tiefes Mitgefühl.

»Schlimm«, sagte Holger Rahn. »Und die Ergebnisse der Spurensicherung?«

Sabine rief auch diese Mail auf und fragte sich nebenbei, ob sie Holgers Ton zu sachlich fand. Aber er kannte weder den alten Gründler noch Janine, und mit Ralph Angersbach hatte er sich bei dem einzigen Fall, an dem sie gemeinsam gearbeitet hatten, nicht besonders gut verstanden. Darüber hinaus war er einfach auf die Fakten konzentriert, und das war genau das, was sie jetzt brauchte. Es reichte ja, wenn Ralph und sie einen von der Trauer getrübten Blick auf die Sache hatten.

»Es war eine Bombe«, sagte sie, nachdem sie die ersten Zeilen überflogen hatte. Der Knoten im Magen zog sich enger zusammen. Natürlich hatte sie es die ganze Zeit befürchtet, aber es war etwas anderes, schwarz auf weiß zu lesen, dass Gründlers Tod tatsächlich beabsichtigt und kein Unfall gewesen war. »Eine Rohrbombe, Marke Eigenbau. Ausgestattet mit einem Druckzünder, der unter dem Fahrersitz versteckt war. Als sich Johann … das Opfer in den Bus gesetzt hat, ist sie hochgegangen.«

Wieder wandte ihr Rahn kurz den Kopf zu. »Du darfst dich nicht von deinen Gefühlen leiten lassen. Sonst kannst du nicht ermitteln.«

»Ich weiß.« Sabine holte tief Luft.

Sie erreichten die Ausfahrt Homberg, und Rahn wechselte auf die B323. Links von ihnen lag der Knüllwald, in dem sich auch der Wildpark befand, den Sabine, wie sie sich erinnerte, sogar schon einmal mit ihrer Mutter besucht hatte. Hedwig hatte die Bären und Wölfe gemocht, die zwischen hohen Bäumen durch ihr Gehege streiften, und auch die Hirsche, die frei auf dem Gelände des Wildparks umherliefen. Aber sie wollte jetzt nicht an ihre Mutter denken, auch wenn sie wusste, dass sie sich diesem Wust an unverarbeiteter Trauer irgendwann einmal stellen musste. Ob Holger dann der richtige Mann wäre, um sie aufzufangen? Sie betrachtete ihn von der Seite. Er war ein guter Polizist, aber eignete er sich als Lebenspartner? Sie schüttelte den Gedanken ab. Es war viel zu früh, um das zu entscheiden.

Rahn bemerkte ihren Blick. »Ist was?«

»Nein. Ich habe nur nachgedacht.«

»Worüber?«

»Über meine Mutter.« Ein Testballon konnte ja nicht schaden, auch wenn sie nicht vorhatte, das Thema zu vertiefen.

Rahn verzog den Mund, als hätte er Zahnschmerzen. »Sie war psychisch krank, nicht wahr?«

»Ja. Schizophren.«

Wieder ein Seitenblick. »Das ist erblich, oder?«

»Ja. Aber ich bin gesund.«

»Dann ist es ja gut.« Rahn stierte wieder auf die Straße. Sabine verdrehte die Augen.

Was stimmte bloß nicht mit den Männern? Sobald man begann, über Gefühle zu reden oder, schlimmer noch, über psychische Probleme, ging bei ihnen eine Klappe herunter. Als hätten sie selbst keine empfindsame Seele. Bei Ralph war das nur Show, das wusste sie, und bei Holger war es wahrscheinlich nicht anders. Aber warum konnten sie nicht dazu stehen? Oder lag es an ihr? Suchte sie sich einfach immer die falschen Männer aus?

Noch eine Frage, mit der sie sich beschäftigen konnte, wenn dieser Fall gelöst war.

Rahn steuerte den Wagen über die Landstraße, bog von der B323 auf die B254 ab und knapp zwei Kilometer weiter auf die Straße nach Thalhausen. Er folgte dem Wegweiser zum Wanderparkplatz, und dann lag der Ort des Schreckens vor ihnen.

Ralph Angersbach fühlte sich noch immer wie betäubt. Seit fast zwei Stunden stand er neben dem verkohlten Autowrack und sah den Kollegen bei der Arbeit zu, unfähig, selbst etwas zu tun. Dabei gab es ein paar Dinge, die er dringend in Angriff nehmen sollte.

Wenn sich jemand an ihm rächte, indem er seine nächsten Angehörigen ermordete oder zu ermorden versuchte, sprach das für einen gewaltigen Hass. Der Täter musste jemand sein, dem er etwas Schlimmes angetan hatte, zumindest aus dessen Sicht. Da er sich im Privaten keine echten Feinde gemacht hatte, konnte es sich nur um jemanden handeln, der von ihm verhaftet und aufgrund seiner Ermittlungen verurteilt worden war. Womöglich zu Unrecht?

Hilfreich wäre also eine Aufstellung der Fälle, die er in den letzten Jahren bearbeitet hatte. Der Personen, die verhaftet und angeklagt worden waren. Der Länge der verhängten Haftstrafen. Und vor allem der Entlassungstermine.

Entschlossen nahm er sein Mobiltelefon zur Hand. Er informierte seine Gießener Kollegen und bat sie, die entsprechenden Listen zusammenzustellen. Auch wenn er persönlich betroffen war und die Ermittlungen dem LKA übergeben wollte, konnte er seinen Beitrag leisten. Sabine würde ihn ohnehin danach fragen.

Ralph atmete tief durch. Es gab noch etwas, das er dringend tun musste. Mit einem Gefühl, als würde ihm das Herz aus dem Leib gerissen, wandte er sich von dem Gerippe des T3 ab und wählte Janines Nummer.

Er hatte Glück. Nicht seine Halbschwester, sondern ihr Verlobter nahm das Gespräch entgegen. Ralph schilderte ihm in kurzen Worten, was geschehen war, und Morten zog sofort die richtigen Schlüsse. Er musste ihn nicht lange bitten; Morten kam von selbst auf den Gedanken, mit Janine nach Australien zu fliegen, damit sie in Sicherheit war.

»Wer auch immer es war, dort findet er sie nicht«, sagte der junge Mann. »Es ist kein Problem; wir wollten ohnehin in ein oder zwei Wochen zu meinen Eltern reisen. Wir müssen nur umbuchen.«

Ralph hatte das Gefühl, dass etwas in seinem Inneren zerriss. Einerseits würde er froh sein, wenn er seine Halbschwester in Sicherheit wusste. Aber andererseits gefiel es ihm überhaupt nicht, dass sie dann fünfzehntausend Kilometer von ihm entfernt sein würde. Nach Gründlers Tod war sie seine einzige lebende Angehörige. Würden sie einander nicht brauchen, um über diesen Schicksalsschlag hinwegzukommen?

»Gibst du sie mir kurz? Ich muss ihr sagen, was mit Johann … Onkel Joe passiert ist.« Ralph hustete, seine Kehle fühlte sich an wie Sandpapier.

»Sie schläft«, entgegnete Morten. »Es wäre vielleicht auch besser, wenn sie es erst später erfährt. Wenn sie den Schock über den Überfall verarbeitet hat.«

»Du hast recht.« Angersbach stürzte geradezu durch die Tür, die ihm Morten da aufhielt. Er schämte sich für seine Feigheit, doch die Erleichterung, das Überbringen der schlimmen Nachricht hinauszögern zu können, überwog. Rasch verabschiedete er sich von Morten, ehe einer von ihnen seine Meinung ändern konnte.

65

Mit steifen Fingern schob er das Smartphone zurück in die Tasche. Er fühlte sich vollkommen erschöpft, so, als wäre alle Energie aus ihm herausgeflossen. Es fiel ihm schon schwer, aufrecht zu stehen.

An der Zufahrt zum Parkplatz tauchte ein Wagen auf, eine schwarze Limousine mit getönten Scheiben und Wiesbadener Kennzeichen. Die Seitenscheibe wurde heruntergelassen, der Fahrer sprach mit den Beamten, die den Tatort sicherten. Das Absperrband wurde angehoben, der Wagen rollte auf den Parkplatz, das Seitenfenster fuhr wieder hoch.

War das Sabine? Ralph hatte es nicht erkennen können.

Die Limousine steuerte auf die anderen Einsatzfahrzeuge zu und stoppte ein Stück dahinter. Die Beifahrertür öffnete sich, und eine kleine, schlanke Frau mit halblangen blonden Haaren stieg aus, bekleidet mit Jeans, Sneakers und einem dunkelblauen Rollkragenpullover.

Ralphs Herz machte unwillkürlich einen Satz. Sie hatten sich seit drei Monaten nicht gesehen. Seit der verpassten Gelegenheit, ihr zu sagen, was er für sie empfand. Oder sie noch einmal zu küssen.

Er hatte es nicht geschafft, sich bei ihr zu melden. Immer größer waren seine Zweifel geworden, bis er sich schließlich erfolgreich eingeredet hatte, dass sie an einer Beziehung zu einem Mann wie ihm ohnehin nicht interessiert wäre. Er hatte geglaubt, dass damit auch seine Gefühle verschwunden gewesen wären, doch jetzt waren sie mit einem Schlag wieder da.

Wie schön wäre es, wenn sie ihn jetzt einfach in den Arm nehmen und trösten würde. Aber das war nicht die Rolle, in der sie gekommen war. Es war auch nur eine momentane Schwäche. Der Schock über den Tod seines Vaters. Das Gefühl, den Halt zu verlieren. Das alles würde auch wieder vergehen.

Die Fahrertür öffnete sich, und ein Mann stieg aus. Mittelgroß und schlank, im schwarzen Anzug mit Krawatte, dazu ein blaues Hemd, passend zu Sabines Pullover. Blonde, widerspenstige Haare und eine Sonnenbrille, die lässig hochgeschoben war, völlig überflüssig in dieser Jahreszeit und bei diesen Lichtverhältnissen. Der Himmel war novembergrau, nur hier und da blitzten ein paar fahle blaue Stellen auf.

Ralph war enttäuscht, dabei war es nur logisch, dass Sabine nicht allein kam. Sie sollte ja nicht gemeinsam mit ihm ermitteln, sondern den Fall übernehmen, und dafür war ein Kollege unabdingbar.

Erst als die beiden näher kamen, bemerkte Ralph, dass er den Mann kannte. Das war eine der beiden Witzfiguren, die sie bei den Ermittlungen »unterstützt« hatten, als sie vor Jahren rund um den Galgenmord im Vogelsberg ermittelt hatten. Eine Erinnerung, die der Kommissar nur allzu gerne unterdrückte. Vielleicht hatte er deshalb den Namen nicht aus dem Stegreif parat.

Sabine nahm ihn tatsächlich in den Arm, und es fühlte sich gut an. Leider ließ sie ihn viel zu schnell wieder los.

»Du erinnerst dich?«, fragte sie und deutete auf ihren Begleiter. »Holger Rahn.«

Richtig. Angersbach erinnerte sich und reichte dem Mann die Hand. Er hätte sich irgendeine freundliche Floskel abringen müssen, doch es gelang ihm nicht.

War es ein Fehler gewesen, das LKA einzuschalten? Wäre es besser, die Sache selbst in die Hand zu nehmen, statt sie einem Schmalspurermittler wie Rahn zu überlassen? Aber Sabine würde schon dafür sorgen, dass alles getan wurde, was nötig war. Und er selbst konnte ja dennoch ermitteln, ganz privat. Sabine würde ihm keine Steine in den Weg legen.

Rahn zog ein Tablet aus der Jackentasche. »Die Fakten. Gestern Abend, neunzehn Uhr sechsundzwanzig, wurde die Polizeidirektion 5, Abschnitt 53, in Berlin-Kreuzberg über einen Angriff mit mutmaßlicher Tötungsabsicht im Naherholungsgebiet Hasenheide informiert. Opfer war Janine Angersbach, Ihre Halbschwester. Sie hatte Glück und wurde nur leicht verletzt.« Er wischte über das Display. »Heute Morgen, acht Uhr dreiundvierzig, findet auf dem Waldparkplatz Thalhausen in der Region Knüll-Bergland eine Explosion statt. Ursache ist eine selbst gebaute Rohrbombe mit Druckzünder unter dem Fahrersitz. Mehrere Personen werden verletzt, ein Mann getötet. Bei dem Toten handelt es sich mutmaßlich um Ihren Vater Johann Gründler.« Rahn ließ das Tablet sinken. »Wem sind Sie denn da wieder auf die Füße getreten?«

Ralphs Kehle war wie zugeschnürt. Die Information mit der Rohrbombe und dem Druckzünder war ihm neu. Sie bedeutete, dass der Anschlag gezielt gewesen war. Er hatte seinen Vater treffen sollen und niemanden sonst. Also stimmte es tatsächlich. Jemand wollte ihm Schmerzen zufügen, indem er seine nächsten Angehörigen tötete. Aber wer?

»Ich weiß es nicht.« Er bemerkte Sabines mitfühlenden Blick und wandte sich ab. Das war mehr, als er ertragen konnte.

Vom Waldrand her näherten sich zwei Personen, beide in Jeans und abgewetzte Parkas mit hochgeschlagenen Kapuzen gehüllt. Ihre Gesichter lagen im Schatten.

Journalisten, die ein paar spektakuläre Fotos vom Unglücksort schießen wollten? Politiker, die in dem Anschlag einen

Angriff auf ihre Gesinnung, auf Demonstrationsrecht und Meinungsfreiheit sahen und sich in ihre Arbeit einmischen wollten? Oder radikale Anhänger der Protestbewegung, die nur darauf warteten, der Polizei Unfähigkeit vorzuwerfen?

Angersbach drehte sich von ihnen weg. Es war nicht mehr sein Fall, also musste er sich auch nicht mit diesen Leuten herumschlagen. Das konnte der smarte Holger Rahn übernehmen.

»Ralph?«, hörte er eine vertraute Stimme in seinem Rücken. »Was tust du hier?«

Angersbach wirbelte herum. Starrte den Mann an, der vor ihm stand und die Kapuze abnahm. Lange, graue Haare, ein dichter Bart und dunkle Augen, die ihn misstrauisch musterten.

»Papa.« Angersbach knickten die Knie ein, er wäre gestürzt, wenn Holger Rahn ihn nicht gehalten hätte.

Johann Gründler ließ den Blick über den Parkplatz schweifen, über die verstreut liegenden Plakate und Transparente und die beschädigten Fahrzeuge hin zu dem verkohlten Bus, der unter dem umgestürzten Baum begraben war. »Was ist denn hier passiert?«

Ralph schloss für eine Sekunde die Augen. Sein Herz hämmerte so hart, als wollte es aus der Brust springen, in seinen Ohren rauschte das Blut. »Ich dachte, du bist tot«, presste er hervor und sah seinen Vater an.

»Warum sollte ich?«

Angersbach zeigte auf den zerstörten T3. »Dein Bus.«

Johann Gründler schüttelte den Kopf. »Das ist nicht mein Bus. Mein Bus ist bei Neuenstein liegen geblieben. Er musste abgeschleppt werden.« Gründler deutete auf den Mann, der neben ihm stand und jetzt auch seine Kapuze abnahm. Ein typi-

69

scher Revoluzzer, Nickelbrille, die braunen Haare lang und zottelig verfilzt. »Marius war so freundlich, mich abzuholen.«

Ralph wandte sich Marius zu und stellte fest, dass er unverwandt auf das Fahrzeugwrack stierte. Seine Augen waren weit aufgerissen, das Gesicht leichenblass. Angersbach wollte etwas sagen, doch Sabine war schneller. Sie legte dem Mann leicht die Hand auf den Arm. »Hallo. Ist Ihnen nicht gut?«

Der Angesprochene schluckte. »Das ist der Bus von meinem Vater.«

»Willi?« Gründler fuhr zu ihm herum. »Willi fährt doch einen rot-weißen T1.«

Marius verneinte. »Den bewegt er nur noch zu besonderen Gelegenheiten, ansonsten bleibt er in der Garage. Ist mittlerweile viel zu kostbar für den alltäglichen Gebrauch. Deswegen hat er sich nach Ersatz umgesehen. Als du ihm das Foto von deinem umgewidmeten Bundeswehr-Syncro geschickt hast, war er nicht mehr zu bremsen. Er wollte unbedingt auch so einen haben. Im Netz hat er eine passende Anzeige entdeckt und sofort zugeschlagen. Vor drei Tagen hat er ihn abgeholt und zugelassen. Er hat sich so auf dein Gesicht gefreut, wenn du siehst, dass er genau den gleichen Bus hat wie du, sogar mit fast den gleichen Aufklebern.« Seine Stimme brach, seine Augen füllten sich mit Tränen.

Johann Gründler ballte die Fäuste. »Das waren diese Schweine von ZYKLUS«, sagte er zu Ralph und Sabine.

Holger Rahn zückte erneut sein Tablet. »Wer ist das?«

»Die Firma, die hier die Strecke der Kanonenbahn reaktivieren will, um exklusive Transportwege für Atommüll anbieten zu können. Zu einem Endlager, das irgendwo hier in Nordhessen eingerichtet wird, wenn es nach den Vorstandsmitgliedern der ZYKLUS AG geht.«

Rahn sah sich um. »Dagegen wollten Sie protestieren?«

Gründler breitete die Arme aus. »Richtig. Wir hatten eine Wanderung entlang der Schienen geplant, um dort Mahnmale aufzustellen.«

»Welche Rolle hat Ihr Freund Willi dabei gespielt?«

»Er war unser Anführer«, brachte Gründler mühsam hervor. »Deshalb hat man ihn aus dem Weg geräumt.«

Rahn wechselte einen Blick mit Sabine. Ralph ärgerte sich. Die beiden taten so, als sei er gar nicht da.

»Sie brauchen gar nicht so skeptisch zu gucken«, fuhr Gründler den LKA-Beamten an. »Wäre nicht das erste Mal, dass jemand seine Interessen durchsetzt, indem er der Hydra den Kopf abschlägt.«

Sein Begleiter blinzelte. »Nicht nur die ZYKLUS AG hätte einen Nutzen von seinem Tod«, brachte er hervor, die Worte so verwaschen, als wäre seine Zunge zu schwer, um sie zu bewegen.

Dieses Mal war Angersbach schneller als die anderen. »Wer denn noch?«

Marius kaute schwer an seiner Antwort. Dann kam sie so leise, dass Ralph ihn kaum verstand. »Mein Bruder.«

Sabine Kaufmann neigte den Kopf. »Sie glauben, Ihr Bruder könnte Ihren Vater getötet haben? Weshalb sollte er das tun?«

»Weil ihm unser Protest stinkt«, gab Johann Gründler an Marius' Stelle die Antwort. »Dietmar ist hier der Bürgermeister. Er setzt große Hoffnungen in den Wiederaufbau der Kanonenbahn. Unter anderem will er erreichen, dass man ihn noch viele Jahre lang wiederwählt, und er hofft, dass man ihn vielleicht sogar in den Landtag oder in den Bundestag beruft. Wenn wir mit unserer Aktion Erfolg gehabt hätten, wäre daraus nichts geworden. Dann wäre er mit seiner Karriere in der Sackgasse gelandet.«

71

Angersbach stöhnte leise. Warum hatte er es in den letzten Jahren ständig mit korrupten Politikern und skrupellosen Karrieristen zu tun? Konnte er nicht einmal in einem Fall ermitteln, bei dem es um ein simples Familiendrama ging?

Andererseits: Im Grunde war es ja genau das. Vater und Sohn hatten diametral entgegengesetzte Interessen. Und der Graben war offenbar so tief, dass der andere Sohn seinem Bruder einen vorsätzlichen Mord zutraute.

»Wir brauchen Name und Adresse Ihres Bruders.« Rahns Finger schwebte über dem Tablet.

»Dietmar Geiger.« Marius nannte eine Straße in Thalhausen und diktierte dem LKA-Beamten eine Telefonnummer.

»Danke. Und Ihr Name ist …«

»Marius Geiger.«

Rahn öffnete ein Dokument. Ralph konnte es nicht richtig erkennen, vermutete aber aufgrund der Absatzgestaltung, dass es sich um einen Polizeibericht handelte.

»Unter den Verletzten ist ebenfalls ein Mann namens Geiger«, erklärte Rahn mit gerunzelter Stirn. »Jürgen Geiger.«

»Jürgen? Was ist mit ihm?«

»Er gehört zur Familie?«

»Jürgen ist mein anderer Bruder.« Marius' Blick haftete an Rahn.

»Er stand in unmittelbarer Nähe, als der Bus explodiert ist. Schwere Verletzungen im Gesichtsbereich, Verbrennungen und Knochenbrüche. Die Druckwelle hat ihn gegen einen Baum geschleudert. Möglicherweise ist sein Rückgrat verletzt.«

Angersbach sah, wie Sabine säuerlich den Mund verzog. Zumindest, was das Überbringen von schlimmen Nachrichten betraf, war Holger Rahn kein bisschen subtiler als Ralph.

»Mein Gott.« Marius Geiger sah aus, als würde er auf der Stelle zusammenbrechen.

Sabine versuchte, ihn zu beruhigen: »Man kümmert sich im Krankenhaus um ihn. Bisher gibt es noch keine feststehende Diagnose.«

Geiger nickte schwer. Rahn blieb auf dem investigativen Trip. »Wie ist das Verhältnis Ihres Bruders Jürgen zu seinem Vater?«

»Nicht gut.« Marius ging ein paar Schritte zur Seite, streckte die Hand nach einem Baum aus und lehnte die Stirn an das Holz, als könnte es ihm Trost spenden. Rahn und seine Kollegen folgten ihm, genau wie der alte Gründler.

»Er gehört ebenfalls zu den Befürwortern des Kanonenbahn-Projekts?«, fragte Rahn weiter.

»Nein, im Gegenteil.« Marius schüttelte den Kopf. »Jürgen ist Biologe. Er spricht sich vehement gegen die Atomtransporte und vor allem gegen ein Endlager hier in der Gegend aus. Aber ihm ist das Programm meines Vaters zu radikal. Er plädiert für eine sachlichere Herangehensweise.«

»Gab es darüber Streit?«

»Ja, Heftig«, erwiderte Marius. Ihm schien überhaupt nicht klar zu sein, worauf Rahns Fragen abzielten. Angersbach dagegen wartete nur auf die Anschuldigung, die umgehend kam.

»Also hätte auch Ihr Bruder Jürgen einen Grund gehabt, seinen Vater zu töten?«

Marius riss die Augen auf. »Sie glauben, er hat den Bus in die Luft gesprengt? Und stellt sich so nah dran, dass er selbst fast draufgeht?« Er schnaubte. »Was für ein Unsinn. Außerdem lehnt Jürgen Gewalt ab.«

Rahn ließ sich nicht beirren. »Vielleicht hat er die Wirkung der Bombe unterschätzt. Es wäre nicht das erste Mal, dass jemand, der einen solchen Anschlag verübt, dabei selbst verletzt wird, weil er das Ergebnis unbedingt aus der Nähe sehen will. Außerdem müssen wir in alle Richtungen ermitteln.«

»Dann sollten Sie mich auch auf die Verdächtigenliste schreiben«, fuhr Marius ihn an.

»Warum?«

»Wir hatten ebenfalls Streit. Was Jürgen radikal genannt hat, war in Wirklichkeit eine Weichspültour. Protestmärsche und Mahnmale? Das interessiert doch niemanden. Wenn man wirklich etwas erreichen will, muss man hart durchgreifen.«

»Was heißt das?«

Marius zuckte mit den Schultern. »Mir wäre schon etwas eingefallen, wenn sie mir die Führung der Gruppe überlassen hätten.«

»Und deshalb hätten Sie Ihren Vater ermordet? Weil Sie seine Rolle in der Bürgerinitiative übernehmen wollten?«

Marius stieß sich von dem Baum ab. Seine Arme baumelten locker neben seinem Körper. Er sah Rahn wütend an. »Sie kapieren überhaupt nichts, was? Das war ein Beispiel! Damit Sie verstehen, dass keiner aus unserer Familie so etwas tun würde. Wir reden uns vielleicht die Köpfe heiß, aber wir schlagen sie uns nicht gegenseitig ein.«

Rahn lächelte mild. »Sie selbst haben doch den Verdacht gegen Ihren Bruder Dietmar aufgebracht.«

»Ja. Das war der Schock. Aber wenn ich vernünftig darüber nachdenke …« Marius bewegte beide Zeigefinger wie Scheibenwischer. »Niemals.«

»Das ist notiert.« Rahn verstaute sein Tablet. »Wir werden allen Spuren nachgehen. Auch den unwahrscheinlichen.«

Marius wandte sich an Gründler. »Was machen wir denn jetzt?«

Ralphs Vater legte ihm die Hand auf die Schulter. Ralph sah ihm an, wie erschüttert er war, trotzdem schaffte er es, Haltung zu bewahren. »Du musst übernehmen. Willi ist tot, Jürgen liegt im Krankenhaus. Du bist der Einzige, der die Gruppe führen kann.« Er deutete über den Parkplatz zu den Mitgliedern der Bürgerinitiative, die verloren hinter der rot-weißen Absperrung standen. »Sag ihnen, dass sie nach Hause gehen sollen und dass wir uns am nächsten Wochenende an dieser Stelle wiedertreffen. Wir machen eine Schweigeminute, und dann holen wir den Protestmarsch nach, im Gedenken an Willi.«

Marius schien unter Gründlers Worten zu wachsen. Er richtete sich auf und ging zu der Gruppe hinüber.

»Danke.« Holger Rahn nickte Gründler zu. »Wenn Sie uns dann einen Moment allein lassen würden? Wir müssen eine kurze Lagebesprechung abhalten.«

Ralphs Vater hob die Augenbrauen.

Was willst du besprechen, von dem ich nicht ohnehin erfahre?, schien sein Blick zu sagen, doch er sprach es nicht aus. Stattdessen lächelte er knapp. »Sicher. Ich warte dort hinten.« Er deutete zum Waldrand, wo, wie Ralph jetzt entdeckte, ein alter Fiesta in verwaschenem Blau parkte. Vermutlich der Wagen von Marius Geiger.

Der alte Gründler lief darauf zu, und Ralph hörte, wie er etwas vor sich hin murmelte, einen Text, nein, ein Lied. Es dauerte einen Moment, dann erkannte er es.

Willy.

Ralph hatte die Stimme von Konstantin Wecker sofort im Ohr.

Gestern habns an Willy daschlogn.

Und heit, und heit, und heit werd a begrobn.

5

Homberg (Efze), neun Jahre zuvor

Am Anfang bemerkte er es kaum, doch im Laufe der Wochen wurde immer deutlicher, dass die Kollegen ihn schnitten. Es gab auch keine Einladungen mehr. Harald Faust war jetzt der Dienststellenleiter. Auf Schleenbeckers Beerdigung hatten sie noch einträchtig nebeneinandergestanden, doch dann war durchgesickert, dass Aaron aus der Reihe getanzt war. Anders als Faust hatte er nicht ausgesagt, dass Ronald Walther den Stein gezielt auf Ulf Schleenbecker geworfen hatte.

Einen Unterschied hatte es nicht gemacht, Walther war trotzdem wegen Mordes verurteilt worden, denn das Gericht war zu der Ansicht gelangt, dass er Schleenbecker angegriffen hatte, weil dieser eine Affäre mit seiner Frau hatte. Es sei ihm nicht darum gegangen, einen Polizisten zu verletzen, sondern seinen Nebenbuhler aus dem Weg zu räumen.

Für Faust war er ein Kollegenschwein. In der Truppe hielt man zusammen. Man fiel den anderen nicht in den Rücken.

Aaron litt unter der Situation, aber er wusste auch, dass er richtig gehandelt hatte. Als Polizist war er der Wahrheit verpflichtet. Und selbst wenn Walther tatsächlich deshalb den Stein geworfen hatte, weil er Schleenbecker erkannt hatte – gesehen hatte Aaron es nicht. Also hatte er nichts anderes aussagen können.

Der Mordermittler, dieser Angersbach, hatte ihn dafür gelobt. Harald Faust dagegen tat alles, um ihm das Leben zur

Hölle zu machen. Ein wenig konnte Aaron ihn verstehen, Ulf war sein bester Freund gewesen. Aber fair war es nicht.

Eine Weile hatte er gehofft, dass sich Haralds Wut legen würde, doch mittlerweile wusste er, dass das nicht der Fall war. Faust schikanierte ihn, wo er konnte, und die Kollegen beteiligten sich munter. Für Aaron gab es nur einen Ausweg: Er musste sich so schnell wie möglich in eine andere Dienststelle versetzen lassen.

7. November
Knüll-Bergland

Sabine Kaufmann beugte sich über das Display von Holger Rahns Tablet. Während sie selbst den Unglücksort in Augenschein genommen und die Bilder im Kopf gespeichert hatte, hatte Holger bereits Informationen über das Opfer und die Personen gesammelt, die von Marius Geiger als mögliche Täter benannt worden waren. Datenbanken und Recherchen waren seine Spezialgebiete, und kaum jemand arbeitete so schnell und effizient wie er.

Rahn zeigte ihr ein Foto von Willi Geiger, dem Toten. Er war ein ähnlicher Typ wie der alte Gründler, mit langen, grauen Haaren, die zu einem Pferdeschwanz gebunden waren, und ein paar eingeflochtenen bunten Bändern darin. Die Kleidung war aus Naturmaterialien; ein weites Leinenhemd und eine Weste aus grober Wolle, beides ungefärbt. Geigers Blick wirkte wach und intelligent, seine Miene hatte etwas Unversöhnliches. Vielleicht interpretierte sie das auch nur hinein. Da Geiger aber ein alter Freund von Ralphs Vater war, würde es sich vermutlich lohnen, mit Johann Gründler über ihn zu sprechen.

»Ein Alt-Achtundsechziger, wie er im Buche steht«, kommentierte Holger Rahn. »War von Anfang an bei allem dabei: Hippie-Bewegung, Studentenproteste, Hausbesetzungen, Anti-Atom-Bewegung, Castor-Proteste. Mehrfach angeklagt und verurteilt, einmal wegen eines Steinwurfs bei einer Demonstration, mehrere Male wegen Verstoßes gegen das Betäubungsmittelgesetz. Hat aber nie eingesessen, es ist immer bei Bewährungs- und Geldstrafen geblieben.«

»Harte Drogen?«

»Nein. Nur Haschisch und Marihuana, das allerdings in größeren Mengen. Für den Eigenbedarf, hat er jedes Mal behauptet, und man konnte ihm nicht nachweisen, dass er dealt. Offenbar war sein Bedarf groß.« Rahn grinste.

Sabine war nicht danach zumute, über einen Mann zu spotten, der in seinem Bus verbrannt war, weil jemand einen Sprengsatz mit Druckzünder unter dem Fahrersitz montiert hatte. Auch wenn sie erleichtert war, dass es sich nicht um Johann Gründler gehandelt hatte, den sie sehr mochte, so hatte dennoch jemand sein Leben gelassen.

Rahn erkannte seinen Fauxpas. »War bestimmt ein guter Typ«, schob er rasch nach und wischte übers Display.

Ein neues Bild erschien, die Fotografie eines schlanken Mannes mit vollem, dunklem Haar mit grauen Schläfen. Er lächelte smart und entblößte strahlend weiße Zähne.

»Dietmar Geiger, der Bürgermeister«, erklärte Rahn.

Sabine nickte. Die Ähnlichkeit mit seinem Vater war nicht zu übersehen. Die schmale Nase, die ausdrucksvollen Augen, die dichten Brauen – Dietmar Geiger war die jüngere und glattere Ausgabe von Willi Geiger.

»Macht sich bestimmt gut auf den Wahlplakaten«, brummte Ralph Angersbach, der neben Sabine stand.

Rahn ignorierte ihn und wechselte zum nächsten Foto. Sabine erinnerte sich, dass sich die Männer schon damals nicht verstanden hatten, als der Galgenmord das Landeskriminalamt ins oberhessische Lauterbach gelockt hatte. Am Ende hatten sie sich irgendwie zusammengerauft, und alle hatten ihren Beitrag zu den Ermittlungen geleistet, doch die unterschwellige Abneigung hatte sich nie ganz gelegt. Für Angersbach waren die LKA-Beamten eingebildete Fatzkes, für Schmittke und Rahn war Ralph ein verstockter Hinterwäldler.

Ein kurzes Lächeln schlich sich in ihre Mundwinkel. Ganz unrecht hatten beide Parteien nicht.

Sie schaute wieder aufs Tablet und sah einen hageren Mann mit kurz geschnittenen grauen Haaren und einer eckigen Brille, die seinem ansonsten etwas jungenhaft wirkenden Gesicht etwas Ernsthaftes, beinahe Unnahbares verlieh. Die Augen waren zusammengekniffen, als würde er trotz der Brille nicht besonders gut sehen.

»Jürgen Geiger. Ich habe gerade eine Nachricht von den Kollegen bekommen. Schwere Gehirnerschütterung und mehrere Knochenbrüche, außerdem erhebliche Verletzungen im Gesicht, aber das Rückgrat ist heil geblieben. Er wird ein paar Narben zurückbehalten, der Rest kommt wieder in Ordnung.«

»Das sollten Sie vielleicht seinem Bruder sagen«, polterte Angersbach. »Der macht sich Sorgen.«

»Ja, gleich.« Rahn schien unempfindlich gegenüber Ralphs barschem Ton. »Lassen Sie uns nur das hier eben zu Ende bringen.« Er präsentierte ein weiteres Bild, das Jürgen Geiger zusammen mit mehreren Personen vor einem flachen Gebäude zeigte. Geiger und seine Kolleginnen und Kollegen trugen weiße Kittel. »Jürgen Geiger ist Biologe. Er arbeitet an der

Universität in Fulda. Seine Arbeitsgruppe beschäftigt sich mit den Folgen des Klimawandels für einheimische Biotope. Seine Frau ist Journalistin bei der Fuldaer Zeitung. Sie schreibt ziemlich kritische Artikel in den Bereichen Wirtschaft, Politik und Umwelt.«

»Die würden wohl kaum den alten Geiger in die Luft sprengen, weil sie mit seinem Führungsstil nicht einverstanden sind«, bemerkte Ralph.

Inhaltlich stimmte Sabine ihm zu, doch seine Wortwahl gefiel ihr nicht. Wie war sie nur im Sommer auf die Idee gekommen, Ralph Angersbach könnte ein passender Partner für sie sein? Er war ein ungehobelter Klotz, immer gewesen, und das würde sich auch nicht ändern.

Ob Holger Rahn besser war? Die Nacht mit ihm war schön gewesen, das gemeinsame Frühstück am Morgen auch. Hier am Tatort fand sie ihn zu emotionslos, doch objektiv betrachtet verhielt er sich einfach nur professionell. Anders als Ralph und Sabine ließ er seine Gefühle nicht durchscheinen. Aber das bedeutete nicht, dass er keine hatte. Sie durfte keine voreiligen Schlüsse ziehen. Wenn sie wollte, dass ihre Beziehung eine Chance hatte, musste sie ihn zumindest richtig kennenlernen.

»Bruder Marius.« Holger Rahn hatte ein neues Bild aufgerufen. Es zeigte den Mann, der gemeinsam mit Johann Gründler etwas abseits stand und aufgeregt diskutierte. »Scheint so etwas wie das schwarze Schaf der Familie zu sein. Mehrere abgebrochene Studiengänge, eine Ehe, die nur drei Jahre gehalten hat. Schlägt sich als Taxifahrer durch und kümmert sich um seinen vierzehnjährigen Sohn. Die Mutter des Jungen ist abgetaucht.«

»Freiwillig?«

Die Frage kam von Ralph Angersbach. Im ersten Moment wollte Sabine den Kopf schütteln, doch angesichts der Verwüstung rund um sie herum war der Gedanke vielleicht gar nicht so abwegig. Sie betrachtete Ralph. Müsste nicht auch er unheimlich erleichtert sein, dass es sich bei dem Toten nicht um seinen Vater handelte? Die beiden hatten mit Sicherheit kein einfaches Verhältnis, aber manchmal führte einem der Tod schonungslos vor Augen, wie kostbar die Zeit auf Erden war. Doch was auch immer er spüren mochte, es war verborgen von der Nussschale, die er fast durchgehend um seine Gefühle hielt.

Sabine presste die Lippen aufeinander und steuerte ihre Gedanken zurück auf Marius Geiger. Dieser hatte ihnen selbst sein mögliches Motiv für den Anschlag dargelegt. Vermutlich, um sie von seiner Unschuld zu überzeugen, doch es könnte auch der geschickte Schachzug des Täters sein. Es wäre nicht das erste Mal, dass ihr so etwas begegnete. Und falls Marius Geiger seinen Vater ermordet hatte – warum dann nicht auch seine Frau?

»Ich lasse das prüfen«, sagte Holger Rahn und präsentierte ein weiteres Foto. Darauf war ein Firmengelände mit mehreren großen Hallen und einem dreistöckigen Verwaltungsgebäude zu sehen.

»Die ZYKLUS AG in Schwalmstadt«, erklärte Rahn und wechselte zum nächsten Bild. Drei Männer in teuren Anzügen mit glatt rasierten Gesichtern und streng gescheitelten Haaren, zwei davon blond, einer dunkelhaarig. »Der Vorstand. Ich habe uns bereits einen Termin gemacht.«

Sabine warf Ralph, der neben ihr stand, einen Seitenblick zu. Seine Miene gab so wenig preis wie immer, aber Sabine spürte die Hitze, die von ihm abstrahlte. Ganz offensichtlich missfiel ihm die Situation.

»Ich würde lieber mit dem Bürgermeister anfangen«, widersprach er.

Holger Rahn verstaute das Tablet in der passenden Hülle
und steckte es in die Jackentasche.

»Sie können sich um Ihren Vater kümmern«, sagte er. »Alles
andere liegt nicht bei Ihnen.«

Angersbach funkelte ihn wütend an. »Ich habe euch angefordert, weil ich dachte, der Anschlag habe etwas mit mir persönlich zu tun. Aber das ist ganz offensichtlich nicht der Fall.
Also kann ich die Sache wieder übernehmen.«

»Das sehe ich anders.« Rahn lächelte. »Wir haben es hier
mutmaßlich mit einer politisch motivierten Tat zu tun, außerdem mit einer ganzen Reihe von Opfern. Eine solche Sache
fällt in die Zuständigkeit des Landeskriminalamtes.«

Ralphs Kiefer mahlten. Er wusste, dass Rahn recht hatte,
wollte sich aber nicht so einfach geschlagen geben. »Und was
soll ich jetzt tun? Zurück in mein Büro in Gießen fahren und
Däumchen drehen?«

»Wir können zusammenarbeiten«, erwiderte Rahn. »Aber
die Leitung der Ermittlungen liegt bei uns.«

»Schön.« Angersbach breitete die Hände aus. »Also. Was
soll ich tun?«

»Sprechen Sie mit Ihrem Vater.« Rahn deutete zum Waldrand, wo Johann Gründler und Marius Geiger zusammen-
standen. »Wir brauchen alle Informationen, die wir über das
Opfer bekommen können.«

»Willi Geiger.«

»Richtig.«

»Ist es zu viel verlangt, ihn beim Namen zu nennen?«, erkundigte sich Angersbach. Er sah aus, als wolle er auf Rahn
losgehen.

82

»Ralph.« Sabine legte ihm die Hand auf den Arm. »Bitte. Ich verstehe, dass du angespannt bist. Du dachtest, dein Vater wäre tot. Und du hast geglaubt, dass derselbe Täter den Anschlag auf Janine verübt hat. Irgendjemand, der sich an dir rächen will. Das hat dich aus dem Gleichgewicht gebracht. Aber jetzt ist klar, dass die ganze Sache einen anderen Hintergrund hat. Wir müssen uns auf die Fakten konzentrieren. Die Zeit ist kostbar. Wir sind es den Angehörigen schuldig, dass wir den feigen Mord an Willi Geiger so rasch wie möglich aufklären.«

Angersbach schluckte. »Du hast recht.« Er hob das Kinn. »Tut mir leid.«

Sabine wies mit den Augen auf Holger Rahn. Nicht bei ihr, sondern bei ihm sollte Ralph sich entschuldigen.

Er atmete tief durch und stopfte die Fäuste in die Taschen seiner Wetterjacke. »Sorry, Kollege. Ich rede mit meinem Vater. Sonst noch was?«

In Holger Rahns Augen funkelte es. »Wir brauchen das Ergebnis der Obduktion. Wäre gut, wenn Sie dabei sind.«

»Natürlich.« Angersbach knirschte mit den Zähnen.

»Gut.« Rahn wandte sich mit einem Lächeln an Sabine. »Komm. Wir fahren zur ZYKLUS AG. Die frohe Botschaft an den Sohn überbringt unser Kollege Angersbach sicher gern selbst.«

Sabine deutete ein Schulterzucken in Ralphs Richtung an, dann folgte sie Rahn. Sie konnte wohl nicht die Augen davor verschließen. Zwischen Rahn und Angersbach würde in den nächsten Tagen ein Hahnenkampf stattfinden.

Sie konnte nur hoffen, dass sie selbst dabei nicht ins Zentrum geriet.

Was für ein Arschloch!

Ralph Angersbach sah Rahn und Kaufmann hinterher. Er hatte beim LKA Unterstützung angefordert, weil er betroffen gewesen war. Weil er Angst gehabt hatte. Er hatte Sabine an seiner Seite haben wollen, weil er sich mit ihr sicher fühlte. Sie vermochte Schwingungen wahrzunehmen, für die er selbst keine Antennen hatte, sie fand mit ihrem Feingefühl einen Zugang zu Verdächtigen und Zeugen, die er mit seiner polternden Art verschreckte.

Er wusste ja, dass er oft nicht den richtigen Ton traf, aber er konnte es nicht ändern. Versucht hatte er es weiß Gott oft genug. Aber sobald er sich in eine Sache verbiss, kam ihm jeder Sinn für Diplomatie abhanden.

Dafür hatte er andere Stärken. Er gab nicht auf und suchte so lange nach Spuren, bis er den Weg zum Täter fand. *Wie ein Trüffelschwein,* hatte Hack einmal gesagt, und auch wenn Ralph ein wenig beleidigt gewesen war: Es stimmte.

Zusammen mit Sabine lief er zu Höchstform auf. In den letzten Jahren hatten sie einige spektakuläre Fälle gemeinsam geklärt. Im Zuge dessen hatte sich auch ihr Verhältnis zueinander verändert. Nachdem sie zu Beginn ihrer Zusammenarbeit damals in der Dezentralen Ermittlungsgruppe in Bad Vilbel geglaubt hatten, sie passten überhaupt nicht zusammen, waren sie sich mittlerweile nähergekommen. Sehr nah.

Ralph verspürte ein schmerzliches Ziehen in der Brust. Er wollte mehr als gelegentliche Stippvisiten. Er wollte, dass Sabine ein fester Bestandteil seines Lebens wurde. Aber dafür musste er aufhören, sich wie ein Tölpel zu benehmen.

Kaufmann und Rahn blieben stehen. Sie diskutierten offenbar über irgendetwas. Sabine gestikulierte. Rahn lächelte. Und dann hob er die Hand und strich ihr eine Haarsträhne aus der Stirn.

Ralphs Magen verkrampfte sich.

Sabine nahm Rahns Hand, und sie gingen Schulter an Schulter das letzte Stück zum Wagen. Rahn hielt ihr die Tür auf und lief anschließend um den Wagen herum zur Fahrerseite. Die schwarze Limousine rollte vom Parkplatz.

Ralph stand wie erstarrt. Alles in seinem Inneren schien zu Eis gefroren. Sein Traum löste sich in Luft auf.

Jahrelang war Sabine Single gewesen, nachdem sie sich von ihrem ehemaligen Kollegen Michael Schreck getrennt hatte. Jahre, in denen er es versäumt hatte, den entscheidenden Schritt zu machen. Und nun war es zu spät.

Eine Hand landete schwer auf seiner Schulter.

»Ralph? Alles in Ordnung mit dir?« Der alte Gründler musterte ihn besorgt.

»Ja. Es geht schon.« Angersbach drehte sich zu seinem Vater um. Marius stand ein paar Schritte abseits, weil er offenbar nicht stören wollte. Dahinter erstreckte sich die Parkfläche mit den geschwärzten Fahrzeugen und Bäumen und dem Wrack des explodierten Busses. Die Schaulustigen waren nach Hause gegangen, dafür trafen jetzt immer mehr Pressevertreter ein. Sie bedrängten die Polizisten an den Absperrungen, aber noch hielt die Verteidigung stand.

Ralph ging auf Marius Geiger zu. »Ihr Bruder ist nicht so schwer verletzt, wie die Sanitäter zunächst angenommen hatten«, berichtete er. »Gehirnerschütterung, ein paar Knochenbrüche, Schnitte im Gesicht«, rekapitulierte er, was Rahn ihm vorgetragen hatte. »Aber das Rückgrat ist nicht beschädigt worden.«

»Gott sei Dank.« Geiger seufzte erleichtert.

Angersbach sah sich um. Er wollte in Ruhe mit seinem Vater und Marius sprechen. Dafür war dies nicht der richtige Ort. Gerade rollte der Übertragungswagen eines Privatsenders den Weg zum Parkplatz entlang. Bald würde es hier von Kameras und Mikrofonen wimmeln. Ralph wollte nicht dabei sein. Das konnte ja dann Holger Rahn erledigen, der so scharf darauf gewesen war, die Leitung des Falls zu übernehmen.

»Wo wohnen Sie?«, fragte er Geiger.

»Gleich um die Ecke. In Homberg.« Er nannte die Adresse.

»Können wir uns dort treffen?«

»Klar.« Marius schwankte ein wenig, und Angersbach fragte sich, ob er überhaupt in der Lage war, seinen Wagen sicher durch den Verkehr zu steuern.

»Ich fahre bei Marius mit«, erklärte der alte Gründler und legte dem jungen Mann den Arm um die Schultern.

Ralph nickte ihm zu. »Danke.«

Er machte sich auf den Weg zu seinem dunkelgrünen Lada Niva, der mittlerweile einsam nahe der Einfahrt zum Parkplatz stand. Die Rettungswagen waren abgerückt, ebenso wie der Leichenwagen, der die sterblichen Überreste von Willi Geiger in die Gießener Rechtsmedizin brachte. Nur die weiß gekleideten Spurentechniker waren noch am Werk, ebenso die uniformierten Beamten, die den Tatort sicherten.

Angersbach fingerte sein Smartphone aus der Tasche und tippte eine Nachricht an Morton.

Johann lebt, war alles ein Irrtum, sag Janine nichts.

Die Antwort kam binnen Sekunden.

Bin sehr froh – doch nicht das Ende für Moe und Joe 😏

Ralph musste trotz allem grinsen. Erleichtert steckte er das Telefon zurück und setzte seinen Weg fort. Er nickte den Kollegen zu, an denen er vorbeikam. Beim letzten stutzte er. Das Gesicht hatte er schon einmal gesehen. Oder nicht? Sein Gegenüber zeigte kein Anzeichen des Erkennens, also täuschte er sich vielleicht. Er würde sich später eine Liste der beteiligten Beamten aushändigen lassen. Die Namen würden ihm helfen, sich zu erinnern.

Er stieg in seinen Wagen, der mit einem Stottern ansprang. Der Beamte hielt das rot-weiße Flatterband hoch.

Angersbach rollte vom Parkplatz, durchquerte Thalhausen und schlug den Weg Richtung Homberg ein.

Aaron Ammann biss die Zähne zusammen. Er versuchte, seinen Atem und seinen Puls wieder unter Kontrolle zu bekommen, und schließlich gelang es. Zurück blieben ein heißes Brennen in der Brust und ein bitterer Geschmack im Mund.

An seinem Standort war nicht viel zu tun, die Reporter und Kameraleute versuchten von der anderen Seite, sich Zutritt zum Schauplatz zu verschaffen. Dort gab es eine kleine Anhöhe, die einen guten Überblick über die geschwärzten Fahrzeuge und Bäume bot. Ammanns Kollegen hatten alle Hände voll zu tun, um sie von dort zu vertreiben.

Aaron hätte ihnen gerne geholfen, aber er musste auf seiner Position die Stellung halten, sonst würde die Flut der Journalisten dort einbrechen. Das Letzte, was ihm fehlte, war ein weiterer Eintrag in seiner Personalakte. Also blieb er stehen, und all die verdrängten Gefühle ergossen sich über ihn.

Er hätte nie gedacht, dass ihn die Begegnung derartig aufwühlen würde, nach all den Jahren. Der Kommissar dagegen – Ralph Angersbach – hatte ihn nicht einmal erkannt. Es war

genau wie damals. Angersbach lagen alle nötigen Informationen vor, aber er nutzte sie nicht.

Vor neun Jahren war es ihm nicht gelungen, die Wahrheit
herauszufinden, ohne Unschuldige ins Verderben zu stürzen.
Wie würde es diesmal sein? Hatte er dazugelernt, oder würde
er dieselben Fehler machen?

Aaron wusste nicht, was er sich wünschte. Dass alles im
Dunkeln blieb und er mit dem, was er getan hatte, davonkam?
Oder dass Angersbach die alten Geheimnisse ans Licht brach-
te und die Sache endlich ein Ende hatte?

6

Die schwarze Limousine rollte auf den Hof der ZYKLUS AG. Sabine Kaufmann war froh, dass sie sich in Begleitung von Holger Rahn befand. Im Gegensatz zu Ralph hatte er Routine im Umgang mit großen Firmen und Vorstandsmitgliedern und war in der Lage, ihnen höflich zu begegnen, auch wenn ihm ihre Geschäftspraktiken missfielen. Angersbach dagegen schaffte es nie, seine Aversionen zu verbergen. Nur ganz leise erinnerte sie eine Stimme in ihrem Hinterkopf, dass Ralphs Unbestechlichkeit etwas war, das ihr durchaus imponierte.

Aber daran wollte sie in diesem Augenblick nicht denken. Das Kapitel Ralph Angersbach war abgeschlossen. Sie war jetzt mit Holger Rahn zusammen.

Er wandte ihr kurz den Kopf zu und lächelte, so vertraut wie am Morgen, als sie neben ihm aufgewacht war. »Dann wollen wir mal.«

Das Weiche in seiner Miene verschwand und wich der professionellen Maske, die sie auf dem Parkplatz bei Thalhausen so irritiert hatte. Sie selbst bemühte sich ebenfalls, Beruf und Privatleben zu trennen, doch mit dieser Mühelosigkeit, die Holger Rahn an den Tag legte, gelang ihr das nicht. Aber war das eine Schwäche oder eher ein Indiz für eine klare Haltung, einen geordneten Charakter, einen Mann, der schlicht und einfach in sich ruhte? War es im Grunde nicht so, dass sie sich selbst gewünscht hätte, genau das zu können? Es war sicher ein Fehler, Rahn deshalb vorzuverurteilen. Sie musste ihn besser kennenlernen, um sich ein Bild zu machen.

Sie gingen auf das Verwaltungsgebäude zu. Sabine schaute sich auf dem weitläufigen Gelände um. Es grenzte direkt an den Wald und war zu allen Seiten von einem hohen Metallzaun mit einer gewundenen Stacheldrahtkrone umgeben. An der Einfahrt hatten sie eine Schranke passiert, und ein Sicherheitsbediensteter hatte sich telefonisch rückversichert, dass sie angekündigt waren. Anschließend hatte er Besucherausweise ausgedruckt, sie in Plastikhüllen gesteckt, die man sich um den Hals hängen konnte, und ihnen die Ausweise mit der dringenden Aufforderung überreicht, sie gut sichtbar zu tragen.

Ganz offensichtlich war die ZYKLUS AG ein straff geführtes Unternehmen, bei dem man nichts dem Zufall überließ und sich gegen neugierige Blicke abschirmte. Kein Wunder in einer Branche, die häufig in der Kritik war und immer wieder einmal im Verdacht stand, mit unlauteren Mitteln zu arbeiten. Dabei gab es weitaus mehr seriöse Unternehmen als schwarze Schafe. Aber das Thema machte den Menschen Angst, und Kaufmann konnte sie verstehen. Auf dem Hof stand eine Reihe von Spezialfahrzeugen, wie man sie für den Transport verschiedenster giftiger Stoffe und Abfälle benötigte, und allein der Anblick ließ ihr einen Schauer über den Rücken laufen. Wenn man sich vorstellte, was der Inhalt dieser Behältnisse an Schaden anrichten konnte …

Sie warf ihrem Begleiter einen Blick zu, doch Rahn schien nicht von denselben Katastrophenphantasien geplagt zu werden wie sie.

»Ich habe das kurz gecheckt«, sagte er. »Die ZYKLUS AG hat sich vor knapp zehn Jahren hier angesiedelt. Seitdem haben sie ständig expandiert. Einer ihrer ersten großen Aufträge war ein Teil der letzten Castor-Transporte. Man war offenbar mit ihrer Arbeit sehr zufrieden, jedenfalls werden sie für die zukünftig anstehenden Transporte ziemlich hoch gehandelt. Sie sitzen auch als Berater in dem Gremium, das für die Bestimmung eines deutschen Endlagers zuständig ist.«

Sabine, die in den letzten Jahren zu viele andere Probleme gehabt hatte, um sich ausführlich mit Umweltfragen zu beschäftigen, war überrascht. »Ich dachte, die Zeit der Castor-Transporte wäre längst vorbei?«

»Nein.« Rahn lächelte flüchtig. »Zurzeit lagert ein Teil unseres Atommülls im Ausland, in den Wiederaufbereitungsanlagen in La Hague in Frankreich und in Sellafield in England. Begreiflicherweise möchte man dort den Müll nicht behalten. Deutschland ist verpflichtet, ihn zurückzunehmen. Deshalb laufen seit einiger Zeit wieder Transporte. Die aufbereiteten Brennstäbe werden in Castor-Behältern in ein Zwischenlager gebracht. Aktuell ist es Biblis. Dort können die Abfälle aber nicht dauerhaft bleiben.«

»Aha.« Sabine versuchte, sich die Dinge ins Gedächtnis zu rufen, die sie über Atomkraftwerke wusste, doch die Zeiten, als sie mitgelaufen war für den Ausstieg und alternative Energien, lagen lange zurück. Ihre Mutter war damals noch gesund gewesen, und sie waren einige Male gemeinsam auf die Straße gegangen. Wehmut erfasste sie bei der Erinnerung an das Gefühl der Verbundenheit, das sie gespürt hatte, aber die Fakten waren ihr längst entglitten.

Anders bei Holger Rahn, der sich – wie schon des Öfteren – als wandelndes Lexikon entpuppte.

»Die Blöcke A und B in Biblis – zwei baugleiche Druckwasserreaktoren – wurden Anfang der Siebzigerjahre gebaut und in Betrieb genommen«, dozierte er. »Ursprünglich waren zwei weitere Blöcke geplant, die Pläne wurden aber schließlich verworfen. 2011 – nach der Nuklearkatastrophe von Fukushima – gab es ein dreimonatiges Atom-Moratorium, das heißt, die Blöcke wurden für drei Monate abgeschaltet. Anschließend entschied die Bundesregierung, dass sie nicht wieder ans Netz gehen würden, sie wurden deshalb nicht mehr hochgefahren. 2017 wurde mit der Stilllegung und dem Rückbau begonnen. Der gesamte Prozess dauert etwa fünfzehn Jahre, also bis ungefähr 2032, aber zumindest sind mittlerweile alle Brennstäbe in Castor-Behälter umgeladen und mehr als neunundneunzig Prozent der Radioaktivität aus der Anlage entfernt worden.«

Rahn sah sie bedeutungsvoll an. Offenbar folgte nun der Teil seiner Ausführungen, der für ihren Fall relevant war. »In Biblis gibt es ein Standortzwischenlager, das Platz für hundertfünfunddreißig Castor-Behälter bietet«, erklärte er. »Darin lagert man die abgebrannten Brennstäbe aus den Reaktoren. Die Außenwände sind knapp einen Meter stark, das Betondach ist mehr als einen halben Meter dick. Diese Mauern und die Castor-Behälter reduzieren die Strahlung so weit, dass *die am Kraftwerkszaun zugelassenen Werte* eingehalten werden.« Rahn hob den Zeigefinger. »Verstehst du, was das heißt? Weder die Castor-Behälter noch die Betonwände können verhindern, dass Strahlung austritt, deshalb ist das Lager keine Dauerlösung.«

Sabine Kaufmann lief ein Schauer über den Rücken. Sie hatte sich nicht ernsthaft Gedanken darüber gemacht, was ein Atomausstieg tatsächlich bedeutete. Erst jetzt wurde ihr klar, dass das Problem mit der Abschaltung noch lange nicht vom Tisch war.

»Was bisher fehlt, ist ein sicheres Endlager für den aufbereiteten Müll aus La Hague und Sellafield und für die rund tausendsiebenhundert Castor-Behälter, die nach dem Ende der Laufzeit aus unseren deutschen Atomkraftwerken noch anfallen«, setzte Rahn seine Unterrichtsstunde fort. »Eines, in dem der radioaktive Müll so abgeschirmt wird, dass keine Strahlung austritt. Dafür bedarf es einiger essentiell wichtiger Randbedingungen. Es darf keinerlei seismische Aktivitäten geben, das ist der Hauptfaktor, aber es gibt noch einige andere. Besonders geeignet sind alte Salzbergwerke. Es könnten aber auch andere Stollen sein. Die ZYKLUS AG macht sich für ein Endlager in Nordhessen stark. Damit wären sie die erste Wahl für den Transport von der Schiene über die Straße ins Endlager. Außerdem wollen sie die alte Kanonenbahn reaktivieren.«

Rahn warf ihr einen prüfenden Blick zu und erkannte, dass sie auch mit diesem Thema nicht vertraut war.

»Die Schienenverbindung zwischen Berlin und Metz, die im vorletzten Jahrhundert aus militärstrategischen Gründen gebaut wurde. Ein Teil der Strecke verläuft hier zwischen Homberg und Schwalmstadt. Wenn die ZYKLUS AG ihn privatisiert, hätte sie einen goldenen Schlüssel für die Castor-Transporte in der Hand, für die man abseits der Hauptverbindungen gelegene Schienenabschnitte bevorzugt.«

Sabine begann zu begreifen, was die Geschäftsführung der ZYKLUS AG plante.

»Man versucht demnach, sich hier eine Monopolstellung zu sichern?«

»Korrekt. Damit ködert man auch die Gemeinden. ZYKLUS ist einer der größten Arbeitgeber in der Region. Wenn alles nach Plan läuft, bedeutet das einen erheblichen wirtschaftlichen Aufschwung. Deshalb unterstützt Dietmar Geiger, der Sohn unseres Explosionsopfers, die Pläne. Das ist sein Ass im Ärmel für die nächste Bürgermeisterwahl.«

»Und gegen diese Pläne wollte Willi Geiger mit seiner Bürgerinitiative protestieren.«

»Richtig.« Rahn blieb vor dem Verwaltungsgebäude stehen. »Den Leuten von der ZYKLUS AG hat das sicher nicht gepasst. Geiger war dank seiner langen Vorgeschichte ein versierter Protestführer. Der hätte der ZYKLUS AG einige dicke Steine in den Weg legen können.«

»Und deshalb haben sie ihn in die Luft gejagt?«

»So etwas kommt vor.« Rahn drückte auf den Klingelknopf. In der Gegensprechanlage knackte es. Die Kamera, die darüber angebracht war, drehte sich in Rahns und Sabines Richtung. Eine angenehme weibliche Stimme erklang.

»Ja, bitte? Was kann ich für Sie tun?«

Rahn hielt sowohl seinen Dienstausweis als auch den Besucherausweis vor die Kamera. »LKA. Wir sind mit einem Ihrer Vorstandsmitglieder verabredet.«

»Einen Moment.«

Wieder knackte es, aber die beiden Beamten warteten vergeblich auf das Summen, das die Tür freigab. Stattdessen erschien einen Moment später eine Silhouette hinter der Milchglasscheibe.

Den Mann, der ihnen öffnete, hatte Sabine bereits auf dem Foto gesehen, das Holger Rahn ihnen gezeigt hatte. Es war eines der drei Vorstandsmitglieder. Ende dreißig, groß und schlank. Dunkle, gescheitelte Haare, glatt rasiertes Kinn, teurer Anzug. Dazu verströmte er einen leichten Duft nach einem herben Rasierwasser, der Sabine gefiel.

»Guten Tag. Ich bin Florian Baltes.« Er reichte erst ihr, dann Rahn die Hand. Sabine musste den Kopf in den Nacken legen, um ihm ins Gesicht zu sehen. Wie so oft verfluchte sie ihre geringe Körpergröße, gerade mal ein Meter sechzig. Aber es nützte ja nichts, damit zu hadern. Ändern konnte sie es nicht.

»Kommen Sie doch bitte herein.« Baltes hielt ihnen die Tür auf und führte sie durch ein schlichtes Treppenhaus in einen Flur, der mit einem dicken grauen Teppichboden ausgelegt war. Obwohl sie alle drei kräftig ausschritten, hörte man nicht das kleinste Geräusch.

Baltes dirigierte sie in eines der Büros, die sich am Ende des Gangs befanden, hinter einer Glastür, auf der das Wort »Geschäftsführung« eingraviert war. Es war groß und geschmackvoll eingerichtet, mit Möbeln aus hellem Holz und einer Sitzgruppe mit schwarzen Schwingsesseln.

»Bitte. Nehmen Sie Platz. Darf ich Ihnen etwas zu trinken anbieten?«

Rahn lehnte ab, Sabine bat um einen Kaffee. »Schwarz.«

Baltes drückte auf einen Knopf des Telefons auf seinem Schreibtisch und bestellte das Gewünschte. Keine Minute später erschien eine attraktive Brünette in einem grauen Kostüm und servierte Kaffee und Kekse. »Bitte sehr.« Es war die Stimme aus der Gegensprechanlage.

Sabine trank einen Schluck Kaffee, Rahn nahm sich einen Keks. Baltes setzte sich ihnen gegenüber und sah sie aufmerksam an. Die Sekretärin verließ das Büro und schloss leise dir Tür.

»Was kann ich für Sie tun?«, erkundigte sich der Geschäftsführer der ZYKLUS AG. »Bei Ihrem Anruf sagten Sie, es ginge um unsere Pläne für die Reaktivierung der Kanonenbahn. Aber was hat das LKA damit zu tun?«

95

Rahn schilderte in knappen Worten, was sich auf dem Waldparkplatz in Thalhausen ereignet hatte.

Baltes' Gesicht wurde grau. »Ein Sprengstoffattentat? Das ist ja schrecklich.« Er stand auf, ging zu einem in die Wand eingelassenen Schrank und nahm eine Flasche mit einer goldglänzenden Flüssigkeit heraus. Sabine war sich noch nicht sicher, worüber sie sich mehr wunderte: über die Selbstverständlichkeit, mit der der junge Mann zu Hochprozentigem griff, oder allein über die Tatsache, dass sein Büro überhaupt über einen Spirituosenschrank verfügte. Bevor sie zu einem Ergebnis kam, hörte sie ihn sagen: »Entschuldigen Sie. Aber auf den Schock brauche ich einen Schluck.« Er goss einen Fingerbreit in ein Glas. »Ich nehme an, Sie möchten nicht?«

Rahn hob die Hand. »Danke. Aber wir sind im Dienst«, antwortete er. Offenbar machte er sich keine tiefer gehenden Gedanken über Baltes' Alkoholvorrat.

Sabine verneinte ebenfalls, und ihre Miene sprach dabei eine deutliche Sprache. Sosehr sie Baltes den Schock auch nachfühlen konnte, so gering war ihr Verständnis für Alkohol als Problemlöser. Dazu hatte sie zu viele schlechte Erfahrungen mit ihrer Mutter gemacht.

Baltes kippte den Whisky oder Weinbrand – oder was immer sich in der Flasche befinden mochte – hinunter und setzte sich wieder. »Bei dem Opfer handelt es sich um jemanden von der Bürgerinitiative?«, fragte er. »Wenn ich mich richtig erinnere, wollten die Mitglieder heute vom Waldparkplatz in Thalhausen aus einen Protestmarsch starten und irgendwelche Mahnmale auf der Bahnstrecke aufstellen.«

»Ja. Der Tote ist der Anführer der BI. Willi Geiger.«

»Ach du Sch…« Baltes schlug die Hand vor den Mund. Seine Augen waren riesig.

Holger Rahn zog sein Tablet hervor. »Sie kennen Herrn Geiger?«

»Selbstverständlich.« Baltes hielt es nicht auf seinem Platz. Er sprang wieder auf, lief zum Fenster, blickte über den Hof. Anschließend steuerte er erneut seine Minibar an und kippte einen weiteren Drink. Er schien darüber nachzudenken, sich ein drittes Mal einzuschenken, ließ es aber sein.

Rahn und Sabine warteten, bis er sich wieder gesetzt hatte.

»Wir fragen uns, ob jemand einen Grund hatte, Herrn Geiger nach dem Leben zu trachten.«

Baltes fuhr sich mit der flachen Hand über das Gesicht. »Und Sie denken, das waren wir?«

Rahn verzog keine Miene. »Sagen Sie es uns.«

»Nein. Natürlich nicht.« Der Geschäftsführer sah aus, als wäre er am liebsten wieder aufgesprungen, zwang sich aber, sitzen zu bleiben. »Herr Geiger war oft hier, um mit uns zu sprechen. Wir haben sehr sachlich über unsere Positionen diskutiert. Er war gegen die Reaktivierung und erst recht gegen ein Endlager in Hessen. Wir haben seine Haltung verstanden, das will ich überhaupt nicht leugnen. Aber unsere Pläne haben sich dadurch nicht geändert.« Er drehte die Handflächen nach oben. »Irgendwo muss der Atommüll schließlich hin, nicht wahr? Wir haben ihn hier, in diesem Land, produziert, also müssen wir ihn auch hier verwahren. Zugleich sind wir es der Gesellschaft schuldig, ihn so zu lagern, dass alle Risiken, die mit radioaktiven Abfällen verbunden sind, minimiert werden.«

»Sie haben kein Problem damit, sich die Brennstäbe quasi in den eigenen Vorgarten zu holen?«, erkundigte sich Rahn. Die Frage hätte auch von Ralph Angersbach kommen können, doch Rahns Tonfall war höflicher, als Ralph es jemals zustande gebracht hätte.

Florian Baltes zuckte mit den Schultern. »Das ist dieselbe leidige Diskussion wie um Stromtrassen oder Windkraftanlagen. Jeder möchte nutznießen, aber keiner will etwas davon sehen. Trotzdem ist niemandem damit geholfen, wenn alle den Müll so weit wie möglich von sich selbst weg haben wollen. In der Nähe von irgendjemandem liegt er nämlich immer. Die Strategie kann also nicht darin bestehen, sich gegen ein Lager in der eigenen Region zu wehren, nur damit irgendein anderer Bezirk damit belastet wird. Stattdessen müssen wir dafür Sorge tragen, dass wir möglichst sichere Transportwege und Lagerstätten finden. Wenn wir die Abfallbehälter so abschirmen, dass das Austreten von Strahlung absolut unmöglich ist, dürften sie also auch gerne in meinem eigenen Garten liegen.« Er lächelte. »Ich würde das nur aus ästhetischen Gründen ablehnen. Aber ich habe kein Problem mit einem Endlager, das in dem Landkreis liegt, in dem ich wohne.« Er beugte sich vor und faltete die Hände zwischen den Knien. »Der springende Punkt ist doch, dass diese sensible Angelegenheit von einem Unternehmen durchgeführt werden muss, das absolut vertrauenswürdig ist. Deshalb ist es auch besser, wenn die ZYKLUS AG das erledigt anstatt irgendjemand sonst. Wir haben nicht nur eine exzellente Sicherheitstechnik, sondern auch die Erfahrung, die entsprechenden Referenzen und das Vertrauen der Politik, nicht nur auf Landesebene, sondern auch auf Bundesebene.«

»Okay.« Rahn machte sich eine Notiz auf seinem Tablet. »Aber der geplante Protest von Geigers Bürgerinitiative hätte Ihr schönes Geschäftsmodell torpediert.«

»Ach was.« Baltes lehnte sich zurück und schlug die Beine übereinander. »Wenn Sie mit Giftmüll und radioaktiven Abfällen zu tun haben, stoßen Sie mit schöner Regelmäßigkeit auf Widerstand. Für uns ist es nicht weiter ungewöhnlich, dass gegen unsere Arbeit demonstriert wird. Wir suchen den freundlichen Dialog selbst mit den besorgtesten Bürgern, und wenn das nichts nützt, überlassen wir die Sache der Polizei. Alles, was wir tun, ist absolut rechtmäßig. Bisher ist noch nie eines unserer Projekte oder ein Transport an den Aktivitäten irgendeiner Bürgerinitiative gescheitert. Jeder hat das Recht zu demonstrieren, aber seien wir mal ehrlich: Was man damit bewirken kann, hält sich in Grenzen. Die ZYKLUS AG hat es jedenfalls nicht nötig, gewaltsam gegen politische Gegner vorzugehen. Damit würden wir uns mehr schaden, als es jeder Protestmarsch und jede Mahnwache könnten.«

Nun stand der Geschäftsführer doch wieder auf. Er trat ans Fenster und raufte sich die Haare. »Und dann ausgerechnet Willi.«

Sabine tauschte einen Blick mit Rahn. »Ausgerechnet?«

Baltes drehte sich zu ihnen um. »Willi Geiger hat sich immer für die Region engagiert, nicht nur politisch. Er hat viele Veranstaltungen organisiert, für die Jugend, für die Alten, für Familien. Ferienfreizeiten, Feste, manchmal auch einfach nur einen Grillabend. Da hat er dann am Lagerfeuer gesessen und Gitarre gespielt. Meine Freunde und ich waren oft dabei. Haben mit ihm gesungen und diskutiert. Willi war in Ordnung, auch wenn wir unterschiedliche Interessen hatten. Wir hatten unsere Position, er hatte seine. Ich habe das respektiert. Das ist nämlich das Wichtigste, vor allem hier im ländlichen Raum, wo man sich ständig und immer wieder über den Weg läuft, weil man überall Schnittpunkte hat. Verstehen Sie? Es geht nicht darum, immer einer Meinung zu sein, sondern darum, dass man den anderen auch noch schätzt, wenn man mal auf verschiedenen Seiten steht.«

Sabine fühlte sich berührt, obwohl sie argwöhnte, dass ein Großteil von Baltes' Ansprache Show war. Er war ein gewiefter Geschäftsmann, der sich darzustellen wusste, gerade weil er in einem Bereich arbeitete, der von vielen kritisch beäugt wurde. Trotzdem fand sie den Kern seiner Aussage glaubhaft, und sie hatte den Eindruck, dass es Rahn nicht anders ging.

Ihr Kollege stand auf, verstaute sein Tablet und reichte Baltes, der wieder zu ihnen an den Tisch getreten war, die Hand. »Danke für Ihre Zeit. Ich glaube nicht, dass wir noch einmal auf Sie zukommen müssen.«

Sabine schloss sich ihm an. So naheliegend der Verdacht gegen die ZYKLUS AG gewesen war, den Täter mussten sie mit größter Wahrscheinlichkeit anderswo suchen. Vermutlich in der Familie des Opfers, die durch den Streit um den geplanten Ausbau der Kanonenbahn gespalten war. Die Frage war nur, welcher der Brüder eher zur Gewalt gegriffen hätte: der aufstrebende Politiker Dietmar Geiger oder sein jüngerer Bruder, der Rebell Marius Geiger?

Ralph Angersbach stellte seinen Lada Niva in der Hersfelder Straße ab. Marius Geiger wohnte nah an der B232 und dem Homberger Industriegebiet. Es war ein schlichtes Mehrfamilienhaus mit grauer Fassade und schmutzigen Fenstern.

Marius und der alte Gründler warteten vor der Haustür auf ihn. Sie gingen gemeinsam durchs Treppenhaus, in dem es nach Putzmittel und gekochtem Gemüse roch. Geiger öffnete eine Tür im zweiten Stock und führte sie durch den Flur in die Küche.

Zu Ralphs Überraschung saßen dort bereits zwei Personen am Tisch. Ein Junge von vielleicht dreizehn, vierzehn Jahren mit wuscheligen braunen Locken und modischem Undercut, sowie ein junger Mann, achtzehn oder neunzehn Jahre alt vermutlich, mit langen blonden Haaren, die ihm in die Stirn fielen. Rasch ging Angersbach im Kopf die Informationen durch, die Holger Rahn ihnen im Schnelldurchlauf angeboten hatte, dann wusste er es wieder: Marius Geiger war alleinerziehender Vater. Wenn er sich recht erinnerte, war allerdings nur von einem Sohn die Rede gewesen.

In der Mitte des Tisches stand eine Schüssel mit Kartoffeln. Der Junge war dabei, sie zu schälen, der junge Mann würfelte währenddessen Zwiebeln. Beide sahen überrascht auf, als Marius mit seinen Begleitern die Küche betrat.

»Papa?« Der Junge runzelte die Stirn. »Wieso bist du schon wieder da? Ich dachte, ihr lauft bis nach Frielendorf.« Er warf einen Blick auf die Uhr. »Das könnt ihr unmöglich schon geschafft haben.«

Seine Augen blitzten, als er Gründler entdeckte, der hinter Ralph stand. »Hey, HanMan!« Während Ralph nur langsam begriff, dass es sich um einen Insidergruß handelte, der den Namen Johann fast bis zur Unkenntlichkeit verstümmelt hatte, sprang der Lockenkopf auf und hob die Hand, um Ralphs Vater abzuklatschen. Dieser erwiderte die Geste, allerdings nicht mit dem Enthusiasmus, den der Junge offensichtlich gewohnt war. Seine Miene wurde wieder skeptisch. »Was ist denn los? Hat Onkel Dietmar seine einstweilige Verfügung doch noch gekriegt?«

»Nein. Setz dich mal hin.« Während Ralph sich fragte, ob er in diesem Alter schon gewusst hatte, was eine einstweilige Verfügung war, schob Marius Geiger den Jungen zum Tisch und drückte ihn zurück auf den Stuhl. »Mein Sohn Elias«, sagte er zu Angersbach. Er deutete auf den jungen Mann, der auf der anderen Seite des Tisches saß. »Und das ist Sebastian, unser Mitbewohner. Mit dem Taxifahren verdiene ich genug für das Nötigste, aber große Sprünge können wir nicht machen. Basti arbeitet hier ein Stück die Straße rauf in der Autowerkstatt. Zweites Lehrjahr, da kriegt er auch nicht viel. Ist für uns beide günstig, wenn wir uns die Miete teilen. So viel Platz brauchen wir nicht. Und Elias hat jemanden zum Quatschen, wenn ich nicht da bin.«

Er fuhr sich durch die Haare, nahm die Nickelbrille ab und putzte sie umständlich mit einem bunt karierten Küchentuch. Sebastian nickte Angersbach freundlich zu. Elias musterte ihn misstrauisch.

»Wer ist der Mann?«, fragte er seinen Vater.

»Das ist mein Sohn Ralph«, antwortete der alte Gründler an Geigers Stelle. »Er arbeitet bei der Kriminalpolizei.«

Elias' Miene verfinsterte sich. Auf Sebastians Gesicht zeichnete sich Sorge ab.

»Ist das Zufall?«, fragte er. »Oder ist irgendwas passiert?«

Marius setzte die Brille wieder auf. »Es gab eine Explosion«, berichtete er und nahm sich einen Stuhl, um sich seinem Sohn gegenüberzusetzen. »Der Bus von Opa Willi ist in die Luft geflogen.«

»Was?« Elias wurde bleich. Er sah sich hektisch um und schaute dann flehentlich zu Johann Gründler. »Wo ist er? Warum ist er nicht mit hierhergekommen? Ist er im Krankenhaus?«

Der alte Gründler zog sich ebenfalls einen Stuhl heran. »Nein, Elias. Er ist nicht im Krankenhaus. Willi saß im Bus, als er explodiert ist. Er ist tot.«

Elias schüttelte wild den Kopf. »Das ist nicht wahr«, brüllte er und stürzte sich auf seinen Vater. Er schlug mit den Fäusten auf ihn ein. »Sag, dass das nicht wahr ist.«

Marius hob sich schützend die Arme vors Gesicht. Sebastian sprang auf und umfasste Elias von hinten, sodass er sich nicht mehr rühren konnte. Der Junge heulte auf. Sein Gesicht verzerrte sich, dicke Tränen rannen ihm über die Wangen.

»Lass mich los!«

»Nein.« Sebastian, der ebenso schockiert aussah wie Elias, hielt den Jungen fest, bis dieser seinen Kopf gegen Sebastians Schulter fallen ließ. Die Spannung wich aus dem Körper des Jungen. Er schluchzte, und die Tränen flossen, aber er schlug nicht mehr um sich.

Sebastian gab ihn frei und sank zurück auf seinen Stuhl. Sein Adamsapfel bewegte sich auf und ab, seine Lippen bebten. Er krallte die Finger um die Tischplatte.

»Das … das wollte ich nicht«, stammelte er.

Angersbach trat alarmiert näher an den jungen Mann heran, stützte die Hände auf den Tisch und beugte sich zu ihm vor.

»Was wollten Sie nicht?«

Sebastian blinzelte. Sein Blick irrte durch die Küche, bis er endlich bei Angersbach hängen blieb. Er schluckte trocken. »Willi hat mich am Mittwoch angerufen. Er hätte sich einen neuen Bus gekauft, übers Internet. Er wollte, dass ich ihm eine Campingausstattung einbaue, einen Kocher mit einer extragroßen Gasflasche, damit er sie nicht ständig wechseln muss.« Er wischte sich mit dem Handrücken über die Augen. »Ich habe ihm gesagt, dass ich keine Zeit habe. Wir schreiben in der Berufsschule gerade ein paar wichtige Arbeiten. Ich musste lernen. Also hat er es selbst gemacht, und dabei ist vermutlich irgendwas schiefgegangen. Willi war ja kein Handwerker.« Er zog die Nase hoch. »Es ist meine Schuld, dass das Ding explodiert ist, oder nicht? Wenn ich ihm geholfen hätte …«

103

Angersbach richtete sich auf und legte Sebastian eine Hand auf die Schulter. Er spürte, wie der junge Mann zusammenzuckte, deshalb nahm er sie sofort wieder weg, obwohl er ihn nur hatte trösten wollen.

»Sie haben nichts falsch gemacht«, erklärte er. »Der Bus ist nicht explodiert, weil mit dem Gas etwas nicht stimmte. Es war ein gezielter Anschlag. Eine Bombe.«

Sebastian und Elias starrten ihn mit offenen Mündern an.

»Jemand hat Willi umgebracht?« Sebastian schaffte es kaum, die Worte zu artikulieren. Elias sah so verloren aus, dass Ralph ihn am liebsten in den Arm genommen hätte. Zum Glück erledigte Marius das für ihn, der seinem Sohn offensichtlich nicht nachtrug, dass er mit den Fäusten auf ihn losgegangen war.

»Unter dem Fahrersitz befand sich ein Druckzünder«, berichtete Ralph und lehnte sich an die Spüle. Es gefiel ihm nicht, diese trauernde Gemeinschaft unter Stress zu setzen, aber er hatte keine Wahl. Ernst schaute er Marius Geiger an. »Sie müssten bitte später noch auf die Polizeistation kommen und eine Aussage machen.«

Sebastian schlug so heftig auf die Tischplatte, dass ein paar Kartoffeln aus der Schale sprangen und über die Kante fielen. Sie kullerten über den Küchenboden. Eine rollte unter die Spüle, eine weitere landete direkt vor Ralphs Schuhen. Er hob sie auf und legte sie zurück auf den Tisch.

»Das ist nicht Ihr Ernst«, schimpfte der Automechaniker. »Glauben Sie vielleicht, Marius hätte irgendwas mit der Sache zu tun?«

Angersbach verschränkte die Arme. Er hatte nicht vor dem Jungen darüber diskutieren wollen, aber wenn man ihn derart anging, konnte er auch nicht den Mund halten. »Es gab Streit, oder nicht? Darüber, wie man den Protest gegen die Kanonenbahn und einen Standort in Nordhessen als Endlager führt. Und wir wissen alle nur zu gut, wie erbittert da manche vorgehen.«

»Auf beiden Seiten«, murrte der alte Gründler.

Sebastian ballte die Fäuste. »Sicher gab es den. Willi hat leider nicht kapiert, dass es nicht reicht, die Verantwortlichen zu beschimpfen, sich an Bahnschienen zu ketten und ein paar Mahnmale aufzustellen.« Sebastian hob den Zeigefinger. »Wenn man heutzutage etwas erreichen will, muss man Zeichen setzen.«

»So?«

»Marius hatte ein paar tolle Ideen. Wir wollten …« Sebastian brach ab. Ihm ging wohl gerade auf, dass es nicht besonders geschickt war, die Pläne, die vermutlich nicht komplett legal waren, vor einem Polizeibeamten auszubreiten.

»Egal.« Er grinste flüchtig. »Jedenfalls hätten wir mit Marius als Protestführer mehr erreicht. Willi war einfach nicht mehr auf der Höhe der Zeit.«

»Und deshalb musste er sterben.«

»Quatsch. Wir haben diskutiert, aber wir rotten uns nicht gegenseitig aus.«

»Möchten Sie auch etwas dazu sagen?«, wandte sich Ralph an Marius. »Oder überlassen Sie das alles Ihrem Mitbewohner?«

Geiger hob hilflos die Arme. »Es ist so. Wir hatten Streit, aber ich hätte ihn nicht umgebracht. Er war mein Vater.«

Angersbach lächelte milde. Nach all seinen Dienstjahren wusste er nur allzu gut, dass die meisten Verbrechen innerhalb der eigenen Familie geschahen. Allerdings war das Motiv in der Tat ein wenig dünn. Marius war ohne Frage ein Rebell, doch war er so fanatisch, dass er für seine Überzeugungen über Leichen ging? Dass er dafür in Kauf nahm, dem Enkel den geliebten Großvater zu nehmen? Andererseits: Wer wusste schon, was über den Streit hinaus noch zwischen Vater und Sohn vorgefallen war? Vielleicht gab es alte Geschichten, einen tief sitzenden Hass, der sich Bahn gebrochen hatte. Die Todesart konnte für beides sprechen. Willi hatte aufgrund der Wucht der Explosion wohl nicht gelitten, der Mörder hatte ihn demnach nicht quälen wollen. Aber *was* für ein Tatort! Spektakulär und medienwirksam. Ein Zeichen, das man weit über die Grenzen der Region hinaus wahrnehmen würde.

Ralph wünschte sich, Sabine wäre bei ihm. Er selbst war nicht besonders gut darin, unterschwellige Schwingungen wahrzunehmen. Also hielt er sich stattdessen an die Fakten.

»Seid ihr auch Mitglieder der Bürgerinitiative?«, fragte er Sebastian und Elias.

»Logo.« Elias setzte eine empörte Miene auf. »Wir wollen keinen Atommüll vor der Haustür. Und das Zeug muss auch nicht für nichts und wieder nichts durch die Knüll-Region gefahren werden.«

»Weshalb wart ihr dann heute Morgen nicht dabei?«

Elias rollte die Augen. »Ich hatte Nachhilfe. Papa meinte, das wäre wichtiger.«

»Ist es auch«, grummelte Marius und stockte. Seine Stimme wurde heiser. »Stell dir mal vor, du hättest mit ansehen müssen, wie Willis Bus …« Er brach ab.

»Scheiße.« Elias hielt sich die Hand vor den Mund. Er rutschte von seinem Stuhl und spurtete zur Küchentür. Ralph hörte eine weitere Tür klappen und kurz darauf würgende Geräusche. Schließlich ertönte die Toilettenspülung.

Elias kam zurück, das Gesicht weiß wie eine Wand.

»Tut mir leid«, nuschelte er in Richtung seines Vaters.

»Schon gut.« Marius Geiger nahm seine Brille von der Nase und betrachtete sie. »Wir stehen alle unter Schock.«

Ralph wandte sich an Geigers Mitbewohner. »Warum waren Sie nicht bei der Kundgebung?«

»Ich musste arbeiten. Ein dringender Kundenauftrag.« Sebastian schaute zu Johann Gründler. »Dein Glück übrigens, dass ich da war, als der Abschleppdienst deinen T3 gebracht hat. Mir fehlt noch ein Ersatzteil, aber Montagnachmittag ist der Bus wieder flott.«

»Danke.« Gründler lehnte sich mit der Schulter an die Wand. Er wirkte kraftlos und grau, so, wie Ralph ihn noch nie gesehen hatte.

Marius stand auf und holte zwei Stühle aus einem Nebenraum. »Setzt euch doch.« Er stellte ein paar Gläser und eine Flasche Wasser auf den Tisch.

Ralph nahm neben seinem Vater Platz.

»Du kennst Willi schon lange?« Der alte Gründler lächelte.

»O ja. Wir haben eine Menge zusammen erlebt.« Sein Blick verklärte sich. »Wir haben uns zweiundsechzig in München kennengelernt. Schwabinger Krawalle, sagt dir das was?«

»Nein.« Angersbach schüttelte den Kopf, und auch die anderen am Tisch signalisierten, dass sie keine Ahnung hatten.

»Ich war gerade mit der Schule fertig«, erinnerte sich Gründler. »Bin mit einem Freund in seinem Bulli losgefahren. Wir wollten nach Wien, aber dann sind wir schon in München hängen geblieben. Es war Juni.« Er griff nach einem Wasserglas und leerte es in einem Zug. »Ein paar Jugendliche hatten Straßenmusik gemacht, abends nach halb elf, und ein paar spießige Anwohner hatten die Polizei gerufen. Erst war es nur ein bisschen Gerangel, doch dann ist die Sache eskaliert. In den folgenden Tagen gab es Straßenschlachten zwischen bis zu vierzigtausend jungen Leuten und der Polizei. Einige kamen sogar aus anderen Bundesländern. So wie Willi.«

Ralphs Vater stellte das Wasserglas zurück auf den Tisch. »Er hatte im Radio von den Vorfällen gehört und war entsetzt. In einem Land, in dem die Polizei mit Gummiknüppeln auf Musiker losgeht, stimmt etwas nicht, hat er gedacht. Er ist mit seinem Moped losgefahren, um dabei zu sein. Die ganze Strecke von hier bis nach München.«

Gründler sah seinen Sohn an. »Wir waren beide mittendrin und sind zwischen die Fronten geraten. Ein paar Polizisten haben uns gejagt, aber wir konnten entkommen. Dann haben wir die ganze Nacht an der Isar gesessen und geredet. Wir wussten, dass wir etwas unternehmen wollten. Wir haben unsere Adressen ausgetauscht, und später, als ich in Frankfurt studiert habe, ist Willi auch dort hingekommen. Wir haben alles gemeinsam gemacht, die Studentenproteste, die Hausbesetzungen, die Demonstrationen. Gegen Atomkraft und die Startbahn West, gegen die Verseuchung der Meere, die Kriege in Vietnam, im Irak, in Jugoslawien, gegen die Castor-Transporte. Wir waren auch oft mit dem Bulli unterwegs, in ganz Europa. Wir wollten eine bessere Welt. Willi war zwei Jahre jünger als ich, aber er war schon immer ein bisschen weiter, ein bisschen radikaler. Ich habe seine Haltung bewundert. Doch dass er auch vor Gewalt nicht zurückgeschreckt hat, hat mir nicht gefallen.«

»Du meinst die Steinwürfe?«, fragte Ralph.

»Ja. Unter anderem.« Gründler fuhr sich über das stoppelige Kinn. »Das ist der falsche Weg, das war immer mein Standpunkt, schon damals, zweiundsechzig, an der Isar.« Sein Blick glitt in die Ferne. »Da war übrigens auch Andreas Baader dabei. Er hat etwas ganz Ähnliches gesagt wie Willi. Diese Sache mit den Polizisten, die mit Gummiknüppeln auf Musiker losgehen. Später hieß es, das wäre einer der Gründe gewesen, warum er sich für die RAF entschieden hätte.« Er seufzte. »Ich war verdammt froh, dass Willi nicht dasselbe getan hat. Klar, er hat sich geprügelt und Steine geworfen, aber er hat nie jemanden ernsthaft verletzt.«

Angersbach schob die Hände in die Hosentaschen. Er fand es schwierig, bei diesen Themen Position zu beziehen. Die Beweggründe der Protestler konnte er nachvollziehen, und er bewunderte ihren Mut, ihr Engagement, ihre Konsequenz. Im Grunde war das, was sie taten, nicht so viel anders als das, was er selbst tat: Jeder versuchte auf seine Weise, die Welt ein wenig besser zu machen. Es war eben die Wahl der Mittel, die den Unterschied machte, da hatte sein Vater vollkommen recht. Friedlicher Widerstand war in Ordnung, Gewalt nicht.

Er bemerkte, dass Marius, Sebastian und Elias wie gebannt an Gründlers Lippen hingen. Willi Geiger selbst hatte offenbar nicht viel über seine Vergangenheit erzählt.

»Womit hat er sein Geld verdient?«, erkundigte sich Angersbach. »Früher, meine ich. Inzwischen war er ja sicher im Ruhestand.« Sein eigener Vater war siebenundsiebzig; Geiger war also fünfundsiebzig gewesen.

»Willi war Sozialarbeiter. Er kannte sich im Milieu aus, hatte selbst genug Zeit auf der Straße und in besetzten Häusern verbracht.« Gründler grinste. »Er hatte ein wildes Leben. Ist mit seinem bunten Hippie-Bus bis nach Marokko gefahren, und die freie Liebe hat er auch ausgekostet.«

»Ja«, warf Marius ein, nicht amüsiert, sondern verbittert. »Drei Kinder von drei verschiedenen Frauen hat er gehabt, und für keins davon hat er sich verantwortlich gefühlt.«

Gründlers Blick wurde nostalgisch. »So war das damals. Keine Bindungen, keine Verpflichtungen.«

Zumindest nicht für die Männer, dachte Ralph bei sich, während Marius das Wort ergriff: »Das war lange vorbei, als ich auf die Welt gekommen bin.«

Gründler sah ihn mitfühlend an. »Ja. Die Welt hat sich weitergedreht. Aber Willi wollte das nicht wahrhaben. Im Herzen ist er immer ein Achtundsechziger geblieben.«

So wie du, dachte Ralph. Sein Vater hatte ihn ebenfalls im Stich gelassen, genau wie Willi Geiger seine Söhne. War ihm das nicht bewusst? Oder fand er in Wirklichkeit in Ordnung, was Willi und er getan hatten? Irgendwann würde er mit Johann darüber reden, aber nicht jetzt.

Entschlossen stand Angersbach auf. »Sie bleiben dabei, dass Sie die Schuldigen für den Anschlag bei der ZYKLUS AG vermuten, nicht in Ihrer Familie?«, fragte er Marius. »Es gibt keine alten familiären Konflikte?«

Marius schnaubte. »Es gibt jede Menge Konflikte. Aber keiner von uns hätte unseren Vater in die Luft gesprengt, auch wenn wir ihm sicher manchmal die Pest an den Hals gewünscht haben.«

Angersbach nickte. Er musste abwarten, was Sabine und der LKA-Schnösel Rahn bei der ZYKLUS AG herausfanden. Ihm kam die Galle hoch, als er daran dachte, wie Rahn Sabines Hand genommen hatte. Warum, verdammt noch mal, war er im Sommer in Bad Vilbel so ein Hasenfuß gewesen? Sie hatten sich doch schon geküsst, und es war schön gewesen. Er war ein Idiot. Deshalb war Sabine jetzt mit Holger Rahn zusammen, und er blieb allein.

»Du solltest nach Hause fahren«, sagte er zu seinem Vater. »Euren Protest müsst ihr verschieben. In den nächsten Tagen, vielleicht auch Wochen, wird hier alles abgesperrt sein, weil wir ermitteln und nach Spuren suchen.«

»Schön.« Sein Vater verschränkte die Arme vor der Brust. »Vielleicht sagst du mir auch, wie ich da hinkommen soll? Nach Hause? Mein Bus hat einen Motorschaden, und das Ersatzteil kommt erst am Montag.« Gründler neigte den Kopf in Sebastians Richtung. »Hat er gesagt.«

Ralph biss die Zähne zusammen. Er wollte nicht, dass sein Vater hier herumlief, während sie den Täter suchten, der die Bombe in Willi Geigers Bus platziert hatte. Auch wenn sein Vater nicht das geplante Opfer gewesen war. Diese beiden baugleichen Busse – das hatte ihm einen solchen Schrecken eingejagt, dass er sich erst entspannen würde, wenn er Johann Gründler sicher zurück im Vogelsberg wüsste.

»Wir hätten Werkstattwagen im Angebot«, schlug Sebastian vor. »Ich könnte dir einen ausleihen. Aber du müsstest natürlich die ganze Strecke noch mal fahren, um den Leihwagen zurückzubringen und den Bus abzuholen.«

Gründler sah nicht so aus, als würde ihm der Vorschlag gefallen. Mitglied in einem Automobilclub war sein Vater natürlich nicht. Mobilitätsgarantie? Das war etwas für Bonzen und Systemkonformisten. Außerdem müsste man einen solchen Anspruch erst einmal durchsetzen.

»Ich habe eine bessere Idee.« Angersbach lächelte und tippte sich mit der Fingerkuppe aufs Brustbein. »*Ich* nehme den Leihwagen.«

»Was willst du denn damit?«, fragte sein Vater. »Dein Wagen läuft doch.«

»Eben. Du bekommst meinen Niva und fährst damit nach Hause. Ich werde ja wohl noch ein Weilchen hierbleiben, also nutze ich bis Montag den Werkstattwagen und hole anschließend deinen Bus ab. Und wenn der Fall abgeschlossen ist, bringe ich ihn dir und nehme im Tausch den Lada wieder mit.«

»Hm.« Der alte Gründler rieb sich das Kinn, doch der Plan klang einleuchtend, und ihm fiel offenbar kein Gegenargument ein. »Okay. Dann machen wir es so.«

»Schön.« Angersbach wandte sich an Sebastian. »Kann ich den Wagen gleich haben? Ich muss nach Gießen in die Rechtsmedizin.«

»Sicher.« Der Mechaniker stand auf. Ralph händigte seinem Vater seine Fahrzeugschlüssel aus und nahm ihn zum Abschied kurz in die Arme. »Pass auf dich auf, ja?«

Gründler brummte etwas Unverständliches. Ralph folgte Sebastian nach draußen. Er warf einen kurzen Blick auf seinen geliebten dunkelgrünen Niva. Normalerweise verlieh er ihn nicht. Aber sein Vater würde hoffentlich pfleglich damit umgehen.

Sie waren auf dem Rückweg von Schwalmstadt nach Thalhausen, als Rahns Mobiltelefon klingelte, das vorn in der Halterung am Armaturenbrett steckte. Rahn nahm das Gespräch entgegen, ohne den Blick von der Fahrbahn zu nehmen. Sabine, die aus dem Fenster auf die liebliche Landschaft rechts und links der Straße schaute, war überrascht, die Stimme ihres Chefs aus dem Lautsprecher zu hören. Am Wochenende hielt sich Julius Haase gewöhnlich bei seiner Familie auf, nicht im Büro.

Hatte die Explosion auf dem Parkplatz in Thalhausen womöglich einen anderen Hintergrund als bisher angenommen? War ein Bekennerschreiben von irgendeiner Terrormiliz eingegangen? Heutzutage musste man immer damit rechnen, dass die Islamisten oder irgendeine rechtsextremistische Vereinigung sofort die Hand hoben, wenn irgendwo eine Bombe explodierte. Ob die jeweilige Organisation tatsächlich etwas damit zu tun hatte, war eine andere Frage. Häufig stellte sich heraus, dass es nur die Einzelaktion einer Person war, die sich einer dieser Gruppierungen verbunden fühlte.

Doch Haases Anliegen war ein anderes.

»Wir brauchen Sie hier in Wiesbaden, Kollege Rahn«, verkündete er mit seiner sonoren Stimme. »Die Observation des Clubs hat endlich Ergebnisse gebracht. Wir wollen heute Abend zuschlagen. Sie und der Kollege Schmittke sind die zuständigen Ermittler. Es ist Ihr Erfolg. Sie sollten dabei sein.«

Sabine konnte an Holgers Gesicht ablesen, dass er hin- und hergerissen war. Sie wusste, dass er seit Monaten an dieser Drogensache arbeitete. Schmittke und er hatten viel Zeit und Energie hineingesteckt, nicht zuletzt, weil ihnen der Fall sehr am Herzen lag. Nicht nur, weil ihnen die Bekämpfung illegaler Rauschmittel generell ein Anliegen war, sondern auch, weil in diesem Fall mehrere junge Frauen gestorben waren. Sie hatten Drogen gekauft, die mit giftigen Substanzen gestreckt waren, und die Spritze nicht überlebt. Nicht in dem Club, in dem Sabine Carl begegnet war, aber in einer Bar, die demselben Eigentümer gehörte. Da beide Etablissements im Verdacht des Drogenhandels standen, galt dieser Mann als Drahtzieher hinter den illegalen Geschäften, und Schmittke und Rahn wollten ihm unbedingt das Handwerk legen.

Aber Holger wollte auch hier bei ihr sein und den Täter finden, der die Bombe auf dem Parkplatz hatte hochgehen lassen. Weil sie ihn in seiner Entscheidung nicht beeinflussen wollte, wandte sich Sabine wieder der Aussicht zu. Sanfte, dicht von Bäumen bewachsene Hügel, weite Felder, auf denen die Zwischenfrucht in voller Blüte stand, darüber ein klarer blauer Himmel, an dem ein paar dünne Wolkenschwaden vorbeizogen.

»Was ist mit dem Mordfall Geiger?«, fragte Rahn.

»Den übernimmt Frau Kaufmann. Gemeinsam mit dem Kollegen Angersbach vom Polizeipräsidium Mittelhessen. Ich habe mich schon mit seinem Vorgesetzten kurzgeschlossen. Er ist vor Ort und kennt sich sowohl in der Szene als auch in der Gegend aus. Da es sich bei dem Opfer nicht um seinen Vater handelt, besteht keine Befangenheit mehr. Außerdem haben Frau Kaufmann und er schon in vielen Fällen erfolgreich zusammengearbeitet. Wir halten es für das Beste, auf diese bewährte Konstellation zurückzugreifen. Ebenso wie bei unserem Wiesbadener Drogenring. Der Kollege Schmittke braucht Sie.«

»In Ordnung.« Holger Rahn war korrekt; er würde nie einer dienstlichen Anweisung widersprechen oder zuwiderhandeln, ob sie ihm nun persönlich missfiel oder nicht. »Ich setze Frau Kaufmann in Thalhausen ab und komme auf direktem Weg zurück nach Wiesbaden.«

»Wir erwarten Sie«, entgegnete Julius Haase. »Und tanken Sie zwischendurch auf. Essen Sie etwas Anständiges, und besorgen Sie sich einen Kaffee. Das wird eine lange Nacht.«

»Geht klar.«

»Dann geben Sie mir bitte noch Frau Kaufmann.«

»Sie sitzt neben mir und hat unser Gespräch mitgehört.«

»Ah. Umso besser. Frau Kaufmann?«

Sabine wandte sich von der Aussicht ab. »Ja?«

»Fahren Sie zusammen mit dem Kollegen Angersbach nach Gießen in die Rechtsmedizin. Und sehen Sie sich die Wohnung von Willi Geiger in Marburg an. *Bevor* Sie mit Dietmar Geiger sprechen.« Julius Haase hüstelte. »Geiger ist ein aussichtsreicher Kandidat bei der nächsten Landtagswahl, und seine Schwägerin ist Journalistin bei der Fuldaer Zeitung. Wir möchten keine unschönen Schlagzeilen in der Presse lesen,

nur weil ein übereifriger Kommissar zu stürmisch vorgeprescht ist.«

Sabine lachte leise. Als ob es so einfach wäre, einen Kettenhund wie Angersbach im Zaum zu halten. »Ich tue, was ich
kann.«

»Danke. Mehr verlange ich nicht.« Haase verabschiedete
sich und beendete das Gespräch.

Rahn warf Sabine einen kurzen Blick zu. »Das ist schade.
Ich hatte mich auf die gemeinsamen Tage mit dir gefreut.«

»Ja, ich auch.« Sie griff nach Holgers Hand und drückte sie.
»Aber du musst deinen Fall abschließen. Den Triumph hast du
dir verdient, nach all der harten Arbeit.«

Rahn nickte. »Ich bin froh, wenn wir die Mitglieder dieses
Drogenrings endlich hinter Gittern haben.« Wieder ein Seitenblick. »Und danach feiern wir. Mit Champagner und Kaviar
und einem heißen Schaumbad. Ich habe eine sehr schöne Wan-
ne in meiner Wohnung.« Er strich sanft mit dem Finger an ihrem Oberschenkel entlang. Sabine lief ein wohliger Schauer
den Rücken hinunter, und in ihrem Unterleib kribbelte es.

»Ja«, flüsterte sie heiser. »Das machen wir.«

7

Auf dem Waldparkplatz, dessen Erde geschwärzt war, wimmelte es von Spurentechnikern mit weißen Schutzanzügen. Ralph Angersbach stand hinter der Absperrung und schaute missmutig zu ihnen hinüber. Er hasste es, wenn er selbst nicht tätig werden konnte, weil zuerst andere ihre Arbeit erledigen mussten. Und nun hatte ihn auch noch sein Chef aus dem Polizeipräsidium Mittelhessen hierher beordert, damit er sich den LKA-Kollegen anschloss.

Ralph hatte nicht die geringste Lust, sich bevormunden zu lassen. Eine Wahl hatte er allerdings nicht. Sein Chef hatte ihm deutlich zu verstehen gegeben, dass die Ermittlungshoheit nach wie vor beim LKA lag. Außerdem hatte er ihn mit detaillierten Arbeitsanweisungen versorgt. Ganz oben auf der Liste stand der Besuch in der Rechtsmedizin, vor dem er sich gerne gedrückt hätte.

Immerhin, zumindest die Reporter und Fernsehteams waren endlich abgezogen. Sie hatten ihre Aufnahmen von der Verwüstung geschossen, einige Demonstranten interviewt und die Arbeit der Polizei beobachtet. Manche von ihnen wirkten regelrecht erleichtert, dass endlich wieder etwas Aufregendes geschehen war. Als ob die Baumhäuser und Barrikaden der Autobahngegner, die sich weiter südlich erbitterte Kämpfe mit der Obrigkeit lieferten, nicht für genügend

Schlagzeilen sorgten. Irgendwann aber hatte auch der letzte Sensationshäscher eingesehen, dass sich hier nichts Spektakuläres mehr ereignen würde.

Angersbach reichte es auch so schon. Die Online-Ausgaben der regionalen Zeitungen berichteten sachlich, doch einige Privatsender setzten bereits reißerische Headlines und spekulierten über Verbindungen zu islamistischen Terrormilizen und rechtsgerichteten Zellen, obwohl es weder auf das eine noch auf das andere auch nur den geringsten Hinweis gab. Aber den Verantwortlichen ging es nicht um journalistische Redlichkeit, sondern um möglichst hohe Aufmerksamkeit. So war das eben. Wahrheit und Moral verloren mehr und mehr an Wert. Stattdessen redeten alle nur noch über Klicks und Likes.

Den schlimmsten Bericht hatte einer dieser selbst ernannten Influencer auf einem Videokanal abgeliefert, der eine abstruse Theorie über die Verstrickung des CIA in den Anschlag gesponnen hatte. Ralph war fassungslos gewesen, aber er wusste auch, dass man gegen diese Leute nichts unternehmen konnte. Man konnte nur hoffen, dass sich die Zahl der Spinner, die sich diesen Hypothesen zuwandten, in Grenzen hielt.

Er schaute in den Himmel, wo sich die Wolken zunehmend verdichteten. Sie verschluckten das wenige Tageslicht, das der November zu bieten hatte. Die gelb und rot gefärbten Blätter der Bäume, die in der Sonne geleuchtet hatten, wurden stumpf. Man sah ihnen an, dass etwas zu Ende ging. Nur ein kräftiger Windhauch und sie würden zu Boden segeln und nichts als kahle Äste und Zweige zurücklassen.

Angersbach interessierte sich nicht sonderlich für das Wetter, aber diese Endzeitstimmung, zusammen mit dem verkohlten Gerippe des T3 unter dem umgestürzten Baum und den anderen beschädigten Fahrzeugen, verursachte ihm Unbehagen. Er zog den Müsliriegel aus der Tasche, den er an der Tankstelle gekauft hatte, und schaute zu dem Mietwagen, den Sebastian ihm besorgt hatte. Ein roter Toyota Yaris Hybrid. Kein Auto mit Charakter oder Seele, sondern ein mit Dekorstreifen und Alufelgen aufgemotzter Blechzwerg. Sabine würde der Wagen sicher gefallen, weil er auch mit Strom fuhr. Doch was spielte das noch für eine Rolle?

Er zog die Folie vom Müsliriegel und biss hinein. Fast hätte er den Happen wieder ausgespuckt, weil er viel zu süß war und nach Pappe schmeckte. Aber er hatte den ganzen Tag nichts gegessen. Spätestens in der Rechtsmedizin würde er sich wahrscheinlich wünschen, einen leeren Magen zu haben. Allein die Vorstellung davon, neben Willi Geigers verkohltem Leichnam zu stehen, ließ ihm ganz flau werden. Doch er durfte auch nicht umkippen, weil er völlig unterzuckert war. Nun, diese Gefahr bestand nach dem Verzehr des Riegels nicht mehr.

Auf der Zufahrtsstraße näherte sich die schwarze Limousine des LKA. Ralph stopfte die Verpackungsfolie in die Hosentasche, schluckte den letzten Bissen hinunter und strich sich mit der Hand die Haare glatt. Wozu, hätte er selbst nicht zu sagen gewusst.

Der Dienstwagen blieb ein Stück vor der Absperrung stehen, und Ralph konnte durch die getönte Scheibe sehen, wie sich Holger Rahn zu Sabine hinüberbeugte und sie küsste. Es fühlte sich an, als würde ihm jemand einen Korkenzieher in die Eingeweide bohren. Rasch wandte er sich ab.

Eine Autotür klappte, der Motor heulte auf. Angersbach sah aus dem Augenwinkel, wie die schwarze Limousine davonfuhr. Überrascht drehte er sich um.

Sabine Kaufmann stand vor ihm, hübsch wie immer mit ihren halblangen blonden Haaren, der zierlichen Figur, den

knappen Jeans und dem flauschigen hellen Rollkragenpullover. Die cremefarbene Lederjacke, die sie darüber trug, war
sicher teuer gewesen, ebenso die passenden Stiefel, die ihr über
der engen Jeans fast bis zu den Knien reichten. Doch Ralph
nahm das alles nur am Rande wahr. Das Besondere an Sabine
waren ihre Augen, die von innen heraus zu leuchten schienen.
Weil sie Ralph gegenüberstand? Oder weil sie Holger Rahn
geküsst hatte?

Mach dir nichts vor, dachte Angersbach bitter. *Du bist nicht
mehr interessant.*

»Wo will er hin?«, fragte er und deutete in die Richtung, in
die Rahn davongefahren war.

»Holger muss zurück nach Wiesbaden. Eine Drogensache.
Die Ermittlungen im Mordfall Geiger leiten fürs Erste wir.«

Ralphs Herz vollführte einen Salto. Es war weder realistisch
noch vernünftig, doch im Augenblick hatte er freie Bahn, sein
Widersacher war aus dem Weg. Dieses Mal musste er seine
Chance nutzen.

»Fahren wir? Wo ist deine Benzinschleuder?« Sabine sah
sich suchend um.

»Den Niva habe ich meinem Vater geliehen, damit er zurück nach Hause kann«, erklärte Ralph. »Sein Bus ist ja noch
in der Werkstatt. Ich habe solange einen Mietwagen.« Er deutete auf den roten Yaris.

»Wow.« Sabine Kaufmann hob die Augenbrauen. »Das hätte ich dir gar nicht zugetraut, dass du dich Johann zuliebe von
deinem Monstrum trennst.«

»Es ist ja nur für ein paar Tage.« Angersbach fühlte sich gekränkt. Warum konnte Sabine nicht verstehen, dass er an dem
Wagen hing? Unter ökologischen Gesichtspunkten mochte er
suboptimal sein, doch das war nicht die einzige Perspektive,

unter der man ein Fahrzeug betrachten konnte. Aber wenn es um Autos ging, hatten Frauen nicht den geringsten Sinn dafür, obwohl sie doch sonst so viel Wert auf Romantik legten.

Er richtete den Schlüssel auf den Wagen und öffnete die Zentralverriegelung. Sabine rutschte auf den Beifahrersitz, Ralph nahm hinter dem Steuer Platz.

»Hm. Bequem«, stellte sie anerkennend fest.

Angersbach knirschte mit den Zähnen. Auch wenn es nicht seine Spezialität war, *diesen* Subtext konnte sogar er lesen. Sein Lada Niva war nicht bequem, weder die durchgesessenen Sitzpolster noch die Federung, und fiel allein schon deshalb bei Sabine durch. Vom Spritverbrauch gar nicht erst zu reden.

Einen Kommentar verkniff er sich. Wenn er noch eine Chance bei Sabine haben wollte, war es kein guter Start, mit ihr über Autos zu streiten. Stattdessen erkundigte er sich nach ihrem Besuch bei der ZYKLUS AG.

»Die haben vermutlich nichts damit zu tun«, entgegnete Sabine, während Ralph Thalhausen durchquerte und über die Landstraße in Richtung Homberg fuhr. »Der Vorstand scheint durchaus aufgeklärt. Und der Protest der Bürgerinitiative richtet nicht wirklich etwas aus. Das ist keine Bedrohung für ihr Geschäft, die so massiv wäre, dass sie deshalb den Protestführer ermorden. Ich warte noch auf die Auswertung von Geigers Telefonkontakten, aber ich glaube nicht, dass wir Gespräche mit der Firma finden, die Rückschlüsse auf eine Eskalation zulassen.«

Angersbach nickte. Sosehr er Konzerne wie die ZYKLUS AG verabscheute, die über die Köpfe der Menschen hinweg nur darauf sahen, ihren Profit zu vermehren, so wenig glaubte er daran, dass ein solches Unternehmen ausgerechnet einen Bombenanschlag verüben würde, um sich einen lästigen Störenfried vom Hals zu schaffen. Dafür gab es bessere Mittel.

Man hätte Willi Geiger einfach entführen, ihm die Kehle aufschlitzen und ihn irgendwo im Wald vergraben können. Wobei diese Methode wohl eher etwas fürs Fernsehen war. In Wirklichkeit würde eine Riege von gut bezahlten Topanwälten vermutlich subtilere Wege finden, jemanden mundtot zu machen. Etwas derart Spektakuläres wie ein Sprengstoffattentat sprach für einen emotional beteiligten Täter, eine Person, die voller Hass war, nicht für jemanden, der nur geschäftliche Interessen hatte. Jemand, der ein persönliches Motiv hinter einer scheinbar politischen Tat verbarg.

Sabine Kaufmann sah das genauso. »Da steckt eine Familiengeschichte dahinter«, vermutete sie.

Ralph berichtete ihr von der Befragung des jüngsten Sohnes. Ein Rebell, ohne Frage, aber wenn er derjenige war, der die Bombe im T3 platziert hatte, musste es ein stärkeres Motiv geben als nur den Wunsch, von seinem Vater die Führungsposition in der Bürgerinitiative zu erben.

»Vorstellbar wäre es«, sagte Sabine nachdenklich. »Drei Söhne von drei verschiedenen Frauen, und keiner von ihnen hat sich Willi Geiger verpflichtet gefühlt. Freie Liebe für ihn, und die Frauen mussten sehen, wie sie mit den Folgen zurechtkamen. Ich kann mir vorstellen, dass sich die Söhne vernachlässigt gefühlt haben und wütend auf ihren Vater waren. Die beiden Älteren haben offenbar ihren Weg gemacht, Dietmar als Politiker und Jürgen als Biologe. Aber Marius scheint auf der Strecke geblieben zu sein. Er schlägt sich als Taxifahrer durch, und das Geld reicht nicht mal für eine eigene Wohnung.« Sie schnitt eine Grimasse. »Holger hat übrigens recherchiert, was aus den Frauen geworden ist. Dietmars Mutter hat ein paar Jahre nach seiner Geburt eine Kehrtwende vollzogen und einen Bankangestellten geheiratet. Schluss mit dem

Hippie-Leben, Sozialhilfe und Wohnen im Campingbus; stattdessen ein biederes Leben im Reihenhäuschen in der Neubausiedlung. Jürgens Mutter hat sich nach Goa aus dem Staub gemacht und den Sohn bei ihren Eltern zurückgelassen. Sie haben ihn großgezogen. Glück für die beiden Jungen unterm Strich, würde ich sagen. Marius' Mutter dagegen ist komplett abgerutscht. Alkohol und Drogen. Sie ist an einer Überdosis gestorben, als Marius drei war. Der Junge hat mehrere Heime und Pflegefamilien durchlaufen. Er hat nie eine verlässliche Bindung kennengelernt. Und von den drei Söhnen hat er seinen Vater sicher am meisten entbehrt.«

»Aber Marius hat einen Sohn«, gab Angersbach zu bedenken. »Und er ist anders gestrickt als sein Vater. Er liebt Elias, das merkt man. Ich glaube nicht, dass er ihm den geliebten Großvater auf diese Weise entreißen würde. Und er würde ihm auch nicht das antun, was ihm sein eigener Vater angetan hat.«

»Was meinst du?«

»Ohne Vater aufzuwachsen. Wenn er ins Gefängnis müsste …«

Sabine lachte auf. »Die meisten Straftäter denken nicht so weit. Sie glauben nicht, dass sie erwischt werden, das weißt du doch.«

»Hm.« Ralph wechselte bei Homberg auf die Autobahn und beschleunigte. Der Wagen zog gut an, besser als sein Lada, wenn er ehrlich war. Rasch schob er den Gedanken beiseite. Das war Verrat an seinem treuen Wegbegleiter. Der Niva war nicht zu ersetzen. Natürlich war er kein Rennwagen, aber solide. Und er war mehr als ein Auto. Er war ein Stück Heimat.

Im Sommer hatte jemand ein Graffiti auf die Beifahrertür gesprüht. Ralph hatte lange suchen müssen, bis er den originalen dunklen Grünton im Internet gefunden hatte. In der Autowerkstatt seines Vertrauens hatte man die Farbe aufgetragen, und nun war von der Narbe nichts mehr zu sehen. Den Kratzer, der auf seiner Seele zurückgeblieben war, spürte er dagegen immer noch. Man hatte ihn persönlich angegriffen und verletzt, das verwand er nicht so schnell.

Angersbach biss sich auf die Lippen. Beinahe hätte er eine entsprechende Bemerkung gemacht, dabei war doch seine persönliche Betroffenheit nichts im Vergleich zu dem Brandmal, das Sabine von ihrem Fall im letzten Jahr zurückbehalten hatte. Wie es ihr wohl damit ging? Im Alltag konnte sie die Narbe verstecken, aber wenn sie vor dem Spiegel stand oder mit einem Mann intim war …

Ralph knurrte leise. Hatte Holger Rahn das Brandmal etwa gesehen? Oder noch mehr als das?

»Ich hätte lieber als Erstes mit Dietmar Geiger gesprochen«, sagte er, um nicht länger über dieses Thema nachzudenken. »An der verkohlten Leiche von Willi Geiger wird nicht viel abzulesen sein.«

»Warten wir es ab. Hackebeil findet auch in einem Häufchen Asche noch verwertbare Hinweise. Ich denke, es lohnt sich, bei der Obduktion dabei zu sein.«

Angersbach fletschte die Zähne. Zumindest für Wilhelm Hack galt das mit Sicherheit. Er würde sich daran weiden, wie Ralph beim Anblick des verbrannten Körpers gegen seine Übelkeit kämpfte.

Sabine Kaufmann horchte in sich hinein, während sie die Augen müßig über die Landschaft gleiten ließ. Die Ausläufer des Knülls mit ihren sanften Hügeln und dem dichten Baumbestand, der Flickenteppich aus Wiesen und Feldern auf dem Abschnitt dahinter, der weite Blick. Hinter dem Kirchheimer Dreieck fuhren sie auf der A5 südwestlich in Richtung Gießen.

Sie stellte fest, dass sie sich wohlfühlte. Entspannt und – ja, geborgen. Bei Ralph konnte sie sich zurücklehnen. Sie konnte sich so geben, wie sie war, musste keine Rolle spielen. Mit Holger Rahn war das anders. Er war distanzierter und zugleich näher. Außerdem gab es da ein Kribbeln, das sie bei Ralph nicht verspürte.

Anziehung entsteht aus Fremdheit, hatte sie mal gelesen, und das brachte es wohl auf den Punkt. Was zwischen Holger und ihr passierte, war neu und aufregend. Ralph Angersbach kannte sie seit vielen Jahren, seine Launen und Macken ebenso wie seine Stärken. Er war kein Romantiker, aber ein Fels in der Brandung.

War es das, was sie wollte? Oder reizte sie das Unbekannte, das Abenteuer mit Rahn?

Eine Frage, die sie getrost auf später verschieben konnte. Der bevorstehende Besuch in der Rechtsmedizin würde zweifellos sämtliche romantischen Gefühle ersticken. Sie musste sich konzentrieren, um ihre Arbeit gut zu machen. Jedes Detail konnte wichtig sein, gerade in einem so spektakulären Fall. Zeitungen und Fernsehen hatten sich bereits darauf gestürzt und würden die Geschichte bis auf die Knochen ausweiden, so wie es bei jedem Bombenanschlag in den letzten Jahren gewesen war. Und zu den ersten wilden Theorien über mögliche Täter würden sich in den nächsten Stunden und Tagen unzählige weitere gesellen, die alle in eine ähnliche Richtung gehen und einmal mehr den Fremdenhass schüren würden. Sprengstoff als Mordwaffe wurde immer sofort mit Terrorismus assoziiert. Dabei konnte sich mittlerweile jeder halbwegs begabte Hobbybastler eine Anleitung aus dem Internet herunterladen, wie er eine Bombe baute, mit der er seine Ehefrau oder seinen Nebenbuhler in die Luft jagen konnte. Die Zahl der terroristisch motivierten Anschläge war nicht größer als die der aus privaten und persönlichen Motiven oder geistiger Verwirrung begangenen, wenn sie die Daten richtig im Kopf hatte.

Ihr Smartphone meldete sich, der Anruf kam aus Wiesbaden. Zu ihrer Überraschung hatten die Kollegen sich bereits die Telefonlisten sowohl von Willi Geigers Festnetzanschluss als auch von seinem Mobiltelefon besorgt. Er hatte nicht viel telefoniert, kaum ein Gespräch hatte länger als drei Minuten gedauert. Eine Ausnahme bildeten lediglich Telefonate mit seinem alten Freund Johann Gründler und dem Büro der Bürgerinitiative. In beiden Fällen war es vermutlich um Absprachen für den Protest gegen die Kanonenbahn gegangen. Darüber hinaus hatte er mit seinen drei Söhnen telefoniert, außerdem mit weiteren Personen, die zur Bürgerinitiative gehörten. Offensichtlich hatte ihn die politische Arbeit komplett ausgefüllt. Gespräche mit der ZYKLUS AG oder mit einem der Vorstandsmitglieder fanden sich in seinen Verbindungsnachweisen nicht.

Ob er in den sozialen Netzwerken aktiv gewesen war, ließ sich derzeit nicht feststellen; Geigers Handy war bei der Explosion vollständig zerstört worden. Mögliche E-Mail-Kontakte würden sie vielleicht finden, wenn er zu Hause einen PC hatte. Die Durchsuchung seines Hauses in Marburg war ein weiterer Punkt auf der Agenda, um den sie sich kümmern würden, sobald sie den Besuch in der Rechtsmedizin hinter sich gebracht hatten.

Die Telefonliste enthielt keine Hinweise auf eine Partnerin oder Lebensgefährtin, aber das hätte Sabine auch überrascht. Jemand, der so konsequent am Geist der Achtundsechziger festhielt, würde sich auch im Alter nicht binden. Willi Geiger war nicht nur ein Freigeist gewesen, sondern auch ein freier Mann.

Und jetzt war er ein toter Mann.

Sabine bedankte sich bei den Kollegen und beendete das Gespräch. Nachdenklich verstaute sie das Smartphone wieder in der Tasche und brachte Angersbach auf den aktuellen Stand. Er nickte nur und brummelte etwas, das sie nicht verstand.

Sie passierten Alsfeld, dann Reiskirchen, und Ralph steuerte schließlich den Gießener Ring an. Wie immer zu dieser Tageszeit war er voll; lange Autoschlangen quälten sich auf beiden Seiten durch den Feierabendverkehr. Der Fluss geriet einige Male ins Stocken, aber schließlich waren sie in der Stadt. Die Sonne stand bereits so tief, dass kein Tageslicht mehr zwischen die Häuser fiel. Nicht mehr lange, dann wäre es komplett dunkel. Dabei war es erst kurz nach halb fünf.

Angersbach stellte den Wagen auf dem Hof hinter dem Rechtsmedizinischen Institut ab. Sabine sah, dass er tief durchatmete, ehe er ausstieg. Sie wusste, dass er es hasste, bei einer Obduktion dabei zu sein. Ihr selbst gefiel es ebenfalls nicht besonders, aber sie akzeptierte die Notwendigkeit – wobei diese seit ihrem Wechsel zum LKA erfreulich abgenommen hatte. Entschlossen ging sie auf den Hintereingang des Gebäudes zu. Sie war gespannt, ob der Leichnam ein paar Geheimnisse preisgeben würde.

Gießen

Es war anders als sonst. Nicht der typische Leichengeruch, stattdessen der durchdringende Gestank von verbranntem Fleisch. Fast noch schlimmer, stellte Ralph Angersbach fest. Er gehörte schon seit vielen Jahren zu den Menschen, denen der Bratgeruch von tierischem Fett oder das sommerliche Aroma von schwarzgeschmortem Grillgut zutiefst zuwider war. Der Gedanke, dass es sich bei dem Verbrannten um einen Menschen handelte, machte die Sache nicht besser. Und das Ganze weitergesponnen um die Möglichkeit, dass er zuerst davon ausgegangen war, dass sein eigener Vater dieser verkohlte Mensch sein könnte ... Ralph unterdrückte die erste Übelkeitswelle.

Wilhelm Hack hob den Kopf, als sie den Obduktionssaal betraten. In seinem gesunden Auge blitzte es. »Frau Kaufmann. Es freut mich, dass wir uns noch einmal an diesem schönen Ort wiedersehen.«

Sabine lächelte. Weder sie noch Hack ließen sich von dem geschwärzten Leichnam stören, der zwischen ihnen auf dem Tisch lag. Angersbach dagegen kämpfte bereits gegen die wachsenden Turbulenzen in der Magengegend. Ihm gelang es nicht, seine Gefühle abzuschalten, während seine Kollegin damit offenbar keine Schwierigkeiten hatte, und das, obwohl auch ihre Mutter vor ein paar Jahren hier auf diesem Tisch gelegen hatte. Aber vielleicht war das auch alles nur Fassade.

»Das klingt, als wollten Sie sich bald zur Ruhe setzen«, scherzte Sabine.

Hack schnitt eine Grimasse. »Von wollen kann keine Rede sein. Aber als Staatsbeamter hat man nur eine begrenzte Haltbarkeit, das wissen Sie ja. Das Pensionsalter winkt schon am Fenster, aber noch ist es nicht so weit. Außerdem gibt es durchaus Mittel und Wege, um das Unvermeidliche für ein paar Jährchen hinauszuzögern. Das unterscheidet mich auf erfreuliche Weise von meiner Klientel.« Das nichtgläserne Auge zwinkerte schelmisch. »So schnell werden Sie mich hier also nicht los. Verlassen Sie sich drauf.«

»Ich drücke Ihnen die Daumen«, sagte Sabine herzlich. »Es wäre ein großer Verlust, wenn Ihre Expertise verloren ginge.«

Das klang nach Schmeichelei, aber Ralph wusste, dass seine Kollegin recht hatte. Hackebeil war eine Koryphäe. Deswegen verzieh man ihm auch seinen rüden Umgangston. Ehe er den Job in der Gießener Rechtsmedizin angetreten hatte, hatte er viele Jahre lang in entlegenen Kriegsgebieten Leichen obduziert, um Kriegsverbrechen auf die Spur zu kommen. So etwas überstand man vermutlich nicht schadlos, ohne sich einen gewissen morbiden Humor zuzulegen.

Ralph betrachtete den Toten, der verkrümmt auf dem Obduktionstisch lag, Ellenbogen und Knie angewinkelt, ebenso wie die Hand- und Fußgelenke. Die verbrannte Haut spannte über den Knochen. Ein Skelett, das in schwarzes Pergament gehüllt war.

»Falls Sie sich nicht mehr erinnern: Die Fechterstellung entsteht, weil sich durch die Hitze die Muskulatur verkürzt und die Masse der Beugemuskeln die der Streckmuskeln überwiegt«, klärte Hack sie auf. Er wies auf den Kopf der Leiche. »Den Schädel habe ich bereits untersucht.«

Ralph sah genauer hin und entdeckte eine dünne Schnittlinie, die hinter dem linken Ohr begann und sich um den Hinterkopf herumzog.

»Wir haben multiple Frakturen in der Schädeldecke«, berichtete Hackebeil. »Sie gehen auf die Hitze zurück, weil der erhöhte Druck den Knochen gesprengt hat, sind in diesem Fall zum Teil aber auch mechanisch verursacht. Den Kollegen von der Kriminaltechnik zufolge wurde der Mann durch die Explosion an den Wagenhimmel katapultiert. Kopf und Körper wurden massiv gestaucht. Die Bombe befand sich unter dem Sitz; deshalb ist der Leichnam nicht aus dem Fahrzeug geschleudert worden, sondern in der Fahrerkabine verblieben. Die Wirbelsäule ist gebrochen, das lässt sich ertasten. Vermutlich ist das zentrale Nervensystem dabei bereits irreversibel geschädigt worden. Er war mit Sicherheit im Bruchteil einer Sekunde bewusstlos, wahrscheinlich sogar tot. Von dem Feuer, das die Explosion ausgelöst hat, hat er nichts mehr mitbekommen.«

»Immerhin.« Angersbach schluckte, um den bitteren Geschmack zu vertreiben, der ihm auf der Zunge lag, doch es nützte nichts.

Hack deutete auf die schwarze Haut. »Durch die große Hitze ist das Unterhautfettgewebe geschmolzen und verbrannt. Übrig geblieben ist nur diese ledrige Hülle. Ich hoffe, dass es im Inneren besser aussieht und die Organe erhalten sind.« Er rückte seine grüne Schürze zurecht und griff mit den behandschuhten Händen nach der großen Knochenschere. Sein gesundes Auge bewegte sich und fixierte Ralph. »Ich werde jetzt den Brustkorb öffnen. Sind Sie bereit? Oder möchten Sie sich vorher einen Spucknapf holen?« Er wies zu einem Tisch, auf dem mehrere nierenförmige Metallschalen standen.

»Danke. Es geht schon.« Angersbach verschränkte die Arme vor der Brust und bemühte sich, den Druck in der Speiseröhre zurückzudrängen. Erneut fragte er sich, wie Sabine das schaffte. Sie hatte ebenfalls die Arme gekreuzt, aber was in ihrem Gesicht stand, war nicht Widerwille, sondern Mitleid.

Die folgenden Minuten waren schrecklich. Das Knistern, mit dem das Skalpell durch die pergamentartige Haut glitt, das Knacken, wenn die Schere die Knochen durchtrennte, das Splittern und Krachen, wenn Hack die Rippen zur Seite bog. Dann verstummten die Geräusche, und Geigers Brustkorb lag offen vor ihnen.

»Das sieht doch gut aus«, konstatierte Hackebeil.

Ralph riskierte einen Blick. Tatsächlich war das Innere nicht schwarz, sondern rosig, wie er es von anderen Leichenöffnungen kannte.

Hack begann, die Organe zu entnehmen und zu untersuchen.

»Oha.« Der Rechtsmediziner hustete.

»Was?« Angersbach, der seine Aufmerksamkeit wieder der Decke gewidmet und die Rippen der Isolierverkleidung gezählt hatte, um sich abzulenken, schaute auf den Metalltisch. Der Körperteil, den Hack soeben aufgeschnitten hatte, war der Magen.

»Sehen Sie sich das an.« Hackebeil deutete mit dem Skalpell auf die Innenseite des Organs.

Ralph und Sabine traten näher an den Tisch heran.

»Das Gewebe sieht zerfressen aus«, stellte seine Kollegin fest, und Angersbach nickte. Es war rot und zerklüftet wie eine Vulkanlandschaft.

»Richtig.« Hack nickte düster. »Die Magenschleimhaut ist stark beschädigt. Der Mann muss schlimme Schmerzen gehabt haben.«

»Ein Magengeschwür also?« Ralph, der gelegentlich unter Sodbrennen litt, war voller Mitgefühl, wusste aber nicht, wie ihnen das weiterhelfen sollte.

»Nein. Es gibt zwar Krankheiten, die unter anderem die Magenschleimhaut beschädigen, aber diese Struktur deutet auf etwas anderes hin.« Seine behandschuhten Finger betasteten das Gewebe. Dann sah er Ralph und Sabine an. »Ich tippe auf Gift.«

Angersbach würgte seine Übelkeit hinunter. »Das heißt, die Bombe war nicht der erste Anschlag auf sein Leben?«

Der Rechtsmediziner lächelte milde. »Das ist eine naheliegende Schlussfolgerung, nicht wahr?« Er hob die Hand. »Natürlich muss ich zunächst eine toxikologische Untersuchung vornehmen und auch die anderen Organe untersuchen, vornehmlich die Leber. Aber ich wage mal eine Prognose.« Das gesunde Auge blinzelte, und seine Stimme klang verschwörerisch. »Dieser Mann hatte Feinde, die ihn lieber heute als morgen im Jenseits sehen wollten.«

Ralph presste sich unwillkürlich die Hand auf den Magen. »Sprechen wir von einer einmaligen Gabe oder von einer langfristigen Verabreichung?«

»Auch das kann ich Ihnen erst verbindlich sagen, wenn die Analyse abgeschlossen ist und ich weiß, um welches Toxin es sich handelt. Aber so, wie die Magenschleimhaut aussieht, tippe ich auf die regelmäßige Gabe einer kleinen Menge über einen längeren Zeitraum.« Hack machte eine vielsagende Pause, erhielt aber nicht die gewünschte Reaktion, weshalb er mürrisch hinzufügte: »Ernsthaft? Da klingelt bei keinem von Ihnen etwas?«

»Spielen Sie etwa auf Napoleon an?«, wunderte sich Angersbach, während sich auf Sabines Gesicht nur ein großes Fragezeichen zeigte. Offenbar hatte sie von dem Mythos über die vermeintliche Arsen-Vergiftung des Kaisers noch nichts gehört. »Das wurde doch mittlerweile eindeutig widerlegt, dachte ich. Wurde das Gift seinerzeit nicht von der Wandfarbe ausgedünstet?«

»Pah! Es steckte viel zu viel davon *in* seinen Haaren, nicht nur außen dran«, widersprach Hackebeil. »Und selbst wenn. Napoleons Todesumstände haben nicht nur Dutzende Krimiautoren inspiriert. Oder, übertragen auf unseren Fall: Wer sagt denn, dass der Täter nicht genau nach dieser Vorlage gehandelt hat? Mord auf Raten statt letale Dosis. Mit einer Einmalgabe wäre das Gewebe vermutlich nicht nur angegriffen, sondern komplett zerstört worden, und der Mann wäre sofort verblutet. Das hier sieht so aus, als hätte der Täter Wert darauf gelegt, dass die Verbindung zu ihm unentdeckt bleibt. Oder es ging nicht nur darum, das Opfer zu töten, sondern man wollte ihm zuvor maximale Schmerzen bereiten.«

8

Sabine Kaufmann atmete tief durch, als sie wieder im Hof hinter dem Institut für Rechtsmedizin standen. Sie verkraftete Obduktionen besser als Angersbach, aber auch für sie war es jedes Mal hart, sich anzusehen, was man den Toten angetan hatte, sich den Schrecken, die Angst und die Schmerzen vorzustellen. In den Nächten danach plagten sie häufig Alpträume. Aber das war eben auch ein Teil ihres Jobs.

Ralph hatte eine Flasche Wasser aus dem Automaten im Flur gezogen und trank in großen Schlucken. Sabine starrte in den dunklen Abendhimmel. Offenbar hing er voller Wolken; weder Mond noch Sterne waren zu sehen. Sie dachte über Hacks Entdeckung nach. »Das passt nicht«, sagte sie.

Angersbach setzte die Flasche ab. »Was passt nicht?«

»Eine Bombe mit Druckzünder unter dem Fahrersitz und Gift.«

»Hm.« Er schraubte die leere Flasche zu und sah sich suchend um. »Deutet auf verschiedene Täter hin, meinst du?« Er öffnete die Hintertür des Toyota und warf die Flasche in den Fußraum.

»Ja.« Es gab Statistiken darüber, welcher Tätertyp welche Waffen bevorzugte. Sprengmittel wurden fast ausschließlich von Männern verwendet. Der Einsatz einer Bombe sprach für einen organisierten, vorausschauenden Täter. Der Sprengsatz musste gebaut, platziert und gezündet werden. Das war keine Tat im Affekt, sondern ein von langer Hand geplanter Mord. Außerdem bedurfte es einer erheblichen Gewaltbereitschaft. Gift dagegen war die bevorzugte Mordwaffe von Frauen, allerdings ebenfalls eine, die nicht im Affekt genutzt wurde.

»Kann sein, muss aber nicht«, erwiderte Ralph. Er schwieg eine Weile nachdenklich. »Klar, Sprengstoff deutet auf einen männlichen Täter hin, Gift auf einen weiblichen. Aber ansonsten haben die Tatverläufe vieles gemeinsam. Es muss keine direkte Gewalt ausgeübt werden. Der Täter ist beim Eintritt des Todes in sicherer Entfernung und kann sich ein Alibi beschaffen. Es sind auch keine Taten aus einer emotionalen Erregung heraus. So, wie es aussieht, wurden bei Geiger beide Waffen mit kühler Berechnung eingesetzt. Da muss jemand voller Hass sein.« Er schnitt eine Grimasse. »Klar, Willi Geiger war nicht der Typ, der sich Mühe gegeben hat, sich keine Feinde zu machen, im Gegenteil. Der hat sich offenbar mit jedem angelegt. Aber trotzdem. Kannst du dir vorstellen, dass ihn gleich zwei Personen zur selben Zeit so dringend aus dem Weg haben wollen, dass sie zu solchen Mitteln greifen?«

Sabine ließ sich seine Argumentation durch den Kopf gehen, doch an ihrer Einschätzung änderte sich nichts. »Wenn es etwas mit der geplanten Reaktivierung der Kanonenbahn zu tun hat – warum nicht?«, entgegnete sie.

Angersbach fuhr sich durch die Haare. »Wir behalten die Möglichkeit im Auge, okay?« Er schaute auf die Armbanduhr. »Ich bin müde, und ich habe Hunger. Sollen wir etwas essen gehen? Wenn du willst, kannst du bei mir übernachten. Dann können wir morgen früh gemeinsam nach Marburg fahren und uns die Wohnung von Willi Geiger ansehen. Oder willst du heute Abend noch zurück nach Wiesbaden?«

Sabine schnitt eine Grimasse. Darüber hatte sie noch gar nicht nachgedacht. Weder heute Morgen, als sie gemeinsam mit Holger Rahn in der Limousine des LKA losgefahren war, noch am Nachmittag, als Rahn sie am Waldparkplatz in Thalhausen abgesetzt und allein den Rückweg angetreten hatte. Jetzt stand sie hier in Gießen und hatte lediglich ihre Handtasche dabei. Natürlich könnte sie sich bei der Fahrbereitschaft im Polizeipräsidium Mittelhessen einen Dienstwagen ausleihen. Aber sie fühlte sich ebenfalls ausgelaugt und hungrig. Am liebsten würde sie sich einfach mit einer Pizza vor den Fernseher setzen und ein Glas Wein trinken. Aber wollte sie das gemeinsam mit Ralph Angersbach tun? Nachdem sie gerade eine Nacht mit Holger Rahn verbracht hatte?

Egal, entschied sie. Sie würde bei Ralph auf dem Sofa schlafen, wie sie es schon früher getan hatte. Auch dieses Mal würde nichts zwischen ihnen passieren. Sie waren Freunde, mehr nicht. Von dem Kribbeln, das sie bei Holger empfand, war bei Angersbach nichts zu spüren, das hatte sie ja bereits festgestellt.

»Ich nehme deine Einladung gerne an«, sagte sie und schlug ihm die Sache mit der Pizza vor.

Auf Ralphs zerknittertem Gesicht erschien ein Lächeln. »Schön«, sagte er, und seine dunklen Augen tauchten tief in ihre. Sabines Herz machte einen Satz.

Ganz so klar, wie sie gedacht hatte, war die Sache wohl doch nicht. Aber jetzt war es zu spät für einen Rückzieher.

Ralph Angersbach goss die Weingläser noch einmal voll und streckte zufrieden die Beine aus. So wie jetzt könnte es immer sein!

Sabine Kaufmann und er saßen zusammen auf dem Sofa. Aus den Lautsprechern seiner Mini-Stereoanlage erklang leise

Rockmusik. Softrock, fast schon Pop. Wenn er allein mit dem Auto unterwegs war, hörte er härtere Sachen, aber für Sabine hatte er einen Sampler mit sanfteren Stücken herausgesucht. The Cars. Laura Branigan. REO Speedwagon.

Auf dem Tisch lagen die leeren Pappverpackungen, in denen der Bringdienst ihre Pizzen geliefert hatte, mit Spinat und Schafskäse für Ralph, mit Salami für Sabine. Daneben standen die Schälchen, in denen er das Eis serviert hatte, das sich noch im hintersten Winkel seiner Tiefkühltruhe gefunden hatte. Zum Essen hatten sie sich einen Fernsehkrimi angesehen und über die absurden Ermittlungsmethoden der TV-Kollegen gelacht. Wenn Polizeiarbeit so einfach wäre! Nachdem der Täter quasi vom Himmel gefallen war, hatte Ralph den Apparat ausgestellt. Auch wenn sie beide Krimis liebten, für heute hatten sie genug von Mord und Totschlag gehabt.

Sie stießen an, tranken ein paar Schlucke und legten die Köpfe auf die Rückenlehne des Sofas. Die Blicke zur Decke gerichtet, lauschten sie der Musik.

Dies wäre der geeignete Moment, um Sabines Hand zu nehmen. Oder den Kopf zu ihr zu drehen und ihr eine der blonden Haarsträhnen aus dem Gesicht zu streichen. Ihr die Hand an die Wange zu legen und mit dem Daumen darüber zu streichen. Sie zu küssen.

Aber sie war jetzt mit Holger Rahn zusammen. Ralph hatte keine Lust, sich eine Abfuhr einzuhandeln. Außerdem war sie es, die weggelaufen war, im Sommer, als er über den Kuss hatte reden wollen. Sie hatte ihn ausgelacht, aber was war so falsch daran? Sie waren erwachsene Menschen. Warum konnte man nicht einfach sagen, was man sich wünschte?

Ralph schloss die Augen. Vermutlich war er einfach zu ungeschickt. Deswegen war ihm Rahn auch zuvorgekommen.

Der smarte LKA-Mann hatte sicher keine Probleme, eine Frau wissen zu lassen, was er von ihr wollte.

Sein Kopf wurde schwer und sank in Richtung Schulter, doch bevor er einnickte, klingelte sein Mobiltelefon. Ralph schreckte hoch und angelte das Gerät vom Tisch. Der Wein schwappte aus dem Glas in seiner Hand auf seine Hose.

»Ach, verdammt.«

»Ralph? Bist du das?«

Angersbach erkannte die Stimme. Der Mann am anderen Ende war sein Vater.

»Ja.«

»Warum fluchst du, wenn ich dich anrufe?«

»Weil ich meinen Wein verschüttet habe. Das gibt Flecken.«

»Rotwein?«

»Ja.«

»Da musst du Salz drauf streuen.«

»Ich weiß.« Ralph verdrehte die Augen. Wann war man alt genug, um von seinen Eltern keine ungebetenen Ratschläge mehr zu bekommen?

»Schön. Ich wollte dir nur sagen, dass ich wieder zu Hause bin. Eine ziemliche Rumpelkiste, dein Niva, aber er hat es immerhin hier heraufgeschafft. Trotzdem. An deiner Stelle würde ich mir ein neues Auto zulegen. Selbst mein T3 zieht da besser.«

Daran hatte Ralph erhebliche Zweifel, aber er sparte sich die Diskussion. »Habt ihr schon neue Pläne gemacht wegen eures Protests gegen die Kanonenbahn?«

»Nein. Wir wollen in jedem Fall warten, bis die Sache geklärt und Willi bestattet worden ist. Wenn wir jetzt weitermachen, als wäre nichts geschehen, würde sich das anfühlen, als würden wir auf seinem Grab tanzen. Das will niemand.«

»Finde ich gut.« Ralph war froh, dass ihnen die Mitglieder der Bürgerinitiative nicht in die Quere kommen würden. »Sonst noch was?«

»Hast du es eilig?«

»Ich habe Besuch.«

»Ah.« Ralph konnte die Miene des alten Gründlers vor sich sehen. Die funkelnden Augen und die zuckenden Mundwinkel. »Damenbesuch, nehme ich an?«

»Sabine ist hier.«

»Also dann. Grüß sie. Und vermassele es nicht wieder.«

»Ich …« Angersbach schnappte nach Luft. Er wollte protestieren, doch dann merkte er, dass sein Vater bereits aufgelegt hatte.

»Wer war das?« Sabine stand vor ihm und schwenkte einen kleinen gelben Pappkarton – eine Nachfüllpackung Salz, die sie bereits geöffnet hatte.

»Johann. Er ist heil zu Hause angekommen.«

»Obwohl er mit deinem Auto gefahren ist. Alle Achtung.«

Ralph verdrehte die Augen. Warum mussten alle über seinen Wagen spotten? Der Niva war ein gutes, solides Fahrzeug.

Sabine deutete auf seine Beine. »Zieh die Hose aus.«

Ralph schluckte. »Ich … äh …«

Seine Kollegin verdrehte die Augen. »Nun mach schon. Ich kann das Salz schlecht auf den Fleck streuen, solange du sie anhast.«

»Okay.« Angersbach öffnete den Gürtel und streifte die Hose von den Beinen. Sabine nahm sie entgegen, breitete sie auf dem Couchtisch aus und verteilte großzügig Salz auf dem Rotweinfleck. Dann richtete sie sich wieder auf und schaute ihn kokett an.

»Was hat dein Vater noch gesagt?«

Ralph merkte, dass er knallrot wurde. »Er … äh … sagt, ich soll es nicht vermasseln. Das mit dem Fleck und dem Salz«, fügte er eilig hinzu.

Sabine hob den Zeigefinger. »Da hat er recht.«

Sie geriet kurz aus dem Gleichgewicht, und jetzt fiel Angersbach auch auf, dass ihre Stimme ein wenig verwaschen klang. Der Rotwein hatte bei ihr anscheinend schneller seine Wirkung entfaltet als bei ihm, weil sie eine weitaus geringere Körpermasse hatte, oder vielleicht hatte sie auch einfach mehr getrunken. Ihre Augen glänzten, und ihr Lächeln war so schön, dass sich unwillkürlich etwas zwischen seinen Lenden regte.

Rasch stand er auf.

»Ich hole mir eine andere Hose.«

Sabine trat ihm in den Weg. »Warum denn?« Sie schaute demonstrativ auf seine Boxershorts.

Angersbach wäre vor Scham am liebsten im Boden versunken. Wie konnte er sich vor einer Kollegin eine solche Blöße geben? Auch wenn es eine Kollegin war, die er sehr mochte. Ach was, mochte. Das war deutlich mehr.

Sollte er die Gelegenheit beim Schopf packen und sie einfach küssen? Würde sie das zulassen? Oder würde sie ihn wegstoßen?

Ralph konnte sich nicht entscheiden und war erleichtert, als erneut sein Smartphone klingelte. Er griff danach wie ein Ertrinkender nach einem Rettungsring.

»Angersbach.«

»Hallo, Ralph.« Dieses Mal war es seine Halbschwester.

»Janine. Wo bist du?«

Sabine lehnte sich in den Türrahmen, verschränkte die Arme und beobachtete ihn belustigt.

»Zu Hause. Morten hat gerade einen Flug gebucht. Morgen früh fliegen wir. Ich wollte dir nur Bescheid sagen.«

Sein Kopf raste. Das alles ging ihm viel zu schnell, überforderte ihn in diesem Augenblick völlig. Kurzzeitig geriet er ins Stottern. »A…aber bist du denn schon fit genug? Wie, ähm, wie geht es dir denn?«

»Alles in Ordnung. Ich habe noch Kopfschmerzen, aber dagegen gibt es ja Tabletten.«

Sabine löste sich von der Tür, ging durchs Zimmer und tippte den hölzernen Elefanten an, der im Bücherregal stand. Die Figur schwankte und fiel polternd zu Boden.

»Was war denn das?«, fragte Janine. »Bist du nicht allein?

»Nein. Sabine ist hier. Wir haben einen neuen Fall.«

»Oh. Dann will ich nicht stören. Grüß sie von mir. Und versau es nicht wieder.«

Sie drückte ihn weg. Ralph runzelte die Stirn. Hatten Johann und Janine sich abgesprochen?

Sabine stellte den Elefanten zurück ins Regal und kam auf ihn zu. Sie stupste ihn mit dem Finger vor die Brust.

»Deine Hose ist süß.« Sie deutete auf seine Boxershorts.

Ralph schaute an sich herab. Er hätte nicht zu sagen gewusst, welche Unterhose er heute Morgen aus der Schublade gezogen hatte. Wie er jetzt feststellte, war es die mit den kleinen Putten, die Pfeil und Bogen in der Hand hatten und auf Herzen schossen. Ein Geschenk von Janine.

Sabine legte ihm die Hand in den Nacken und zog seinen Kopf zu sich herunter. Ihre Lippen legten sich weich auf seine. Die Erregung, die zwischenzeitlich abgeflaut war, baute sich wieder auf.

Erneut klingelte sein Mobiltelefon.

»Geh nicht ran«, hauchte Sabine, doch der Anrufer war ausdauernd. Kaum hatte das Klingeln aufgehört, weil sich die

Mailbox eingeschaltet hatte, begann es erneut. Es war zum Mäusemelken.

»Entschuldige.« Ralph nahm das Telefon und meldete sich.

»Polizeihauptmeister Koschke, Polizeidirektion 5, Abschnitt 53«, meldete sich eine dröhnende Stimme am anderen Ende, die Angersbach sofort wiedererkannte. Das war der Beamte vom Polizeirevier in der Friedrichstraße in Kreuzberg, der ihn am gestrigen Abend über den Überfall auf Janine informiert hatte.

Die romantische Stimmung verpuffte im Bruchteil einer Sekunde.

»Ist etwas passiert?«, fragte Ralph und sah Horrorvisionen vor seinem geistigen Auge. Dabei hatte er doch erst wenige Minuten zuvor mit Janine telefoniert.

»Nein, nein. Ich wollte Sie nur über unsere Ermittlungsergebnisse in Kenntnis setzen. Es interessiert Sie vielleicht. Der Überfall auf Ihre Halbschwester war nicht der erste dieser Art. Vor einer Woche hat ein Mann mit derselben Maskerade, wie sie Ihre Halbschwester beschrieben hat, eine andere junge Frau angegriffen. Ebenfalls am frühen Abend in der Hasenheide. Sie hatte weniger Glück. Der Mann hat sie mit der Metallkugel am Kopf erwischt. Sie hat ein schweres Schädel-Hirn-Trauma und lag eine Woche im künstlichen Koma. Die Ärzte haben sie erst heute zurückgeholt. Deshalb haben wir auch erst jetzt eine Schilderung des Tathergangs und eine Beschreibung des Täters erhalten.«

In Angersbachs Kopf jagten die Gedanken. »Wer ist die Frau? Gibt es eine Verbindung zu Janine?«

»Wir haben keine gefunden. Aber wir dachten, Sie verfügen vielleicht über Informationen, die uns fehlen. Die Frau heißt Anne Jäger.«

Ralph dachte nach. »Der Name sagt mir nichts. Aber ich kann meine Halbschwester anrufen und sie fragen.«

»Das wäre sehr hilfreich.«

»Mache ich gerne, Kollege. Was wissen wir sonst noch über die Frau?«

»Fünfundzwanzig Jahre alt, von Beruf Krankenschwester. Lebt seit drei Monaten in Berlin. Ursprünglich stammt sie aus Wiesbaden.«

»Hm. Und der Täter?«

»Tja. Wenig hilfreich, die Beschreibung. Groß, etwa ein Meter fünfundachtzig bis ein Meter neunzig. Jung, zwischen zwanzig und dreißig, von der Kraft und Beweglichkeit her, meint die junge Frau. Sie arbeitet auf der Orthopädie und hat einen Blick für so was, sagt sie. Ansonsten? Komplett in Schwarz gekleidet. Turnschuhe, Jeans und T-Shirt, dazu ein Umhang mit ausgepolsterten Schultern und ein umgedrehtes Basecap. Vor dem Gesicht hatte er eine Maske mit rot glühenden Augen. Wenn es danach geht, können wir jeden zweiten jungen Mann in Berlin verhaften.«

»Okay, danke.« Angersbach beendete das Gespräch und sah nachdenklich auf das Telefon. Sabine ging in die Küche und kam mit zwei Wassergläsern zurück, in denen eine weißliche Flüssigkeit schäumte.

»Keine Angst, kein Arsen, nur Aspirin plus C«, erklärte sie mit einem Schmunzeln und reichte ihm eines der Gläser. »Habe ich in der Schublade unter der Spüle gefunden. Es ist wohl besser, wenn wir die Köpfe wieder klar kriegen.«

»Ja.« Ralph bedauerte, dass die Gelegenheit ungenutzt verstrichen war, doch zugleich war er froh. Wenn sich Sabine mit ihm einließ, sollte sie das in vollem Bewusstsein tun und nicht nur, weil sie ein Glas über den Durst getrunken hatte. Auch wenn es vielleicht stimmte, dass Alkohol die wahren Gefühle ans Licht beförderte.

Er ging ins Schlafzimmer und schlüpfte in eine ausgeleierte Trainingshose, die mit Sicherheit keine erotischen Assoziationen wecken würde. Dann rief er noch einmal bei Janine an.

»Ralph?« Seine Halbschwester klang gleichermaßen überrascht wie enttäuscht. »Ich dachte, ihr …«

»Nein«, unterbrach Angersbach sie. »Ich habe gerade einen Anruf von den Kollegen aus Berlin bekommen.« Er schilderte, was ihm Koschke berichtet hatte.

Am anderen Ende blieb es eine Weile still. »Das ist schrecklich. Aber der Name sagt mir nichts«, erklärte Janine dann. »Ich kenne die Frau nicht.« Ralph hörte, wie sie kurz mit Morten redete. »Ich bin echt froh, dass ich morgen nach Australien fliege. Das ist alles irgendwie unheimlich.«

Angersbach nickte. Das war es wirklich. »Ich wünsche euch eine schöne Zeit. Passt auf euch auf«, verabschiedete er sich.

»Du auch.«

Es klickte, das Gespräch war beendet. Ralph setzte sich zu Sabine, die wieder auf dem Sofa Platz genommen hatte.

»Am liebsten würde ich hinfahren und mit den Berliner Kollegen zusammen nach diesem Mann suchen.«

»Das verstehe ich.« Sabine legte ihm kurz die Hand auf den Arm. Freundschaftlich, nicht mehr und nicht weniger. »Aber du könntest nichts ausrichten, was die Kollegen nicht auch können. Und ich brauche dich hier. Der Mord an Willi Geiger ist ein Fall, der unsere gesamte Aufmerksamkeit erfordert.«

Sie sprachen noch eine Weile darüber, wie sie vorgehen wollten. Erst die Besichtigung von Geigers Wohnung, wo sie vielleicht Hinweise auf mögliche private Probleme oder Konflikte fanden, dann die Befragung von Dietmar Geiger, dem

Bürgermeister, der sich für die Reaktivierung der Kanonen-bahn engagierte. Danach waren sie hoffentlich schlauer.

Anschließend legten sie sich schlafen, Ralph in seinem Bett, Sabine auf dem Sofa im Wohnzimmer.

Die Möglichkeit hatte in der Luft gelegen, doch dabei war es wieder einmal geblieben.

9

8. November
Gießen

Ihr Schädel dröhnte, als sie am nächsten Morgen aufwachte. Sie hatte am Abend dem Rotwein eindeutig zu eifrig zugesprochen. Erst ein paar Sekunden später fiel ihr ein, was daraus beinahe resultiert wäre. Sie hatte mit Ralph geflirtet, ihn sogar geküsst. Dabei war sie doch seit zwei Tagen mit Holger Rahn zusammen. Zum Glück hatte der Anruf des Berliner Polizeihauptmeisters sie unterbrochen. Andernfalls hätte sie keinem der beiden Männer mehr in die Augen sehen können.

Vor dem Fenster waberte grauer Dunst, der typische Novembernebel, der sich oft den ganzen Tag über nicht auflöste.

Sie schwankte auf dem Weg ins Bad. Der Spiegel zeigte ihr schonungslos gerötete Augen und dicke Tränensäcke. Wie oft hatte sie ihre Mutter so gesehen und nichts als Ekel empfunden? Auf keinen Fall wollte sie selbst in diesen Abgrund geraten.

Sabine putzte sich energisch die Zähne, benutzte großzügig Ralphs Mundspüllösung und hielt den Kopf unter kaltes Wasser. Als sie sich die schulterlangen blonden Haare trocken rubbelte, fühlte sie sich besser.

Ralph wartete bereits in der Küche auf sie. Er hatte den Tisch gedeckt, Kaffee gekocht und frische Brötchen besorgt. Sie musste wie ein Stein geschlafen haben, wenn es ihm gelungen war, sich aus der Wohnung zu schleichen, ohne dass sie aufgewacht war.

»Guten Morgen.« Angersbach grinste schief. Offensichtlich wusste er ebenso wenig wie sie, wie er mit der Situation umgehen sollte. »Gut geschlafen?«

»Ja. Danke.«

»Ich gehe rasch duschen, ja? Ich wollte dich nicht wecken.« Erst jetzt bemerkte sie, dass seine Frisur noch wuscheliger war als gewöhnlich, sein Wettergesicht zerknitterter und sein Kinn mit Bartstoppeln bedeckt.

»Klar.«

»Bedien dich.« Angersbach wies auf den gedeckten Tisch und verschwand im Bad.

Sabine setzte sich an den Tisch und goss sich Kaffee ein. Er war stark und schwarz, wie sie ihn liebte. Nach den ersten Schlucken klärte sich das benommene Gefühl in ihrem Kopf. Sie spürte die Wärme des kleinen Heizkörpers hinter ihrem Stuhl und hörte das Prasseln der Dusche. Hungrig griff sie nach einem Brötchen und schnitt es auf.

Ralph hatte verschiedene Sorten Käse auf einem Teller drapiert, dazu Gläser mit Marmelade, Honig und ein paar vegetarische Brotaufstriche. Sabine entschied sich für eine Paprikacreme. Während sie kaute, dachte sie darüber nach, wie sie sich verhalten sollte.

Als sie sich im Sommer geküsst hatten, hatte Ralph darüber reden wollen, aber sie hatte ihn zurückgewiesen. Der Kuss letzte Nacht gehörte eher zu der Sorte, über die man reden musste. Noch besser war es aber vielleicht, das Ganze so schnell wie möglich ad acta zu legen. Sie würde einfach so tun, als wäre nichts geschehen. Wenn Ralph reden wollte, war sie dazu bereit, aber sie würde nicht den ersten Schritt machen.

Zufrieden mit ihrer Entscheidung griff sie nach der Zeitung, die Ralph ebenfalls mitgebracht hatte.

Die Explosion des VW-Busses auf dem Waldparkplatz in Thalhausen hatte es auf die Titelseite geschafft. Es gab ein Foto des Fahrzeugwracks unter dem umgestürzten Baumstamm, dazu einen Bericht über den geplanten Protestmarsch, die Aktivitäten der Bürgerinitiative und die Befürchtungen der Partei BioTOPP hinsichtlich der Reaktivierung der Kanonenbahn. Auf Spekulationen über einen terroristischen Hintergrund hatte der Journalist verzichtet. Er hatte lediglich vermerkt, dass Täter und Hintergründe der Tat bisher unbekannt waren und das PPM Mittelhessen und das LKA die Ermittlungen aufgenommen hatten.

»Erstaunlich seriös, der Artikel«, sagte Ralph Angersbach, der in diesem Augenblick die Küche betrat. Er trug eine seiner üblichen ausgebeulten Cargohosen, dazu ein beiges Baumwollhemd. In der Hand hielt er ein Handtuch, mit dem er sich die Haare trocknete. Er war frisch rasiert und barfuß, was ihn jugendlicher wirken ließ. Auch wenn er zehn Jahre älter war als Sabine, er war ein attraktiver Mann.

Fang nicht schon wieder damit an, tadelte sie sich selbst und legte die Zeitung beiseite.

Ralph warf das Handtuch über die Lehne eines freien Stuhls und setzte sich ihr gegenüber. Wie sie trank er den Kaffee schwarz, und auch seine Wahl fiel auf die Paprikacreme. Er kaute angestrengt, sagte aber nichts.

Sabine seufzte. Anscheinend konnte sie die Sache nicht einfach so stehen lassen.

»Ich fürchte, ich hatte ein Gläschen zu viel gestern Abend«, sagte sie.

Ralph sah sie aus seinen dunklen Augen an. Sie versuchte, darin zu lesen, doch es gelang ihr nicht. War er enttäuscht? Verletzt? Oder eher erleichtert?

Sie suchte nach Worten, doch ehe ihr etwas Passendes in den Sinn kam, klingelte ihr Smartphone. Die Nummer auf dem Display kannte sie nicht.

»Hallo?«

»Guten Morgen, Sabine.« Die Stimme am anderen Ende war tief und zärtlich. »Hast du gut geschlafen?«

»Holger.« Sabine setzte sich aufrechter hin. Ihr Herzschlag beschleunigte sich. »Woher hast du meine Nummer?«

»Von der Rufbereitschaft.«

»Ah.« Sie musste lächeln. Holger war ein Mann, der sich zu helfen wusste. Sie wandte den Blick von Ralph ab, der mit den Zähnen an seinem Brötchen zerrte wie ein Hund an seinem Knochen. »Wart ihr erfolgreich gestern Abend?«

»Nein. Wir mussten die Sache verschieben. Die Jungs haben irgendwie Wind davon bekommen, dass wir sie hochnehmen wollten, und sind ausgeflogen. Wir hoffen, dass wir sie heute erwischen.«

»Ich drücke euch die Daumen.«

»Danke. Du bist noch in Thalhausen?«

»Im Augenblick bin ich in Gießen. Wir waren gestern bei der Obduktion, und jetzt wollen wir nach Marburg, uns die Wohnung von Willi Geiger ansehen.« Dass sie bei Ralph am Frühstückstisch saß, unterschlug sie. Sie hatte keine Ahnung, ob Holger Rahn zur Eifersucht neigte, aber sie hatte auch kein Bedürfnis, es herauszufinden.

Rahn war Polizist mit Leib und Seele, das merkte sie an seiner nächsten Frage.

»Was hat die Obduktion ergeben?«

Sie erzählte ihm von Hacks Vermutung, dass jemand versucht hatte, Willi Geiger zu vergiften. Genau wie sie selbst dachte er sofort an zwei verschiedene Täter.

»Ich habe übrigens ein wenig nachgeforscht«, berichtete er. »In Sachen Marius Geiger. Die spurlos verschwundene Ehefrau, du erinnerst dich?«

»Ja.« Sabine hatte nicht mehr daran gedacht, aber jetzt, wo Holger es erwähnte, fiel es ihr wieder ein.

»Ihr Name ist Sandra«, erzählte Rahn. »Marius Geiger hat damals dem Jugendamt gegenüber behauptet, sie sei nach Indien gereist, weil sie auf dem Selbstfindungstrip war. Eine Vermisstenanzeige bei der Polizei hat er nicht aufgegeben. Seine Frau sei freiwillig gegangen, und sie würde auch wieder zurückkommen, hat er gemeint.«

»Aber?« Sabine wartete gespannt. Holgers Tonfall sagte ihr, dass da mehr war.

»Ich habe einige Hebel in Bewegung gesetzt. Es wird ja fast alles digital erfasst heutzutage, die Passagierdaten der Airlines und die Bewegungen an den außereuropäischen Grenzen. Sandra Geiger ist nie nach Indien geflogen, und ihr Ausweis wurde auch an keiner der Grenzen registriert, die sie auf dem Weg dorthin hätte passieren müssen.«

»Vielleicht ist sie nicht kontrolliert worden.«

»Das lässt sich nicht ausschließen. Ist aber nicht sehr wahrscheinlich.«

»Dann ist sie also irgendwo anders hingefahren und nicht nach Indien?«

»Auch dafür gibt es keine Indizien.«

»Du meinst, sie hat das Land nie verlassen?«

»Danach sieht es aus. Allerdings ist sie auch hier bei uns in den letzten zehn Jahren nicht in Erscheinung getreten. Es gibt keine Meldeadresse, keine Versicherungen, die auf ihren Namen laufen, keinen Arbeitgeber, bei dem sie registriert ist.«

Sabine pfiff leise durch die Zähne. Holger hatte sich wirklich ins Zeug gelegt und das große Programm für sie laufen lassen.

»Was schließt du daraus?«

»Eigentlich gibt es nur zwei Möglichkeiten. Entweder, sie lebt auf der Straße – oder sie lebt gar nicht mehr.«

Sabine rieselte ein Schauer über den Rücken. Ralph hatte diesen Gedanken ja bereits gestern geäußert, doch zu dem Zeitpunkt war er ihr eher absurd erschienen. Jetzt allerdings …

»Ich hoffe, ihr habt den Fall bald geklärt, und du kommst zurück nach Wiesbaden«, sagte Holger Rahn in ihre Gedanken hinein. »Ich vermisse dich.«

Sabine wurde es warm ums Herz. »Ich dich auch«, entgegnete sie.

Angersbach stand auf und kramte im Kühlschrank herum. Er drehte sich erst um, als sie das Gespräch beendet hatte.

»Du bist jetzt mit diesem LKA-Fatzke zusammen?«, knurrte er.

»Holger ist kein Fatzke. Er ist ein netter Mann«, gab Sabine verstimmt zurück. »Außerdem bin ich ebenfalls beim LKA.«

»Schon gut.« Angersbach winkte ab und setzte sich wieder an den Tisch. Er öffnete den Becher Joghurt, den er aus dem Kühlschrank genommen hatte, und löffelte ihn aus. »Geht mich ja auch nichts an.«

Sabine schwieg. Die ganze Situation war komplett verfahren. Und das war einzig und allein ihre Schuld. Was hatte sie nur geritten, Ralph anzubaggern und zu küssen?

Ralph leerte seinen Kaffeebecher. »Lass uns fahren. Je eher wir die Ermittlungen abschließen, desto besser.«

Sabine stimmte ihm zu. Sie mussten dringend auf eine sachliche Ebene zurückfinden.

Marburg

Der Nebel hing feucht und schwer über der Straße und den Wiesen und Feldern. Von der hübschen Landschaft zwischen Gießen und Marburg war kaum etwas zu sehen. Erst als sich das Landgrafenschloss herausschälte, das auf einem Hügel über der Stadt thronte, lichtete sich die graue Suppe.

Ralph schaltete das Navi ein und ließ sich von der blechernen Frauenstimme, die er so selten wie möglich zu Rate zog, von der B3 am Stadtzentrum vorbei nach Michelbach lotsen, einem Dorf, das, wenn er es recht in Erinnerung hatte, seit den Siebzigerjahren zu Marburg gehörte.

»Weißt du noch?«, fragte er, um die bleierne Stille, die während der gesamten knapp halbstündigen Fahrt geherrscht hatte, endlich zu durchbrechen. »Die Sache mit den Spionen?«

Sabine Kaufmann wandte ihm den Kopf zu. »Nein.«

»Vor ein paar Jahren war Michelbach in den Schlagzeilen«, erläuterte er. »2011, glaube ich. Ein SEK hatte das Haus zweier Einwohner gestürmt. Die beiden waren mehr als zwanzig Jahre als russische Spione tätig.«

»Aha.«

Im Gegensatz zu Angersbach, der als Junge Agentengeschichten verschlungen hatte, schien Sabine an dieser Thematik nicht sonderlich interessiert zu sein. Er berichtete trotzdem weiter. »Die sind schon als junge Leute nach Deutschland gekommen«, erzählte er. »Mit falschen Namen und Staatsbürgerschaften, er als Österreicher, sie als Lateinamerikanerin.« Er staunte selbst, wie viele Details ihm nach all den Jahren wieder einfielen. »Die beiden haben einen Diplomaten geführt, der bis zu seiner Verhaftung im niederländischen Außenministerium arbeitete. Er soll den beiden regelmäßig amtliche Dokumente aus der EU und der NATO geliefert haben, die sie an den russischen Geheimdienst weitergeleitet haben. Dafür hatten sie eine hochkomplizierte Satellitenfunkanlage, die jetzt beim BKA in der Asservatenkammer steht.«

»Gut zu wissen.« Sabine schaute ihn nicht mehr an, sondern blickte durch den Nebel auf den kleinen Ort, der zwischen bewaldeten Hügeln und grünen Feldern lag. Michelbach gehörte zwar zu Marburg, war aber im Grunde eine abgeschlossene Ortschaft.

Dank Navi fand Ralph die Straße, in der sich das Haus von Willi Geiger befand, sofort. Es war ein bescheidenes frei stehendes Einfamilienhaus mit einer Fassade, die irgendwann einmal weiß gewesen sein musste, und einem roten Ziegeldach, das verwittert und bemoost war. Umgeben war das Haus von einem Garten mit hohen Hecken, die lange nicht mehr zurückgeschnitten worden waren, und mehreren großen Bäumen mit buntem Herbstlaub. Das Gras stand hoch; entweder war Geiger in den letzten Wochen aufgrund des Wetters nicht zum Mähen gekommen, oder er gehörte zu den Wildgartenanhängern wie sein alter Kumpel Johann Gründler. Aufgrund des Gesamtbilds tippte Ralph auf Letzteres, auch wenn sich nicht jede Verweigerung, etwas Ordnung in das Dickicht zu bringen, mit dem Argument der Naturliebe rechtfertigen ließ. Von seinem Vater wusste er nur allzu gut, dass er einfach zu bequem für die Grundstückspflege war. Das Ganze als Protest gegen das Establishment zu verkaufen, funktionierte bei Ralph längst nicht mehr.

Sie verschafften sich Zutritt mit dem Reserveschlüssel, den ihnen Marius Geiger zur Verfügung gestellt hatte. Nach seinen Angaben bewohnte sein Vater das Haus seit mehr als dreißig Jahren. Er selbst war nur selten hier gewesen. Nur wenn sein

Vater längere Reisen mit dem VW-Bus unternommen hatte, war er gelegentlich gekommen und hatte sich um die Pflanzen gekümmert.

Das Innere des Hauses erinnerte an das Refugium von Ralphs Vater im Vogelsberg. Viele Naturmaterialien, bequeme Sessel vor dem Kamin, große Bücherregale, Möbel, die nicht einer Produktlinie entsprangen, sondern vermutlich auf Flohmärkten zusammengesucht und aufgearbeitet worden waren.

Wie Holger Rahn, das Recherchewunder, Sabine mitgeteilt hatte, hatte Willi Geiger als Sozialarbeiter keine Reichtümer erworben, aber für einen behaglichen Lebensstil hatte es gereicht. Ralph mochte das Wohnambiente. Es war in etwa das, wonach er nach wie vor vergeblich für sich selbst suchte.

Sie konzentrierten sich zunächst auf das Arbeitszimmer, in dem mehrere Regale voller Aktenordner standen. Außerdem gab es einen Desktop-PC. Angersbach schaltete ihn ein, doch er forderte ein Passwort. Sie packten den Rechner ein und wiesen die Gießener Kollegen an, ihn abzuholen und den Beamten der Spurensicherung zu übergeben, ebenso wie die Aktenordner. Zuvor allerdings wollten sie sich selbst einen Überblick verschaffen und gingen die Akten systematisch durch.

Es war eine über mehr als fünfzig Jahre dokumentierte Historie des Widerstands. Angersbach überflog die Aufkleber auf den Rücken der Ordner und fand von der Startbahn West über Gorleben und die Castor-Transporte bis zur aktuellen Reaktivierung der Kanonenbahn alles, wogegen sich Demonstranten gewehrt hatten. Geiger war nicht nur ein Mitläufer gewesen, er hatte viele dieser Proteste organisiert und angeführt, das wurde aus den Unterlagen klar.

Hatte der Anschlag womöglich überhaupt nichts mit der Bürgerinitiative im Knüll zu tun, sondern mit einer der alten

Geschichten? Aber die Themen waren alle abgehakt. Wer sollte jetzt noch einen Grund haben, den Widerstandsführer im hohen Alter von fünfundsiebzig Jahren aus dem Weg zu räumen?

»Es muss etwas Persönliches sein«, fand auch Sabine Kaufmann und wühlte sich gemeinsam mit ihm durch die Dokumente. Eine zähe, mühselige Arbeit, die sich über Stunden hinzog. Der PC war längst abgeholt worden, und Ralph knurrte bereits wieder der Magen, als Sabine triumphierend eine schmale Mappe hob.

»Guck dir das an.«

Ralph klappte den Papphefter auf und las die Schreiben, die Willi Geiger darin verwahrt hatte. Sie waren böse, drakonisch und drohend.

»Die nehmen wir mit«, befand er und gab das Zeichen zum Aufbruch. »Ich bin sehr gespannt, was die beiden dazu sagen.«

Zum ersten Mal an diesem Tag lächelte Sabine.

»Ja. Ich auch«, erwiderte sie.

Knüll

Das Domizil in Thalhausen war das genaue Gegenteil von Geigers Haus in Marburg. Ein Bungalow mit großen Fensterfronten auf einem eindrucksvollen Grundstück mit niedriger, akkurat gestutzter Hecke, kugelrunden Buchsbaumbüschen und schlanken Bäumen mit runden Kronen. Die Beete waren gemulcht, der Rasen war kurz geschnitten und völlig frei von Laub oder Ästen, was dem dauerhaften Einsatz eines Mähroboters zuzuschreiben war, der gerade am hinteren Ende der Fläche ein Wendemanöver vollzog. Die breiten Wege waren mit kleinen hellen Steinen gekiest, keine Spur von Unkraut oder Moos, vermutlich verfügte man über ein entsprechendes Repertoire an Bioziden. Die moderne Eingangstür aus Metall hatte ein Fenster in der Form eines auf der Spitze stehenden Rechtecks, das mit einem rot-blauen Mosaik eingerahmt war. Auf den Fensterbänken standen üppig blühende Topfpflanzen.

Sabine Kaufmann betrachtete die Pracht ein wenig neidisch. Wenn man auf dem Land wohnte, konnte man sich ein ansehnliches Haus auch mit dem Gehalt eines Beamten im mittleren Dienst leisten. Nicht ein solch luxuriöses wie dieses hier natürlich, aber zumindest ein schlichtes, bescheidenes Einfamilienhaus mit einem Garten, der größer war als ein Badehandtuch. In Wiesbaden und im direkten Umland im Taunus gab es das kaum noch. Man müsste schon verheiratet sein. Als Doppelverdiener hatte man noch Chancen. Ob Holger Rahn Interesse an einem hübschen Häuschen im Grünen mit eigenem Garten hatte?

Sabine schnaubte leise, auch wenn sie eine halbe Sekunde zu spät war, um die nächste Phantasie noch aus ihrem Kopf zu verbannen. Gehörten in einen Garten nicht auch spielende Kinder? Eilig schüttelte sie den Gedanken ab. Sie war gerade mal seit zwei Tagen mit Rahn zusammen, und letzte Nacht hatte sie Ralph Angersbach geküsst. Es war mit Sicherheit nicht der richtige Zeitpunkt, Holger zu fragen, ob er mit ihr zusammenziehen wollte. Zuerst einmal musste sie Ordnung in ihr Gefühlschaos bringen.

Nein, korrigierte sie sich. Zuerst musste sie den Mordfall Geiger aufklären.

Angersbach, der die Hände in die Hosentaschen gestopft hatte und die gediegene Wohnstraße in Augenschein nahm, schnaubte leise. »Ganz schön spießig hier, findest du nicht?«

»Ich würde gerne so wohnen«, entgegnete Sabine.

Angersbach drehte sich zu ihr um. »Im Ernst?«

»Ja.« Sie checkte ihr Smartphone und lächelte. Die Kollegen in der Datenabteilung des LKA hatten gute Arbeit geleistet und ihr umfangreiche Informationen über das Ehepaar Geiger geschickt. Sie vertiefte sich kurz in die Mitteilung, dann schaute sie wieder auf. »Die Vita von Dietmar Geiger ist unspektakulär«, erklärte sie. »Einziger Sohn einer alleinerziehenden Mutter, die sich ihren Lebensunterhalt als Mitarbeiterin eines Pflegedienstes verdient hat. Mittlerweile ist sie selbst ein Pflegefall und lebt in einer Einrichtung in Schwalmstadt.«

Angersbachs Wettergesicht zerknautschte noch mehr. Sabine wusste, weshalb. Ralph liebte seine Freiheit. Er hatte einen Teil seiner Jugend in einem Heim verbracht, und vieles, was er dort erlebt hatte, hing ihm bis heute nach. Sein Leben in einem Heim zu beschließen, war vermutlich seine schlimmste Horrorvision. In einer anderen Situation hätte sie vielleicht eine Bemerkung gemacht, die ihm zeigte, dass sie ihn verstand, doch so, wie es im Moment zwischen ihnen war, verzichtete sie darauf.

»Kindheit auf dem Dorf«, berichtete sie weiter. »Nach dem Abitur ist Dietmar Geiger nach Frankfurt gegangen, hat Geschichte, Politik und Philosophie studiert, anschließend einen Job bei der Stadtverwaltung in Homberg angenommen.«

»Homberg Efze«, warf Angersbach ein, und sie verstand zuerst nicht, worauf er hinauswollte. Dann aber kamen ihr die fast täglich gleichlautenden Staumeldungen in den Sinn. Der Streckenabschnitt zwischen Homberg Efze und Melsungen war einer der Evergreens, die immer wieder auftauchten. Dazu kamen die Nachrichtenmeldungen um Homberg an der Ohm, wo sich die Streitigkeiten zwischen Befürwortern und Gegnern des Ausbaus der A49 zunehmend verschärften.

»Ja, natürlich«, sagte sie, und Angersbach grinste.

»Ich wollte nur sichergehen. Die beiden Hombergs werden gerne mal miteinander verwechselt. Aber ich denke, wir können in unserem Fall automatisch von dem an der Efze ausgehen.« Er räusperte sich. »Wir waren bei Geiger. Gibt's da noch was?«

»Nur noch eines. Er hat vor zwanzig Jahren, mit zweiunddreißig, die acht Jahre jüngere Eva Mühlich geheiratet, eine Tochter aus gutem Haus.«

Ralph sah sie fragend an.

»Apothekerfamilie«, erklärte Sabine, die schon wieder einen Anflug von Neid verspürte. »Die kleine Eva war schon als Kind auf Rosen gebettet. Hat ein paar Semester Sprachen studiert, aber das Studium nicht abgeschlossen. Stattdessen hat sie einige Jahre als Model gearbeitet. Ist offenbar viel in der Welt herumgekommen. London, New York, Tokio, wie man so schön sagt. Als es mit dem Modeln vorbei war, hat sie ihren Mann bei seiner politischen Karriere unterstützt.« Sie schnaubte. »Das ist vermutlich ihre Strategie, um weiterhin auf dem roten Teppich zu laufen, nachdem sie es nicht mehr aus eigener Kraft kann.«

Kaufmann verurteilte niemanden, aber sie hielt nicht viel von Frauen, die sich von ihren Männern abhängig machten.

»Aha.« Angersbach musterte sie skeptisch, und plötzlich war es Sabine peinlich, dass sie ihre Gefühle so offen gezeigt hatte. Es war nicht in Ordnung und außerdem absolut unprofessionell.

Schnell wandte sie den Blick ab und drückte auf den Klingelknopf unter dem Messingschild an der Gartenpforte.

Die Haustür öffnete sich, und eine Frau trat heraus, die gut und gerne in einem Film hätte mitspielen können. Sie war groß und schlank, hatte lange brünette Haare und ein schmales Gesicht mit hohen Wangenknochen. Obwohl Sonntag war, trug sie ein elegantes Kostüm aus einem schimmernden, lindgrünen Stoff, dazu hochhackige Pumps in derselben Farbe. Ihre weiße Bluse hatte einen Spitzenkragen, im Ausschnitt funkelte ein grüner Stein an einer silbernen Kette.

»Wow«, sagte Angersbach halblaut. »Das ist die Frau des Bürgermeisters?«

»Davon würde ich ausgehen«, tuschelte Sabine zurück. Laut rief sie: »Frau Geiger?«

»Ja?« Die Frau kam über den gekiesten Weg auf sie zu, mit kontrollierten, grazilen Bewegungen, als ginge sie über einen Laufsteg. Die Steine schienen ihr trotz der hohen Absätze keine Schwierigkeiten zu bereiten. Ein paar Meter vor dem Gartentor blieb sie stehen und betrachtete Kaufmann und Angersbach mit leicht erhobenen Augenbrauen. »Was kann ich für Sie tun?«

»Kriminalpolizei.« Angersbach zog seinen Dienstausweis hervor. »Wir möchten mit Ihnen und Ihrem Mann sprechen.«

Ein Schatten fiel über das attraktive Gesicht.

»Es geht um Willi?« Sie entriegelte das Gartentor mit der Fernbedienung, die sie in der Hand hielt. »Bitte. Kommen Sie doch herein.«

Sabine und Ralph folgten ihr ins Haus und ließen sich in den Wintergarten führen. Kaufmann hatte Mühe, ein Seufzen zu unterdrücken. Innen war der Bungalow noch schöner als von außen. Lichtdurchflutete Räume und großzügige Flure. Flauschige helle Teppiche, blanke Parkettböden und geschmackvolle Möbel. Der Wintergarten mit seinen prächtig blühenden Blumen und den filigranen Tischen und Stühlen aus dunklem Holz verströmte Kaffeehausatmosphäre.

»Möchten Sie etwas trinken? Einen Kaffee oder ein Wasser?«

»Ein Kaffee wäre schön«, sagte Angersbach, und Sabine schloss sich ihm an.

»Schwarz, bitte.«

»Einen Moment. Setzen Sie sich doch.«

Eva Geiger verschwand. Gleich darauf war aus einem anderen Winkel des Hauses das Mahlwerk einer Espressomaschine zu hören.

»Was für eine Frau!«, sagte Angersbach.

»Sie hat früher als Model gearbeitet«, ertönte eine sonore Stimme hinter ihnen, und nicht nur Ralph, auch Sabine zuckte zusammen.

»Entschuldigen Sie.« Dietmar Geiger trat ihnen gegenüber. »Ich wollte Sie nicht erschrecken.« Er streckte Sabine die Hand hin.

»Hallo.« Sie stand eilig auf und musste sich zwingen, den Mann nicht anzustarren. Auf dem Foto, das Holger Rahn ihnen gezeigt hatte, war zu erkennen gewesen, dass der Bürgermeister ein attraktiver Mann war mit seinem vollen dunklen Haar und den grauen Schläfen, dem smarten Lächeln und den strahlend weißen Zähnen. Was das Bild dagegen nicht wiedergegeben hatte, war die Präsenz, die er ausstrahlte. Sabine fühlte sich unwillkürlich davon angezogen. Auf dem Foto war ihr vor allem aufgefallen, dass Dietmar Geiger seinem Vater ähnlich sah. Jetzt, in natura, fühlte sie sich an George Clooney erinnert, für den sie als Teenager geschwärmt hatte.

Geiger begrüßte auch Angersbach, der sich ebenfalls erhoben hatte, und bat sie anschließend, wieder Platz zu nehmen. Dann setzte er sich ihnen gegenüber, schlug die Beine übereinander und faltete die Hände auf den Knien. »Sie kommen sicher wegen des Mordes an meinem Vater. Haben Sie schon Erkenntnisse?«

»Die haben wir allerdings.« Ehe Sabine eingreifen konnte, war Ralph bereits vorgeprescht. Vielleicht hätte sie während der Autofahrt doch nicht so eisern schweigen, sondern lieber vorab die Vernehmungsstrategie klären sollen. Sie wusste doch, dass Angersbach immer wie ein Bulldozer loswalzte, statt sich den kritischen Punkten vorsichtig zu nähern.

»Aha?« Dietmar Geiger behielt sein Politikerlächeln bei.

»Wir haben die Briefe gefunden, die Sie und Ihre Frau Ihrem Vater geschrieben haben.«

Eva Geiger kam mit einem Tablett zurück, auf dem sie vier dampfende Tassen balancierte. »Bitte sehr.« Sie reichte Ralph und Sabine jeweils einen pechschwarzen Espresso und stellte den dritten auf den Tisch. Dietmar Geiger bekam einen Cappuccino mit aufgeschäumter Milch, die so fest wie Bauschaum aussah.

»Danke.«

Eva setzte sich zu ihrem Mann auf das schmale Zweisitzersofa, und Dietmar legte ihr den Arm um die Schultern. Sie hätten das perfekte Motiv für ein Foto in *Schöner Wohnen* oder dergleichen abgegeben oder für eine Homestory über das Privatleben eines bedeutenden Politikers. Doch bisher war Dietmar Geiger dafür wohl nicht prominent genug. Es sei denn, der Artikel erschien in der Dorfzeitung.

»Über welche Briefe sprechen wir?«, erkundigte sich Eva.

Kaufmann wandte sich der Frau zu. »Sie haben Willi Geiger gedroht. Er solle sich aus den Plänen der ZYKLUS AG heraushalten. Wenn er seinen Protest weiterführt, würde ihm das schlecht bekommen.«

Dietmar Geiger setzte eine ernste Miene auf. »Die Kanonenbahn ist wichtig für die Region. Wir sichern Arbeitsplätze. Und wir leisten einen wichtigen Beitrag zum Umweltschutz. Wir verhindern die Zerstörung natürlicher Lebensräume, weil die

Bahn den Ausbau der Autobahn und weiterer Bundesstraßen überflüssig macht. Den Gegnern unseres Projekts stößt es sauer auf, dass die Bahn auch für den Transport radioaktiven Mülls genutzt werden könnte, aber das ist zu kurz gedacht. Wenn auch verständlich.« Geiger zeigte wieder sein Zahnpastalächeln. »Natürlich möchte niemand Atommüll im eigenen Land haben. Aber was nützt es, wenn wir die Augen verschließen? Der Müll ist existent. Wir haben ihn selbst produziert, und nun müssen wir die bestmögliche Lösung finden, damit umzugehen. Es ist unsere Verantwortung, sowohl den Transport als auch die endgültige Lagerung so sicher und wenig belastend für die Umwelt zu gestalten, wie es überhaupt nur möglich ist. Dafür steht die ZYKLUS AG, und dafür stehe ich als Bürgermeister.«

Sabine unterdrückte ein Schnauben. Geiger war ein routinierter Redner und ein gewiefter Politiker. Natürlich entbehrte seine Argumentation nicht einer gewissen Logik, aber er unterschlug, dass es ihm nicht nur um Verantwortung ging, sondern vor allem auch um Wählerstimmen und um seine eigene Karriere.

Angersbach stellte die filigrane Kaffeetasse mit einem unheilvollen Klirren auf der Untertasse ab. »Sie wollen in den Landtag oder, noch besser, nach Berlin. Der Protest Ihres Vaters hat Ihre Pläne gefährdet. Deshalb wollten Sie ihn aus dem Weg haben.«

»Natürlich wollten wir das.« Eva Geiger warf ihre brünetten Haare nach hinten. »Willi hat immer nur Ärger gemacht. Wir mussten dem Einhalt gebieten.«

»Indem Sie einen Sprengsatz in seinem VW-Bus platzieren?«

Eva Geiger hob die Augenbrauen, die perfekte Bogen bildeten. Das milde Lächeln, mit dem sie Ralph bedachte, degradierte ihn zu einem Kläffer, den man nicht weiter ernst nehmen musste. »Indem wir uns beim Landgericht Marburg um eine einstweilige Verfügung gegen den geplanten Protestmarsch bemüht haben. Und indem wir mehrfach Anzeige gegen Willi erstattet haben. Unbefugtes Betreten des Werksgeländes der ZYKLUS AG, Diebstahl von Unterlagen aus dem Bürgermeisterbüro, tätlicher Angriff auf meinen Mann.«

»Aha?«

»Er hat ihn bei einer Festrede mit Eiern beworfen«, echauffierte sich Eva Geiger, und ihre Wangen röteten sich.

Dietmar Geiger dagegen ließ keine emotionale Regung erkennen. Er behielt sein Werbeplakatlächeln bei und hob die Hand, als ginge es um eine Nebensächlichkeit. »So etwas kommt vor, wenn man im Fokus der Öffentlichkeit steht.«

Die Augen seiner Frau verengten sich. »Der eigene Vater! Kann man das glauben?« Sie griff nach ihrer Tasse, aber ihre Hände bebten derart, dass der Kaffee überschwappte. Rasch beförderte sie aus einem Fach unter dem Tisch ein paar Servietten hervor, mit denen sie das Malheur beseitigte.

»Er hat sich nie um Dietmar gekümmert«, beklagte sie nebenbei. »Er hatte seinen Spaß, aber Verantwortung wollte er nicht. Freie Liebe!« Sie spuckte die Worte verächtlich aus. »Freiheit für ihn, aber wehe, die Frau wurde schwanger. Dann musste sie sehen, wo sie blieb. Willi fühlte sich zu nichts verpflichtet.«

»Das ist nicht schön«, bestätigte Angersbach rau, und Sabine sah ihm an, dass er an seinen eigenen Vater dachte. Auch Ralph und seine Mutter waren im Stich gelassen worden, während Johann Gründler und Willi Geiger ausgezogen waren, um Liebe in die Welt zu tragen statt in die eigene Familie; womöglich das Schicksal einer ganzen Generation.

»Sie haben sich nicht gut mit Ihrem Vater verstanden?«, fragte sie Geiger.

Der Bürgermeister hob die Hände. »So würde ich es nicht ausdrücken. Wir hatten einfach kein enges Verhältnis. Ich habe auch keinen Wert darauf gelegt. Er war nicht da, als ich ein Junge war und ihn gebraucht hätte. Als er begann, sich für mich zu interessieren, hatte ich längst mein eigenes Leben und war auf ihn nicht mehr angewiesen. Trotzdem war ich offen, als er den Kontakt gesucht hat. Ihm war bei seiner Arbeit mit Jugendlichen aus sozial schwachen Familien wohl irgendwann aufgegangen, dass er Fehler gemacht hatte. Er wollte sich versöhnen, und ich habe ihm nicht die Tür vor der Nase zugeschlagen. Seitdem kam er gelegentlich zum Tee, und wir haben über die Jahre so etwas wie eine familiäre Bindung aufgebaut, auch wenn wir uns nie wirklich nahegekommen sind. Daran hat sich in den letzten zwanzig Jahren nicht viel geändert. Es war nicht eng, aber es war in Ordnung. Wir haben eine Basis geschaffen mit einem guten Maß an Vertrauen und Respekt.«

»Umso wütender müssen Sie gewesen sein, als Ihr Vater plötzlich anfing, sich in Ihre Angelegenheiten einzumischen, und nicht einmal vor Handgreiflichkeiten zurückgeschreckt ist«, sagte Sabine mitfühlend. Auch wenn Dietmar Geiger sich nichts anmerken ließ – es musste unglaublich verletzend sein, vom eigenen Vater mit Eiern beworfen zu werden. Wie tief musste der Graben zwischen den beiden Männern geworden sein, damit so etwas möglich war? Sie war froh, dass Ralph offenbar so in seinen Erinnerungen verstrickt war, dass er ihr die weitere Befragung überließ. Bei Politikern erreichte man mit der Brechstange meist nicht viel.

»Ich war verärgert, ja«, entgegnete Geiger, ohne dass seiner Stimme irgendeine emotionale Regung anzuhören war. »Deshalb habe ich auch nicht gezögert, Anzeige zu erstatten.«

Das klang sehr vernünftig und rational, aber die meisten Politiker waren auch gute Schauspieler. Sabine wandte sich wieder an Eva Geiger, die ihre Emotionen schlechter unter Kontrolle zu haben schien. »Was haben Sie empfunden, als Ihr Schwiegervater die direkte Konfrontation gesucht hat?«

Die Frau des Bürgermeisters stopfte die feuchten Servietten in das Fach unter dem Tisch. Ihre Augen funkelten. »Ich hätte ihm den Hals umdrehen können. Dietmar hat so hart gekämpft für alles, was er erreicht hat, und dann kommt Willi und will ihm alles kaputt machen.« Eva schaute kurz zu ihrem Mann. Sie holte tief Luft und legte die Hände auf die Knie. »Ich habe ihm diese Briefe geschrieben, weil ich empört war.« Sie lächelte, und die zornige Frau, die kurz zum Vorschein gekommen war, verschwand wieder hinter der zivilisierten Fassade. »Aber Sie müssen uns glauben, dass wir nichts mit dem Angriff auf Willi zu tun haben. Wir haben uns gestritten, und wir haben versucht, seinem Tun auf zivilrechtlichem Weg Einhalt zu gebieten, doch wir würden niemals etwas Ungesetzliches tun.« Sie strich ihrem Mann über den Arm. »Das kann sich jemand in Dietmars Position gar nicht leisten.«

Sabine erwiderte das Lächeln. Sie wusste aus Erfahrung, dass es Straftäter in jeder gesellschaftlichen Schicht und Stellung gab und dass die Vernunft oft gerade bei jenen versagte, von denen man es am wenigsten erwartete. Trotzdem ritt sie nicht weiter darauf herum. Eva und Dietmar Geiger hatten gesagt, was sie zu sagen hatten, und mehr würden sie im Moment nicht erfahren. Sie beschloss, das Gespräch in eine andere Richtung zu lenken. Vielleicht hatten der Bürgermeister und seine Gattin mit der hübschen Fassade ja dennoch etwas Hilfreiches zu den Ermittlungen beizutragen.

»Was denken Sie, wer es getan hat?«, erkundigte sie sich.

Eva Geiger legte die manikürten Hände effektvoll übereinander. »Wenn Sie mich fragen: Da kommen eine Menge Leute in Betracht. Willi war keiner, dem es darauf ankam, sich Freunde zu machen. Er hat überall laut und deutlich seine Meinung verkündet und ist keinem Konflikt aus dem Weg gegangen. Vielleicht war es auch einer seiner ehemaligen Klienten? Die kamen ja wohl aus Verhältnissen, in denen Gewalt an der Tagesordnung war.«

»Das ist doch Unsinn«, fuhr ihr Dietmar Geiger in die Parade, ehe Sabine nachfragen konnte, was seine Frau damit genau meinte. Der Bürgermeister schaute die Beamten an. »Mein Vater hat beim Sozialamt in Marburg nicht nur am Schreibtisch gearbeitet, sondern auch viele Jahre als Streetworker. Aber er ist seit zehn Jahren Rentner, und er war schon lange vorher nicht mehr auf der Straße tätig. Wenn er in seinem Job jemandem auf die Füße getreten ist, muss das ewig zurückliegen. Ich kann mir nicht vorstellen, dass ein Jugendlicher, der ihm etwas verübelt, sich mehr als ein Jahrzehnt später dafür rächt, indem er eine Bombe in seinem Bus platziert.«

Seine Frau wandte sich ihm zu, mit bebenden Lippen und einem Zittern in der Stimme. »Wie kannst du dir da so sicher sein?«, fragte sie aufgebracht. »Und warum verteidigst du diese Leute? Ist es dir lieber, wenn die Polizei glaubt, wir hätten etwas mit Willis Tod zu tun?«

Geiger nahm ihre Hände und streichelte sacht darüber. »Natürlich nicht, meine Liebe. Aber ich möchte, dass die Polizei den wahren Täter findet, nicht dass sie jemanden verhaftet, der nichts mit der Sache zu schaffen hat.«

Evas Gesicht entspannte sich. »Entschuldige. Du hast recht.« Sie wandte sich wieder den beiden Beamten zu. »Man kann über Willi sagen, was man will, aber seinen Job hat er gut gemacht.«

Erneut erschien ein bitterer Zug um ihren Mund. »Er hatte eben für alle genug Liebe. Nur nicht für seinen eigenen Sohn.«

Ralph Angersbach räusperte sich vernehmlich. Sabine spürte, dass er sich unwohl fühlte und der Situation entfliehen wollte. Trotzdem musste sie noch einmal nachhaken. »Sie haben also keine Idee, wer ihm nach dem Leben getrachtet haben könnte?«

Geiger und seine Frau tauschten einen raschen Blick. Der Bürgermeister rutschte unbehaglich auf dem Sofa herum und verknotete die Finger. »Wir wollen niemanden beschuldigen«, erklärte er steif. »Aber wenn es keine alte Geschichte ist, was ich für ausgeschlossen halte – dann kann es eigentlich nur jemand gewesen sein, mit dem es Streit wegen der Protestaktion gegen die Kanonenbahn gab.«

»Sie denken an jemand Bestimmten?«

Sabine sah ihm an, dass es so war, doch Geiger wehrte ab.

»Nein. Tut mir leid. Wir können Ihnen nicht helfen.«

Er erhob sich, und auch Ralph, Sabine und seine Frau standen auf. Eva Geiger geleitete die Beamten zur Tür.

»Danke für Ihre Zeit«, sagte Sabine, ehe sich die Tür des Bungalows schloss. Sie wollte eine Bemerkung zu Ralph machen, doch der war bereits auf dem Weg durch den Garten zur Straße. Er riss das Tor auf und stürmte hinaus, als wären ihm bissige Hunde auf den Fersen. Das Gespräch mit dem Bürgermeister und seiner Frau musste ein paar alte Wunden aufgerissen haben.

Sie wollte ihm folgen, doch in dem Moment klingelte ihr Handy. Ein Blick auf das Display verriet ihr, dass es Holger Rahn war. Sie nahm das Gespräch an.

»Hallo, Holger.«

»Hallo, Sabine«, sagte der Kollege warm. »Ich wollte mich nur schnell mal bei dir melden. Ich habe Sehnsucht nach dir.«

10

Ralph Angersbach blieb erst stehen, als er den Wagen erreicht hatte. Er drehte sich um und sah, dass Sabine immer noch am Gartentor der Geigers stand, das Smartphone am Ohr, ein Lächeln auf den Lippen. Mit wem sie da telefonierte, war nicht schwer zu erraten. Ralph wandte sich abrupt ab und nutzte die Gelegenheit, um selbst ein paar Anrufe zu tätigen.

Als er fertig war, steckte auch Sabine gerade ihr Telefon zurück in die Tasche und kam auf ihn zu.

Ralph hätte gern eine Bemerkung gemacht, irgendetwas Flapsiges, das zeigte, dass er kein Problem damit hatte, wenn Sabine mit Rahn zusammen war. Aber ihm fiel nichts ein. Alles, was ihm durch den Kopf ging, hätte nur zu deutlich gezeigt, wie gekränkt er war. Sabine mit ihren feinen Antennen hätte ihn sofort durchschaut. Nun, wahrscheinlich tat sie das ohnehin.

»Holger lässt dich grüßen«, sagte sie, als sie ihn erreicht hatte. Auch sie bemühte sich um Leichtigkeit, und auch ihr gelang es nicht.

»Danke.« Angersbach flüchtete sich ins Dienstliche. »Ich habe mit Gießen telefoniert und ein paar Kollegen auf Geigers Job in Marburg angesetzt. Sie prüfen, ob es Probleme mit Klienten gab, die sich vielleicht an ihm rächen wollten. Aber das wird natürlich erst morgen etwas. Am Sonntag arbeitet dort niemand.«

»Gut.« Sabine lächelte erleichtert. Offensichtlich war es ihr ebenfalls lieber, sich nicht auf einem Minenfeld zu bewegen.

»Ich habe auch mit der Kriminaltechnik gesprochen«, berichtete Ralph weiter. »Sowohl der Sprengsatz als auch der Druckzünder waren Eigenbau. Eine Rohrbombe, gefüllt mit Schwarzpulver und einer Chemikalienmischung auf Wasserstoffperoxid-Basis. Alles, was man dafür braucht, kann man im Netz bestellen. Der Online-Shop hilft dir sogar noch dabei. Wenn du die erste Chemikalie in den Warenkorb legst, bekommst du über diese Funktion ›Andere Kunden kauften auch …‹ quasi eine Anleitung für den Bombenbau. Und die Bestandteile werden dir frei Haus geliefert.«

»Toll. Schöne neue Welt.« Kaufmann strich sich durch die Haare. »Hilft uns das weiter?«

»Im Augenblick nicht. Aber wenn wir einen Verdächtigen haben, könnten wir in der Nachbarschaft nach Lieferungen fragen.«

Sabine schnitt eine Grimasse. »Ich fürchte, das wird nicht viel nützen. Heutzutage bestellt doch jeder alles Mögliche im Internet, und die Leute bekommen ständig Pakete. Und an die Kundendaten und die Bestellhistorie der betreffenden Personen bei den Online-Händlern kommen wir vermutlich nicht ran. Abgesehen davon, dass es eine Sisyphosarbeit wäre, alle infrage kommenden Anbieter aufzuspüren. Dazu gibt es einfach zu viele Online-Shops. Es muss ja keiner der großen Konzerne gewesen sein. Der Täter könnte sich die Bauteile auch in China besorgt haben oder über irgendeinen Händler im Darknet.«

»Hm.« Ralph fühlte sich, als hätte jemand einen zentnerschweren Mehlsack auf seinen Schultern abgeladen. Natürlich war Ermittlungsarbeit immer mit Schwierigkeiten und Rückschlägen verbunden, aber er hatte sich selten so hilflos gefühlt wie in diesem Fall. Was sicher auch mit dem erlittenen Schock zusammenhing, als er gedacht hatte, sein Vater sei bei dem Anschlag gestorben. Dass sich die Situation mit Sabine so schwierig gestaltete, machte die Sache nicht einfacher. Das Beste war wohl, wenn er das alles beiseiteschob und versuchte, sich wieder auf die Fakten zu konzentrieren.

Kaufmanns Überlegungen hatten offenbar zu einem ähnlichen Ergebnis geführt.

»Was ist mit dem Obduktionsergebnis?«, fragte sie.

Angersbach straffte sich. »Die Identifizierung ist eindeutig. Hack hat von einem Zahnarzt in Marburg Unterlagen bekommen, die er mit dem Zahnschema des Toten abgeglichen hat. Bei dem Opfer handelt es sich definitiv um Willi Geiger. Auf einen DNA-Abgleich können wir verzichten«, berichtete er. »Die toxikologische Analyse ist noch nicht abgeschlossen. Hackebeil sagt, die Suche nach Gift ist immer schwierig, solange man nicht weiß, worum es sich handeln könnte.« Er lachte unfroh. »Als ob wir das nicht selbst wüssten.«

»Okay.« Seine Kollegin drehte sich zum Haus der Geigers herum. »Was ist dein Eindruck von Dietmar und Eva Geiger?«

Angersbach ließ das Gespräch mit dem Ehepaar Revue passieren. Der Bürgermeister und seine Frau hatten ein Motiv. Willi Geiger und seine Bürgerinitiative standen den ehrgeizigen Plänen seines Sohnes und seiner Schwiegertochter im Weg. Und das Verhältnis zwischen Vater und Sohn war stark vorbelastet. Willi Geiger hatte Dietmar und seine Mutter im Stich gelassen. Genau wie es Johann Gründler mit Ralphs Mutter getan hatte. Aber brachte man deshalb jemanden um? Ralph konnte sich vorstellen, dass man in Streit geriet, dass der alte Zorn plötzlich hervorbrach, dass man im Affekt sogar handgreiflich wurde. Aber eine Bombe unter dem Autositz zu platzieren?

Auf der anderen Seite war Ralph das geleckte Ehepaar suspekt. Zu viel Fassade, zu wenig Substanz. Und Menschen, die nach Macht strebten, waren oft skrupellos.

»Sie wirken nicht so, als wären sie zu einer solch brutalen Tat in der Lage«, fasste er seine Gedanken zusammen. »Aber das ist womöglich auch nur der schöne Schein.«

Kaufmann stimmte ihm zu. »Vielleicht steckt in der hübschen Hülle ein böser Kern«, überlegte sie. »Emotionale Vernachlässigung, ein abwesender Vater, eine überforderte oder dominante Mutter – das sind Faktoren, die dazu führen können, dass jemand eine psychopathische Persönlichkeit entwickelt. Egoismus, mangelnde Empathie, das Funktionalisieren anderer, eine narzisstische Störung. So eine Person könnte töten, weil jemand ihren Interessen im Weg steht.«

Angersbach war kurz abgelenkt, weil er überlegte, ob diese Beschreibung auch auf ihn zutraf. War mit seiner Persönlichkeit etwas nicht in Ordnung, weil Johann Gründler die Familie verlassen hatte und Ralphs Mutter derart überfordert gewesen war, dass sie ihn in ein Heim gegeben hatte?

»Ich rede nicht von dir«, sagte Sabine ungeduldig. Wie so oft schien sie hinter seine Stirn schauen zu können. »Wie wäre es damit: Die beiden wollen unbedingt, dass Dietmar Geiger den Sprung in den Landtag schafft. Deswegen wollten sie Willi Geiger aus dem Weg haben. Eva Geiger hat es mit Gift probiert, Dietmar mit dem Sprengsatz.«

Ralph schob die Erinnerungen an seine Kindheit beiseite. Er rieb sich das Kinn und versuchte, sich die attraktive Frau als Giftmischerin und den geschniegelten Bürgermeister als

Bombenbauer vorzustellen. Es funktionierte nicht. »Kommt mir irgendwie falsch vor.«

Sabine nickte. »Du hast recht. Es passt nicht. Das sind Leute, die sich nicht selbst die Hände schmutzig machen. Aber sie könnten jemanden engagiert haben.«

Ralph lachte auf. »Und der versucht es erst mit Gift und greift dann, als es nicht gelingt, zum Sprengstoff? Hast du überhaupt schon mal von einem Auftragsmord mit Gift gehört? Und komm mir jetzt um Himmels willen nicht mit dem Regenschirmattentat aus den Siebzigern! Immerhin geht es hier nicht um irgendwelche Geheimdienste.«

Kaufmann zuckte mit den Schultern. »Nein. Tatsächlich kann ich mich nicht erinnern, schon gar nicht, wenn es sich um eine langfristige Verabreichung in kleinen Dosen handelt. Aber wir wissen ja auch noch gar nicht, ob es wirklich Gift war. Hat Hackebeil gesagt, wann er mit einem Ergebnis rechnet?«

»Nein. Ich hoffe, dass im Laufe des Tages etwas kommt.«

Sabine warf ihm einen seltsamen Blick zu. »Vielleicht arbeitet er nicht den ganzen Sonntag.«

»Hack?« Angersbach schnaubte ungläubig. »Hack arbeitet immer, wenn er einen ungeklärten Fall auf dem Tisch hat.«

»Er wird auch älter, findest du nicht?«

Ralph verspürte ein Grummeln im Magen. Über dieses Thema wollte er nicht nachdenken. Außerdem hatte Hackebeil doch erst klargestellt, dass er einen Ruhestand nicht in absehbarer Zeit in Betracht zog. Oder spielte Sabine auf die Natur an, die durchaus dazu neigte, solcherlei Pläne aufs Unbarmherzigste zu durchkreuzen?

»Wenn es nicht Dietmar und Eva Geiger waren, wer war es dann?«, kam er auf die ursprüngliche Frage zurück.

Kaufmann schaute die Straße entlang. »Ich hatte den Eindruck, dass die beiden einen konkreten Verdacht haben«, sagte sie nachdenklich. »Oder wollten sie nur von sich selbst ablenken?«

Angersbach ließ sich die Sache durch den Kopf gehen. »Wir sollten mehr über das Verhältnis zwischen den Brüdern herausfinden«, erklärte er dann. »Gibt es eine Verbindung zwischen ihnen? So etwas wie ein Familiengefühl?« Er dachte an Janine, die Halbschwester, die er erst im fortgeschrittenen Erwachsenenalter kennengelernt hatte. Bis dahin hatte er nicht einmal von ihrer Existenz gewusst. Trotzdem war sie ihm ans Herz gewachsen, und er fühlte sich ihr so nah, wie es nur in der eigenen Familie möglich war. Auch wenn er mit solchen Theorien eigentlich nichts am Hut hatte, irgendwas schien dran zu sein an der Sache mit dem eigen Fleisch und Blut. Selbst Johann Gründler, der Vater, der ihn im Stich gelassen hatte, war auf eine Weise mit ihm verbunden, wie es jemand, der nicht zur Familie gehörte, niemals sein könnte.

Sabine nickte. »Du hast recht. Das ist ein wichtiger Punkt. Sie könnten sich gegen den Vater verbündet haben und sich gegenseitig schützen, aber sie könnten auch zerstritten und neidisch sein, vielleicht, weil einer von ihnen dem Vater näher war als die anderen.«

Angersbach deutete auf das Haus des Bürgermeisters. »Sollen wir gleich mit Dietmar anfangen?«

Kaufmann lächelte. »Besser, wir fragen erst die beiden anderen«, schlug sie vor. »Dietmar Geiger ist Politiker. Von ihm erfahren wir am ehesten etwas, wenn wir selbst schon eine Menge wissen. Ich würde lieber mit dem schwächsten Glied beginnen.« Sie neigte den Kopf. »Was glaubst du, wer das ist?

Marius, der Rebell? Oder Jürgen Geiger, der mit ansehen musste, wie der T3 seines Vaters in die Luft geflogen ist?«

Ralph musste nicht lange überlegen. Wer einen solchen Schock erlitten hatte wie Jürgen Geiger, war gewöhnlich nicht in der Lage, zu lügen und Geschichten zu erfinden. Es mochte ein wenig pietätlos sein, doch in diesem Fall hatte die Aufklärung des Verbrechens Priorität gegenüber der Rücksichtnahme einem weiteren Opfer gegenüber.

»Wir nehmen den Biologen«, entschied er.

Sabine Kaufmann rief bei der Polizeistation in Homberg an und erfuhr, dass Jürgen Geiger im Klinikum Schwalmstadt lag. Sie gab die Information an Ralph Angersbach weiter, der daraufhin den roten Yaris startete und auf die Bundesstraße lenkte, die ein Stück hinter Thalhausen in die B254 mündete.

»Warum hat man ihn nicht ins Krankenhaus nach Homberg gebracht?«, erkundigte sie sich bei ihrem Gesprächspartner. »Wäre das vom Parkplatz in Thalhausen nicht näher gewesen?«

»Sicher.« Der Beamte am anderen Ende lachte trocken. »Aber unsere Klinik in Homberg ist geschlossen worden. Asbest. Die Renovierung war dem Betreiber zu teuer, also hat man den Laden einfach dichtgemacht. Klar, bis Schwalmstadt sind es nur ein paar Minuten mehr. Aber manchmal entscheiden schon Sekunden über Leben und Tod. Wer wüsste das besser als wir?«

Kaufmann stimmte ihm zu und verabschiedete sich nachdenklich. Überall regierte das Geld, nicht die Vernunft. Ob es nun um Krankenhäuser oder Atommüll ging. Sie fand es gut, dass sich Menschen wie Willi Geiger und Johann Gründler für die Umwelt und soziale Gerechtigkeit engagierten, auch wenn sie nicht viel ausrichten konnten. Doch der Protest war nötig, damit die Gesellschaft überhaupt reagierte.

Hatte Geiger dafür mit dem Leben bezahlt? Oder war es um etwas ganz anderes gegangen? Ein alter Streit, eine private Fehde? Der Sprengsatz verwies auf einen politischen Hintergrund, das Gift, das man ihm möglicherweise verabreicht hatte, dagegen eher auf eine emotionale Beziehung zwischen Täter und Opfer. Immer mehr gelangte sie zu der Ansicht, dass sie es, sofern tatsächlich Gift im Spiel war, mit zwei Tätern zu tun hatten, möglicherweise auch mit zwei völlig verschiedenen Motiven.

Der Weg nach Schwalmstadt war in der Tat nicht weit. Mit Ralph ging es sogar noch schneller als mit Holger Rahn. Während ihr neuer Freund ein bedächtiger Fahrer war, jagte Angersbach den Leihwagen über die Straße, als müsste er einen neuen Rekord aufstellen. Nur knapp zehn Minuten nachdem sie vor dem Haus des Bürgermeisters gestartet waren, stellte Ralph den Toyota auf dem Krankenhausparkplatz ab.

Die Klinik war ein mehrgeschossiger roter Klinkerbau mit großen Fenstern, der sich als hoffnungsvoller Farbtupfer aus dem immer noch dichten grauen Novembernebel hob. Auch im Inneren hatte man auf helle Farben und eine freundliche Atmosphäre gesetzt. Sabine wollte die Information ansteuern, doch Angersbach hielt sie auf und zeigte auf die Hinweistafel, auf der das Wort *Cafeteria* stand.

»Ich muss erst was essen«, verkündete er. »Der Magen hängt mir schon in den Kniekehlen.«

»Okay.« Sabine folgte ihm und stellte fest, dass sie ebenfalls hungrig war. Wenn sie sich in einen Fall verbiss, spürte sie oft nichts davon, erst dann, wenn die Kohlenhydratspeicher leer

173

waren und sie ihre Gedanken nicht mehr fokussieren konnte. Aber es war nicht nötig, auf diesen Zustand zu warten. Besser war es, durch regelmäßige Nahrungszufuhr dafür zu sorgen, dass er gar nicht erst eintrat.

Die Cafeteria unterschied sich in nichts von all den anderen, die sie im Laufe der Jahre in Krankenhäusern gesehen hatte. Als Polizeibeamtin hielt sie sich viel zu oft in solchen Einrichtungen auf. Es war warm und stickig. Die Einrichtung war funktional und nicht besonders gemütlich, die Tische waren sauber, die Stühle nur mäßig bequem. Das Angebot in der gläsernen Theke war übersichtlich, aber appetitlich arrangiert. Über allem hing ein leichter Geruch nach Krankheit und Desinfektionsmittel.

Ralph nahm sich zwei belegte Brötchen und einen Kaffee, Sabine wählte ein Hörnchen und einen Joghurtdrink. Sie setzten sich ans Fenster und spähten hinaus in den grauen Novembernachmittag. Da sie beide nicht recht wussten, worüber sie reden sollten, stopften sie nur das Essen in sich hinein, um möglichst schnell weiterzuarbeiten. Erst als sie beinahe fertig waren, fiel Sabine ein, dass sie Ralph noch nicht über Rahns Recherchen informiert hatte.

Angersbach hörte neugierig zu. »Die Frau von Marius Geiger ist spurlos verschwunden, hat aber das Land nie verlassen? Das heißt, es wäre tatsächlich möglich, dass ihr Mann sie ermordet hat?«

Kaufmann hob die Schultern. »Es ist zumindest merkwürdig. Wir sollten ihn darauf ansprechen. Vielleicht hat er ja eine plausible Erklärung.«

Angersbach nickte, mit den Gedanken offenbar schon wieder irgendwo anders. Er stapelte die leeren Teller und Becher auf seinem Tablett und trug sie zur Geschirrrückgabe. Sabine verspürte einen leichten Stich, ein Gefühl von Trauer erfasste sie wie ein kalter Windhauch, ohne dass sie recht zu sagen gewusst hätte, woher er kam.

Rasch nahm sie den Schminkspiegel aus der Handtasche und kontrollierte, ob das Essen Spuren an ihren Zähnen hinterlassen hatte, aber das war nicht der Fall. Sie schob sich eine Pfefferminzpastille in den Mund und trug pflegendes Lipgloss auf. Als Ralph zurückkam, bot sie ihm ein Pfefferminz an. Ein kurzes Lächeln erhellte sein Gesicht, als er zugriff, und Sabine fühlte sich merkwürdig getröstet.

Gemeinsam gingen sie zurück ins Foyer und erkundigten sich nach Jürgen Geiger. Die Schwester an der Information war freundlich und hilfsbereit und beschrieb ihnen den Weg zur Station. Dort wurden sie bereits erwartet.

Eine kleine, dunkelhaarige Frau mit Pagenschnitt sah ihnen ungeduldig entgegen. Sie trug einen Hosenanzug aus hellblauem Jeansstoff, dazu eine weiße Bluse und braune Stiefeletten. Ihr Gesicht wurde von einer auffälligen Brille mit einem leuchtend blauen Gestell dominiert.

»Kerstin Geiger von der Fuldaer Zeitung«, stellte sie sich vor. »Ich hatte am Empfang gebeten, mir Bescheid zu sagen, wenn jemand von der Polizei kommt.«

»Aha?« Sabine musterte die Frau. Sie strahlte etwas Energisches aus; zugleich wirkte sie angespannt, als stünde sie unter erheblichem Druck.

»Wir geben keine Informationen zu unseren Ermittlungen heraus, die Sie in Ihrem Blatt verwenden können«, polterte Ralph Angersbach.

Sabine schüttelte fast unmerklich den Kopf. Sie wollte zumindest hören, was Kerstin Geiger zu sagen hatte, ehe sie ihr eine Abfuhr erteilte.

Zum Glück war die Ehefrau des Biologen nicht so leicht zu erschüttern. Als Journalistin war sie vermutlich daran gewöhnt, dass man ihr mit Misstrauen begegnete.

»Ich erwarte keine Informationen von Ihnen«, sagte sie lächelnd. »Ich möchte Ihnen welche geben.«

»Warum war es Ihnen dann so wichtig, uns abzufangen, bevor wir zu Ihrem Mann gehen?«, beharrte Angersbach. Der Kettenhund war wieder einmal erwacht und würde sich nicht so rasch bändigen lassen.

»Ich wollte mit Ihnen unter vier Augen sprechen. Unter sechs, besser gesagt. Ich möchte nicht, dass mein Mann sich aufregt. Ihm würde nicht gefallen, was ich Ihnen mitzuteilen habe.«

Sabine schaute sich kurz um und entdeckte eine Sitzecke in der Mitte des Flurs. »Vielleicht nehmen wir kurz da drüben Platz?«, schlug sie vor.

»Gern.« Kerstin Geiger eilte voraus.

Ralph warf Sabine einen missbilligenden Blick zu. »Ich mag es nicht, herumkommandiert zu werden.«

»Mich interessiert, was sie zu sagen hat«, gab Sabine zurück und folgte der Journalistin.

Kerstin Geiger wartete, bis auch Ralph Platz genommen hatte. Sie zog ein Notizbuch aus ihrer Handtasche und blätterte darin. »Ich berichte seit einiger Zeit über die Bemühungen der ZYKLUS AG, die Kanonenbahnstrecke zwischen Homberg und Schwalmstadt zu reaktivieren.«

Angersbach winkte ab. »Wenn Sie einen Verdacht gegen die ZYKLUS AG konstruieren wollen – diesbezüglich haben wir bereits alle erforderlichen Informationen.«

»Darum geht es nicht. Jedenfalls nicht direkt.« Kerstin Geiger legte das Buch auf den Tisch. »Ich gehe nicht davon aus, dass ein Konzern wie die ZYKLUS AG zu einem Sprengstoff-attentat greifen würde, um einen Protest zu unterbinden, der dem Unternehmen nicht ernsthaft gefährlich werden kann. Die Firma arbeitet mit einer renommierten Anwaltskanzlei zusammen, und die Juristen dort pflegen beste Kontakte zur Marburger Staatsanwaltschaft. Sie haben schon einige Male einstweilige Verfügungen gegen Protestaktionen der Bürger-initiative erwirkt, sofern sie von den Plänen Kenntnis hatten. Auch für die Veranstaltung am Samstag hatten sie das vor, aber das scheint aus Gründen, die mir nicht bekannt sind, nicht ge-glückt zu sein. Ich habe nachgefragt, doch der zuständige Staatsanwalt war nicht bereit, mir ein Interview zu geben.«

Sie faltete die Hände und sah die Kommissare ernst an. »Nachdem einige Vorhaben der Protestbewegung an den ju-ristischen Winkelzügen der ZYKLUS AG gescheitert sind, hat die Bürgerinitiative in den letzten Monaten versucht, ihre Plä-ne besser geheim zu halten, soweit für die Aktionen nicht eine polizeiliche Genehmigung erforderlich war. Das hat allerdings nicht so funktioniert, wie man sich das vorgestellt hatte.«

Eva Geiger nahm einen Stift zur Hand und tippte damit auf das Notizbuch. »Ich begleite die Bürgerinitiative seit längerer Zeit und berichte in unserer Zeitung darüber. Dabei sind mir zwei Dinge aufgefallen. Erstens: Es gab bei ungewöhnlich vielen der in den letzten Wochen geplanten Protestaktionen Zwischenfälle. Keine großen Dinge. Nicht so wie diese Bom-benexplosion. Eher die Politik der kleinen Nadelstiche. Ein Parkplatz, der als Treffpunkt ausgegeben war, am Tag der Ver-sammlung aber plötzlich gesperrt war. Ein Fahrzeug, das die Plakate und Transparente zum Versammlungsort bringen soll-te, aber nicht ankam, weil es bei einer außerplanmäßigen Ver-kehrskontrolle angehalten und wegen angeblicher technischer

Mängel stillgelegt wurde. Eine Razzia mit Drogenspürhunden, die bei mehreren Demonstrationsteilnehmern Haschisch und Marihuana zutage förderte, was Festnahmen zur Folge hatte und den rechtzeitigen Start der Kundgebung verhinderte.«

Sie hob die Hände. »Ich könnte noch weitere Vorfälle aufzählen, aber es geht ums Prinzip. Die Arbeit der Bürgerinitiative, die mein verstorbener Schwiegervater geleitet hat, ist immer wieder behindert worden. Durch Polizeieinsätze, die nicht illegal waren, aber zumindest fragwürdig. Und die irgendjemand in einer entsprechenden Position initiiert haben muss. Womit wir beim zweiten Punkt wären: Das Ganze betrifft auch Aktionen, von denen die Behörden auf offiziellem Weg keine Kenntnis haben konnten.«

Sabine beugte sich gespannt vor, und auch Ralph war neugierig geworden.

»Was schließen Sie daraus?«, fragte er.

»Erstens: Es gibt einen Maulwurf in der Gruppe der Demonstranten. Eine Person, die jemanden von der Gegenseite mit Informationen darüber versorgt, welche Aktionen geplant sind. Zweitens: Die Person, die diese Informationen erhält, hat einen Kontakt bei der Polizei, der dafür sorgen kann, dass die geplanten Aktionen ins Wasser fallen.«

»Sie haben einen Verdacht?

»Nicht, was den Maulwurf betrifft. Aber ich bin mir sicher, dass es mein Schwager ist, der der Bürgerinitiative auf diese Weise Steine in den Weg legt.«

»Sie meinen Dietmar Geiger, den Bürgermeister?«

»Richtig. Es ist vollkommen auf seine Karriere fixiert. Das heißt: Eigentlich ist es Eva. Sie will unbedingt, dass Dietmar es nach Berlin schafft. Eva ist über alle Maßen ehrgeizig, und sie akzeptiert es nicht, wenn sie nicht bekommt, was sie will. Sie ist absolut skrupellos, wenn es darum geht, ihre Ziele zu erreichen. Das war schon immer so.«

»Sie kennen Frau Geiger schon länger?«

Die Journalistin schnaubte. »Eva und ich sind gemeinsam zur Schule gegangen. Wir haben beide das Abitur gemacht, mit guten Noten. Ich, weil ich dafür gebüffelt habe, Eva, weil sie den Lehrern schöne Augen gemacht hat. Ich kann es nicht beweisen, aber ich bin mir sicher, dass sie dem einen oder anderen eine Gefälligkeit dafür erwiesen hat, dass er bei ihren Leistungen beide Augen zudrückt.«

Sabine versteifte sich. Natürlich konnte sie nicht ausschließen, dass Kerstin Geiger recht hatte, doch oft waren es Missgunst und Neid, die dazu führten, dass attraktiven Menschen böse Dinge unterstellt wurden.

Kerstin Geiger winkte ab. »Ich sehe Ihnen an, was Sie denken. Aber darum geht es nicht. Ich meine: Es stimmt, Eva und ich haben uns schon damals nicht verstanden. Sie hat sich so unglaublich viel auf ihr Aussehen eingebildet. Vielleicht war ich auch neidisch, ja. Aber letztlich helfen Intelligenz und Fleiß im Leben mehr als ein hübsches Äußeres. Schönheit vergeht.«

»Frau Geiger ist immer noch eine sehr attraktive Frau«, provozierte Sabine sie absichtlich. Die Antipathie war offenbar Kerstin Geigers Schwachstelle. Wenn sie ein wenig darin herumbohrte, würde sie möglicherweise interessante Dinge über die Familie ans Licht befördern.

Doch die Journalistin schien ihr Manöver zu durchschauen. Sie lehnte sich zurück und schlug die Beine übereinander. »Lassen wir die Vergangenheit. Fakt ist, dass Eva ihrem Mann zu einem Sitz im Bundestag verhelfen möchte. Dafür spielt das

Kanonenbahnprojekt eine wichtige Rolle, genau wie die Entscheidung über Transportwege und ein mögliches Endlager für den deutschen Atommüll, der zurzeit in Sellafield und La Hague lagert beziehungsweise von dort nach Biblis überführt wird, wo er nicht dauerhaft bleiben kann. Das Werra-Fulda-Becken – die Gegend zwischen Bad Hersfeld und Heringen, falls Sie sich in der Region nicht auskennen – ist bereits für ein Endlager im Gespräch. Warum also nicht ein Stück weiter westlich in die Knüll-Region gehen? Dietmar hätte die Lobby auf seiner Seite und könnte zugleich die Wähler beruhigen. Sie gewinnen zunächst einmal nur, weil die Sache Arbeitsplätze und Umsatz schafft und die reaktivierte Kanonenbahn das Problem mit dem geplanten Ausbau der A49 und weiterer Straßen löst, der von vielen aus Rücksicht auf die Umwelt abgelehnt wird. Und ob das Endlager dann wirklich hier realisiert wird, steht in den Sternen. Der wirtschaftliche Aufschwung kommt jetzt, die Benennung des Endlagerstandorts erfolgt frühestens 2030. Und dann wird es vermutlich doch nicht das Knüll-Bergland, weil man am Ende für das Lager wahrscheinlich auf einen alten Bergwerksstollen und für den Transport ohnehin auf eine der in Planung befindlichen ICE-Trassen setzt.«

»Das klingt alles sehr plausibel, aber ich sehe nicht, worauf Sie hinauswollen«, bemerkte Angersbach, dem die Sache offensichtlich zu lange dauerte. Er wollte mit Jürgen Geiger sprechen, das sah Sabine ihm an.

»Sie wollen doch wissen, wer den Sprengsatz in Willis Wagen platziert hat«, entgegnete die Journalistin. »Für mich liegt die Antwort auf der Hand.«

Kerstin Geiger hoffte offenbar darauf, dass Ralph und Sabine etwas sagten, doch den Gefallen taten sie ihr nicht.

Die Journalistin lächelte knapp. »Gut. Fürs Protokoll: Ich bin mir sicher, dass Dietmar und Eva etwas damit zu tun haben.«

Angersbach stützte die Hände auf die Knie. »Vor Ihrem Mann möchten Sie diesen Verdacht aber nicht äußern.«

Kerstin Geigers Gesicht wurde weich. »Jürgen hat einen schlimmen Schock erlitten. Der Bus seines Vaters ist vor seinen Augen explodiert, und er selbst hat erhebliche Verletzungen davongetragen. Er leidet darunter, dass er nichts tun konnte und dass er sich bei der letzten Begegnung mit Willi im Streit von ihm getrennt hat.«

»Worüber haben die beiden gestritten?« Ralph zog sein Notizbuch hervor.

»Über die geplanten Protestaktionen. Willi hat große Reden geschwungen wie immer, Jürgen hat versucht, ihn zur Vernunft zu bringen. Man kommt zu keiner Einigung, wenn man die Politik verteufelt, anstatt sich gemeinsam um eine Lösung zu bemühen.«

»Ihr Mann hätte es also vorgezogen, sich mit seinem Bruder an einen Tisch zu setzen?«

»Ja. Wenn Jürgen die Bürgerinitiative leiten würde, würde man verhandeln. Für Willi kam das nicht infrage. Für ihn gab es nur Widerstand. Sich nicht vom System vereinnahmen lassen, sondern dagegen kämpfen. Aber ich frage Sie: Wohin führt das? Man muss doch miteinander reden.«

Das brachte Sabine zu der Frage, die sie und Ralph sich bereits gestellt hatten. »Wie war das Verhältnis zwischen den Brüdern? Und der Söhne zu ihrem Vater?«

Kerstin Geiger rückte mit beiden Händen ihre Pagenfrisur zurecht. »Schwierig. Willi hat nie aufgehört, im Geist der Achtundsechziger zu leben. Er hat sein Anarchisten-Image genauso gepflegt wie die freie Liebe. Hat sich genommen, was er wollte, und sich vor allen Verpflichtungen gedrückt. Selbst als Marius auf die Welt kam, obwohl da die Flower-Power-Zeit seit mehr als einem Jahrzehnt vorbei war. Die Frauen mussten sehen, wie sie mit ihren unehelichen Kindern zurechtkamen. Es war geradezu paradox.« Die Journalistin lachte unfroh. »Willi hat damals schon im Jugendamt in Marburg gearbeitet und sich für Kinder eingesetzt, die dasselbe Schicksal erlitten hatten. Aber erst viel später hat er sich gestattet, die Parallelen zu sehen. Das muss so um seinen fünfzigsten Geburtstag herum gewesen sein. Da fiel ihm plötzlich ein, wie wichtig eine funktionierende Familie für ein Kind ist. Er hat versucht, alle an einen Tisch zu bringen. Die drei Mütter, Dietmar, der damals bereits sein Studium abgeschlossen und seinen ersten Job bei der Stadtverwaltung hatte, Jürgen, der gerade sein Biologiestudium begonnen hatte, und Marius, der zu der Zeit ein pubertierender Teenager war.« Sie lächelte traurig. »Erst da hat er erfahren, dass Jürgens Mutter schon damals ausgewandert war und Marius' Mutter nicht mehr lebte. Nur Dietmars Mutter hat er noch aufgespürt, aber sie hat den Kontakt zu Willi abgelehnt.« Kerstin Geiger hob die Hände. »Also haben sich nur seine Söhne mit ihm getroffen. Eine Weile hat es funktioniert, aber die alten Wunden waren zu tief, genau wie die Gegensätze in den Lebenseinstellungen. Es gab zwar immer noch gelegentliche Familientreffen, doch die Gräben wurden tiefer. Beim letzten Mal, als alle versammelt waren, ging es um die Kanonenbahn, und die Männer wären fast aufeinander losgegangen.«

»Und Sie?«

Kerstin Geiger richtete sich auf. »Ich habe mich mit Eva gestritten. Ich dachte, sie könnte Dietmar vielleicht zur Vernunft bringen, aber sie war ja selbst völlig verbohrt.«

»Wann war das?«

»Vor einem halben Jahr ungefähr. Danach haben Jürgen und ich uns nicht mehr mit den beiden getroffen.«

»Und der Rest der Familie?«

Kerstin Geiger vollführte eine ungeduldige Handbewegung. »Ich weiß nicht, ob das zuletzt noch so war, aber Willi ist auch nach dem Streit noch zu Dietmar und Eva zum Teetrinken gegangen. Und er war gelegentlich bei uns, um Jürgen von seiner Strategie zu überzeugen. Manchmal hat er von den Besuchen bei seinem Ältesten berichtet. Ich hatte den Eindruck, dass ihm die Streiterei Spaß gemacht hat. So war er eben, ein Revoluzzer, der keinem Konflikt aus dem Weg gegangen ist. Im Grunde war er nur glücklich, wenn er hitzige Diskussionen führen und die Fahnen des Protests schwenken konnte.« Sie schnitt eine Grimasse, weil ihr wohl erst in diesem Moment wieder zu Bewusstsein kam, dass ihr Schwiegervater tot war, weil ihn jemand mitsamt seinem VW-Bus in die Luft gesprengt hatte.

»Verzeihen Sie. In Ihren Ohren muss das furchtbar klingen, was ich über Willi sage.« Sie sah Sabine ernst an. »Halten Sie mich bitte nicht für gefühllos. Das bin ich nicht. Es ist schrecklich, was man ihm angetan hat, und es tut mir leid, dass er auf so grausame Weise und durch fremde Hand sterben musste. Aber ich will ehrlich sein. Über Tote soll man nichts Schlechtes sagen, doch das fällt mir schwer. Willi war ein kluger und außergewöhnlicher engagierter Mensch, und diese Seite habe ich an ihm bewundert. Aber zugleich fand ich seine Doppelmoral und Scheinheiligkeit abstoßend. Auf der einen Seite hat er für eine bessere Gesellschaft gekämpft und sich für die Kinder der Familien eingesetzt, die er als Sozialarbeiter betreut hat, aber auf der anderen Seite hat er jede Verantwortung abgelehnt und so gelebt, als wäre er frei von jeglichen Verpflichtungen und moralischen Grenzen.« Sie hob bedauernd die Hände. »Etwas anderes kann ich Ihnen nicht sagen.«

»In Ordnung.« Angersbach klappte sein Notizbuch zu und stand auf. Wenn sich die Journalistin eine Absolution für ihre Haltung gewünscht hatte, war sie bei ihm an der falschen Adresse. Dabei müsste doch gerade er ihren Zwiespalt nachvollziehen können. Doch vermutlich verschloss er sich genau deshalb.

»Ich würde mich jetzt gern mit Ihrem Mann unterhalten«, erklärte er ohne eine Spur von Freundlichkeit in der Stimme. Sabine seufzte leise. Natürlich war es immer schwer, wenn eine Ermittlung die eigenen Dämonen berührte. Trotzdem sollte man sich wenigstens bemühen, die eigenen Anteile nicht auf Personen zu projizieren, die nicht das Geringste damit zu tun hatten.

»Selbstverständlich.« Kerstin Geiger erhob sich ebenfalls. Sie schien sich an Ralphs raubeiniger Art nicht weiter zu stören. »Aber bitte: Regen Sie ihn nicht auf.«

Sabine folgte den beiden nachdenklich zur Tür des Krankenzimmers. Was Kerstin Geiger ihnen verraten hatte, war ausgesprochen interessant. Die Frage war nur, ob die Journalistin die richtigen Schlussfolgerungen gezogen hatte.

Das Zimmer im Klinikum Schwalmstadt war klein, schmucklos und steril. Jürgen Geiger war allein; das zweite Bett am Fenster war nicht belegt. Der Biologe lag auf dem Rücken, den Blick nach draußen gewandt. Er wandte sich erst zu ihnen um, als seine Frau leise sagte: »Jürgen. Du hast Besuch.«

Angersbach musste schlucken. Geigers Kopf war mit Bandagen umwickelt wie eine Mumie. Nur Augen, Mund und Nase waren frei.

»Hallo«, nuschelte Geiger. Offenbar behinderte ihn der Verband sowohl beim Atmen als auch beim Sprechen.

»Die beiden sind von der Kriminalpolizei.« Kerstin Geiger griff sich einen Stuhl und setzte sich zu ihrem Mann ans Bett. Sie nahm seine Hand, die ebenfalls bandagiert war. Der andere Arm lag angewinkelt auf Geigers Oberkörper und war bis zur Schulter eingegipst.

Es klopfte kurz und energisch an der Tür, dann trat ein Mann im weißen Kittel ein, mit halblangen braunen Haaren, die zu allen Seiten abstanden, und einem dichten kurzen Vollbart.

»Herr Geiger? Ich wollte Ihnen nur Bescheid sagen, dass wir uns morgen Ihre Finger vornehmen. Ein Spezialist aus der Handchirurgie in Gießen kommt zu uns rüber und leitet die Operation.« Er schaute zu Kaufmann und Angersbach. »Verzeihung. Sind Sie Angehörige von Herrn Geiger?«

»Kriminalpolizei.« Angersbach präsentierte seinen Ausweis.

»Ah. Sie suchen den Täter.« Er schaute zu seinem Patienten. »Herr Geiger hat unfassbares Glück gehabt. Eine solche Explosion in so unmittelbarer Nähe. Sein Gesicht hat einiges abbekommen durch die ganzen Glassplitter, die herumgeflogen sind. Die Druckwelle hat ihn gegen einen Baum geschleudert, dabei sind einige Knochen gebrochen, und irgendwas hat ihn an der Hand getroffen. Er hat ein Schädel-Hirn-Trauma, doch seine Augen sind wie durch ein Wunder verschont geblieben, und auch die Wirbelsäule ist nicht verletzt worden. Es werden wohl keine dauerhaften Schäden zurückbleiben. Nur ein paar Narben im Gesicht, aber die machen einen Mann ja nur interessant.« Er blinzelte dem Biologen zu. »Nun denn. Wir sehen uns morgen im OP, Herr Geiger.«

So stürmisch, wie er eingetreten war, verschwand er auch wieder.

Kerstin Geiger schaute ihm hinterher. »Ist der überhaupt schon alt genug, um Arzt zu sein?«

»Dr. Michel ist in Ordnung«, sagte ihr Mann. »Ein junger und engagierter Mediziner. Solche Leute brauchen wir.«

»Aber der gebotene Ernst …«

»Mir ist es lieber, wenn jemand gute Laune verbreitet, als wenn alle mit Leichenbittermienen herumlaufen«, widersprach ihr Mann. »Ich fühle mich schon schlecht genug, da kann ein bisschen Ablenkung nicht schaden.«

»Dann kommen wir ja gerade recht.« Sabine Kaufmann nahm sich ebenfalls einen Stuhl und setzte sich auf der anderen Seite an Geigers Bett, der Ehefrau gegenüber. Angersbach blieb stehen und wählte den Platz am Fußende, von wo aus er Geiger ins Gesicht oder, besser gesagt, in die Augen sehen konnte. Die restliche Mimik war unter den Verbänden verborgen. Er wusste nicht so recht, wie er beginnen sollte, aber vermutlich war es seiner Kollegin ohnehin lieber, wenn er ihr die Befragung überließ. Angeblich mangelte es ihm ja an Einfühlungsvermögen.

»Können Sie uns schildern, was genau gestern Morgen auf dem Waldparkplatz in Thalhausen geschehen ist?«, begann sie mit sanfter Stimme, und Ralph musste zugeben, dass er diesen mitfühlenden Ton tatsächlich nicht zustande bekommen hätte.

»Sicher.« Geiger räusperte sich. »Ich war ein bisschen spät dran, weil ich noch kurz ins Labor musste. Eine Versuchsreihe, die regelmäßige Pflege braucht. Als ich kam, waren die meisten Teilnehmer des geplanten Protestmarsches schon vor Ort. Sie haben sich vorbereitet, Transparente gemalt, in Gruppen zusammengestanden und diskutiert. Dann habe ich etwas gesehen. Eine Gestalt, die sich merkwürdig benommen hat. Sie ist hinter diesem grünen Bus entlanggehuscht und im Wald verschwunden.«

Ralph zog sein Notizbuch aus der Tasche und vermerkte das. Hatte der Täter die Bombe also erst kurz vor der Explosion platziert? Oder war er noch einmal zurückgekommen, um etwas nachzujustieren oder weil er den Erfolg seiner Aktion mit eigenen Augen sehen wollte?

»Ich bin näher herangegangen, um mir das Fahrzeug anzusehen. Und dann ist plötzlich alles in die Luft geflogen.«

»Wussten Sie, dass es der Bus Ihres Vaters war?«, erkundigte sich Sabine mitfühlend.

Angersbach sah den Aufruhr in Geigers Augen, wie ein Wirbelsturm, der über einen See fegte. Seine Stimme dagegen blieb so sachlich, als hielte er einen wissenschaftlichen Vortrag. »Nein. Ich hatte mitbekommen, dass er sich einen neuen kaufen wollte, aber ich hatte keine Ahnung, wie der aussieht«, erklärte er. »Ich dachte, er hätte sich für einen Neuwagen entschieden, nicht wieder für so eine alte Rostlaube. Er hatte ja schon seinen T1. Aber ich hätte mir natürlich denken können, dass es wieder etwas Nostalgisches wird.« Nun klang er doch ein wenig zynisch.

»Und Ihr Bruder Dietmar? Hatte der den Bus schon gesehen?«, erkundigte sich Kaufmann.

»Das weiß ich nicht.« Geigers Augen verengten sich. »Warum fragen Sie das? Sie glauben doch nicht, dass Dietmar …?«

Angersbach stützte sich auf den Metallrahmen des Krankenhausbetts. »Finden Sie den Gedanken so abwegig?«, mischte er sich ein. »Ihr Vater hat alles getan, um die Karriere Ihres Bruders zu behindern. Seinen Aufstieg in den Landtag, vielleicht sogar bis in den Bundestag.«

»Deswegen bringt er ihn doch nicht um.« Jürgen Geiger blickte zu seiner Frau. »Hast du den Beamten diesen Unsinn eingeredet?«

Kerstin Geiger erwiderte den Blick verkniffen. »Ich habe lediglich auf ein paar Dinge hingewiesen.«

Geigers Augen sprühten Funken. »Könnt ihr nicht einmal jetzt aufhören, eure dumme Fehde auszutragen, Eva und du? Was immer da in der Schule vorgefallen ist, es liegt Jahrzehnte zurück. Wir sind erwachsene Menschen. Du könntest wirklich endlich deinen Frieden mit ihr machen.«

Kerstin entzog ihrem Mann ihre Hand und stand auf. »Mach nicht mich dafür verantwortlich. Eva ist diejenige, die immer wieder Salz in die Wunde streut.« Sie ging zur Tür. »Ich lasse Sie mit meinem Mann allein«, sagte sie zu Kaufmann und Angersbach und verschwand nach draußen. Die Tür schloss sich langsam hinter ihr.

Jürgen Geiger seufzte tief. »Verzeihen Sie bitte. Diese Familienstreitigkeiten – das ist eigentlich nicht für die Öffentlichkeit gedacht.«

Ralph konnte nachfühlen, wie es dem Biologen ging, aber er hatte keine andere Wahl, als nachzubohren. »Für uns ist das sehr interessant«, erklärte er. »Wir würden gerne mehr darüber erfahren.«

Geigers Blick bekam etwas Gequältes. »Meine Schwägerin Eva war in derselben Klasse wie meine Frau. Sie war das hübscheste Mädchen der ganzen Schule. Natürlich sind ihr die Jungs hinterhergelaufen, und alle Mädchen wollten mit ihr befreundet sein. Ihre Clique hat in der Jahrgangsstufe den Ton angegeben. Genauer gesagt war es Eva, die bestimmt hat. Kerstin, meine Frau, war das genaue Gegenteil. Sie ist hübsch, das haben Sie ja gesehen, aber sie selbst beurteilt das anders. Ich kenne auch nicht alle Details, aber es läuft wohl darauf hinaus, dass sie eine Außenseiterin war. Sie war fleißig, hatte gute Noten und ziemlich genaue Vorstellungen davon, was sie später machen wollte. Eigentlich war sie auf Mädchen wie Eva und ihre Freundinnen überhaupt nicht angewiesen. Aber wie das so ist: Sie wollte unbedingt dazugehören. Eva hat ein ziemlich gut ausgeprägtes Gespür für die Schwächen ihrer Mitmenschen. Sie hat das ausgenutzt.«

Sabine Kaufmann beugte sich neugierig vor. Sie kannte diese Spielchen natürlich aus ihrer eigenen Schulzeit, auch wenn sie nie zu einer der angesagten Cliquen gehört hatte, ebenso wenig wie zu der anderen Partei, die verzweifelt Anschluss suchte und ihn nicht fand. Sie hatte eine beste Freundin gehabt, mit der sie alles gemeinsam unternommen hatte, und sie hatten die hippen Cliquen ignoriert, genau wie sie selbst von den aufgestylten Mädchen übergangen wurden. Aber sie hatte mehr als einmal eine der Außenseiterinnen in Tränen aufgelöst auf der Schultoilette angetroffen und wusste, wie übel man ihnen zum Teil mitgespielt hatte.

»Was genau ist passiert?«

»Wie gesagt, ich kenne keine Einzelheiten. Aber man hat ihr wohl vorgemacht, man würde sie in die Clique aufnehmen, wenn sie bestimmte … Dinge tut.«

»Was für Dinge?«

Geiger richtete den Blick zur Decke. Die Zimmertür öffnete sich wieder, Kerstin Geiger trat ein und schloss die Tür hinter sich. Ihr Mann kniff die Lippen zusammen.

Na toll, dachte Ralph. Nun würden sie vermutlich gar nichts erfahren. Aber er hatte sich getäuscht.

»Ihr redet über Eva, richtig? Warum ich sie hasse?«

Ihr Mann nickte. Kerstin Geiger zog den letzten Stuhl unter dem Besuchertisch hervor und umklammerte die Rückenlehne mit beiden Händen. »Sie haben sich eine Menge Gemeinheiten ausgedacht, Eva und ihre Clique. Angeblich waren es Rituale, die alle mitmachen mussten, die in den engsten Kreis aufgenommen wurden. Das war natürlich Unsinn, aber damals habe ich es geglaubt. Das Schlimmste ...« Sie stockte. Der Griff um die Stuhllehne verstärkte sich, die Fingerknöchel wurden weiß. »Das Schlimmste war der Tag, an dem sie mir sagten, ich hätte es geschafft. Ich würde nun dazugehören. Es sollte eine Feier geben auf einer einsamen Lichtung im Wald. Sie hatten ein paar Fackeln aufgestellt, Decken auf dem Gras ausgebreitet und gegrillt. Als ich dazukam, war von dem Essen allerdings nichts mehr da. Sie haben ganz bestürzt getan. Ich hätte mich wohl in der Uhrzeit geirrt. Aber das hatte ich nicht. Sie hatten mich absichtlich so spät bestellt. Ich sollte nicht mitfeiern, ich war sozusagen das Dessert. Sie hatten Schnaps dabei, roten Genever, dieses klebrige, süße Zeug. Erst wollten sie nur anstoßen. Ich habe ein Glas genommen, aber bloß daran genippt. Dann hat Eva den anderen ein Zeichen gegeben. Sie haben mich gepackt und zu Boden geworfen. Eine hat mir in die Haare gegriffen und mir die Nase zugehalten, eine andere hat mir die Flasche an den Mund gehalten. Ich musste schlucken und schlucken, bis die Flasche leer war. Erst dachte ich, ich sterbe, weil ich keine Luft mehr bekomme, aber dann haben sie mich losgelassen. Ich habe versucht, mich aufzusetzen, doch in meinem Kopf hat sich alles gedreht, und mir war speiübel. Die haben sich totgelacht. Sie haben ihre Sachen zusammengepackt, und Eva hat sich vor mir aufgebaut. ›Hast du wirklich geglaubt, du könntest zu unserer Clique dazugehören?‹, hat sie gesagt. Dann sind sie gegangen und haben mich alleingelassen.«

Kerstin Geiger ließ die Stuhllehne los und drückte den Rücken durch. »Ich kann mich nicht mehr daran erinnern, wie ich nach Hause gekommen bin. Ich weiß nur noch, dass ich am nächsten Morgen in meinem Bett aufgewacht bin, vollständig angezogen, sogar noch mit den Schuhen an den Füßen. So hat meine Mutter mich gefunden. Sie dachte zuerst, mir wäre etwas Schreckliches zugestoßen, weil meine Hose und meine Bluse voller roter Flecken waren. Aber das war kein Blut, nur Erbrochenes. Die Farbe kam vom Genever.«

Eine Weile lang sagte niemand im Raum etwas. Dann räusperte sich Jürgen Geiger. »Davon hast du mir nie erzählt.«

Seine Frau schaute ihn mitleidig an. »Willi hatte gerade angefangen, Kontakt zu euch aufzunehmen und Familie zu spielen, als wir zusammengekommen sind. Ich wollte dir das nicht kaputtmachen. Du warst so begierig darauf, endlich einen Vater und Brüder zu haben. Aber die Wahrheit ist, dass Eva ein Biest ist.«

Geiger versuchte den Kopf zu schütteln, was aber wegen der Verbände kaum gelang. »Du hättest doch wissen müssen, dass du mir wichtiger bist als Willi und meine Brüder.«

Kerstin Geiger hob die Augenbrauen. »Ach ja?« Sie lachte leise. »Ich wusste immer, dass dir deine Arbeit wichtiger war als alles andere. Aber was ich dir bedeute?« Sie hob müde den Arm. »Ich lasse euch wieder allein.« Damit wandte sie sich ab und schlüpfte aus der Tür des Krankenzimmers.

Ihr Mann sah ihr mit geröteten Augen hinterher. »Ich war nie gut in Beziehungsdingen. Aber ich liebe meine Frau. Ich dachte, sie spürt das.«

Angersbach fühlte sich auf unangenehme Weise ertappt. War es bei ihm nicht genauso? Er empfand etwas für Sabine, aber er war einfach nicht in der Lage, es ihr zu zeigen.

Nun, wozu auch? Sie hatte ja jetzt Holger Rahn.

Er versuchte, sich wieder auf den Fall zu konzentrieren. Es gab offensichtlich eine erbitterte Feindschaft zwischen den beiden Frauen. Was erklärte, weshalb Kerstin Geiger ihre

Schwägerin und ihren Schwager beschuldigte. Trotzdem konnte das, was sie vermutete, den Tatsachen entsprechen.

»Ihre Frau hat uns erzählt, dass es heftige Konflikte zwischen Ihrem Vater und Ihrem Bruder Dietmar gegeben hat.«

Jürgen Geiger holte schnaufend Luft. »Seit Dietmar dieses Kanonenbahnprojekt verfolgt, gibt es nur noch Streit. Mit Dietmar, weil er das Projekt unbedingt durchsetzen will, obwohl es gute Gründe gibt, es besser zu lassen. Mit Willi, weil seine Sturheit der Protestbewegung mehr schadet als nützt. Und mit Marius, weil er unbedingt seine Rebellenarmee gründen und den Bonzen endlich einmal eine Lektion erteilen will.«

»Und mit Ihnen, weil Sie lieber einen vernünftigen Weg beschreiten würden«, warf Kaufmann ein.

»Ja. Die Gräben sind tief, und wir mögen uns bis aufs Blut streiten. Aber niemand – hören Sie? – wirklich niemand käme auf die Idee, meinem Vater eine Bombe unter den Sitz zu legen.«

Ralph wechselte einen raschen Blick mit Sabine. Er fand es tatsächlich schwer, sich vorzustellen, dass jemand einem Angehörigen etwas Derartiges antat. Natürlich gab es gerade in Familien jede Menge Hass und Gewalt. Aber dieses eiskalte Vorgehen – das passte nicht. Und wenn einer der Brüder der Täter war, dann gewiss nicht der rationale Wissenschaftler Jürgen Geiger. Andererseits hatte er sich eben ziemlich emotional gezeigt, aber war das in einer solchen Situation nicht auch normal?

Er vermutete, dass Sabine das ähnlich sah.

»Eine Frage noch«, sagte sie. »Diese Gestalt, die Sie auf dem Parkplatz gesehen haben – können Sie die beschreiben?«

»Schwierig. Die Person hat sich ziemlich schnell entfernt. Dunkle Kleidung, ziemlich unförmig und schlabberig. Ich erinnere mich an eine Kappe und einen Kapuzenpullover. Das Gesicht habe ich nicht gesehen. Ich denke, es war ein Mann, aber mit Sicherheit kann ich das nicht sagen. Es könnte auch eine Frau gewesen sein. Mittelgroß, weder besonders dick noch besonders schlank.«

»Gut. Danke.« Kaufmann machte sich ein paar Notizen. Anschließend wünschte sie Jürgen Geiger gute Besserung und wandte sich zur Tür.

Ralph nickte dem Mann zu und folgte ihr.

Draußen auf dem Flur schauten sie sich um, doch von Kerstin Geiger war nichts mehr zu sehen.

»Verdammt. Ich dachte, dieser Besuch bringt uns weiter, aber stattdessen haben wir nur noch mehr ungeklärte Fragen als vorher«, sagte Angersbach frustriert. Er merkte, dass sein Magen schon wieder knurrte. Die Sandwiches in der Cafeteria waren etwas für den hohlen Zahn gewesen.

»Lass uns irgendwo in der Stadt einen Kaffee trinken gehen und ein Stück Kuchen essen«, schlug er vor. »Ich brauche dringend etwas Süßes.«

Sabine hatte nichts dagegen.

11

Seine Finger wollten ihm einfach nicht gehorchen. Schon mehrere Male hatte er die Hand gehoben und sie gekrümmt, doch er schaffte es nicht, diesen eigentlich simplen Vorgang auszuführen und mit den Knöcheln an das Türblatt zu klopfen. Dabei sehnte er sich so sehr danach, sein Gewissen zu erleichtern. Die Klinke hinunterzudrücken, das Büro seines Vorgesetzten zu betreten und ein Geständnis abzulegen.

Aber die Angst vor dem, was dann folgen würde, war noch größer.

Warum nur war seit damals alles schiefgelaufen? Seit dem Tag, an dem Ulf Schleenbecker vom Stein dieses Demonstranten am Kopf getroffen worden und gestorben war. Nachdem sie Ulf zu Grabe getragen hatten, war es in Aarons Leben nur noch bergab gegangen.

Dabei hatte er seinen Job einmal mit so großen Hoffnungen angetreten. Er hatte etwas bewirken und für Gerechtigkeit sorgen wollen. Stattdessen war er selbst ein Opfer geworden. Er hatte Fehler gemacht, und nun hatte er auch noch einen Toten auf dem Gewissen.

Andererseits war es nicht seine Schuld. Er hatte getan, was nötig war. Die anderen hatten ihn so weit gebracht. Harald Faust, der ihm nie verziehen hatte, dass er damals keine eindeutige Aussage gemacht hatte.

Und die Kollegen, die sich allesamt auf Fausts Seite geschlagen und ihn wie einen Aussätzigen behandelt hatten. Faust hatte sein berufliches Fortkommen blockiert und jeden Versetzungsantrag abgelehnt. Nur deswegen war er immer noch Polizeimeister, genau wie damals, als er in der Polizeistation angefangen hatte.

Irgendwie hatte er sich wehren müssen. Er konnte doch nicht für den Rest seines Berufslebens, das immerhin noch dreißig Jahre dauern würde, der Fußabtreter für alle anderen im Revier bleiben.

Trotzdem war es falsch gewesen, was er getan hatte.

Aaron Ammann hob erneut die Hand, doch wieder schaffte er es nicht, mit den Fingern gegen das dünne Holz zu klopfen. Als er Schritte auf dem Flur hörte, ließ er sie rasch wieder sinken und trat ein Stück beiseite. Einer der Kollegen, die ihn immer besonders verächtlich behandelten, kam auf ihn zu, offensichtlich auf dem Weg zu den Toiletten am Ende des Gangs.

»Was stehst du hier rum, Ammann?«, herrschte er ihn an. »Geh an die Arbeit. Oder ist der Bericht über die Gasthausschlägerei gestern Abend schon fertig?«

»Äh … nein.«

»Also los«, blaffte der Kollege, der einen Kopf größer als Aaron war und doppelt so breite Schultern hatte.

Aaron salutierte automatisch und machte sich eilig davon.

Zuerst ärgerte er sich, dass ihm der Kollege in die Quere gekommen war, doch als er die Tür zum Treppenhaus öffnete, kam ihm der Gedanke, dass es womöglich ein Wink des Schicksals gewesen war.

Bisher wusste niemand, was er getan hatte, und wenn er Glück hatte, würde es auch niemals ans Licht kommen. Warum sollte er selbst die Henkersschlinge knüpfen, solange noch die Chance bestand, ungeschoren aus der Sache heraus-zukommen? Ein schlechtes Gewissen konnte man auch anders beruhigen. Er würde sich auf dem Rückweg vom Dienst eine Flasche Schnaps an der Tankstelle kaufen, und dann würde er nicht mehr daran denken. Oder vielleicht besser gleich zwei Flaschen?

*

Marius Geiger sah nicht mehr ganz so blass aus wie am Tag zuvor, als er das Fahrzeugwrack als den Wagen seines Vaters identifiziert hatte, aber es war nicht zu übersehen, dass ihm der Schock noch in den Knochen saß. Sein Blick war unstet, seine Bewegungen waren fahrig. Er stolperte über eine Schwelle im Flur, die er sicher schon tausendmal unfallfrei überschritten hatte, blieb mit der Strickjacke, die ihm um den Körper schlackerte und überhaupt nicht zu seinem sonstigen Outfit passte – verwaschene Jeans und ein schwarzes T-Shirt mit einem neongrünen Smiley –, an der Türklinke hängen, und dann fiel ihm auch noch sein Schlüsselbund aus der Hand. Sabine Kaufmann hob es auf, und Geiger bedankte sich artig. Sie blickte in die braunen Augen hinter der Nickelbrille und war sich sicher: Dieser Mann hatte nichts mit dem Anschlag auf seinen Vater zu tun.

Aber Intuition war eine Sache, Beweise waren eine andere. Es gab zu viele ungeklärte Fragen, zu viele lose Fäden, um Marius Geiger auszuklammern. Und Angersbach schien, wenn sie seine finstere Miene richtig deutete, zu einer anderen Einschätzung gekommen zu sein als sie.

Hatte er Vorurteile? Wer ein radikaler Rebell war, warf auch mit Steinen? Und wer vor Gewalt nicht zurückschreckte, baute auch Bomben und machte vor Personen aus den eigenen Reihen nicht halt? Dabei sollte gerade er es doch besser wissen, mit einem Vater, der lebenslang ein Revoluzzer geblieben war. Oder war genau das der Grund, weshalb er den Mitgliedern des Widerstands nicht traute?

Sie wusste, dass er Probleme mit der Lebenseinstellung seines Vaters hatte. Für Ralph waren die Gesetze nicht dehnbar. Er stand für Recht und Ordnung, und er wollte und konnte keine Ausnahmen machen. Schon Gründlers gelegentlicher Haschischkonsum war ihm ein Dorn im Auge. Er sah einzig und allein deshalb darüber hinweg, weil Johann Familie war.

Und er hatte recht. Man konnte nicht einerseits Polizist sein und andererseits Straftaten billigen, weil man sie als minderschwer ansah oder den Sinn der betreffenden Paragraphen anzweifelte. Angersbach war konsequent, auch dort, wo sie selbst dazu neigte, ein Auge zuzudrücken. Sie hatte ihn schon öfter deswegen belächelt, doch eigentlich verdiente er dafür ihre Hochachtung.

Sie betrat hinter den beiden Männern die Küche, wo zwei weitere Personen am Tisch saßen, auf dem Spielkarten mit bunten Zahlen lagen. Marius' Sohn Elias und sein Mitbewohner Sebastian, nahm sie an; jedenfalls entsprachen die beiden der Beschreibung, die Angersbach ihr gegeben hatte.

»Hallo«, sagte sie und reichte ihnen die Hand. Der Junge gab sie ihr nur widerwillig.

»Sind Sie auch von der Polizei?«

»Sie ist vom Landeskriminalamt«, mischte sich Ralph ein, ehe Sabine etwas erwidern konnte. Sie rollte innerlich mit den Augen. Es war wie immer. Wo sie subtil und mit Feingefühl eine Befragung führen wollte, preschte Angersbach los wie ein

Turnierpferd, das es nicht erwarten konnte, auf die Rennbahn zu kommen.

Marius' Mitbewohner erhob sich.

»Möchte jemand Kaffee?«, fragte er betont heiter in die Runde, und alle nickten dankbar. Marius besorgte zwei weitere Stühle aus einem Nebenraum, und man gruppierte sich um den kleinen Küchentisch. Sebastian setzte die Kaffeemaschine in Gang, verteilte Becher und holte eine Zuckerdose vom Regal und eine Tüte H-Milch aus dem Kühlschrank, Elias räumte die Spielkarten zusammen und verstaute sie sorgfältig in der zugehörigen Pappschachtel. Sebastian öffnete den Kühlschrank und stellte ein Glas Cola für Elias auf den Tisch.

Angersbach wartete, bis alle mit Kaffee versorgt waren, dann legte er los. »Wir haben mit Ihren beiden Brüdern und deren Ehefrauen gesprochen«, sagte er zu Marius. »Da ist nicht gerade eitel Sonnenschein in Ihrer Familie.«

»Nein.« Geiger verschränkte die Arme vor der Brust.

»Sie mussten immer kämpfen, richtig? Vom Vater im Stich gelassen, für Ihre Mutter eine Last. Ihre beiden Brüder haben es zu etwas gebracht, aber Sie sind stecken geblieben. Nichts von dem, was Sie begonnen haben, haben Sie zu Ende gebracht. Sie sind fast vierzig, aber Sie haben keine abgeschlossene Ausbildung und machen einen Job, mit dem Sie sich und Ihren Sohn kaum über die Runden bringen können.«

Marius Geiger bemühte sich um einen gleichmütigen Gesichtsausdruck, doch Sabine sah die Anspannung in seinen Kiefermuskeln.

»Wir kommen zurecht.«

»Sie sind wütend. Sie sind frustriert.« Ralph zeigte sich unbeeindruckt. »Und Sie geben Ihrem Vater die Schuld. Er hat

Ihnen die Zukunft verbaut, weil er die Familie im Stich gelassen hat. Und dann stand er auch noch Ihren Plänen im Weg, wie man das Kanonenbahnprojekt kippen könnte. Sie hatten einfach die Nase voll, richtig?«

Sebastian legte Marius die Hand auf die Schulter. »Du sagst jetzt gar nichts mehr.« Er funkelte Angersbach an. »Und Sie hören auf mit diesen haltlosen Beschuldigungen. Marius hat mit der Sache nichts zu tun. Oder haben Sie irgendwelche Beweise?«

»Nein.« Angersbach lächelte, aber es erinnerte an das Zähnefletschen eines Wolfs. Er fixierte Marius Geiger. »Wie war das damals mit Ihrer Frau?«, wechselte er abrupt das Thema. »Sie ist einfach verschwunden und hat Sie mit dem Jungen allein gelassen?«

»Richtig«, presste Marius hervor.

»Und seitdem gibt es kein Lebenszeichen mehr von ihr?«

Sebastian donnerte die Faust auf den Tisch. »Was wollen Sie denn da andeuten, Mann?«

»Ich frage nur.«

Sebastians dunkle Augen richteten sich auf Sabine. »Sagen Sie auch mal was?«

Sie seufzte. Dieses schwierige Gespräch wäre sie gern anders angegangen.

»Wir müssen solche Fragen stellen«, erwiderte sie sachlich und wandte sich an Marius Geiger. »Angesichts des Mordes an Ihrem Vater erscheint auch das Verschwinden Ihrer Frau in einem neuen Licht.«

Elias sprang so heftig auf, dass er das Colaglas umstieß. Die braune Flüssigkeit verteilte sich über den Tisch und tropfte an der Seite herunter. Sabine rückte mit ihrem Stuhl eilig ein Stück ab.

»Sie hat ihre Sachen gepackt und ist abgehauen, als ich vier war«, brüllte der Junge. »Weil sie keinen Bock mehr auf mich hatte. Sie wollte lieber nach Indien zu irgendeinem Guru und sich selbst finden. Wir haben nie wieder etwas von ihr gehört. Nicht mal eine Karte zum Geburtstag oder zu Weihnachten.«

»Setz dich wieder hin, Elias.« Sebastian zog den Jungen am Ärmel zurück auf den Stuhl. Dann nahm er einen Lappen aus der Spüle und wischte den Tisch ab.

»Verzeihen Sie«, sagte er zu Sabine, während er wieder Platz nahm. »Aber das ist ein heikles Thema.«

Sabine Kaufmann seufzte. »Das ist es allerdings. Es gibt keine Hinweise darauf, dass Sandra Geiger das Land jemals verlassen hat.«

Sebastian gestikulierte ungeduldig. »Dann ist sie eben an den Falschen geraten. Wollte per Anhalter irgendwo hin, aber statt sie mitzunehmen, ist der Mann mit ihr auf einen abgelegenen Parkplatz gefahren und hat sie …« Er brach ab, den Blick auf Elias gerichtet.

»In diesem Fall hätte man sie finden müssen«, gab Sabine zu bedenken.

»Es gibt genug, die niemals gefunden werden, oder nicht?«, brauste Sebastian auf. »Wollen Sie Marius vielleicht einen Strick daraus drehen?«

»Wir stellen nur Fragen.« Je aufgeregter Marius' Mitbewohner wurde, desto ruhiger fühlte sich Sabine. Sie hatte das Gefühl, dass er etwas wusste und absichtlich versuchte, sie auf eine falsche Fährte zu locken. Andererseits – als Sandra Geiger vor zehn Jahren verschwunden war, war Sebastian selbst erst acht Jahre alt gewesen. Aber sein Freund Marius könnte ihm etwas anvertraut haben. Es war schwer, ein dunkles Geheimnis über Jahre hinweg in sich zu verschließen.

Marius Geiger starrte sie durch die Gläser seiner Nickelbrille hindurch an. Sein Brustkorb hob und senkte sich, und seinem Mund entwichen seltsame Laute. Er keuchte, hustete – nein, er *lachte*.

»Sie glauben, ich hätte meine Frau ermordet?«

»Finden Sie den Gedanken so abwegig?«, polterte Angersbach.

Marius Geiger hob abwehrend die Hände. »Okay. Ich verstehe, wie das für Sie aussehen muss. Aber so war es nicht.«

»Wie war es dann?«

Geiger warf seinem Sohn und seinem Mitbewohner einen bittenden Blick zu. »Würdet ihr uns kurz allein lassen?«

Sebastian stand sofort auf, doch Elias schüttelte den Kopf und kreuzte bockig die Arme vor der Brust. »Ich will das auch wissen.«

»Also gut.« Marius Geiger seufzte. Er sah seinen Sohn an. »Die Wahrheit ist, dass sie nie nach Indien gegangen ist.«

Dem Jungen klappte der Mund auf. »Du … hast sie wirklich umgebracht?«, stammelte er.

»Nein«, wehrte sein Vater rasch ab. »Natürlich nicht.« Er holte tief Luft. »Das war so: Sandra hatte damals einen anderen Mann kennengelernt. Er war Chilene. Deine Mutter hat als Anwaltsgehilfin in einer Kanzlei gearbeitet. Dieser Mann war ein Kunde. Er war in Deutschland, um Geschäfte zu machen. Abends gab es eine Feier in der Kanzlei, und deine Mutter und er – sie haben sich ineinander verliebt.«

»Aha?« Elias beugte sich vor und umklammerte mit beiden Händen die Tischplatte. Er war blass um die Nase, aber die Augen waren groß vor Neugier.

»Er hat sie mitgenommen nach Chile.«

Sabine Kaufmann schüttelte den Kopf. »Das kann nicht sein. Es ist nichts davon bekannt, dass sie das Land verlassen hat. Weder, um nach Indien zu reisen, noch für einen Flug nach Chile.«

Marius Geiger lachte leise. »Dieser Mann ist sehr reich. Er hat sie in seinem Privatjet mitgenommen. Irgendwie hat er es geschafft, sie an Bord zu schmuggeln, ohne dass irgendjemand etwas davon mitbekommen hat.«

Kaufmann wechselte einen Blick mit Angersbach und sah ihre eigene Skepsis in seinen Augen gespiegelt. Das war eine reichlich hanebüchene Geschichte.

»Wenn das die Wahrheit ist, warum haben Sie Ihrem Sohn dann die Geschichte von dem Selbstfindungstrip Ihrer Frau und der Reise zu irgendeinem obskuren Guru nach Indien aufgetischt?«

Marius fuhr sich mit beiden Händen übers Gesicht. »Ich wollte nicht, dass er erfährt, mit wem seine Mutter sich da eingelassen hat. Deswegen habe ich nichts davon erzählt, weder Elias noch Sandras Schwester. Die Eltern sind ja schon lange tot, aber ihre Schwester und Sandras Freundinnen haben eine Weile lang immer wieder nachgefragt, bis sie schließlich aufgegeben haben. Ich dachte, es sei besser so. Ich wollte niemanden in Gefahr bringen. Dieser Mann – er handelt mit Waffen und Drogen. Er ist der Kopf irgendeines Verbrecherrings, der in Chile agiert.«

»Wenn es tatsächlich so wäre – woher wissen Sie davon?«, fragte Ralph.

Marius holte tief Luft. »Sie hat mir geschrieben.«

Elias schüttelte fassungslos den Kopf, ebenso wie Sebastian. »Du hast die ganze Zeit gewusst, wo sie ist?«

»Schuldig.« Marius hob die Hände und ließ sie wieder sinken. »Sie hat mir verboten, mit irgendjemandem darüber zu reden. Sie hat geschrieben, wenn ich versuchen sollte, sie zurückzuholen, würde ihr Mann Mittel und Wege finden, mir auch den Jungen wegzunehmen. Dass er seine Finger in Waffen- und Drogengeschäften hat, hat sie so nicht gesagt, aber zwischen den Zeilen war es deutlich zu lesen. Ich hatte den Eindruck, dass Sandra das … sexy fand.«

»Sie haben also aus Angst geschwiegen?« Sabine verspürte ein Ziehen in der Brust. Wenn die Geschichte stimmte, hatte Marius Geiger einiges durchgemacht.

»Nein. Oder vielleicht auch. Aber vor allem wollte ich nicht, dass Elias erfährt, mit wem seine Mutter da zusammen ist. Irgendwie habe ich immer gehofft, dass sie eines Tages die Nase von diesem Verbrecher voll hat und zu uns zurückkommt. Dann sollte nichts zwischen ihr und Elias stehen, was sich nicht wiedergutmachen lässt.«

»Alle Achtung.« Sabine konnte nicht anders, als Respekt für den Mann zu empfinden.

Geiger zuckte mit den Schultern. »Es war wohl vor allem dumm«, resümierte er. »In Chile hat sie alles, was sie sich immer gewünscht hat, Geld und Ansehen und Macht. Sie war nie gerne Mutter. Und wir hätten ihr hier nichts zu bieten.« Er machte eine Geste, mit der er die gesamte bescheidene Wohnung einschloss.

»Können Sie uns einen Namen oder eine Adresse geben?«, fragte Ralph. Auch seine Stimme klang rau und längst nicht mehr so aggressiv wie noch ein paar Minuten zuvor. »Sie werden verstehen, dass wir diese Geschichte überprüfen müssen.«

»Sicher.« Marius Geiger erhob sich schwerfällig von seinem Stuhl und verschwand in einem Nebenraum.

Elias kratzte mit den Fingernägeln auf der Tischplatte. Seine Augen waren feucht.

»Komm mal her, Großer«, sagte Sebastian, und der Junge warf sich in seine Arme. Sebastian hielt seinen Kopf fest. Erst jetzt bemerkte Sabine, dass auch Marius' Mitbewohner Tränen über die Wangen rannen. Sie blickte ihn fragend an.

Sebastian wischte sich ungeduldig über die Augen. »Ist schon okay. Es ist nur – diese Liebe, die Marius für seinen Sohn hat. Das berührt mich.« Er rang sich ein Lächeln ab. »Ich musste an meinen eigenen Vater denken.« Seine Mundwinkel zitterten, das Lächeln brach ein. »Er ist vor zwei Monaten gestorben. An Leukämie.«

»Das tut mir leid.« Sabine rechnete rasch nach. Sebastian war achtzehn, wenn sie Ralph richtig verstanden hatte. Der Vater konnte noch nicht besonders alt gewesen sein.

»Fünfundvierzig«, beantwortete Sebastian die unausgesprochene Frage.

Sabine lief ein Schauer über den Rücken. Sie wurde selbst bald vierzig. Die Vorstellung, dass sie von jetzt an nur noch fünf Jahre zu leben hätte …

Marius Geiger kam zurück in die Küche, einen dünnen Stapel Briefe in der Hand.

»Die hat mir Sandra in den letzten Jahren geschrieben«, sagte er und hielt Angersbach das Päckchen hin.

»Danke.« Ralph schaute zu Sabine. »Ich denke, wir sind hier fertig, oder?«

»Ja.« Sabine verstaute ihr Notizbuch in der Handtasche. »Danke für Ihre Zeit und für Ihr Vertrauen.«

Marius Geiger grinste schief. »Ich hatte keine andere Wahl, oder was meinen Sie? Wenn ich Ihnen nicht verraten hätte, was meine Frau getan hat, würden Sie mich für einen Mörder halten. Aber das bin ich nicht. Ich bin der Überzeugung, dass

man mit der Faust auf den Tisch hauen und etwas unternehmen muss, um diese Welt vor dem Untergang zu retten, und
was mein Vater in Sachen Kanonenbahn unternommen hat,
war mir viel zu zahm. Trotzdem war er mein Vater. Ich hätte
ihm niemals etwas angetan, und ganz sicher hätte ich keine
Bombe unter dem Fahrersitz seines T3 platziert. Mal ganz abgesehen davon, dass ich zwei linke Hände habe. Wenn ich versuchen würde, einen Sprengsatz zu basteln, würde mir der
vermutlich um die Ohren fliegen, ehe ich ihn dort unterge-
bracht hätte, wo er hinsoll.«

»Würden Sie sagen, dass dasselbe auch für Ihre Brüder
gilt?«, fragte Angersbach.

»Ja, verdammt. Das hatte ich doch schon gesagt, oder nicht?«

Sabine zog Ralph am Ärmel. Sie fingen an, sich im Kreis zu
drehen. Das Gefühl, dass die Spur zur Familie des Opfers eine
falsche Fährte war, verdichtete sich zunehmend. Es musste
eine andere Erklärung, ein anderes Motiv für den Anschlag auf
Willi Geiger geben. Womöglich mussten sie noch einmal von
vorn beginnen.

Sie ahnte, dass auch Ralph das begriffen hatte, es aber nicht
wahrhaben wollte. Mit sichtlichem Widerwillen verabschiedete er sich.

Als sie vor dem Haus auf die Straße traten, knallte er die Tür
lauter als nötig zu.

»So eine Scheiße«, fluchte er. »Wir stehen wieder bei null,
oder nicht?«

Sabine nickte. »Ich fürchte, so ist es.«

»Und was machen wir jetzt?«

Sie dachte nur kurz darüber nach. »Ich für meinen Teil fahre
nach Hause. Es ist immerhin Sonntag. Wenigstens den Abend
möchte ich noch für mich haben und genießen.«

»Mit Holger?« Angersbach gab sich große Mühe, ein gleichmütiges Gesicht zu machen, das musste sie ihm zugutehalten. Ein wenig eifersüchtig klang er trotzdem.

»Vielleicht.« Tatsächlich hatte Sabine keine Ahnung, was Holger Rahn gerade tat und ob er den Abend womöglich schon verplant hatte.

»Wir könnten zusammen nach Gießen fahren«, schlug Angersbach vor. »Du setzt mich bei meiner Wohnung ab, und dann kannst du den Wagen nehmen.«

Sabine lächelte. Ralph war vielleicht nicht der Mann, mit dem sie ihr Leben teilen wollte, aber er war ausgesprochen großzügig und fair. Sie öffnete die Wagentür und ließ sich auf den Beifahrersitz fallen.

»Danke«, sagte sie. »Das Angebot nehme ich gerne an.«

Fast hätte sie noch hinzugefügt, dass ihr das beim Yaris im Gegensatz zum Niva überhaupt nicht schwerfiel, doch sie verkniff sich den Kommentar.

Gießen

Die Rücklichter des roten Toyota Yaris verschwanden in der Dunkelheit. Es war bereits stockfinster, dabei war es erst kurz nach halb sechs. Dazu senkte sich schon wieder feuchter Nebel über die Stadt, durch den das Licht der Straßenlaternen kaum noch hindurchdrang. Ein typischer Novembernachmittag.

Ralph Angersbach blieb vor der Haustür stehen, die Hände in die Hosentaschen gestopft. Er wollte nicht in seine einsame Wohnung, in der noch das Geschirr vom gemeinsamen Frühstück mit Sabine auf dem Tisch stand, mit dem ausgeklappten Sofa und der Decke, unter der sie geschlafen hatte.

Wieder war die Chance da gewesen, und wieder hatte er sie nicht genutzt. Weil er sich nicht sicher gewesen war, ob sie das, was sie tat, auch wirklich wollte. Aber sie hatte ihn geküsst, oder nicht? Nun, das hatte sie im Sommer auch schon getan. Oder war er es gewesen, der sie geküsst hatte? Ralph wusste es nicht mehr. Er wusste nur, dass seitdem alles noch komplizierter war. Doch das war ja auch egal. Jetzt gab es Holger Rahn. Der LKA-Schnösel stellte sich sicher nicht so dämlich an wie Ralph.

Vielleicht war es besser so. Er war nicht für langfristige Beziehungen gemacht, das wusste er schon lange. Wenn nur diese verdammte Sehnsucht nicht wäre.

Er könnte jetzt einen Freund gebrauchen. Oder eine Freundin. Seine Halbschwester konnte er nicht anrufen, Morten und Janine waren irgendwann am Morgen in den Flieger nach Australien gestiegen. Sie würden erst spät in der Nacht ankommen. Der alte Gründler? Oder der Metzger Neifiger? Beide waren nicht die Typen, mit denen man Dinge am Telefon besprechen konnte. Man musste zusammensitzen, mit einem Bier oder einem Glas Rotwein, dann ließ es sich über Gott und die Welt philosophieren.

Blieb nur einer. Angersbach drehte sich um und ging die Straße hinunter.

An der nächsten Ecke befand sich ein Taxistand. Ralph öffnete die hintere Tür des ersten Wagens in der Reihe und stieg ein.

»Universität Gießen«, sagte er. »Institut für Rechtsmedizin.«

Der Blick, den ihm der Taxifahrer im Spiegel zuwarf, war voller Fragen, doch Ralph wandte sich ab. Er starrte aus der Seitenscheibe auf die erleuchteten Fenster, an denen sie vorbeifuhren. Dahinter waren Menschen zusammen, Familien, die dem trüben Novembernachmittag etwas entgegensetzten. Eltern, die mit ihren Kindern ein Gesellschaftsspiel spielten, Geschwister, die sich ein Gefecht an der Playstation lieferten, Paare, die eng umschlungen vor dem Fernseher saßen.

Angersbach schüttelte den Kopf über sich selbst. Natürlich gab es das. Aber es gab sicher ebenso viele Fenster, hinter denen einsame Menschen hockten, die sich betranken oder in Onlineforen verzweifelt nach einem Partner suchten. Eltern, die ihre Kinder anschrien, Geschwister, die sich prügelten, Paare, die sich stritten oder sich erbittert und unversöhnlich mit Schweigen straften.

Das Taxi hielt vor der Rechtsmedizin. Angersbach bezahlte den Fahrer und stieg aus. Er ging über den Hof, der nur spärlich beleuchtet war, zum Hintereingang des Instituts. Ein mulmiges Gefühl überkam ihn. Was, wenn Sabine recht hatte? Wenn Hack tatsächlich müde wurde und auf den Ruhestand zusteuerte? Wenn er eines Tages mir nichts, dir nichts weg wäre?

Zögernd drückte er die Klinke hinunter und atmete erleichtert auf. Die Tür war offen, und im Flur brannte Licht. Ralph lief an den Obduktionssälen vorbei, doch dort war alles dunkel. Also ging er weiter zu Hacks Büro. Dabei kam er an den Labors vorbei und entdeckte durch die Scheibe Wilhelm Hack, der vor einem Mikroskop hockte.

Angersbach klopfte zart an das Glas. Hack richtete sich auf und vollführte mit seinem Drehstuhl eine Hundertachtzig-Grad-Drehung, eine Pirouette fast, die ihn alles andere als müde oder gebrechlich wirken ließ. Ein Lächeln huschte über sein Gesicht, als er Ralph erkannte, und er winkte ihn herein.

»Sie kommen gerade recht, Angersbach«, verkündete er. »Schauen Sie sich das an.« Der Rechtsmediziner stand auf und drängte ihn auf den Stuhl, auf dem er selbst gerade gesessen hatte.

Ralph blickte gehorsam durch das Binokular, aber er sah natürlich nichts. Eine Gewebeprobe, so viel erkannte er, rot gefärbte Zellstrukturen, teilweise ausgefranst. Er rollte ein Stück zurück und schaute zu Hack auf. »Sehr hübsch.«

Professor Wilhelm Hack verdrehte in gespielter Verzweiflung die Augen zur Decke. »Bei Ihnen ist wirklich Hopfen und Malz verloren.«

Er sah Ralph wieder an, und das gesunde Auge blitzte. Von Müdigkeit keine Spur.

»Diese Gewebeprobe beweist, dass Ihr Sprengstoffopfer systematisch vergiftet wurde. Man hat ihm das Gift über einen längeren Zeitraum regelmäßig verabreicht.«

»Wissen wir, was für ein Gift es war?«

Der Rechtsmediziner schnitt eine Grimasse. »Das gute alte Rattengift. Die Substanz, die etwas bewirkt und nur von Kammerjägern oder anderen Personen mit entsprechender Genehmigung verwendet werden darf, nicht die von der EU für die Allgemeinheit zugelassene Softvariante, über die unsere Nager nur lachen. Der Verkauf des hochpotenten Biozids ist seit Januar 2013 verboten, aber irgendwer hat immer noch Altbestände irgendwo im Schuppen oder in der Gartenhütte. Die Leute werfen ja nichts weg.«

Angersbach hatte sofort ein Bild vor Augen. Neben Willi Geigers Haus in Marburg hatte es einen kleinen Anbau gegeben. Gleich morgen würde er mit Sabine dort hinfahren, um nachzusehen, ob es alte Dosen mit Rattengift gab, an denen sich irgendjemand bedient hatte.

»Wäre er daran gestorben?«

»Irgendwann vermutlich ja. Aber die Person, die es ihm verabreicht hat, war sehr vorsichtig. Wollte wahrscheinlich verhindern, dass er misstrauisch wird, wenn ihm jedes Mal schlecht wird, nachdem er bei ihr gegessen hat. Oder er hat von den präparierten Nahrungsmitteln weitaus weniger zu sich genommen, als die Täterin geplant hatte.«

»Die Täterin?«

Hack hob die linke Augenbraue. »Mit wie vielen männlichen Giftmördern hatten Sie in Ihrer Laufbahn bisher zu tun?«

»Na ja«, sagte Ralph, der wieder an Sabine denken musste. An ihren ersten gemeinsamen Fall in Bad Vilbel.

Doch Hack kam ihm zuvor. »Es geht mir nicht ums Gift allein, es geht mir um die Art und Weise. Natürlich greifen auch Männer zum Gift, aber nicht mit einer solchen Salamitaktik. In dem Fall wird einmal irgendetwas mit Gift präpariert, und zwar in solchen Mengen, dass man eine ganze Fußballmannschaft damit ins Jenseits befördern könnte. Männer sind einfach nicht zimperlich. Sie wollen Ergebnisse sehen und nicht darauf warten, bis das stille Ableben eintritt. Wenn sie sich zum Töten entschließen, tun sie das in der Regel mit aller Entschiedenheit.«

Ralph schüttelte den Kopf, musste aber gleichzeitig grinsen. »Das klingt nach alten Rollenklischees und einem Haufen Vorurteilen.«

Hack kniff die Augenlider zusammen. »Weder noch«, parierte er kühl. »Das sind Fakten. Natürlich gibt es Ausnahmen, und meist erinnert man sich gerade daran besonders gut. Aber was ich sage, beruht auf Berufserfahrung und nüchterner Statistik. Doch mit solchen Dingen beschäftigen Sie sich ja nicht. Sie spekulieren lieber.«

Angersbach hob die Hände. »Okay. Wir suchen also vermutlich eine Frau. Sonst noch was?«

Der Rechtsmediziner stemmte die Hände in die Hüften. »Reicht das nicht? Wie viele Frauen haben Sie denn in Ihrer aktuellen Ermittlung im Visier, die für eine solche Tat infrage kommen?«

Ralph dachte kurz nach. »Eigentlich nur zwei.«

Hack lächelte, ohne dass sich etwas davon in seinem gesunden Auge widerspiegelte. »Das sollte die Sache doch hinreichend eingrenzen, finden Sie nicht?«

»Ja. Vielen Dank.« Ralph hob die Hand zum Abschied und sah zu, dass er Land gewann. Hacks meckerndes Lachen verfolgte ihn, bis er die Tür zum Hof hinter sich zuwarf.

Was für ein Reinfall! Er hatte einen Freund gesucht, und Hack hatte ihn wieder einmal gerupft wie einen begriffsstutzigen Schüler.

Angersbach stopfte die Hände in die Hosentaschen und lief über den Hof zur Straße, um nach einem Taxi Ausschau zu halten. Erst als er bereits am Tor angekommen war, fiel ihm auf, dass er sein Ziel dennoch erreicht hatte: Die depressive Stimmung war verflogen. Stattdessen jagten sich in seinem Kopf die Gedanken.

Vorausgesetzt, Hacks Statistik stimmte, dann musste entweder Eva Geiger oder ihre Schwägerin Kerstin Geiger die Giftmischerin sein.

Wiesbaden

Sabine ließ sich tiefer ins Becken gleiten, bis ihr der Schaum bis zum Kinn reichte. Sie schloss die Augen, lauschte der Musik aus dem eingebauten Radio im Bad und seufzte. Es war schön, zu Hause zu sein, geborgen und fernab von allen Intrigen und Verbrechen.

Vom Flur her waren Schritte zu hören. Die Badezimmertür öffnete sich leise, und der Hauch eines herben Rasierwassers wehte zu ihr herüber. Sie spürte erst die Bewegung hinter sich, dann die Hände, die ihr über den Nacken strichen und sanft die Schultern massierten.

Ein Laut des Wohlbehagens entfuhr ihr. Holger Rahn lachte leise.

Eine halbe Stunde später, nachdem das Wasser kühl geworden war und sie sich abgeduscht hatte, tauchte er wieder auf und hüllte sie in eines der flauschigen weißen Handtücher, die im Regal bereitlagen. Er rubbelte sie zärtlich trocken und hauchte ihr Küsse aufs feuchte Haar.

Sabine schlüpfte in ihren Bademantel und folgte ihm in den Raum, der Wohnzimmer, Esszimmer und Küche in einem war. Holger hatte den Tisch gedeckt und die Blumen, die er für sie gekauft hatte, in eine Vase gestellt. Ein bunter Strauß mit ein paar Rosen, die herrlich dufteten, genau wie der Inhalt der Töpfe auf dem Herd.

»Setz dich.«

Holger öffnete den Prosecco, den er ebenfalls mitgebracht hatte, und schenkte ihn in die bereitstehenden Gläser. Sie stießen an, und der perlende Alkohol streichelte sie von innen so, wie es das warme Badewasser mit ihrer Haut getan hatte.

Rahn stellte die Herdplatten aus und füllte den Inhalt der Töpfe in die bereitgestellten Schalen, die er anschließend zum Tisch trug. Er sah gut aus, die frisch gewaschenen blonden Locken lässig zurückgekämmt, das Hemd so weit aufgeknöpft, dass sie seine trainierte Brust sehen konnte, dazu die helle

212

Hose, die seine schmalen Hüften betonte, und die weißen Bootsschuhe, die nur locker geschnürt waren.

Sie nahm sich von dem Salat, häufte luftigen Basmatireis auf ihren Teller und verteilte das Hähnchen in Erdnusssoße darüber, das genauso aussah wie bei ihrem Lieblingsinder. Wenn sie da an Angersbachs widerliche vegetarische Klöße in grüner Soße dachte!

Holger kam um den Tisch herum auf sie zu, hob ihr Kinn an und küsste sie zärtlich auf die Lippen. Sein Mund war weich und warm, sein Kuss behutsam. Anders als der von Ralph.

Sabine schluckte. Es war alles perfekt, und es gab keinen Grund, sich irgendetwas anders zu wünschen, als es war. Und doch …

Rahn richtete sich wieder auf und musterte sie. »Ist irgendwas nicht in Ordnung?«

»Doch. Es ist toll«, versicherte sie. »Ich hätte mir den Abend nicht schöner vorstellen können. Das warme Bad. Das herrliche Essen. Und du. Du bist ein wunderbarer Mann.«

Holger Rahn nahm ihr gegenüber am Tisch Platz. »Trotzdem habe ich das Gefühl, dass du nicht mit ganzem Herzen bei mir bist.«

Konnte man einem Polizisten etwas vormachen? Konnte sie sich selbst etwas vormachen?

»Ich bin nur ein wenig durcheinander«, gab sie zu.

»Aha?«

»Wegen Ralph.«

»Angersbach?« Rahn kniff die Augen zusammen. »Was hat er getan?«

»Nichts. Er hat nichts getan. Aber ich. Ich habe ihn geküsst, letzte Nacht.« Sie gestikulierte entschuldigend. »Ich hatte einfach … zu viel getrunken.«

213

Sie sah, wie Holger mit den Zähnen knirschte. Trotzdem rang er sich ein Lächeln ab. »Ein Ausrutscher, ja?« Er versuchte, es zu verbergen, doch sie sah an seinem Blick, wie verletzt er war. »Warst du mit ihm im Bett?«

»Nein.«

Rahn musterte sie lange und gründlich. Schließlich nickte er. Stand auf, ging zur Garderobe und nahm das Sakko, das er dort aufgehängt hatte.

Sabine sprang von ihrem Platz. »Warte. Du willst doch jetzt nicht gehen?«

Holgers blaue Augen waren wie zwei klare Bergseen. »Du empfindest etwas für ihn.«

»Ich empfinde auch etwas für dich.«

»Schön.« Er zog das Sakko über. »Sag mir einfach Bescheid, wenn du dich entschieden hast, ja?«

»Holger.« Sie griff nach seinem Arm.

Er blickte sie traurig an. »Für mich war das nicht nur eine Nacht. Für mich ist es etwas Ernstes. Überleg dir, ob es das für dich auch ist. Sonst ist es vielleicht besser, wenn wir einfach nur Kollegen bleiben.« Damit entzog er ihr sanft seinen Arm und öffnete die Wohnungstür. Sie hörte seine Schritte im Treppenhaus, das Klacken der Haustür, die ins Schloss fiel.

Mit einem Stöhnen ließ sie sich zurück auf den Stuhl fallen. Warum konnte sie das Geschenk, das ihr das Leben bot, nicht einfach annehmen? Weshalb musste sie die Dinge so kompliziert machen?

Sie nahm sich eine Gabel voll mit Reis und Huhn und schob sie in den Mund. Es schmeckte göttlich.

Wollte sie das eintauschen? Einen Mann, der zärtlich, fürsorglich und aufmerksam war und hervorragend kochen konnte? Gegen einen Holzklotz – und vegetarische Klöße in grüner Soße? Einen Mann, der sich sowohl seiner Worte als auch seiner Taten stets bewusst war, gegen einen Kerl, der immer mit dem Kopf durch die Wand wollte, es sei denn, es kam einmal genau darauf an?

Eigentlich hätte die Antwort klar sein sollen. Doch leider war sie es nicht im Geringsten.

12

9. November
Knüll

Der erste Angriff, wie es im Polizeijargon hieß, war immer Sache der Schutzpolizei. Ehe die Kollegen von der Kripo oder gar die Mordkommission gerufen wurden, fuhr zunächst ein Streifenwagen an den Leichenfundort. Auch wenn es wie in diesem Fall offensichtlich war, womit sie es zu tun hatten. Ein Mensch, der kopfüber an einem Seil von einem Baum hing, mit eingeschlagenem Schädel und einem rotschwarzen See aus Blut, der das bunte Herbstlaub wie eine dicke Farbschicht bedeckte. Die Hände und Arme des Toten waren mit einem Gürtel am Körper fixiert. Unfall, Selbstmord und natürlicher Tod schieden als Ursache aus. Dies hier war ein Tötungsdelikt.

Die Anweisungen für einen solchen Fall waren vollkommen klar. Den Tatort weiträumig absperren. Die Zerstörung vorhandener Spuren ebenso verhindern wie Fehlspuren. Zeugen ausfindig machen, Personalien feststellen, Aussagen aufnehmen. Und die Mordkommission informieren.

Aaron Ammann rollte das rot-weiße Flatterband ab und spannte es von einem Baumstamm zum nächsten. Dabei versuchte er immer wieder, einen Blick auf den Toten zu erhaschen. Es drehte ihm fast den Magen um, aber er konnte es auch nicht lassen. Faszination und Abscheu hielten sich die Waage.

Natürlich hatte er im Laufe der Jahre viele Tote gesehen, das gehörte zu seinem Beruf dazu. Doch Mord und Totschlag fanden hier im Knüll-Bergland nicht statt. In den Jahren, die Aaron hier stationiert war, hatte es keinen einzigen Fall gegeben, jedenfalls nicht bis zum letzten Samstag, als der T3 auf dem Waldparkplatz in Thalhausen explodiert war. Das schwerste Verbrechen, mit dem er bis dahin befasst gewesen war, war der bewaffnete Raubüberfall auf die nahe gelegene Raststätte an der A7, der noch nicht lange zurücklag.

Die Toten, mit denen Aaron gewöhnlich zu tun hatte, waren Opfer von Verkehrsunfällen, Personen, die Suizid begangen hatten, oder alte Menschen, die in ihren Wohnungen verstorben und verwest waren, oft ohne dass irgendjemand sie vermisst hatte. Solche Leichen sahen häufig schlimm aus, doch verglichen mit dem Mann am Baum waren das Peanuts.

Dessen Gesicht war blau angelaufen und sah aus, als hätte jemand mit einem Fleischerhaken darin herumgewühlt. Die Züge waren kaum noch menschlich.

Aaron blickte zu Markus Hägeler hinüber, der die Auffindungszeugen befragte, ein älteres Ehepaar in Wanderkleidung. Die beiden saßen nebeneinander auf einem umgestürzten Baumstamm und hielten sich an den Händen wie Kinder. Ihre Gesichter waren leichenblass. Der Mann schüttelte unablässig den Kopf, die Frau tupfte sich mit einem Taschentuch die Augen trocken.

Aaron fixierte den letzten Abschnitt des Flatterbands und ging anschließend zu den dreien hinüber. Für ihn war der November immer der beste Monat, weil dann Harald Faust seinen Jahresurlaub nahm, um ein paar Wochen in wärmere Gefilde zu fliegen. In dieser Zeit übernahm der stellvertretende Revierleiter Markus Hägeler seinen Job und führte die Polizeistation. Er war erst vor zwei Jahren nach Homberg gekommen und wusste nichts von den alten Geschichten. Deshalb war er auch der Einzige, der Aaron unvoreingenommen gegenübertrat und ihn nicht mobbte.

Hägeler klappte sein Notizbuch zu und wandte sich zu Aaron um. »Die beiden haben nichts gesehen. Sie stehen unter Schock. Ich habe den psychologischen Dienst informiert und einen Arzt angefordert, der ihnen eine Beruhigungsspritze gibt.« Er neigte den Kopf in Richtung des Toten am Baum. »Wir sollten schon mal ein paar Fotos schießen.«

»Kann ich machen.« Aaron legte die Rolle mit dem Flatterband in den Kofferraum des Streifenwagens und nahm die Kamera aus der Box. Steifbeinig ging er auf die Absperrung zu. Sein Magen hob sich; er ballte die Faust und zwang sich zu schlucken. Auf keinen Fall wollte er sich am Tatort übergeben. Die Kollegen im Revier warteten nur darauf, dass er sich eine Blöße gab, und irgendetwas sickerte immer durch, auch wenn Hägeler nicht petzte.

Er zoomte mit dem Teleobjektiv nah an den Toten heran. Der Anblick war grässlich, doch die Distanz, die der Blick durch die Kamera erzeugte, half ihm, sich im Griff zu behalten. Er konnte den Leichnam betrachten wie eine Fernsehaufnahme.

Nachdem er alle Details festgehalten hatte, wählte er einen größeren Bildausschnitt.

Der Tote baumelte einen knappen halben Meter über dem Boden. Das Seil, mit dem die Füße am Ast befestigt waren, war kurz. Aaron zoomte noch einmal heran und fertigte auch eine Aufnahme des Knotens an. Anschließend kehrte er zu Hägeler zurück.

Der stellvertretende Revierleiter nahm seine Dienstmütze ab. »Was ist hier bloß los? Erst die Bombe auf dem Waldparkplatz und jetzt das.« Er fuhr sich durch die kurz geschnittenen braunen Haare. »Ob das etwas miteinander zu tun hat?«

Erst jetzt fiel Aaron auf, dass sein Gesicht fast grau war.

»Wenn der Tote auch einer aus der Bürgerinitiative ist ...« Aaron hob die Schultern. »Dann räumt da vielleicht einer richtig auf.«

Hägeler sah ihn ratlos an. »Ich verstehe das nicht. Wo kommt diese Gewalt her? Wir sind doch hier nicht in der Großstadt.« Er straffte sich, weil ihm offenbar bewusst wurde, dass er seiner Rolle als Einsatzleiter nicht gerecht wurde. »Nimm die Beamten von der Mordkommission in Empfang, wenn sie kommen«, wies er Aaron an und setzte seine Dienstmütze wieder auf. »Ich kümmere mich um den Rest.«

Aaron salutierte knapp. Die Mordkommission, das war dann ja wohl wieder der Kollege Angersbach. Ob er ihn diesmal erkannte und die Dinge endlich ins Rollen kamen?

Sabine verspürte Freude und Unbehagen zugleich, als sie ihr klingelndes Smartphone aus der Tasche zog und sah, dass es Holger Rahn war, der sie anrief. Wollte er ihr entgegenkommen oder vielleicht auch um sie werben, statt nur passiv auf ihre Entscheidung zu warten? Oder wollte er ihr sagen, dass für ihn die Sache beendet war und sie nicht mehr in sich hineinzuhorchen brauchte? Rasch nahm sie den Anruf entgegen, ehe sich die Mailbox einschalten konnte.

»Hallo, Holger.«

»Sabine.« Sie hörte die Zurückhaltung in seiner Stimme, aber noch etwas anderes. Besorgnis? Unwillkürlich versteifte sie sich. Sie schaute aus dem Wagenfenster und empfand den dunklen Wald mit dem dichten Nebel, der zwischen den Stämmen waberte, plötzlich als bedrohlich. Lauerte dort das Unheil?

Unsinn, schalt sie sich selbst. Was waren das nur für Gedanken, die ihr durch den Kopf gingen? Sie musste sich endlich dem Tod ihrer Mutter stellen. Sonst würde das Trauma bei jeder erhängten Person, zu der man sie rief, reaktiviert werden und sich verfestigen. Doch es widerstrebte ihr, sich einem Psychologen anzuvertrauen, der die Diagnose PTBS – posttraumatische Belastungsstörung – auf ein Formular schrieb und an ihren Vorgesetzten schickte oder, wenn sie es außerhalb des polizeilichen Betreuungssystems anging, an ihre Krankenkasse. Natürlich bestand auch die Möglichkeit, die Behandlung privat zu bezahlen, dann würde niemand etwas davon erfahren. Aber sie selbst müsste sich eingestehen, dass etwas mit ihr nicht in Ordnung war, dass sie Hilfe brauchte. Im Grunde war ihr vollkommen klar, dass es so war, doch trotzdem gab es eine Blockade.

»Was ist los?«, fragte sie.

»Es geht um Carl Aschenbrenner«, sagte Rahn. »Den Mann, der dich in diesem Club angesprochen und später in den Hinterhof gezerrt und angegriffen hat.«

»Ja. Ich erinnere mich, besten Dank.« Sie konnte nicht verhindern, dass sich ein aggressiver Unterton in ihre Stimme schlich. Es war nicht nötig, dass Holger die Details nannte. Sie wusste sehr gut, wer Carl Aschenbrenner war. Und was er ihr angetan hatte, wollte sie so schnell wie möglich verdrängen. Dieselbe Strategie wie beim Tod ihrer Mutter, fiel ihr auf, und vermutlich ebenso ungeeignet.

Rahn ging darüber hinweg. »Wir haben ihn durchs System gejagt und festgestellt, dass er kein Unbekannter ist.«

»Aha?«

»Es gab vor ein paar Monaten bereits ein Verfahren gegen ihn wegen häuslicher Gewalt. Aschenbrenner hat seine damalige Freundin drangsaliert und zu sexuellen Handlungen genötigt.«

»Widerlich.« Ein bitterer Geschmack legte sich auf Sabines Zunge.

»Man hat ihm ein Kontaktverbot auferlegt, und die Freundin ist weggezogen. Nach Berlin.«

»Mhm.« Sabine wartete auf die Pointe.

»Ich habe auch ihren Namen durch den Computer gejagt«, fuhr Holger Rahn fort. »Es gab einen Treffer.«

»Sie war in eine Straftat verwickelt?«

»Sie ist das Opfer einer Straftat geworden. Vor einer Woche. Ein Unbekannter hat sie überfallen und mit einer merkwürdigen Waffe angegriffen. Einer Metallkugel an einer kurzen Kette. Das ist dieselbe Waffe wie vor zwei Tagen beim Überfall auf Janine Angersbach, sagen die Berliner Kollegen.«

Sabine schluckte. Sie erinnerte sich an den Anruf von Polizeiobermeister Koschke aus Berlin am Abend zuvor. Anne Jäger, die Krankenschwester, die in der Hasenheide überfallen worden war. Natürlich. Das musste dieselbe Frau sein.

Die Synapsen in ihrem Kopf schienen zu explodieren. Ein Schauer lief ihr über den Rücken.

Carl Aschenbrenner war der Mann, der Ralphs Halbschwester bedroht hatte? Aber das war nicht möglich. Der Überfall auf Janine hatte am Freitagabend stattgefunden, ungefähr zur selben Zeit, als Sabine Carl in dem Club in Wiesbaden kennengelernt hatte.

»Aschenbrenner kann nicht der Täter gewesen sein«, bestätigte Rahn. »Weder bei Janine noch bei seiner Ex-Freundin Anne Jäger. Zur Tatzeit letzte Woche war er in Wiesbaden, das haben wir uns bereits von Zeugen bestätigen lassen.«

»Dann war das nur ein Zufall?«

»Schwer zu glauben, findest du nicht?«, entgegnete Rahn. »Berlin ist eine Millionenstadt. Und dann werden innerhalb von einer Woche zwei Frauen angegriffen, zwischen denen sich eine Verbindung herstellen lässt?«

Sabine dachte nach. Sie war im Sommer wegen einer Recherche mit Ralph in Berlin gewesen. Dort hatten sie seine Halbschwester getroffen. Janine arbeitete im Jugendstrafvollzug und hatte mit jungen Männern zu tun, die Probleme mit ihren Aggressionen und ihrer Selbstkontrolle hatten. Vielleicht gab es unter ihnen einen, der entlassen worden war und Janine nun stalkte? Und der sie gemeinsam mit Sabine gesehen hatte? Aber wie kam dann Carl ins Spiel?

»Wir versuchen, einen Beschluss zu erwirken, um uns bei Aschenbrenner umzusehen«, berichtete Rahn, dessen Gedanken offensichtlich in dieselbe Richtung gegangen waren. »Vielleicht finden wir eine Verbindung zu jemandem, der in Berlin in der Jugendstrafanstalt eingesessen hat. Auf den ersten Blick gibt es nichts, keine jüngeren Brüder, die dafür infrage kommen. Aber es kann ja auch ein Kumpel sein. Oder es hat gar nichts mit dem Jugendstrafvollzug zu tun, und es gibt stattdessen eine private Verbindung. Wir bleiben auf jeden Fall dran.«

»Ja, danke.« Sabine biss sich auf die Lippen. Sie verabschiedete sich rasch von Rahn und berichtete Angersbach, was sie erfahren hatte.

Ralphs Finger krallten sich so fest um das Lenkrad, dass die Knöchel weiß hervortraten. Er trat das Gaspedal weiter durch, und der Toyota machte einen Satz.

»Der Typ hat versucht, dich zu vergewaltigen? Und du sagst nichts?«

Sabine hielt sich am Griff über der Beifahrertür fest. Ralph war immer ein rabiater Fahrer, aber wenn er erregt war, wurde es geradezu kriminell.

222

»Es gab nicht die richtige Gelegenheit«, entgegnete sie schwach. Und überhaupt. Was dachte er denn? Dass sie mal eben beim Abendessen ganz unbefangen über eine Erfahrung plauderte, an die sie am liebsten gar nicht mehr denken wollte? Oder wollte er ihr vielleicht das Ohr für einen Seelenstriptease leihen? Ausgerechnet Angersbach, der so feinfühlig war wie ein Trampeltier? Nein, das war unfair, rief Sabine sich selbst zur Ordnung. Wenn es darauf ankam, konnte Ralph fürsorglich und sensibel sein. So wie damals in der Hütte im Wald bei Fuchsrod. Noch eine Erfahrung, an die sie lieber nicht denken wollte.

Angersbach malträtierte weiter den Leihwagen. »Was für eine Scheiße!«, ereiferte er sich. »Was dieser Aschenbrenner dir angetan hat! Und diese Überfälle in Berlin auf Anne Jäger und Janine. Aber ich habe es von Anfang an gewusst. Das ist einfach kein Job für eine junge Frau, mit diesen gewaltbereiten Jugendlichen.«

»Wir wissen noch nicht, ob es etwas mit ihrem Job zu tun hat«, versuchte Sabine ihn zu beruhigen.

»Womit denn sonst?«, polterte Ralph. »Ich bin sicher, es stellt sich heraus, dass einer von Janines bösen Jungs diesen Carl Aschenbrenner kennt. Der hat ihn gebeten, seiner Ex-Freundin eins überzubraten, weil sie ihn verlassen und ihm außerdem einen Eintrag in sein polizeiliches Führungszeugnis eingebracht hat. Und dem hat das so viel Spaß gemacht, dass er es bei Janine wiederholen wollte. Wahrscheinlich hat er versucht, bei ihr zu landen, und sie hat ihn abblitzen lassen.«

Der Wagen krachte in ein Schlagloch, und Sabine biss sich versehentlich selbst in die Wange.

»Au.« Sie sog die verletzte Stelle zwischen die Zähne und fuhr mit der Zunge darüber, um den Schmerz zu lindern. Angersbach drosselte endlich das Tempo.

»Entschuldige.«

»Schon okay.« Sabine wollte abwinken, stellte aber zu ihrem Ärger fest, dass ihre Augen feucht wurden. Sie fühlte sich verletzt, als hätte jemand die schützende Hülle von ihrer Seele abgezogen. Ganz hilflos und klein.

»Warum?«, fragte sie. »Warum hat er sich mich ausgesucht?«

Ralph warf ihr einen Seitenblick zu, bog abrupt in einen Waldweg ein und stieg auf die Bremse. Als der Wagen stand, legte er ihr sacht die Hand auf den Arm.

»Es tut mir wirklich leid, was dir da beinahe widerfahren wäre. Ich kann nur erahnen, welche Angst du ausgestanden hast, und ich bin heilfroh, dass dir diese grässliche Erfahrung erspart geblieben ist. Aber ich bin sicher, es hatte nichts mit dir persönlich zu tun. Dahinter steckt ein kranker Kopf, der zusammen mit einem anderen einen widerlichen Plan ausgeheckt hat. Der hat dich mit Janine zusammen gesehen, und dann hat er Carl aufgestachelt. Weil er Janine wehtun wollte. Die hätten ihr ein paar Bilder aufs Handy gepostet, wenn es geklappt hätte, und Janine hätte sich ewig schuldig gefühlt.«

»Hm.« Sabine schluckte den Kloß in ihrem Hals hinunter. Ralphs Mitgefühl tat ihr gut. Und was er sagte, stimmte. Die ganze Sache ergab nur Sinn, wenn es um Janine gegangen war. Sie würde sich mit der Berliner Strafanstalt in Verbindung setzen und sich darüber informieren, welche Insassen in den letzten Monaten entlassen worden waren und ob es Übergriffe oder Drohungen gegen Janine gegeben hatte.

Der Plan half ihr, ihre Emotionen wieder in den Griff zu kriegen.

»Danke.« Sie lächelte schief.

Angersbach zog die Hand zurück und zuckte mit den Schultern. »Dafür hat man Freunde, oder nicht?«, sagte er rau.

Er startete den Motor wieder, wendete den Wagen so abrupt, dass Sand und Kies aufspritzten, und steuerte ihn zurück auf die Landstraße.

Sabine wandte ihm den Kopf zu. Angersbach starrte stur auf die Fahrbahn, die Kiefer angespannt, die Augen verengt.

Was empfand er für sie? Setzte es ihm zu, dass sie, wie er glaubte, mit Rahn zusammen war? Wie ging er damit um, dass sie ihn vorletzte Nacht geküsst hatte?

Sie schloss die Augen, weil alles über ihr zusammenschwappte. Das waren einfach zu viele Baustellen. Die verdrängte Trauer um ihre Mutter, das Kribbeln, das sie bei Holger empfand, die Unsicherheit, was zwischen ihr und Ralph war, der Angriff von Carl und nun noch die Verbindung zu Janine. Von dem grauenhaften Sprengstoffmord in Thalhausen einmal ganz abgesehen. Und jetzt fuhren sie auch noch zu einem Erhängten.

Konzentrier dich!, ermahnte sie sich selbst. Zuerst kam der Fall. Wenn der gelöst war, hatte sie genügend Zeit, sich um ihr privates Chaos zu kümmern.

Ralph Angersbach hätte am liebsten umgedreht und wäre mit Sabine zurück in seine Wohnung nach Gießen gefahren. Sie brauchten beide dringend einen starken Kaffee und ein wenig Zeit, um sich zu beruhigen. Ralph fühlte sich todmüde und vollkommen überdreht zugleich. Die Nacht, in der er sich schlaflos von einer Seite auf die andere geworfen hatte, immer mit dem Bild von Sabine und diesem Lackaffen Rahn vor Augen und der bohrenden Frage auf der Seele, ob er wirklich und wahrhaftig eine Beziehung mit ihr eingehen wollte. Vollkommen unnötig, weil die Antwort so oder so zu spät kam, aber er hatte nicht damit aufhören können. Und jetzt die Information zu dem dubiosen Überfall, mit derselben Waffe, mit der jemand auf Janine losgegangen war.

Ein Glück, dass er zumindest seine Halbschwester in Sicherheit wusste. Das Flugzeug war mittlerweile gelandet, sie hatte ihm eine Nachricht geschickt, dass sie mit Morten auf dem Weg zu seinen Eltern war. Ralph hatte die frohe Botschaft umgehend an seinen Vater weitergeleitet. Als Reaktion hatte er einen Anruf bekommen, dass er sich dringend um den T3 kümmern sollte.

»Je eher du ihn mir vorbeibringst, desto besser«, hatte der alte Gründler geknurrt. »In deinem Jeep bricht man sich ja die Wirbelsäule.«

Angersbach hatte den Ärger über die mangelnde Wertschätzung für seinen geliebten Niva und die fehlende Dankbarkeit für das Überlassen des Wagens hinuntergeschluckt und ihm versichert, dass er sich so bald wie möglich darum bemühen würde. Doch so, wie es aussah, würde sich sein Vater noch eine Weile gedulden müssen. So unverwüstlich die Technik in diesen alten Bussen auch sein mochte: Wenn der Wurm einmal drin war, wurde es schnell teuer.

Angersbach biss die Zähne zusammen und schob seine Gefühle beiseite, was nicht ganz einfach war. Sie hatten einen Toten an einem Baum, kopfüber, allein das trieb dem Kommissar eine alte, sehr persönliche Erinnerung ins Bewusstsein. Ein Galgen im Vogelsberg, ganz in der Nähe von Neifigers Metzgerei. Ein Täter, der es auf seine Familie abgesehen hatte. Am Ende war alles noch einmal gut gegangen, besonders für ihn selbst, denn durch diese Ermittlung hatte er wieder Kontakt zu Johann Gründler aufgenommen, der ebenfalls in den Fokus des Mörders geraten war. Doch das lag Jahre zurück und konnte nichts mit dem aktuellen Fall zu tun haben. Andererseits konnte es kaum Zufall sein, dass der Baum, an dem der Mann aufgehängt worden war, in unmittelbarer Nähe zu einem Ausgangspunkt für Wanderer lag, nur ein paar Kilometer Luftlinie von jenem anderen Waldparkplatz bei Thalhausen entfernt, auf dem vor zwei Tagen der grüne Syncro explodiert war.

Es war kein Beweis dafür, dass die beiden Fälle zusammenhingen, aber wie wahrscheinlich war es, dass sich in einer Region, die seit Jahrzehnten weit unten in der Kriminalstatistik rangierte, innerhalb von zwei Tagen zwei Morde ereigneten, die nichts miteinander zu tun hatten? Morde, die noch dazu von besonderer Brutalität und Heimtücke waren?

Dabei fiel ihm ein, dass er eigentlich heute noch einmal mit Sabine beim Haus von Willi Geiger hatte vorbeischauen wollen, um zu überprüfen, ob es dort alte Vorräte an Rattengift gab. Rasch rief er die Marburger Kollegen an und bat sie, die Sache zu übernehmen. Natürlich könnten auch die Schuppen oder Garagen von Geigers Kindern interessant sein, aber er ging davon aus, dass sich die Täterin nicht an einer Quelle bedient hatte, zu der eine direkte Verbindung bestand. Sowohl Eva als auch Kerstin Geiger waren verheiratet und hätten entweder ihren Männern erklären müssen, warum das Nagergift verschwunden war, oder sie hätten riskieren müssen, dass man es in ihrem eigenen Haus fand. Da beide Frauen intelligent waren, schien ihm das nicht plausibel. Sich bei ihrem Schwiegervater schadlos zu halten, würde dagegen zu ihnen passen, fand Ralph. Doch vielleicht stellte sich ja auch heraus, dass sie in eine ganz andere Richtung ermitteln mussten. Der Tote, zu dem sie fuhren, würde ihnen hoffentlich Aufschluss darüber geben.

Ralph ließ sich vom Navi des Yaris leiten und erreichte gleich darauf den Parkplatz bei Waßmuthshausen, der bereits mit rot-weißem Flatterband abgesperrt war. Ein Rettungswagen mit offenen Türen stand am Straßenrand. Ralph sah die beiden Sanitäter, die sich um ein älteres Ehepaar bemühten, die Auffindungszeugen vermutlich. Auch ein Leichenwagen war bereits eingetroffen, genau wie die Spurensicherung und die Rechtsmedizin. Angersbach musterte die weiß gekleideten Gestalten, die sich auf dem Gelände bewegten, konnte aber nicht erkennen, ob sich Professor Wilhelm Hack unter ihnen befand.

Der Tatort war noch nicht gesichert, deshalb blieb ihnen nichts anderes übrig, als ebenfalls in die weißen Anzüge zu steigen, die Ralph hasste. Man musste sich mühsam hineinquälen, sah aus wie ein Hampelmann, und man schwitzte schon nach ein paar Minuten wie verrückt. Aber es ging nicht anders. Die schlimmsten Pannen in der Kriminalgeschichte resultierten daraus, dass die Ermittler am Tatort versehentlich Fehlspuren platziert hatten, die zu vollkommen falschen Schlussfolgerungen geführt hatten. Ein Haar, eine Hautschuppe, die man mit der eigenen Kleidung an den Leichenfundort verschleppte, reichte schon, um ein komplett irreführendes Bild des Geschehens zu erzeugen.

Also zwängte sich Angersbach in das weiße Plastik, und Sabine tat es ihm gleich. Anschließend schlüpften sie unter dem rot-weißen Flatterband hindurch und gingen auf den Toten zu, der kopfüber an einem Ast hing. Ganz kurz blickte Ralph dem uniformierten Polizisten ins Gesicht, der ihnen das Absperrband hochhielt. Eine Erinnerung zuckte durch seinen Kopf. Es war derselbe Mann, den er auch auf dem Waldparkplatz in Thalhausen gesehen hatte und der ihm schon dort bekannt vorgekommen war, auch wenn er nicht gewusst hatte, woher. Er hatte sich vorgenommen, eine Liste der beteiligten

Beamten anzufordern, es dann aber vergessen. Dieses Mal würde er es tun, obwohl es vollkommen unwichtig war. Kurz dachte er, dass er den Kollegen auch einfach fragen könnte, aber sein mangelndes Erinnerungsvermögen war ihm unangenehm, deshalb wählte er lieber den komplizierteren Weg.

Einer der Männer, die sich mit dem Toten beschäftigten, drehte sich zu ihnen um. Ralph sah zwei blaue Augen, eines, in dem das Jagdfieber blitzte, eines, in dem sich das fahle Licht der Sonne spiegelte, die sich nur mühsam durch den dichten Nebel fraß.

»Wie aus einem Schauerroman«, sagte Professor Wilhelm Hack. »Das Gesicht ist zerfleischt, als wäre er von einem Wildtier angefallen worden, und hier im Blut unter der Leiche und auf dem Boden um den Tatort herum haben wir Pfotenabdrücke.«

»Das muss der Wolf gewesen sein«, mischte sich ein Mann ein, unter dessen weißem Anzug sich die blaue Dienstkleidung der Polizei abzeichnete.

»Markus Hägeler«, fügte er hinzu. »Ich bin der stellvertretende Dienststellenleiter der Polizeistation Homberg.«

Kaufmann und Angersbach stellten sich ebenfalls vor.

»Wir haben seit ein paar Monaten immer wieder Meldungen über einen Wolf, der hier umgehen soll«, erläuterte Hägeler.

Ralph betrachtete zweifelnd das Szenario.

»Sie glauben also, jemand hat den Mann dort kopfüber aufgehängt und darauf gewartet, dass dieser Wolf ihn zerfleischt?«

Hack richtete den Blick nach oben in die Baumwipfel, als wollte er um göttlichen Beistand flehen.

»Das wäre eine sehr unzuverlässige Tötungsmethode, denken Sie nicht?«, sagte er bissig. »Vielleicht sehen Sie ein wenig gründlicher hin? Dann fällt Ihnen eventuell die Verletzung am Hinterkopf auf.«

Angersbach, der genau das bisher vermieden hatte, schaute sich das Opfer an. Die klaffende Wunde war in der Tat kaum zu übersehen, ebenso wenig wie die massiven Verletzungen im Gesicht und die riesige Blutpfütze unter dem Toten. Das Müsli, das Ralph kurz vor dem Anruf der Rufbereitschaft gegessen hatte, arbeitete sich in seiner Speiseröhre nach oben. Er musste ein paarmal schlucken, um es wieder hinunterzuwürgen.

»Die Reihenfolge dürfte wie folgt gewesen sein«, dozierte Hackebeil, den der Anblick wie üblich nicht aus der Ruhe zu bringen schien. Kein Wunder, bei seinen zahlreichen Einsätzen in Kriegsgebieten hatte er weitaus Schlimmeres gesehen, und im Gegensatz zu Angersbach verfügte er über einen robusten Magen und den nötigen morbiden Humor, um sich von seiner Arbeit nicht traumatisieren zu lassen.

»Der Täter hat das Opfer niedergeschlagen. Sehr wahrscheinlich war der Mann bewusstlos, als man ihm die Füße gefesselt und ihn kopfüber an den Baum gehängt hat. Die Verletzung ist nicht besonders schlimm. In aufrechter, wahrscheinlich sogar in liegender Position hätte die Blutung irgendwann nachgelassen. Er hätte maximal eine leichte Gehirnerschütterung und eine Narbe am Hinterkopf davongetragen. Aber durch das Aufhängen strömt das gesamte Blut in den Kopf. Der Druck im Schädelinneren nimmt bedrohlich zu. Allein das führt nach einer gewissen Zeit zum Tod. In diesem Fall kommt aufgrund der Kopfverletzung noch hinzu, dass er wie ein erlegtes Stück Wild ausgeblutet ist.«

Angersbach musste sich abwenden, da sich sein Magen schon wieder hob.

»Das Blut hat vermutlich den Wolf angelockt«, fuhr Hacke-beil fort. »Die wittern ihre Beute kilometerweit, und so einen Leckerbissen lässt sich ein Raubtier nicht entgehen. Pech nur für den Wolf: Der Mann hing so hoch, dass er lediglich den Kopf erreichen konnte. Die Gliedmaßen und Innereien hätten ihm sicher noch besser gemundet. An so einem Gesicht ist ja nicht viel Fleisch dran. Fast alles nur Knorpel und Weichteile.«

Ralph stürzte, so rasch es ging, zur Absperrung. Er schaffte es gerade noch in die erste Reihe der Büsche dahinter.

Als er zu Hack und Sabine zurückkehrte, sah ihn der Rechtsmediziner spöttisch an. »Ich begreife nicht, wie jemand, der bei der Kriminalpolizei arbeitet, derart empfindlich sein kann!«

Angersbach sparte sich eine Erwiderung. »Wissen wir schon, wer der Mann ist?«, fragte er stattdessen.

»Nein.« Markus Hägeler, der sich respektvoll im Hinter-grund gehalten hatte, trat vor. »Das Gesicht ist derart zerstört, dass eine Identifikation unmöglich ist, und er hatte nichts bei sich. Wir haben weder eine Brieftasche noch ein Handy gefun-den. Offenbar hat der Täter alles mitgenommen.«

»Wir versuchen es über das Zahnschema und die DNA«, sagte Hack.

»Und wir lassen prüfen, ob jemand in der Gegend vermisst wird«, ergänzte Hägeler.

»Gut.« Angersbach wandte sich an Sabine. Er hatte das dringende Bedürfnis, sich das Gesicht zu waschen und den Mund auszuspülen. »Vielleicht fahren wir kurz zur Polizeista-tion in Homberg und besprechen dort, wie wir weiter vorge-hen? Hier können wir im Moment ohnehin nichts tun.«

Markus Hägeler nickte. »Ich komme mit. Je weniger Leute der Spurensicherung im Weg rumstehen, desto besser.«

Sie gingen zu ihren Fahrzeugen. Auf halbem Weg blieb Ralph noch einmal stehen und schaute zurück. Irgendetwas an dem Mann, der kopfüber am Baum hing, kam ihm bekannt vor.

Im Besprechungsraum der Polizeistation Homberg war es zwar nicht besonders gemütlich, aber immerhin warm. Ansonsten sah es so aus wie in den meisten Räumen dieser Art. Die Einrichtung war funktional und ohne jedweden Schnickschnack. Die Wände waren kahl, der weiße Tisch war aus Pressspan. Die Stühle hatten Metallrahmen und abgenutzte blaugraue Sitzpolster. An der einen Schmalseite war eine große Weißwandtafel aufgebaut worden, an der anderen befand sich eine Anrichte, auf der ein Tablett mit Tassen und Gläsern stand.

Einer der Beamten hatte Tee gekocht, und Sabine Kaufmann nippte dankbar an ihrem Becher. Der kalte Schweiß, wenn man wieder aus dem Schutzanzug stieg, die feuchte Kälte und der Anblick des Ermordeten. Das alles war ihr tief unter die Haut gekrochen.

Sie betrachtete die Fotos, die Markus Hägeler ausgedruckt und an die Weißwandtafel an der Rückseite des Raums gepinnt hatte. Links die Bilder von Willi Geigers zerstörtem T3, begraben unter dem umgestürzten Baum, rechts die Aufnahmen des kopfüber Gehenkten im Waldstück bei Waßmutshausen, beide Orte nur ein paar Kilometer voneinander entfernt.

Was verband diese beiden Männer? Wen hatten sie derart gegen sich aufgebracht, dass er sich in einen Strudel der Gewalt stürzte? Oder lagen sie falsch und die beiden Taten hatten gar nichts miteinander zu tun?

Was sie irritierte, war das unterschiedliche Vorgehen. Die meisten Mörder hatten eine Handschrift, einen persönlichen Stil. Ob jemand zur Schusswaffe oder zum Messer, zum Baseballschläger oder einem Drosselwerkzeug griff, sein Opfer würgte oder vergiftete oder ertränkte, sagte viel über die Persönlichkeit des Täters, die Vorgeschichte und das Motiv aus. Deshalb wechselte die Tötungsmethode gewöhnlich auch nicht von einem Opfer zum nächsten.

Hier dagegen hatten sie nicht nur zwei gänzlich unterschiedliche Herangehensweisen, sondern darüber hinaus auch noch mehr Waffen als Opfer. Bei Willi Geiger waren es der Sprengsatz und das Gift gewesen, bei dem Gehenkten die stumpfe Gewalt, das Aufhängen und, wenn es denn zum Plan des Täters dazugehört hatte, der Angriff durch den Wolf. Fünf Waffen, von denen jede einzelne zum Tod hätte führen können. Sabine kam der Begriff des *Übertötens* in den Sinn, der benutzt wurde, wenn ein Täter weitaus mehr Gewalt ausübte, als zum Erreichen seines Ziels erforderlich war. Jemand, der immer weiter mit dem Messer auf sein Opfer einstach, obwohl das Opfer bereits tot war. Das sprach gewöhnlich für eine hohe emotionale Aufgewühltheit. Der Täter konnte einfach nicht aufhören, aus Zorn, Verzweiflung, Hass. Aber auch das war etwas anderes. Beim Overkill wurde öfter als nötig zugestochen, zugeschlagen oder geschossen, aber der Angreifer wechselte nicht die Waffe.

War es die Strategie ihres Täters, die Ermittler zu verwirren, damit sie aus seinem Handeln keine Rückschlüsse ziehen konnten? Agierte er vollkommen planlos? Oder waren es zwei Täter, die einander in die Quere gekommen waren, und das Zerrbild entstand, weil es tatsächlich mehrere Bilder waren, die sich überlagerten?

Die Tür öffnete sich, und Ralph Angersbach kam herein, das Gesicht blass, die dunklen Haare feucht. Anscheinend hatte er sich nicht nur den Mund ausgespült und das Gesicht gewaschen, sondern gleich den Kopf unter den Wasserhahn gehalten. Er sah sich kurz im Raum um und sank dann erschöpft auf einen der Stühle. »Man sollte meinen, man gewöhnt sich irgendwann an die Hässlichkeit der menschlichen Seele. Aber mich verstört diese Grausamkeit immer noch«, brummte er.

Sabine wusste nicht recht, was sie auf dieses Eingeständnis erwidern sollte. Angersbach war nicht der Typ, der seine Gefühle offen zeigte und darüber redete. Der Anblick des Toten im Wald bei Waßmuthshausen musste ihm mächtig an die Nieren gegangen sein, wenn er ihr einen solchen Einblick in sein Inneres gewährte.

Sie fühlte sich ihm plötzlich nah. Sollte sie aufstehen, zu ihm gehen, ihm die Hand auf die Schulter legen? Ihm sagen, dass sie nicht mehr mit Rahn zusammen war?

Nein. Im Augenblick waren sie beide aufgewühlt. Es war nicht der richtige Moment, um solche Entscheidungen zu treffen.

Die Tür flog auf, und Markus Hägeler stürzte in den Besprechungsraum. Er wirkte zerzaust, obwohl das bei seinen kurz geschnittenen braunen Haaren eigentlich kaum möglich war.

»Wir haben eine Meldung über eine abgängige Person«, keuchte er. Seine Pupillen waren riesengroß, seine Finger zupften nervös an den Aufschlägen seiner Uniformjacke. Sabine spürte, wie sich ihr Inneres zusammenzog. Hägelers Reaktion ließ nur einen Schluss zu: dass er die betroffene Person kannte.

Ralph richtete sich auf. »Wer?«

Hägeler holte tief Luft. »Der Staatsanwalt vom Landgericht Marburg, der die einstweilige Verfügung gegen den Protestmarsch am Samstag erwirken wollte und Anklage gegen einige Mitglieder der Bürgerinitiative erhoben hat.«

Sabine erinnerte sich an die Verdächtigungen, die Kerstin Geiger geäußert hatte. Irgendjemand aus den Reihen der Demonstranten verriet die Pläne der Gruppe, und die Gegenseite nutzte ihr Wissen für demotivierende Maßnahmen, in die auch die Justiz involviert war. Nicht direkt illegal, aber zumindest fragwürdig. Hatte jemand aus der Bürgerinitiative den Staatsanwalt als Verantwortlichen ausgemacht und ihn deshalb getötet?

Sabine verspürte einen heißen Stich. Wenn man es rational betrachtete, war das Motiv zu dünn. Was Dietmar Geiger oder die ZYKLUS AG angezettelt hatten, war die Politik der feinen Nadelstiche. Ein solch brutaler Mord als Reaktion darauf wäre absolut unverhältnismäßig. Aber was, wenn sie es mit einem psychopathischen Täter zu tun hatten, für den das Motiv eine untergeordnete Rolle spielte und dem es vor allem um das Töten ging? Oder mit einem Täter, der sich so in die Sache verbissen hatte, dass jede Verhältnismäßigkeit auf der Strecke blieb?

Sie dachte an Marius Geiger. Ein freundlicher junger Mann mit einer harmlos wirkenden Fassade. Der typische Westentaschenrevoluzzer, der großspurig Sprüche klopfte, sich im Ernstfall aber vermutlich so schnell wie möglich hinter dem nächsten Busch verkriechen würde. So zumindest hatte sie ihn eingeschätzt. Aber was, wenn sie falschlag? Wenn er in Wirklichkeit radikal war, ein Fanatiker, der jedes Maß verloren hatte und den Protest der Bürgerinitiative zu einem Feldzug gemacht hatte, bei dem jedes Mittel recht war? Der um jeden

Preis die Führung übernehmen und seinen Willen durchsetzen wollte?

Kaufmann sah plastisch vor sich, wie Marius Geiger die Bombe unter dem Fahrersitz des T3 platzierte und den Mann im Wald kopfüber an einen Baum knüpfte.

Aber noch wussten sie nicht einmal sicher, ob es sich bei dem Toten tatsächlich um den Staatsanwalt handelte. Sie durfte nicht den zweiten Schritt vor dem ersten machen, und sie musste ihre überbordende Phantasie im Zaum halten. Es nützte nichts, wenn sie Chimären jagten.

Im Gegensatz zu ihr bewahrte Angersbach die Ruhe. »Wie sicher ist das?«, fragte er nüchtern.

Hägeler hob die Hände. »Er hätte heute Morgen einen wichtigen Gerichtstermin gehabt. Der letzte Verhandlungstag in einer Mordsache gegen einen Angeklagten, der in der Marburger Fußgängerzone einen Rathausangestellten niedergestochen hat. Für heute waren die Plädoyers und die Urteilsverkündung vorgesehen.« Er fuhr sich durch die dichten Haare. »Man hat versucht, ihn telefonisch zu erreichen, aber sein Handy ist ausgeschaltet, und auf dem Festnetz reagiert nur der Anrufbeantworter.«

Sabine schluckte. »Wissen wir, wer ihn zuletzt gesehen hat?«

»Vermutlich seine Frau. Die Kollegen vom Landgericht haben sie angerufen. Sie lehrt als Dozentin an der juristischen Fakultät und ist gestern Mittag zu einem Arbeitsgruppentreffen nach Wien aufgebrochen. Die beiden haben noch zusammen gegessen. Anschließend hat sie sich in den Wagen gesetzt. Ihr Mann hat ihr nachgewinkt. Er wollte den Rest des Tages zu Hause verbringen und sich auf sein Plädoyer vorbereiten. Die Verteidigung hat es offenbar geschafft, erhebliche Zweifel an der Schuld ihres Mandanten aufkommen zu lassen.«

»Ist es dann nicht wahrscheinlicher, dass der Mord etwas mit dieser Sache zu tun hat?«, fragte Sabine.

Hägeler zuckte mit den Schultern. »Die Kollegen meinen, dafür gibt es keine Hinweise. Die Kanzlei, die den Angeklagten vertritt, ist absolut seriös, und der Mann ist offenbar ein Einzeltäter. Deutscher Staatsbürger, kein Migrationshintergrund, keine belegbaren Verbindungen zu irgendeiner islamistischen oder rechtsradikalen Organisation. Es war wohl etwas Persönliches. Der Täter wollte irgendwelche Papiere umschreiben lassen und fühlte sich von dem Verwaltungsbeamten schikaniert.«

»Wir sollten das trotzdem prüfen«, sagte Sabine.

»Setz einfach deinen Freund Holger darauf an«, schlug Angersbach mit einem ätzenden Unterton in der Stimme vor. »Der hat ja die besten Verbindungen. Aber vielleicht sollten wir zunächst einmal feststellen, ob es sich bei dem Opfer tatsächlich um diesen Staatsanwalt handelt?«

Hägeler, der sich anscheinend kritisiert fühlte, nahm Haltung an. »Ich habe bereits zwei Kollegen zu seinem Arbeitsplatz geschickt, die irgendetwas sicherstellen sollen, das sich für einen DNA-Abgleich eignet. Außerdem suchen zwei weitere Beamten nach seinem Zahnarzt, um an Unterlagen für einen Vergleich des Zahnstatus heranzukommen.«

Angersbach hob die Hand. »Sorry, Kollege. Das ging nicht gegen dich.«

Hägeler winkte ab. »Schon gut. Der Anblick hat uns allen zugesetzt.«

Sabine griff nach ihrem Smartphone. Ralphs Vorschlag, Rahn auf die Sache anzusetzen, war gut, egal, weshalb er ihn gemacht hatte.

»Wie heißt der Angeklagte?«

Hägeler zog sein Notizbuch hervor und blätterte darin. »Georg Blöcher, wohnhaft in Marburg-Richtsberg. Das ist einer der sozialen Brennpunkte in Marburg, Plattenbau und viele Migranten, aber Blöcher stammt aus der Gegend. Lagerarbeiter, bisher keine Vorstrafen. Dem muss einfach die Sicherung durchgebrannt sein.«

»Okay. Und der Staatsanwalt?«

Sabine öffnete das Telefonbuch und tippte auf Holgers Namen. Aus dem Augenwinkel schaute sie zu Ralph, der mit grimmiger Miene und verschränkten Armen auf seinem Stuhl saß.

»Lutz Kasteleiner«, sagte Hägeler.

Eine Sekunde lang passierte überhaupt nichts. Dann entgleisten Ralphs Gesichtszüge. »Wie bitte?«

»Es steht überhaupt noch nicht fest, dass er es wirklich ist«, sagte Sabine zum wiederholten Mal, doch die Bilder stürzten weiter ungebremst auf Ralph ein. Wie ferngesteuert war er aus der Polizeistation zu dem roten Mietwagen gelaufen und hatte sich hinters Steuer gesetzt. Sabine war kommentarlos zu ihm in den Wagen gestiegen, obwohl sie mit gutem Recht Zweifel daran hätte äußern können, dass er in seiner momentanen Verfassung in der Lage war, ein Fahrzeug zu führen.

Wie hatte er so blind, so vernagelt sein können? Als er das Gesicht gesehen hatte, hätte er schalten müssen. Natürlich hatte er nicht damit gerechnet, dass der Mann immer noch seinen Dienst als Polizeimeister in der Polizeistation Homberg verrichtete. Damals war er jung und ehrgeizig gewesen, und Angersbach hatte angenommen, dass er ein knappes Jahrzehnt später längst zum Polizeikommissar avanciert und in Kassel, Fulda oder Frankfurt tätig sein würde. Aber trotzdem hätte er ihn erkennen müssen. Sie hatten doch damals oft genug miteinander zu tun gehabt.

Aaron Ammann. Ralph Angersbach. Und der Staatsanwalt Lutz Kasteleiner.

Sie hatten den Steinewerfer vor Gericht gebracht. Ronald Walther. Jetzt, wo der Damm gebrochen war, fiel ihm auch dieser Name wieder ein. Walther war wegen Mordes verurteilt worden. Das Gericht war Kasteleiners Darstellung gefolgt, dass der Steinwurf kein Versehen, sondern ein gezielter Angriff auf Ulf Schleenbecker gewesen war, weil Schleenbecker eine Affäre mit Walthers Frau gehabt hatte. Alle Beamten der Polizeistation hatten diese Version bestätigt. Nur Aaron Ammann hatte sich nicht festlegen wollen. Dass Ronald Walther den Stein geworfen hatte, dessen war er sich sicher gewesen. Aber ob Walther den Polizisten erkannt hatte? Ob er ihn deshalb angegriffen hatte?

Es hatte keinen Unterschied gemacht; die Aussagen der Kollegen hatten ausgereicht. Aber wie war das Leben für Aaron Ammann anschließend weitergegangen? Ralph erinnerte sich, dass er ihn für seine Haltung bewundert hatte, dafür, dass er trotz seines jungen Alters und des erheblichen Drucks, den die anderen Beamten – und nicht zuletzt auch Ralph Angersbach und Lutz Kasteleiner – auf ihn ausgeübt hatten, Rückgrat gezeigt hatte. Doch hatten seine Kollegen das ebenso gesehen? Angesichts der Tatsache, dass er nach zehn Jahren im Dienst immer noch den Dienstgrad eines Polizeimeisters innehatte, den jeder Berufseinsteiger bekam, wohl nicht. Vielmehr sprachen die beiden hellblauen Sterne auf seinen Schulterklappen dafür, dass man ihm Steine in den Weg gelegt hatte. Beförderungen ausgesetzt, Versetzungen blockiert. Und verantwortlich dafür konnte nur einer sein, der

Dienststellenleiter Harald Faust. Der beste Freund des toten Kollegen Schleenbecker, der Ammann nicht verziehen hatte, dass er damals aus der Reihe ausgeschert war.

Angersbach setzte den Blinker und scherte auf die linke Fahrspur aus. Sabine sog neben ihm scharf die Luft ein, weil er mit seinem Manöver einen von hinten heranrasenden BMW zu einer Vollbremsung zwang. Der Fahrer blendete auf, und nachdem Ralph den Lkw vor ihm überholt hatte, schoss er an ihnen vorbei und zeigte ihm einen Vogel.

Da der Yaris weder über eine entsprechende Motorisierung verfügte noch ein mobiles Blaulicht an Bord war, konnten sie nicht viel ausrichten. Höchstens das Kennzeichen notieren, doch als Angersbach den Blick darauf richtete, war der Wagen bereits im Nebel verschwunden. Kaufmann neben ihm entspannte sich wieder.

»Erzähl mir von damals«, bat sie ihn, und Ralph rekapitulierte die Ereignisse, während er den Wagen weiter über die Autobahn prügelte. Normalerweise vermied er Besuche in der Rechtsmedizin oder schob sie zumindest so lange wie möglich vor sich her, doch jetzt hatte er es eilig, dort hinzukommen. Je eher sie wussten, ob es sich bei dem Toten tatsächlich um Lutz Kasteleiner handelte, desto schneller konnten sie entscheiden, ob sie auf der richtigen Spur waren oder womöglich einen ganz anderen Weg einschlagen mussten.

Ralph wollte es nicht, aber der Gedanke drängte sich immer wieder nach vorn: Die Karriere von Aaron Ammann hatte damals offenbar einen Knick erlitten. War es möglich, dass Ammann das nie verwunden hatte? Dass er sich deshalb jetzt an Kasteleiner, der dafür verantwortlich war, gerächt hatte? Und wenn es so war – was bedeutete das für Ralph?

Gießen

»Ich nehme nicht an, dass es die Sehnsucht nach mir war, die Sie so rasch hierhergetrieben hat?«, spottete Wilhelm Hack, als sie eine halbe Stunde später neben dem Sektionstisch standen, auf dem der Tote aus dem Wald lag. Angersbach, der vollkommen von der Rolle schien, schnitt ihm mit einer ungeduldigen Handbewegung das Wort ab. Für Hackebeils Humor war er im Moment überhaupt nicht empfänglich. Sabine hatte ihn noch nie so erlebt.

»Ich will wissen, ob er es ist«, sagte er.

»Glauben Sie, ich könnte DNA-Analysen neuerdings aus dem Hut zaubern?« Hack kniff das Glasauge zu und fixierte Ralph. »Ich habe noch nicht einmal die Vergleichsproben von seinem Arbeitsplatz erhalten. Besser wäre ohnehin eine Probe aus seiner Wohnung. Ein Haar oder die Zahnbürste. Aber das geht wohl erst, wenn die Ehefrau aus Wien zurück ist. Offenbar hat niemand sonst einen Schlüssel.«

»Ich dachte, die Kollegen hätten vielleicht den Zahnarzt ausfindig gemacht und Ihnen die Unterlagen geschickt«, sagte Ralph.

Der Rechtsmediziner hob die grün behandschuhten Hände. »Als ich das letzte Mal nachgesehen habe, war noch nichts da. Dafür kann ich Ihnen eine erstklassige Obduktion anbieten.« Er zeigte auf das Gesicht des Toten. »Ob das hier tatsächlich ein Wolf war, kann ich nicht sagen. Das muss sich ein Biologe anschauen. Aber wir werden herausfinden, was die Todesursache war.« Hack griff zum Skalpell und setzte es am Hinterkopf des Toten an.

Sabine biss sich auf die Lippen. Sie konnte damit umgehen, aber der erste Schnitt bei der Leichenöffnung war immer schwer anzusehen.

Hack legte den Schädelknochen des Toten frei und wies auf das feine Netz aus Rissen in der Schädeldecke. »Sehen Sie das Muster? Ein schmales und längliches Zentrum, von dem die Linien in alle Richtungen abgehen. Die Waffe dürfte eine entsprechende Form haben.«

Kaufmann sah, wie Angersbach neben ihr schluckte.

»So etwas wie ein Gummiknüppel? Die Sorte, die sie bei der Streifenpolizei verwenden?«

Hack zog die Augenbrauen hoch. »Haben Sie einen konkreten Verdacht?«

»Möglich.« Ralph umriss in knappen Zügen die Geschehnisse von damals.

Hackebeil, der die Trefferfläche fotografiert hatte und eben die Kopfschwarte wieder darüberziehen wollte, hielt in der Bewegung inne.

»Finden Sie das nicht ein bisschen weit hergeholt?«, fragte er skeptisch. »Das Ganze liegt neun Jahre zurück, wenn ich Sie richtig verstanden habe. So ein Staatsanwalt macht sich eine Menge Feinde, da könnte man sich doch alles Mögliche vorstellen. Wieso kommen Sie da ausgerechnet auf diesen Ammann? Und falls er es tatsächlich war: Warum ausgerechnet jetzt? Wieso hat er sich nicht längst an dem verantwortlichen Staatsanwalt gerächt? Und an Ihnen? Weshalb wartet er so lange?«

»Keine Ahnung.« Angersbach schnaufte. »Was weiß ich, was im Kopf von diesem Mann vorgeht?«

Hackebeil richtete das Skalpell auf ihn. »Sie sollten vorsichtig sein. Aus der Luft gegriffene Beschuldigungen gegen einen Kollegen – das macht sich nicht besonders gut.«

»Wir reden ja mit niemandem darüber«, polterte Ralph. »Außer mit Ihnen. Und Sie müssen es nicht weitersagen.«

Der Rechtsmediziner legte das Skalpell beiseite und griff nach der Knochenschere, um den Brustkorb zu öffnen. »Keine Sorge. Ich spreche nur mit meinen Patienten. Und die haben nicht die Angewohnheit zu tratschen.« Er lachte meckernd.

Angersbach wandte sich ab. Sabine wusste, dass er nicht zusehen konnte, wie die Rippen eine nach der anderen durchgeschnitten wurden. Es erinnerte ihn an die Hausschlachtungen, die er als Kind miterlebt hatte. Ein Trauma, das er bis heute nicht überwunden hatte.

»Jammerschade«, kommentierte Hack, der sich die inneren Organe des Toten ansah. »Alles im besten Zustand. Der Mann hätte noch ein paar gute Jahrzehnte vor sich gehabt.« Er hob den Zeigefinger. »Das ist nicht die Regel. Ich sehe genug Fälle, in denen mit Mitte fünfzig schon vieles im Argen liegt.«

»Wie alt schätzen Sie den Mann?«, erkundigte sich Sabine.

»Zwischen fünfzig und sechzig«, kam es wie aus der Pistole geschossen.

Sie schaute zu Ralph. »Kommt das hin?«

Angersbach, der sich mittlerweile wieder dem Tisch zugewandt hatte, kratzte sich am Hinterkopf. »Ich denke schon. Kasteleiner war ein paar Jahre älter als ich.«

»Sie gehen ja auch schnurstracks auf die fünfzig zu«, warf Hack ein und grinste.

Angersbach knurrte nur. Sein Alter gehörte zu den Themen, über die er nicht gerne sprach. »Woran ist er denn nun gestorben?«, fragte er.

»Wie ich bereits vermutet habe: Er ist verblutet. Nachdem man ihn niedergeschlagen hatte und bevor der Wolf sein Gesicht zerfleischt hat. Wenn es denn ein Wolf war.«

Sabines Smartphone vibrierte. Sie zog es aus der Tasche und sah, dass Markus Hägeler ihr eine Nachricht geschickt hatte. »Die Kollegen haben den Zahnarzt ausfindig gemacht«, berichtete sie. »Hägeler hat die Unterlagen an Ihr Büro geschickt.«

»Sehr gut. Warten Sie hier.« Hack verließ den Obduktionssaal. Sie hörten seine energischen Schritte auf dem Flur.

»Sie haben auch einen Kollegen im Landgericht aufgetan, der einen Reserveschlüssel für Kasteleiners Wohnung hat«, berichtete Sabine weiter, während sie das Smartphone wieder in der Tasche verstaute. »Wenn sich der Verdacht bestätigt, dass er es ist, können sie reingehen und sich umsehen.«

Angersbach nickte nur knapp und presste die Lippen zusammen. Sabine lächelte schief. Sie verstand, wie er sich fühlte, und ihr selbst ging es nicht viel anders. Es gehörte zu ihrem Beruf, sich mit Leichen zu beschäftigen und Obduktionen beizuwohnen. Aber allein mit einem Toten im Autopsiesaal – das war trotzdem ein ausgesprochen merkwürdiges Gefühl.

Zum Glück kehrte Wilhelm Hack rasch zurück und schwenkte triumphierend ein paar ausgedruckte Blätter, auf denen Sabine Aufnahmen eines Gebisses erkannte.

»Der verschwundene Staatsanwalt hat ein paar sehr spezifische zahnmedizinische Eingriffe hinter sich«, erklärte er. »Der Abgleich sollte ein Kinderspiel sein.« Er trat an den Obduktionstisch und platzierte das darüber hängende Röntgengerät über der unteren Gesichtshälfte des Toten. Gleich darauf erschien eine Aufnahme der beiden Zahnreihen auf dem Monitor an der Wand des Sektionssaals. Hack nahm die Ausdrucke zur Hand, kniff die Augen zusammen und sah zwischen Bildschirm und Papieren hin und her.

»Ja«, sagte er. »Sie hatten recht. Der Tote hier ist Lutz Kasteleiner.«

Obwohl er nichts anderes erwartet hatte, wich sämtliche Farbe aus Angersbachs Gesicht. »Verdammt«, stöhnte er. »Was für eine Scheiße.«

Sabine hätte es weniger drastisch ausgedrückt, aber in der Sache gab sie ihm recht. Gegen die eigenen Kollegen zu ermitteln, war immer das Schlimmste.

13

Knüll

Das Bedürfnis, sein Gewissen zu erleichtern, war verschwunden, nachdem Oberkommissar Ralph Angersbach ein zweites Mal an ihm vorbeigegangen war, ohne ihn zu erkennen. Was war das für ein Mensch, der das Schicksal eines anderen in eine Richtung steuerte, die geradewegs in den Abgrund führte, und dann einfach alles vergaß? Er musste doch bemerkt haben, dass er Aaron in eine Zwickmühle gebracht hatte. Warum hatten er und der Staatsanwalt immer wieder auf der Frage herumreiten müssen, ob Walther den Stein mit einer Tötungsabsicht geworfen hatte? Weil er in Schleenbecker seinen Nebenbuhler erkannt hatte? Das konnte doch in Wirklichkeit niemand beantworten. Und doch hatten die Einschätzungen der befragten Polizisten den Richter zu diesem Urteil bewegt, und Aaron war zum Außenseiter geworden. Wahrscheinlich war Angersbach das gar nicht bewusst, aber wie hieß es so schön? Unwissenheit schützt vor Strafe nicht.

Er würde ihm die Sache nicht leicht machen. Wenn Angersbach so ein guter Ermittler war, sollte er doch selbst herausfinden, was er getan hatte.

Die Kollegin tat ihm leid. Anders als der Kommissar, der immer irgendwie schlecht gelaunt wirkte, machte sie einen offenen Eindruck. Vielleicht bekäme er von ihr das Mitgefühl, das er sich so sehr wünschte, womöglich sogar Hilfe. Aber er hatte sich entschieden zu schweigen. An seiner Situation würde sich ohnehin nichts mehr ändern, dafür hatten Faust und die anderen gesorgt.

Als er in der Schule zum ersten Mal etwas von der Chaostheorie gehört hatte, hatte er darüber gelacht. Der Flügelschlag eines Schmetterlings, der darüber entscheiden konnte, wie sich das Blatt wendete. Was für ein Blödsinn, hatte er damals gedacht. Dabei war es die Wahrheit. Dieser eine Tag, dieser eine Moment, als Ronald Walther den Stein auf Ulf Schleenbecker geworfen hatte, hatte sein gesamtes Leben verändert. Ruiniert.

Wahrscheinlich hätte er damals den Polizeidienst quittieren sollen. Als die Kollegen ihn wegen seiner Aussage zu mobben begannen, war klar gewesen, dass seine Karriere stecken bleiben würde, dass man ihn niemals für eine Beförderung empfehlen oder seine Versetzung befürworten würde. Aber er hatte entgegen aller Vernunft gehofft. Dass die anderen irgendwann einsehen würden, dass er nicht anders hatte handeln können. Dass es gut und richtig gewesen war, was er getan hatte.

Naiv war er gewesen und dumm. Hatte so lange in einer unhaltbaren Situation ausgeharrt, bis er es nicht mehr ertragen hatte. Und dann hatte er begonnen, Fehler zu machen.

Aaron Ammann nahm die Polizeimütze ab und legte sie sorgsam auf das Regalbrett in seinem Dienstzimmer, den Schirm und das Wappen akkurat nach vorne gedreht. Er hatte nie etwas anderes tun wollen. Seit er ein kleiner Junge gewesen war, hatte er Polizist werden und für Gerechtigkeit kämpfen wollen.

Wie konnte etwas, das von so viel gutem Willen motiviert war, derart scheitern?

In einer Stunde sollte er sich mit Kaufmann und Angersbach im Besprechungsraum treffen, und ihm war klar, dass sie ihn nicht als Arbeitskollegen zu diesem Gespräch baten.

Er musste sich jetzt sehr genau überlegen, was er ihnen sagen wollte.

Angersbachs Handy, das in der Halterung am Armaturenbrett klemmte, begann zu klingeln, als sie kurz vor Homberg waren. Er nahm das Gespräch entgegen und meldete sich mit dem typischen Knurren, das nur Eingeweihte als seinen Namen identifizieren konnten. Sabine Kaufmann verdrehte die Augen.

Natürlich verstand sie, dass ihm die Sache zusetzte. Er war schockiert, dass der Tote aus dem Wald der Staatsanwalt war, mit dem er damals den Fall des getöteten Polizisten bearbeitet hatte. Dieser war beim letzten Castor-Transport vor der fast zehnjährigen Pause von einem Stein getroffen worden. Sie konnte auch nachvollziehen, dass er einen Zusammenhang sah. Der Streifenpolizist von damals, der auf einer korrekten Aussage bestanden und sich damit vermutlich den Unmut seiner Kollegen zugezogen hatte. Genau wie Ralph konnte sie sich leicht ausmalen, wie in einer straffen Organisation wie der Polizei mit einem solchen Verhalten umgegangen wurde. Man mochte es nicht, wenn jemand aus der Reihe tanzte, und die Reaktionen darauf waren oft drastisch. Gut möglich, dass man Ammann seit damals das Leben schwer machte und ihm Steine in den Weg legte. Sie konnte sich auch vorstellen, dass so etwas aufseiten des Betroffenen negative Energien freisetzte, Wut, Frustration, Verzweiflung. Aber selbst wenn sie mit ihren Hypothesen richtiglagen – schlug man deshalb einen Menschen nieder, hängte ihn kopfüber an einen Baum und ließ ihn von einem Wolf zerfleischen?

Vielleicht hätte sie das Motiv noch durchgehen lassen, wenn der Mord sich kurz nach dem Prozess gegen den Steinewerfer ereignet hätte. Aber neun Jahre später? Da musste doch die Wut auf Ralph und den Staatsanwalt längst verraucht sein. Wenn überhaupt, hätte der Angriff den Kollegen gelten müssen, die Ammann schlecht behandelten.

Trotzdem mussten sie ihn natürlich befragen. Dass ihr sein Motiv nicht ausreichend erschien, bedeutete ja nicht, dass es nicht trotzdem so gewesen sein könnte.

Mit einer gewissen Schadenfreude bemerkte sie, dass der Anrufer zögerte. Offensichtlich war er sich nicht sicher, ob er den gewünschten Gesprächsteilnehmer erreicht hatte. Sie grinste, während sie aus dem Seitenfenster auf die ausgedehnten Wälder schaute, die nach wie vor in dichten Nebel getaucht waren. Dann hatte der Anrufer sich endlich dazu durchgerungen, sich zu melden.

»Hey, hier ist Sebastian«, vernahm sie eine jugendliche Stimme. »Der Mitbewohner von Marius. Wegen dem T3 von deinem Alten. Äh, sorry. Von Ihrem Vater, meine ich.«

Angersbachs Miene hellte sich auf. »So schnell? Prima.«

»Ja. Äh …« Sebastian druckste herum.

»Was gibt es denn?«

»Kannst du … Ich meine: Können Sie den Bus gleich abholen? Und den Yaris zurückbringen?« Im Hintergrund waren Stimmen zu hören, eine davon klang barsch und unfreundlich. »Mein Chef war nicht so begeistert, dass ich den Toyota rausgegeben habe. Er hatte ihn eigentlich für heute Morgen einem Kunden versprochen. Der steht jetzt hier …«

Angersbach schnitt eine Grimasse. Sabine verstand, dass er so rasch wie möglich zur Polizeistation wollte, um mit Ammann zu sprechen, den jungen Mechaniker, der ihm so freundlich entgegengekommen war, aber auch nicht hängen lassen konnte.

»Klar. Wir sind ganz in der Nähe. In zehn Minuten hast du den Yaris zurück.«

»Danke.« Sebastian klang erleichtert.

Angersbach drückte das Gespräch weg. »So ein Mist.«

»Es ist doch nur ein kleiner Umweg. Und du mochtest den Toyota ohnehin nicht.«

»Stimmt.« Angersbach grinste. »Das ist genauso eine Konservenbüchse wie dein Elektrospielzeug.«

Sabine verdrehte die Augen. Nicht schon wieder eine Debatte über die Vor- und Nachteile der E-Mobilität. Zum Glück klingelte in diesem Moment ihr Smartphone. Sie zog es aus der Tasche und hob die Hand, um Ralph am Weiterreden zu hindern. Als sie den Namen auf dem Display las, stöhnte sie leise. So etwas nannte man dann wohl vom Regen in die Traufe kommen. Mit einer Grimasse nahm sie das Gespräch an.

»Hallo, Holger.«

Angersbachs Blick zuckte unwillig zu ihr herüber. Ob nun wegen der Unterbrechung, weil er Rahn per se nicht leiden konnte oder weil er Konkurrenz war, konnte sie nicht entscheiden.

»Hallo, Sabine.« Holger Rahn klang nicht, als wollte er über ihre Beziehung sprechen. Seine Stimme war ruhig, nüchtern und sachlich. »Wir hatten gerade eine kleine Flaute. Die Zeit habe ich genutzt, um ein Telefonat mit einem alten Bekannten in Südamerika zu führen.«

Zunächst begriff sie nicht, worum es ging. Dann fiel es ihr wieder ein. »Chile?«

»Richtig. Der Drogenbaron. Der Mann ist polizeibekannt und steht seit Langem unter Beobachtung. Nachweisen kann man ihm nichts, aber man kennt die Personen, die in seinem

Haus leben. Rein kommt da niemand, das ist ein riesiges Gelände, hermetisch abgeriegelt, mit bewaffneten Wachposten an den Eingängen und entlang der Zäune. Gelegentlich verlassen die Bewohner die Festung, um in der Stadt shoppen zu gehen. Darunter befindet sich auch eine Frau mit nordeuropäischem Aussehen. Ende zwanzig, schlank und blond. Bisher hatten die Behörden keine Ahnung, um wen es sich bei dieser Frau handelt, aber dank des Hinweises von Marius Geiger konnten sie Fotos von der verschwundenen Sandra Geiger mit dieser Dame vergleichen. Sie ist es.«

»Wow.« Sabine war beeindruckt. Holger war nicht nur ein Genie im Umgang mit Datenbanken, er schaffte es auch, gute Kontakte zu Kollegen in aller Welt zu pflegen, die er auf Kongressen oder bei Austauschprogrammen kennengelernt hatte. Ein toller, souveräner, weltgewandter Mann, nicht so ein mürrischer Eigenbrötler wie Ralph Angersbach. War es nicht das, was sie sich immer gewünscht hatte?

Ralph nahm die Abfahrt von der Autobahn mit Schwung, und Sabine wurde zu ihm hinübergedrückt. Der Gurt schnitt ihr schmerzhaft in die Brust.

»Au, verdammt.«

»Sabine? Was ist los? Alles gut bei dir?«, erkundigte sich Rahn besorgt.

»Ja, ja. Ralph fährt nur mal wieder wie der letzte Henker.«

Angersbach, der sich spätestens jetzt denken konnte, mit wem sie telefonierte, schmollte.

Rahn verabschiedete sich. »Ich muss mich jetzt wieder um diese Drogensache kümmern. Und sobald es geht, informiere ich mich über diesen Georg Blöcher aus Marburg. Melde dich, wenn ich sonst noch irgendwas für dich tun kann, ja? Oder wenn du eine Entscheidung getroffen hast.«

251

Sabine hatte sofort wieder ein schlechtes Gewissen. »Das mache ich. Versprochen.«

»Schön.« Rahn drückte sie weg, und Sabine verstaute das Smartphone in der Tasche.

»Der LKA-Schnösel?«, fragte Angersbach bissig. »Was wollte er?«

Kaufmann berichtete ihm von der blonden Frau des chilenischen Drogenbarons.

»Okay.« Ralph war sofort wieder auf den Fall fokussiert. »Also hat Marius Geiger nichts mit dem Verschwinden seiner Frau zu tun. Was das angeht, hat er die Wahrheit gesagt.« Sie passierten die Ortseinfahrt von Homberg, und Angersbach steuerte die Autowerkstatt an. »Das heißt aber nicht, dass wir automatisch auch jeden anderen Verdacht gegen ihn fallen lassen.«

»Nein, natürlich nicht. Wenn sich herausstellt, dass Ammann nichts mit den Morden zu tun hat, steht Marius ganz oben auf der Liste der Verdächtigen«, erwiderte sie, und Ralph nickte.

Kaufmann schaute nachdenklich auf die Häuser, an denen sie vorbeifuhren. Obwohl sie mitten in den Ermittlungen steckten, hatte sie das unangenehme Gefühl, ganz am Anfang zu stehen. Sie hatten jede Menge Informationen, doch im Grunde wussten sie nichts.

Der Mitbewohner von Marius Geiger steckte in einem Blaumann, der um seinen schmalen Körper schlackerte. Die blonden Haare, die sich im Nacken ringelten, sahen feucht aus. Vielleicht vom Nebel, vielleicht auch von der körperlichen Anstrengung.

Er war damit beschäftigt, Reifen in eine Lagerhalle zu rollen und in die Metallregale zu wuchten. Wahrscheinlich waren es Sommerreifen, die von den Kunden gerade gegen Winterräder getauscht worden waren. Die Tage wurden kühler, in den

Nächten fielen die Temperaturen gelegentlich schon bis zum Gefrierpunkt. Es war nur eine Frage der Zeit, bis man mit Schnee und Eis rechnen musste.

Angersbach schnitt eine Grimasse, weil ihm einfiel, dass er seinen Lada Niva noch nicht umgerüstet hatte. Eigentlich wäre der Termin im Oktober gewesen, aber er hatte so tief in einem Fall gesteckt, dass er nicht dazu gekommen war, und die Tage waren noch mild gewesen. Wie die meisten Autofahrer nahm er den Reifenwechsel immer erst in Angriff, wenn es höchste Zeit war und sich bei den Händlern Schlangen bildeten, da alle vor dem ersten Frost noch rasch ihre Winterreifen aufgezogen haben wollten.

Am Tor zur Halle stand ein bulliger Mann mit krausem grauem Haar und schaute Sebastian mit verschränkten Armen zu. Anscheinend war das Reifeneinräumen eine Art Strafarbeit. Weil der junge Mechaniker Ralph den Yaris geliehen hatte, ohne sich mit seinem Chef abzusprechen?

Sebastian drehte sich zum Tor um, und Angersbach sah ihm die Erleichterung an, als er den Toyota erblickte. Schnell eilte er auf sie zu.

»Klasse, dass Sie gleich gekommen sind«, bedankte er sich und fügte an seinen Chef gewandt hinzu. »Ich wusste nicht, dass der Yaris reserviert war. Tut mir echt leid.«

»Hm. Beim nächsten Mal ziehe ich dir die Ohren lang, Bürschchen«, knurrte der Meister.

Angersbach zückte seinen Dienstausweis. »Ihr Mitarbeiter hat uns in einer schwierigen Situation aus der Klemme geholfen. Wir mussten eine bedrohte Person in Sicherheit bringen und brauchten dringend ein Fahrzeug.«

»So?« Der Meister studierte den Ausweis, als rechnete er mit einer Fälschung. »Na gut.« Ärgerlich blitzte er seinen Lehrling an. »Hättest ja auch was sagen können. Am Ende steht man da und blamiert sich vor der Polizei.« Er schnaubte. »Kommen Sie. Ich habe die Rechnung schon fertig gemacht. Sie können den T3 gleich mitnehmen.«

Sebastian ging zurück in die Halle. Angersbach musste grinsen, als er hörte, wie der Lehrling vor sich hin murmelte: »Du hättest mir doch sowieso nicht geglaubt.«

Der Meister blieb stehen und sah ihn scharf an. »Ist was?«

»Nein, nein.«

Angersbach betrat hinter dem Mann das winzige Büro der Werkstatt und setzte sich ihm gegenüber an den wackligen Metalltisch, auf dem ein Rechner und ein Drucker standen.

»Normalerweise überlasse ich die Verantwortung für die Werkstatt nicht einem Lehrling«, erläuterte der Meister. »Aber meine beiden Gesellen sind krank, und ich war übers Wochenende mit meiner Frau bei einer Hochzeit in Thüringen.« Seine Augen wurden schmal. »Ich habe einiges verpasst, wie man hört. Ein Bombenanschlag auf dem Parkplatz in Thalhausen? Sind Sie deshalb hier?«

Ralph hatte vom ersten Moment an gewusst, dass er den Mann nicht mochte. Dass er jetzt vor Neugier beinahe zu sabbern begann, machte die Abneigung perfekt. Angersbach setzte eine dienstliche Miene auf.

»Können Sie Angaben zur Sache machen?«

»Was? Ich?« Der Meister rückte ein Stück vom Tisch ab.

»Kann Ihre Frau bestätigen, dass Sie die ganze Zeit bei dieser Feier waren? Oder könnten Sie sich zwischendurch unbemerkt entfernt haben?«

»Sie glauben doch nicht, dass ich etwas mit dem Anschlag zu tun habe?«

Ralph zuckte mit den Schultern. »Wir müssen in alle Richtungen ermitteln.«

254

Der Meister tippte sich an die Stirn. »Sie spinnen doch. Wir waren beim Bruder meiner Frau eingeladen. Seine Tochter war die Braut. Wir waren die ganze Zeit mit der Familie zusammen. Ich hätte nicht mal für fünf Minuten weggekonnt, ohne dass es aufgefallen wäre.«

Angersbach hob die Augenbrauen. »Beamtenbeleidigung?«

Der Meister zog ein kariertes Stofftaschentuch hervor und wischte sich die Stirn.

»Guter Mann, hören Sie. Ich habe einen Kunden, der heute seinen Dienstwagen zur Inspektion bringt. Er braucht unbedingt einen Mietwagen, weil er anschließend noch einen wichtigen Geschäftstermin hat. Wenn das nicht klappt, sucht sich die ganze Firma eine andere Werkstatt für die Instandhaltung ihres Fuhrparks. Das kann ich mir nicht leisten.«

Ralph hatte ein Einsehen. Der Meister stand unter Stress; Sebastian hatte ihn in eine schwierige Lage gebracht. Er beglich die Rechnung und bekam die Schlüssel für den T3 ausgehändigt.

Als er das Büro verließ, stieß er fast mit Sebastian zusammen, der scheinbar zufällig aus der nächsten Tür mit der Aufschrift WC kam. Der junge Mann grinste und hob den Daumen. »Den haben Sie ja ordentlich zur Schnecke gemacht.«

Angersbach brummte nur. Er war sich über seine Motive selbst nicht so recht im Klaren, und das behagte ihm nicht. War es ein Akt der Dankbarkeit Sebastian gegenüber gewesen, der ihm spontan geholfen hatte, als er einen Wagen für seinen Vater gebraucht hatte? Oder doch eher der Unwille, Autoritäten anzuerkennen?

»Verdirb es dir nicht mit ihm«, riet er dem jungen Mann. »Man rennt sich meistens den Schädel ein, wenn man immer mit dem Kopf durch die Wand will.«

Sebastian grinste immer noch. »Ich werd's mir merken«, sagte er und verschwand eilig aus der Tür, als aus dem Büro Geräusche zu hören waren. Der Meister erschien auf dem Flur.

»Sie sind ja immer noch da.«

Angersbach zeigte auf die WC-Tür. »Ich musste noch mal schnell.« Er hob die Hand zum Abschied und eilte nach draußen, wo Sabine Kaufmann ihn erwartete. Sie hatte ihr Smartphone am Ohr, beendete das Gespräch aber, kurz bevor er sie erreicht hatte.

»Liebesgeflüster?«, fragte er bissig.

»Nein.« Sabines Miene blieb ernst. »Ich habe mit den Kollegen von der IT telefoniert. Sie sind noch nicht ganz durch, aber ihrem ersten Eindruck nach gibt der PC von Willi Geiger nicht viel her. Er war nur wenig online, und wenn, dann hat er zu politischen oder Umweltthemen recherchiert. Keine Kontaktforen, keine Pornoseiten. Nichts, was einsame Männer gelegentlich tun.«

»Hatte er wohl nicht nötig. Er hatte ja einen Schlag bei den Frauen. Oder das Thema hat ihn nicht mehr interessiert.«

»Hm.« Kaufmann verdrehte die Augen. Sie konnte sich offenbar nicht vorstellen, dass ein Mann, der die freie Liebe in vollen Zügen ausgelebt hatte, im Alter ruhiger wurde. Aber war es nicht so, dass andere Dinge zunehmend wichtiger wurden? Angersbach wollte lieber nicht mit Sabine darüber diskutieren, dafür war das Eis, auf dem sie sich bewegten, zu dünn. Zum Glück hatte sie ebenfalls kein Interesse daran.

»Er scheint nicht in sozialen Netzwerken unterwegs gewesen zu sein«, fuhr sie fort, ohne auf seinen Kommentar einzugehen. »Und E-Mails hat er lediglich mit seinem Enkel Elias und mit deinem Vater ausgetauscht. Keine Verbindung zur ZYKLUS AG oder zum Büro des Bürgermeisters.«

»Schade.«

Sabine lächelte und hielt ihr Smartphone hoch. »Außerdem habe ich mit einer Mitarbeiterin des Jugendamts in Marburg gesprochen«, berichtete sie. »Sie hat sich sämtliche Fälle angesehen, die Willi Geiger in den letzten Jahren bearbeitet hat. Allesamt in seiner Funktion als Leiter der Einrichtung, nicht als Sozialarbeiter vor Ort. Natürlich gab es hin und wieder Probleme, aber die betrafen immer die Kollegen, die in den Familien tätig waren, oder die zuständigen Sachbearbeiter. Es gibt niemanden, der einen Grund gehabt hätte, sich ausgerechnet an Willi Geiger zu rächen.«

»Gut.« Ralph sah sich um und entdeckte den natogrünen VW-Bus seines Vaters auf der anderen Seite des Parkplatzes. »Wir können also vermutlich ausschließen, dass einer von Geigers früheren Kunden die Bombe gebaut hat. Aber nach dem Leichenfund im Wald müssen wir möglicherweise ohnehin neu darüber nachdenken.«

Er öffnete die Fahrertür, setzte den Fuß auf die Trittstufe und wollte sich auf den Sitz werfen, als ihn die Angst wie ein Blitz durchzuckte. Er klammerte sich mit einer Hand am Holm fest und versuchte mit der anderen, den Griff über der Tür zu fassen zu bekommen, doch er hatte zu viel Schwung. Statt die Bewegung abzubremsen, landete er wie ein nasser Sack auf dem Sitzpolster.

Natürlich passierte nichts.

»Hast du geglaubt, unter dem Sitz könnte ebenfalls eine Bombe sein?« Kaufmann kletterte auf den Beifahrersitz des T3. »Er stand doch die ganze Zeit in der Werkstatt, nachdem Marius ihn hierhergefahren hat. Es wäre sicherlich aufgefallen, wenn sich irgendwer aufs Gelände geschlichen und den Wagen manipuliert hätte. Ganz abgesehen davon, dass ich kein Motiv sehe. Oder glaubst du, der Täter hat etwas gegen Leute, die alte VW-Busse fahren?«

Ralph fühlte sich zu Unrecht verhöhnt. »Ich weiß, dass es Quatsch ist. Aber der Bus ist eine exakte Kopie von Geigers T3. Dasselbe Modell, dasselbe Baujahr, dieselbe Farbe. Selbst die Aufkleber sind fast identisch. Ich hatte einfach plötzlich ein blödes Gefühl.«

»Okay.« Kaufmann hob die Hand. »Entschuldige.«

»Schon gut.« Angersbach rammte den Schlüssel ins Zündschloss und startete den Wagen. Der Wagen bockte und rumpelte, weil er den Punkt für die Kupplung nicht auf Anhieb fand. Mit stotterndem Motor bog er auf die Straße. Sabine stöhnte.

»Du liebe Güte. Von Ergonomie hatte offenbar noch niemand etwas gehört, als dieses Fahrzeug gebaut wurde.«

Angersbach zuckte mit den Schultern. Da es nicht sein Wagen war, traf ihn die Kritik nicht.

Sabine Kaufmann war froh, als sie kurz darauf vor der Polizeistation Homberg hielten. Der schlechte Geschmack in Sachen Autos in der Familie Gründler/Angersbach war offenbar genetisch bedingt. Sie streckte sich, um den Rücken zu entspannen, und betrat dann gemeinsam mit Angersbach das Gebäude.

Markus Hägeler kam ihnen schon auf dem Flur entgegen. »Ich habe gerade mit den Marburger Kollegen gesprochen«, berichtete er. »Bei Kasteleiners ist niemand zu Hause. Die Nachbarin konnte weiterhelfen, sie hat berichtet, dass Kasteleiners Frau noch bis Mitte der Woche bei ihrem Meeting in Wien ist. Die beiden pflegen eine lockere Freundschaft und treffen sich ein-, zweimal die Woche abends auf ein Glas Wein. Kasteleiners Kinder sind erwachsen und schon lange aus dem Haus. Die Tochter studiert in Paris, der Sohn absolviert zurzeit ein Auslandssemester in Edinburgh.«

»Wow«, machte Angersbach. Es klang allerdings weniger bewundernd als vielmehr abfällig. Sabine wusste, dass er ein Problem mit Leuten hatte, die sich Dinge leisten konnten, die in seinen Augen zu den Allüren zählten. Ein Auslandsstudium gehörte sicherlich dazu. Sie kannte auch Angersbachs Vorurteil, dass so etwas natürlich mit einer besser gestellten Herkunftsfamilie korrelierte. Nun, ganz unrecht hatte er damit vermutlich nicht, aber das spielte hier keine Rolle.

»Die Kollegen haben sich mit Kasteleiners Frau in Verbindung gesetzt und sie über den Tod ihres Mannes informiert. Sie bricht ihr Arbeitsgruppentreffen ab und nimmt den nächsten Flieger nach Frankfurt, wird aber erst am späten Abend zurück sein. Die Marburger Kollegen haben sich ihre Zustimmung eingeholt und die Wohnung der Familie geöffnet mit dem Schlüssel, den Kasteleiner einem seiner Mitarbeiter bei der Staatsanwaltschaft anvertraut hatte. Es ist ein Penthouse im Südviertel in Marburg, ziemlich exklusiv.«

Hägeler zog ein Smartphone aus der Tasche und wischte über das Display.

»Sie haben mehrere PCs und ein Notebook sichergestellt. Ist alles schon auf dem Weg in die IT.« Er steckte das Gerät wieder weg. »Ansonsten gab es nichts Aufschlussreiches. Sie haben sich dann noch ein bisschen in der Nachbarschaft umgehört. Man ist sich einig, dass die Ehe der Kasteleiners gut war und es keine Probleme gab. Dasselbe sagen die Mitarbeiter in der Staatsanwaltschaft. Kasteleiner war korrekt, hat seine Fälle gewissenhaft bearbeitet und sich gut mit den Kollegen verstanden. Weit und breit keine Konflikte und Animositäten. Spontan wusste auch niemand etwas über Prozesse, in denen die Verurteilten Kasteleiner gedroht hätten, aber die Marburger Kollegen wollen seine Akten sicherheitshalber daraufhin durchsehen. Parallel schicken sie uns digitale Kopien, damit wir uns selbst ein Bild machen können.«

»Perfekt.« Sabine war beeindruckt. Für den stellvertretenden Dienststellenleiter einer kleinstädtischen Polizeistation war ein Gewaltverbrechen wie der Mord an Kasteleiner alles andere als Routine, aber Hägeler erledigte alle nötigen Schritte souverän. Sollte er jemals eine Karriere bei der Kriminalpolizei anstreben, würde sie ihn gerne empfehlen.

»Wir tun, was wir können«, wehrte Hägeler bescheiden ab und deutete vage den Flur entlang. »Der Kollege Ammann wartet auf Sie. Soll ich bei der Befragung dabei sein?«

»Danke«, brummte Angersbach. »Das ist nicht nötig.«

Sabine schüttelte innerlich den Kopf. Ralph würde wohl nie lernen, der Höflichkeit zuliebe die Dinge hübsch zu verpacken. Andererseits – wenn sie es recht bedachte, waren es gerade seine Ehrlichkeit und seine Schnörkellosigkeit, die ihr gefielen. Trotzdem. Zumindest im beruflichen Kontext dürfte er gelegentlich etwas diplomatischer sein.

Zum Glück schien der stellvertretende Dienststellenleiter nicht beleidigt. »Gut. Dann kümmere ich mich darum, eine Truppe zusammenzustellen, die Jagd auf den Wolf macht. Wenn er überhaupt existiert.«

Sabine war überrascht. Es war doch der stellvertretende Dienststellenleiter selbst gewesen, der am Tatort im Wald bei Waßmuthshausen den Wolf ins Spiel gebracht hatte. »Sie glauben nicht daran?«

Hägeler schnitt eine Grimasse. »Bisher ist es nur ein Gerücht. Es gab in den vergangenen Monaten einige Meldungen über angebliche Sichtungen. Ein paar Leute haben Handyfotos geschickt, aber darauf ist nicht viel zu erkennen. Das könnte genauso gut ein Schäferhund sein oder ein Fuchs. Manche Aufnahmen sind von dermaßen minderer Qualität, dass man nicht einmal ausschließen kann, dass es sich um ein Wildschwein handelt. Dazu kommt, dass die Bilder alle bei schlechten Sichtverhältnissen gemacht worden sind. In der Dämmerung, bei Mondlicht oder dichtem Nebel.« Er legte den Kopf schief. »Sie kennen das doch sicher auch. Ein nicht unerheblicher Teil unserer polizeilichen Ressourcen geht für Wichtigtuer und Falschmeldungen drauf.«

Kaufmann musste schmunzeln, obwohl sie wusste, dass er recht hatte. »Also wollen Sie ein Phantom jagen?«

Hägeler zuckte mit den Schultern. »Wir können nicht ausschließen, dass es den Wolf gibt«, sagte er ernst. »Falls das so ist und er tatsächlich das Gesicht des Mannes am Baum zerfleischt hat, müssen wir ihn erschießen. Ein Wildtier, das Menschenfleisch gefressen hat, ist eine Gefahr für die Bevölkerung. Also jagen wir einen Wolf, ein Phantom oder weiß der Kuckuck was. Fakt ist nur, wenn wir nichts tun und wieder etwas passiert, macht uns alle Welt die Hölle heiß.«

»Da haben Sie recht«, gab Sabine zu, die über diesen Aspekt nicht nachgedacht hatte. Sie war so in den Fall vertieft, dass alles andere an Bedeutung verlor. An Ralphs betretener Miene sah sie, dass es ihm nicht anders ging.

»Sagen Sie mir Bescheid, wenn Sie Ammann nicht mehr brauchen?«, bat Hägeler. »Ich hätte ihn gern bei der Wolfsjagd dabei. Er ist einer unserer besten Schützen, mit den Kurzebenso wie mit den Langwaffen.«

»Klar.«

»Danke.« Hägeler wandte sich um und bedeutete ihnen, ihm zu folgen. Ein Stück den Flur hinunter öffnete er eine Tür.

»Bitte sehr. Ich dachte mir, unser Konferenzraum ist das Richtige für das Gespräch. Ich hoffe, das geht in Ordnung?«

»Absolut«, bestätigte Sabine.

Hägeler legte zwei Finger zum angedeuteten Salut an die Stirn, wandte sich ab und verschwand in die entgegengesetzte Richtung. Kaufmann sah ihm kurz hinterher, ehe sie den Raum betrat, in dem Polizeimeister Aaron Ammann auf sie wartete.

Die Weißwandtafel, auf der sie am Vormittag die Informationen zur Explosion auf dem Parkplatz in Thalhausen und dem gehenkten Toten im Wald bei Waßmuthshausen gesammelt hatten, war an die Seite geschoben worden. Auf der Anrichte hatte jemand eine Kaffeekanne, ein paar Tassen und einen Teller mit Keksen bereitgestellt.

Aaron Ammann saß aufrecht an der Längsseite des Konferenztisches. Die Dienstmütze hatte er ordentlich neben sich abgelegt, den Schirm zum Fenster, die Hände vor sich auf dem Tisch gefaltet.

Angersbach setzte sich ihm gegenüber und nahm eine identische Pose ein, den Kopf vorgeschoben wie ein Stier, der sich zum Angriff bereitmacht. Sabine nahm rasch drei Tassen und verteilte sie auf dem Tisch.

»Kaffee?« Sie hatten unterwegs an der Raststätte angehalten und sich ein paar belegte Sandwiches gekauft, die sie während der Fahrt verspeist hatten. Die Zeit für einen Kaffee hatten sie sich nicht gegönnt.

Angersbach verstand die unausgesprochene Botschaft. Er lehnte sich auf seinem Stuhl zurück und verschränkte die Arme. »Gerne.«

Man musste kein Hellseher sein, um zu merken, dass er sich ärgerte, weil sie ihm in die Parade gefahren war, aber sie wollte

Ammann nicht gleich zu Beginn verschrecken. Sie schenkte Kaffee ein und stellte den Teller mit den Keksen auf den Tisch. Ralph griff nach einer Waffel mit brauner Cremefüllung und zerbiss sie krachend. Sabine sah Ammann fragend an. »Milch? Zucker?«

»Beides, danke«, presste er hervor.

Kaufmann platzierte das Gewünschte vor ihm auf dem Tisch, doch der Beamte machte keine Anstalten, sich zu bedienen. Sabine, die wie Angersbach ihren Kaffee schwarz trank, setzte sich und nahm einen Schluck. Sie sah auf Ammanns gefaltete Hände, die er so fest verknotet hatte, dass die Knöchel weiß hervortraten.

»Ich möchte ein Geständnis ablegen«, sagte er steif.

Angersbach zog sein Smartphone aus der Tasche, aktivierte die Diktier-App und legte das Gerät vor sich auf den Tisch.

»Bitte sehr.«

Sabine seufzte leise. Anders als in den gängigen Darstellungen im Fernsehen machten die wenigsten Beschuldigten von ihrem Recht zu schweigen Gebrauch. Im Gegenteil waren viele Straftäter bereit, ja, geradezu begierig darauf, zu reden. Sich endlich jemandem anzuvertrauen, ihr Gewissen zu erleichtern oder auch mit unbändigem Stolz mit ihren Taten zu prahlen. Zumindest in den beiden ersten Fällen konnte es trotzdem nicht schaden, ihnen eine Brücke zu bauen oder eine helfende Hand zu reichen.

»Worum geht es? Um den Mord an Staatsanwalt Kasteleiner?«, fragte sie deshalb in einem neutralen Tonfall, der frei von jedem Vorwurf war.

Zu ihrer Überraschung weiteten sich Ammanns Augen erschrocken.

Hatte ihm noch niemand gesagt, wer der Tote im Wald war? Oder hatte er nur nicht damit gerechnet, dass sie es so schnell herausfinden würden? War es sein Plan gewesen, mit dieser Information Punkte zu sammeln, um eine Strafmilderung zu erreichen?

Sie spürte Angersbachs Blick auf sich, wandte sich ihm aber nicht zu. Sie wusste auch so, was er ihr sagen wollte: Manchmal war weniger mehr.

»Nein.« Ammanns Adamsapfel bewegte sich ruckartig auf und ab, während die Gedanken hinter seiner Stirn zu rasen schienen. »Das war Kasteleiner, dieser verstümmelte Tote in Waßmuthshausen?« Er hatte offensichtlich Mühe, die Information zu verdauen. Seine Augen huschten von Ralph zu Sabine und wieder zurück, ehe sie sich an der Kaffeetasse festsaugten. Es dauerte eine Weile, ehe er den Kopf wieder hob. Mühsam presste er die Worte heraus: »Damit habe ich nichts zu tun.«

»Womit dann?«, fragte Sabine Kaufmann.

Ammann holte geräuschvoll Luft. »Die Bombe auf dem Parkplatz in Thalhausen. Das ist meine Schuld.«

Nun schaute sie doch rasch zu Angersbach. Er wirkte ebenso erstaunt wie sie.

»Sie haben den Sprengsatz im Bus von Willi Geiger platziert?«, fragte er. »Warum?«

Ammann wehrte ab. »Nein. Ich habe die Bombe nicht gebaut und installiert. Aber …«, er holte tief Luft, »… ich habe vertrauliche Informationen weitergegeben.«

Sabine erinnerte sich an die Worte von Kerstin Geiger, der Journalistin von der Fuldaer Zeitung. *Es muss einen Maulwurf in der Gruppe geben.* Aber Ammann gehörte doch wohl nicht der Protestbewegung an?

»Können Sie das genauer erläutern?«, bat sie ihn.

Ammann nickte zerknirscht. »Ich habe einen Freund in der Bürgerinitiative. Sebastian. Er arbeitet in der Autowerkstatt

264

hier in Homberg. Wir haben beide ein Faible für alte Motorrä-
der. An den Wochenenden schrauben wir häufig gemeinsam in
der Werkstatt an unseren Maschinen, oder wir machen Aus-
fahrten durch den Knüllwald. Da gibt es ein paar herrliche
Strecken ...« Er merkte, dass er abschweifte, und rief sich mit
einer ungeduldigen Handbewegung zur Ordnung. »Sebastian
ist noch relativ neu hier. Ein knappes Jahr oder so. Er weiß
nicht, dass ich bei der Polizei bin.«

»Warum nicht?«

»Ich hatte Angst, dass er dann nichts mehr mit mir zu tun
haben will. Er ist ja einer von der anderen Seite.« Ammann
fuhr sich mit der flachen Hand übers Gesicht. »Ich habe sonst
keine Freunde, wissen Sie?« Sein Blick richtete sich auf Angersbach. »Seit der Sache damals bin ich für die anderen ein
Kollegenschwein. Weil ich nicht ausgesagt habe, dass Ronald
Walther den Stein bewusst und mit der Absicht, ihn zu töten,
auf meinen Kollegen Ulf Schleenbecker geworfen hat.«

Angersbach nickte. »Sie haben sich absolut korrekt verhalten. Ich habe Sie schon damals dafür bewundert. Das habe ich
Ihnen auch gesagt.«

Ammann schnaubte. »Ja. Nur kann ich mir dafür nichts
kaufen. Und Sie standen mit Ihrer Meinung ziemlich allein da.
Die anderen haben mir nie verziehen. Insbesondere Harald
Faust nicht. Er ist der neue Leiter der Polizeistation geworden, nachdem Schleenbecker tot war. Ulf war sein bester
Freund, daran hat auch die Affäre mit Fausts Schwester nichts
geändert. Das haben sie unter Männern geregelt, wie man so
sagt, und dann war alles in Butter.«

Der Polizist zog die Kaffeetasse zu sich heran, schaufelte
zwei gehäufte Löffel Zucker hinein und goss reichlich Milch
dazu, bis der Inhalt fast über den Tassenrand schwappte. Mit

einer Grimasse beugte er sich vor und schlürfte einen Teil der Flüssigkeit ab.

»Für die Kollegen war ich ein Verräter«, fuhr er fort. »Ich werde seitdem gemobbt.«

Sabine verspürte Mitleid. Er hatte nichts verbrochen, war nur seinen Prinzipien treu geblieben und wurde dafür bestraft. »Warum haben Sie sich nicht versetzen lassen?«

Ammann lachte auf. »Ich habe es versucht, das dürfen Sie mir glauben. Aber Faust hat dafür gesorgt, dass jeder meiner Versetzungsanträge abgelehnt wurde. Er wollte, dass ich hierbleibe, damit er weiter auf mir herumtrampeln kann.«

»Okay.« Angersbach trank einen Schluck von seinem Kaffee und stellte die Tasse mit einem Klirren auf dem Tisch ab. Sabine sah ihm an, dass er ungeduldig wurde. »Wie war das nun mit Ihrem Freund Sebastian und den vertraulichen Informationen? Und mit der Bombe im T3?«

Ammann schob seine Kaffeetasse beiseite. »Ich habe Details verraten, die dazu geführt haben, dass viele Aktionen gescheitert sind, bevor sie überhaupt starten konnten. Razzien, Straßensperren, Festnahmen …«

»Wem haben Sie diese Informationen gegeben?«, fragte Sabine, wieder mit der Stimme von Kerstin Geiger im Ohr.

Die Person, die diese Informationen erhält, hat einen Kontakt bei der Polizei, der dafür sorgen kann, dass die geplanten Aktionen ins Wasser fallen.

»Unserem Bürgermeister, Dietmar Geiger. Und Florian Baltes, einem der Geschäftsführer von der ZYKLUS AG.«

Sabine fühlte sich, als hätte sie bei einem Gesellschaftsspiel eine Karte gezogen mit der Aufschrift: *Gehe zurück auf Start.*

Waren sie an diesem Punkt nicht längst gewesen? Sie hatten Florian Baltes und Dietmar Geiger befragt und als Urheber des

Anschlags ausgeschlossen. Hatten sie etwas übersehen? Oder führte Ammanns Aussage sie in die falsche Richtung? Weil er von etwas ablenken wollte? Von seiner eigenen Täterschaft zum Beispiel? Wenn er Lutz Kasteleiner ermordet hatte, wäre es ein kluger Schachzug, einen Teil der Schuld an einem anderen Verbrechen auf sich zu nehmen. Umso mehr, wenn es eine Schuld war, die strafrechtlich kaum geahndet werden konnte.

»Warum?«, fragte Angersbach.

Ammann seufzte. »Ich hatte gehofft, dass sie mir helfen könnten. Wegen der Versetzung. Ich halte es hier einfach nicht mehr aus.«

»Es hat Sie nicht gestört, dass Sie Ihren Freund Sebastian – Ihren einzigen wirklichen Freund – damit hintergangen haben?«

Ammann starrte auf die Tischplatte. »Ich habe mich dafür gehasst. Aber ich wusste keinen anderen Ausweg mehr.«

Sabine schaute zu Ralph und ahnte, dass ihm ähnliche Gedanken durch den Kopf gingen wie ihr selbst.

»Sie haben Kasteleiner nicht erkannt, heute Morgen auf dem Parkplatz?«, fragte er. »Sie waren doch als Erster am Tatort. Sie haben sogar die Fotos gemacht, wenn ich das richtig verstanden habe. Das Gesicht des Toten in Großaufnahme.«

Ammann schluckte und presste sich die Faust vor den Mund. »Haben Sie ihn etwa erkannt? Von dem Gesicht war doch nichts mehr übrig.«

Sabine sah, wie Ammann kämpfte, um sich nicht auf die Tischplatte zu übergeben. Seine Lider flatterten, und seine Haut hatte einen fahlen Farbton angenommen. Aber war das ein Beweis für seine Unschuld?

Viele Täter wurden von Entsetzen gepackt, wenn sie sahen, was sie angerichtet hatten. Und der Wolf war vermutlich nicht eingeplant gewesen. Ammann hatte vielleicht erwartet, den Staatsanwalt am nächsten Morgen mit aufgedunsenem und blau verfärbtem Gesicht vorzufinden, aber nicht, einem vollkommen entstellten Toten gegenüberzustehen. Er war einfach schockiert über das, was in seiner Abwesenheit geschehen war.

»Wie standen Sie denn zu dem Staatsanwalt?«

Ammann nahm langsam die Hand herunter und atmete tief ein. Seine Haut bekam wieder ein wenig Farbe. »Wie soll ich zu ihm stehen? Ich habe ihn seit damals nicht gesehen.«

»Aber Sie müssen doch Gefühle in Bezug auf seine Person haben«, bohrte Sabine weiter. »Genau wie gegenüber meinem Kollegen.«

Der Streifenpolizist verneinte. »Es war nicht ihre Schuld. Staatsanwalt Kasteleiner und Kommissar Angersbach haben nur ihren Job gemacht. Wenn es jemanden gibt, auf den ich irrsinnig wütend bin, dann ist das Harald Faust. Aber der hängt nicht tot im Wald. Der liegt entspannt auf Gran Canaria auf einer Sonnenliege am Pool.«

»Gut. Danke.« Angersbach beendete die Aufnahme mit seinem Smartphone. »Das reicht fürs Erste. Gehen Sie zu Ihrem Vorgesetzten. Hägeler braucht Sie für die Wolfsjagd.«

Ammann stand auf und nahm seine Dienstmütze. Er wollte zur Tür gehen, zögerte jedoch. »Aber … Was ist mit meinem Verrat? Mit den Informationen, die ich heimlich weitergegeben habe?«

»Das müssen Sie mit Ihrem Gewissen ausmachen und mit Ihrem Freund Sebastian. In unsere Zuständigkeit fällt es nicht.«

»Okay.« Ammann straffte sich. Er setzte die Mütze auf, salutierte knapp und verließ den Raum.

Sabine holte die Kaffeekanne von der Anrichte und schenkte neu ein. Angersbach zog sich den Teller heran und knabberte sich durch das Kekssortiment.

»Er war es nicht, oder? Er hat Kasteleiner nicht ermordet.« Ralph wartete ihre Antwort nicht ab. »Es passt auch nicht. Er hat sich ja genau dadurch in die Bredouille gebracht, dass er einfach nichts tun konnte, was ihm falsch erschien. Es wäre ein Leichtes für ihn gewesen, die Aussage seiner Kollegen zu unterstützen. Dass Ronald Walther seinen Vorgesetzten Ulf Schleenbecker vorsätzlich getötet hat. Aber Ammann hat darauf bestanden, nur das zu Protokoll zu geben, was er mit absoluter Sicherheit gesehen hat.«

»Trotzdem.« Sabine war nicht überzeugt. »Das Ganze ist fast zehn Jahre her. Ammann ist psychisch angeschlagen. Er könnte sich verändert haben. Immerhin hat er seinen Freund Sebastian vorsätzlich ausspioniert, um sich bei Dietmar Geiger und dem Vorstand der ZYKLUS AG einzuschmeicheln in der Hoffnung, dass der eine oder andere seine ins Stocken geratene Karriere wieder in Schwung bringen könnte.«

»Verständlich, oder nicht?«, grummelte Angersbach.

»Sicher.« Sabine seufzte. »Ich sage ja nur, dass wir ihm nicht unbesehen alles glauben dürfen. Aaron Ammann ist nicht mehr der unbedarfte Polizeinovize mit dem nicht korrumpierbaren Rechtsempfinden. Er ist ein Mann mit tiefen Narben.«

Angersbach schob sich einen weiteren Keks in den Mund. »Du glaubst aber auch nicht, dass er Kasteleiner ermordet hat, oder?«

Sabine trank ihren Kaffee in der Hoffnung, das Koffein würde das Durcheinander in ihrem Kopf klären. »Vor allem denke ich, dass die beiden Taten etwas miteinander zu tun haben, auch wenn die unterschiedlichen Mordwaffen auf etwas anderes hinweisen. Aber zwei Tote innerhalb von drei Tagen an Orten, die keine fünf Kilometer Luftlinie auseinanderliegen, aus vollkommen unterschiedlichen Motiven? Das ist einfach nicht plausibel.«

Ralph schob sich einen weiteren Keks in den Mund, und Sabine sah ihm an, dass er nicht nur das Gebäck zerkaute.

»Vielleicht war ich voreilig«, gab er widerstrebend zu und versprühte dabei Krümel auf dem Tisch. »Als Hägeler den Namen Kasteleiner genannt hat und mir diese alte Geschichte eingefallen ist, dachte ich, wir hätten den Schlüssel gefunden. Doch in Wirklichkeit macht es keinen Sinn. Du hast vollkommen recht; es muss in beiden Fällen derselbe Täter sein. Und Ammann hatte keinen Grund, Willi Geiger zu töten.«

Kaufmann nickte. Möglicherweise hatten sie viel zu kompliziert gedacht. »Lass uns noch mal einen Schritt zurückgehen«, schlug sie vor. »Wem haben die beiden im Weg gestanden?«

»Marius Geiger«, antwortete Angersbach wie aus der Pistole geschossen. »Er wollte den Platz seines Vaters in der Protestbewegung, weil ihm Willi Geiger nicht radikal genug war. Und Kasteleiner hat die Aktionen mit seinen einstweiligen Verfügungen behindert.«

»Das gilt für Jürgen Geiger genauso.«

»Aber Jürgen Geiger setzt auf Vernunft, nicht auf Gewalt. Außerdem lag er im Krankenhaus, als jemand den Kasteleiner aufgeknüpft hat, oder nicht?«

»Das lässt sich feststellen.« Kaufmann suchte auf ihrem Smartphone die Nummer der Klinik in Schwalmstadt heraus und tippte auf das Hörersymbol. Die Dame am Empfang gab sich ein wenig widerspenstig, doch als Sabine deutlich machte, dass es um Mord ging, und ihr anbot, sich die Nummer beim LKA Wiesbaden bestätigen zu lassen, gab sie klein bei. Kauf mann hörte das Klackern einer Tastatur, dann wieder die Stimme der Empfangsdame, die ihr bestätigte, dass Jürgen Geiger nach wie vor auf Station lag. Sabine bedankte sich und steckte das Telefon weg, ehe sie die Information an Ralph weitergab.

»Also«, kommentierte er knapp.

»Okay.« Kaufmann schwenkte den letzten Rest Kaffee in ihrer Tasse. »Marius Geiger hat ein Motiv. Aber ist er nicht eher der Typ, der nur große Töne spuckt? In Wirklichkeit macht er einen ganz harmlosen und friedfertigen Eindruck.«

Ralph nahm sich den letzten Keks. »Davon lässt du dich beeindrucken? Du weißt, wie das ist. Das Böse kommt oft im unschuldigen Gewand daher.« Er leerte seine Kaffeetasse und stand auf. »Ich finde, wir sollten noch mal mit ihm reden und ihn ordentlich in die Mangel nehmen, meinst du nicht?«

Sabine schaute bedauernd auf den leeren Keksteller. Sie hätte jetzt auch Lust auf etwas Süßes. Aber so war Ralph eben. Er ging seinen Weg, ohne nach rechts und links zu schauen.

Solange sie nur zusammen arbeiteten, konnte sie damit umgehen. Aber privat?

14

Ralph Angersbach stellte den T3 hinter den Taxis ab, die sich vor dem Busbahnhof in Homberg aufreihten. Ein Anruf bei der Zentrale hatte ergeben, dass sie Marius Geiger dort antreffen würden. Ralph schritt rasch an den Wagen entlang und öffnete die hintere Tür, als er Marius in einem der Fahrzeuge erspähte. Er rutschte auf den Rücksitz, Sabine tat auf der anderen Seite dasselbe.

Marius Geiger drehte den Kopf ein Stück nach hinten, allerdings nicht weit genug, um Angersbach und Kaufmann ins Gesicht zu sehen. »Entschuldigung, ich müsste Sie an das Taxi vorn in der Reihe verweisen.«

»Wir möchten aber mit Ihnen fahren«, sagte Angersbach. »Nach Thalhausen zum Waldparkplatz vielleicht.«

Dieses Mal schnellte Geigers Kopf komplett herum. »Ach, Sie sind das. Kann ich irgendetwas für Sie tun?«

»Fürs Erste sollten Sie mal losfahren«, forderte Ralph ihn auf. »Muss nicht der Waldparkplatz sein, aber eben irgendwohin, damit wir uns in Ruhe unterhalten können.«

Jemand klopfte an die Scheibe der Fahrertür, ein Endfünfziger mit buschigen Augenbrauen und grimmigem Gesicht. Marius fuhr das Fenster ein Stück hinunter.

»Was soll das?«, polterte der Mann. »Du bist nicht dran. Das geht hier der Reihe nach.«

272

Angersbach zückte seinen Dienstausweis. »Polizei. Wir haben ein paar Fragen an Herrn Geiger. Aber wenn Ihnen das lieber ist, können wir auch Sie durchleuchten.«

Der Mann hob abwehrend die Hände. »Ich hab nichts gesagt.« Schnell zog er sich zurück.

Geiger fluchte leise. Er startete den Motor, fuhr aber nur ein kurzes Stück und parkte dann am Schlossberg. »Lassen Sie uns doch gleich hier ein paar Schritte gehen«, bat er. »Das ist schon meine zweite Schicht hinterm Steuer heute. Ich brauche dringend ein wenig Bewegung.«

Angersbach verspürte nicht die geringste Lust auf einen Spaziergang bei diesem Nebel, bei dem man das Gefühl hatte, sich permanent durch eine Wolke zu bewegen, doch Sabine war schon aus dem Wagen gesprungen. Vermutlich war sie froh, wenn sie zumindest einen kleinen Ausgleich für ihre morgendliche Joggingrunde bekam, die momentan bedingt durch die intensiven Ermittlungen ausfiel. Und es war auch besser, wenn sie ihre Befragungen nicht in Gegenwart von Marius' Sohn durchführten. Aber trotzdem … Bei dem Wetter …

Ralph schlug den Kragen seiner Wetterjacke hoch und folgte den beiden missmutig, während Sabine Marius Geiger berichtete, dass sie im Wald bei Waßmuthshausen einen kopfüber Gehenkten gefunden hatten.

»Es handelt sich um den Staatsanwalt Lutz Kasteleiner aus Marburg.«

Geiger blieb stehen. »Noch ein Toter?«, fragte er verständnislos. »In Waßmuthshausen? Das ist doch nur einen Steinwurf von Thalhausen entfernt.«

»Richtig«, bestätigte Kaufmann. »Deshalb denken wir auch, dass es kein Zufall ist.« Sie sah Marius scharf an. »Der Name sagt Ihnen nichts?«

Marius blinzelte. »Welcher Name?«

»Kasteleiner.«

Der Taxifahrer griff sich in seine verfilzten braunen Haare und zerrte daran. Die Augen hinter der Nickelbrille verdrehten sich nach oben. »Kommt mir irgendwie bekannt vor. Aber woher genau … Nein, tut mir leid. Ich kann mich nicht erinnern.«

»Kasteleiner ist der Staatsanwalt, der die einstweiligen Verfügungen gegen mehrere Protestaktionen Ihrer Bürgerinitiative erwirkt hat.«

»Aha?« Marius Geiger setzte sich wieder in Bewegung und nahm den ansteigenden Weg auf den Schlossberg in Angriff. »Das tut mir leid.«

Sabine lief locker neben Geiger her, Ralph fing bereits nach ein paar Schritten an zu schnaufen. Die Steigung war tückischer, als man auf den ersten Blick annahm.

Marius blieb erneut stehen und drehte sich zu ihnen um. »Moment mal. Sie suchen mich an meinem Arbeitsplatz auf und bitten mich um ein Gespräch? Und dann fragen Sie mich nach diesem Staatsanwalt?« Sein Blick verfinsterte sich. »Sie denken aber nicht, dass ich etwas damit zu tun habe?«

»Sie wollten den Platz Ihres Vaters in der Bürgerinitiative«, warf ihm Angersbach vor, ohne auf Geigers zur Schau gestellte Empörung einzugehen. »Und Sie wollten dem Protest mit drastischen Mitteln zum Erfolg verhelfen. Wir schließen daraus, dass Sie auch vor Gewalt nicht zurückschrecken. Warum also nicht die Personen beseitigen, die Ihnen im Weg stehen?«

Geiger fuchtelte mit den Händen. »Nee, Mann. Der Protest meines Vaters war mir zu lahm, ja. Ich wollte etwas, das die Leute wachrüttelt. Aber auf keinen Fall sollten dabei Menschen zu Schaden kommen. Wenn es Sie so brennend interessiert: Sebastian und ich hatten Pläne entwickelt, wie wir aufs Gelände der ZYKLUS AG kommen und ein paar der Spezialfahrzeuge sabotieren können. Außerdem wollten wir ihnen einen Brief in den Kasten stecken: Wenn sie vom Kanonenbahnprojekt nicht Abstand nehmen, würden wir beim nächsten Mal einen ihrer Giftmülltransporte leerlaufen lassen. Dann wären sie dran wegen Verbrechen gegen die Umwelt und könnten ihren Laden dichtmachen.«

Angersbach schnaubte. Der Plan war ebenso kriminell wie moralisch verwerflich, aber er glaubte Geiger. Das war genau die Sorte von Aktion, die zu einem Wirrkopf wie ihm passte.

Der Taxifahrer grinste flüchtig. »Das war nur ein Plan, richtig? Wir haben nichts davon umgesetzt. Das ist nicht strafbar.«

»Nein.« Sabine stopfte die Hände in die Jackentaschen. Die Luft war nicht nur feucht, sondern auch unangenehm kalt. »Aber Sie sollten sich in Zukunft gut überlegen, mit welchen Mitteln Sie kämpfen. Das, was Sie da vorhatten, war nicht besser als die geplanten Atommülltransporte. Im Gegenteil.«

»Ungewöhnliche Situationen erfordern ungewöhnliche Maßnahmen«, gab sich der junge Geiger verbohrt.

»Ach, lassen Sie doch diese Sprüche«, schimpfte Angersbach, dem der Geduldsfaden riss. »Wenn Sie wirklich etwas für die Umwelt tun wollen, müssen Sie sich schon ein bisschen mehr ins Zeug legen.«

»Vielleicht hat er das ja«, warf Kaufmann ein. »Indem er seinen Vater und Kasteleiner beseitigt hat. Das wäre doch eine *ungewöhnliche* Maßnahme.«

Ralph staunte über den beißenden Spott in ihrer Stimme. Eine solche Reaktion hätte er ihr nicht zugetraut. Das war doch eigentlich eher sein Metier. Aber in der Sache hatte sie recht.

»Nein.« Von Geiger fiel alles Rebellische ab. »Ich habe doch gesagt, wir wollten nie, dass ein Mensch zu Schaden kommt.« Auf seinem Gesicht erschienen hektische rote Flecken. »Wann war denn das?«, fragte er heiser. »Das mit dem Staatsanwalt?«

»Letzte Nacht«, beschied ihm Kaufmann knapp.

»Geht's ein bisschen genauer?«

Kaufmann zog ihr Smartphone aus der Tasche und wischte über das Display. Angersbach warf einen Blick darauf und sah, dass Wilhelm Hack bereits den Obduktionsbericht geschickt hatte. Sabine scrollte durch die Seiten, bis sie fand, was sie suchte.

»Todeszeit zwischen einundzwanzig Uhr und Mitternacht.«

Marius seufzte erleichtert. »Dann kann ich beweisen, dass ich es nicht war. Ich bin von zwanzig Uhr bis um vier Taxi gefahren. Danach hatte ich acht Stunden Pause, und um zwölf Uhr habe ich die zweite Schicht begonnen. Wenn ich fahre, bin ich die ganze Zeit mit der Zentrale in Kontakt. Die können auch sehen, wo ich mich aufhalte. Meine Kollegin wird Ihnen bestätigen, dass ich in der gesamten letzten Nacht nicht mal in der Nähe von Waßmuthshausen war. Und ganz bestimmt hatte ich keine Gelegenheit, jemanden dort aufzuhängen. Kopfüber, haben Sie gesagt? Welchen Sinn macht denn das? Kann man daran sterben?«

»Das kann man allerdings«, erwiderte Sabine, die offenbar all ihre Grundsätze zum subtilen Umgang mit Zeugen und Verdächtigen über Bord geworfen hatte. »Allein schon, weil der Blutdruck im Kopf so ansteigt, dass die Gefäße platzen. Bei Staatsanwalt Kasteleiner kam noch hinzu, dass ihm jemand eine Schädelverletzung zugefügt hatte, an der er verblutet ist, und zuletzt hat ein Wolf sein Gesicht zerfleischt.«

Marius Geiger wurde grün um die Nase. Ralph legte Sabine eine Hand auf die Schulter. »Lass doch. Wenn sein Alibi stimmt …«

Er spürte, wie ein Zittern durch ihren Körper ging. »Entschuldigen Sie bitte.« Sie wandte sich ab und machte Angersbach ein Zeichen, ihr zu folgen.

»Soll ich Sie zurückfahren?«, rief Geiger ihnen hinterher, die Stimme kieksend und brüchig zugleich.

»Danke. Das ist nicht nötig«, erwiderte Ralph und legte Sabine einen Arm um die Schultern.

Sie liefen zusammen die Straße Am Schlossberg entlang, dann durch die Parkstraße und anschließend durch die Wallstraße zum Taxistand am Busbahnhof. Ein Linienbus war gerade eingetroffen; etliche Fahrgäste stiegen aus und verteilten sich auf die wartenden Taxis.

Beim VW-Bus angekommen, ließ er die Kollegin los. Die Berührung hatte sich gut angefühlt, warm und richtig, aber so, wie es zurzeit zwischen ihnen stand, gab es keinen Grund, sie länger festzuhalten.

Sabine dagegen schien die Nähe gar nicht registriert zu haben. Sie griff nach ihrem Telefon und kontaktierte die Homberger Taxizentrale.

»Ja. Danke«, sagte sie einen Moment später und sah Ralph zerknirscht an. »Marius' Alibi stimmt. Er kann Kasteleiner nicht ermordet haben.« Sie stopfte das Gerät zurück in die Handtasche. »Ich weiß nicht, was mich da geritten hat«, erklärte sie. »Wenn es um Tod durch Erhängen geht, brennen bei mir die Sicherungen durch.«

Angersbach nickte. Er wusste, wie sehr der Tod ihrer Mutter ihr nachging, die sie aufgeknüpft an einem Baum aufgefunden hatte.

277

Kaufmann seufzte. »Ich war mir plötzlich so sicher, dass wir den Täter haben.« Sie lachte unfroh. »Genauso wie du mit Ammann.«

»Also steht es unentschieden«, witzelte Ralph und fuhr sich durch die verwuschelten Haare.

Kaufmann rang sich ein Lächeln ab und sah nachdenklich den Taxis hinterher, die in alle Richtungen davonfuhren. »Wenn wir Marius und Jürgen Geiger ausklammern, wer bleibt dann noch?«

»Die Gegenseite«, antwortete Ralph spontan. »Dietmar Geiger und die ZYKLUS AG. Staatsanwalt Kasteleiner hat zwar in ihrem Interesse gewirkt, aber vielleicht waren sie mit seiner Arbeit unzufrieden? Oder er hat etwas herausgefunden, was auf keinen Fall ans Licht kommen sollte.«

»Das heißt, wir fangen wieder von vorne an?«, fragte Sabine frustriert.

»Ich fürchte, uns bleibt nichts anderes übrig.«

Ralph Angersbach wollte die Tür des T3 öffnen, doch in diesem Moment meldete sich sein Smartphone. Am anderen Ende war einer der Beamten von der Polizeistation Marburg, die er gebeten hatte, sich im Schuppen auf dem Grundstück von Willi Geiger in Michelbach umzusehen.

»Du hattest recht«, berichtete der Kollege. »Geiger hatte da tatsächlich einen Vorrat Rattengift gebunkert. Mehr als ein Dutzend Dosen. Das gehört alles auf den Sondermüll.«

»Erst mal gehört es in die Kriminaltechnik und ins Labor der Rechtsmedizin.« Ralph hatte keine Ahnung, ob man verschiedene Chargen des Gifts anhand ihrer Molekularstruktur oder worauf auch immer es dabei ankam, unterscheiden konnte, aber Wilhelm Hack würde ihm gehörig den Marsch blasen, wenn er keine Probe bekäme.

»Klar. Ist schon auf dem Weg«, beruhigte ihn der Marburger Kollege. »Wir haben auch schon sämtliche Dosen eingepinselt und Fingerabdrücke sichergestellt. Schicken wir dir gleich digital per Mail. Aber der Rest?«

»Den Rest dürft ihr gerne sicher entsorgen.« Angersbach bedankte und verabschiedete sich. Anschließend brachte er Sabine auf den neuesten Stand. Zum Glück schien sie mittlerweile ihr inneres Gleichgewicht wiedergefunden zu haben.

»Die Fingerabdrücke nützen uns nichts«, stellte sie sachlich fest. »Wir haben keine Vergleichsabdrücke. Weder von Willi Geiger – die sind verkohlt – noch von irgendwem sonst aus der Familie.«

»Hm.« Angersbach kratzte sich unzufrieden den Hinterkopf. »Was tun wir dann?«

Sabine Kaufmann überlegte nicht lange. »Wir besorgen uns einen Durchsuchungsbeschluss für das Haus von Dietmar und Eva Geiger. Gift deutet auf einen weiblichen Täter, und die beiden hatten ein starkes Motiv, Dietmars Vater aus dem Weg zu räumen. Der Verdacht gegen sie erscheint mir jedenfalls plausibler als der gegen die ZYKLUS AG.«

Angersbach stimmte ihr zu. Ein Konzern wie die ZYKLUS AG fände andere Mittel und Wege, um ein paar unliebsame Zeitgenossen mundtot zu machen. Die brutalen Morde an Willi Geiger und Lutz Kasteleiner passten nicht zu einem Unternehmen, dessen Erfolg wesentlich davon abhing, dass die Weste nach außen hin weiß blieb.

Kaufmann hatte bereits ihr Smartphone in der Hand und telefonierte mit ihrem Chef beim LKA, Julius Haase. Wenn er sich darum kümmerte, ging es mit dem Durchsuchungsbeschluss sicher am schnellsten. Ohnehin, vermutete Ralph, würden sie momentan fast alles bekommen, was sie verlangten. Im Fall eines ermordeten Kollegen stellten die beteiligten Staatsanwaltschaften sämtliche verfügbaren Mittel bereit.

»Haase kümmert sich darum. Er geht davon aus, dass es klappt«, sagte Kaufmann erwartungsgemäß, als sie das Gespräch beendet hatte. »Kann allerdings eine Weile dauern.«

Sie wollte ihr Smartphone in die Handtasche stecken, doch es klingelte bereits wieder. Schnell schaute sie aufs Display, und Ralph beobachtete ein bemerkenswertes Mienenspiel auf ihrem Gesicht. Ein Lächeln, das im Bruchteil einer Sekunde verschwand und von einem gequälten Ausdruck abgelöst wurde. Sie zögerte kurz, ehe sie den Anruf annahm und sich das Handy ans Ohr hielt.

»Hallo, Holger«, sagte sie zurückhaltend.

Ralph war überrascht. War es doch nicht der große romantische Zauber zwischen ihr und Rahn? Oder hatten die beiden ihre erste Beziehungskrise? Er spürte, wie sich in seinem Inneren etwas regte. Ein Fünkchen Hoffnung und zugleich so etwas wie Schadenfreude. Für beides schämte er sich. Er hatte seine Chance bei Sabine gehabt und sie nicht genutzt. Es war nicht fair, wenn er ihr jetzt ihr Glück nicht gönnte. Aber wenn sie mit Rahn glücklich war – warum hatte sie ihn dann am Samstagabend in seiner Wohnung geküsst? Wirklich nur, weil sie betrunken und schockiert von dem Sprengstoffanschlag auf dem Parkplatz bei Thalhausen gewesen war? Oder war da mehr?

Angersbach seufzte. Er hätte nicht einmal sagen können, was er sich eigentlich wünschte.

»Ralph?«

»Ja?«

Vor lauter Grübeln hatte er nicht wahrgenommen, dass sie ihr Gespräch mittlerweile beendet hatte. Das ärgerte ihn, weil er nun nicht wusste, ob sie zum Abschied einen zärtlichen Kuss in den Hörer gehaucht oder ganz sachlich geblieben war.

Was sie ihm gleich darauf berichtete, ließ ihn allerdings alle romantischen Fragen vergessen.

»Die Kollegen vom LKA haben den Rechner von Carl Aschenbrenner durchleuchtet. Dabei sind sie auf ein Chatprogramm für Gamer gestoßen. Aschenbrenner tauscht sich dort mit Leuten aus, die zu einem Clan in einem Online-Multiplayer-Shooter gehören. Es gibt Seiten, die für alle Mitglieder einsehbar sind, aber man kann auch private Nachrichten verschicken. Mit einem seiner Mitspieler hat er intensive Gewaltphantasien ausgetauscht. Dabei ging es um Frauen, von denen die beiden zurückgewiesen worden sind. Nicht im Spiel, sondern im realen Leben. Die beiden haben einen Deal gemacht. Sein Chatpartner kümmert sich um Carls Ex-Freundin. Und dafür nimmt sich Aschenbrenner eine Frau vor, die sein Chatpartner ausgesucht hat.«

»Dich.«

»Richtig. Der Chatpartner hat ihm explizit meinen Namen genannt. Allerdings hat er ihm verschwiegen, dass ich Polizistin bin.«

»Wer ist der Typ? Und was hat er gegen dich?«

»Das wissen die Kollegen noch nicht. In diesen Chats ist alles anonym. Man meldet sich mit einem Phantasienamen an. Dafür braucht man nur eine gültige Mailadresse, die man sich wiederum unter falschem Namen bei einem Gratisanbieter besorgen kann. Die Kollegen von der IT versuchen, über die IP-Adresse an den Klarnamen des Chatpartners zu kommen, aber bisher hatten sie noch keinen Erfolg.«

»Dem Kerl drehe ich den Hals um.«

Sabine lächelte ihn an, und Ralph wurde es warm ums Herz.

»Ich weiß das zu schätzen. Aber wir sollten lieber bei den legalen Mitteln bleiben. Ich möchte dich nicht am Ende hinter Gittern besuchen müssen. Da möchte ich lieber Carl Aschenbrenner und seinen Kompagnon sehen.«

Angersbach nickte. In seinem Nacken kribbelte es. Sabine dagegen schien völlig unberührt, dabei war das, was sie erfahren hatte, doch verdammt heftig. Irgendjemand hatte einen Fremden darauf angesetzt, ihr schlimmes Leid zuzufügen. Und sie hatte offenbar keine Ahnung, um wen es sich handeln könnte. Wahrscheinlich ließ sie es einfach nicht an sich heran. Er musste darauf gefasst sein, dass sie irgendwann später zusammenklappte, wenn sie das Ganze realisierte. Für den Moment rührte er lieber nicht daran. Auch deshalb, weil ihn noch eine andere Frage bedrängte. »Was ist mit Janine? Hat er die in seinem Chat auch erwähnt?«

»Nein. Aber wir dürfen wohl davon ausgehen, dass der Typ in Berlin wohnt. Dorthin ist ja Anne Jäger, Aschenbrenners Ex-Freundin, nach der Trennung gezogen, und dort wurde sie auch überfallen, genau wie Janine.«

»In der Hasenheide.« Ralph verspürte ein unangenehmes Grummeln im Magen. Er durfte gar nicht daran denken, wie schlimm die Sache hätte ausgehen können.

»Richtig. Ich nehme an, er kennt sich dort aus. So eine Tat verübt man nur an einem Ort, an dem man sich sicher fühlt. Wo man die Örtlichkeiten und möglichen Fluchtwege kennt.«

Angersbach nickte grimmig. »Das war einer von diesen Jugendlichen, die Janine in der Haftanstalt betreut. Oder kennst du jemanden in Berlin, der noch eine Rechnung mit dir offen hat?«

»Nein. Ich denke auch, dass das die Klammer ist, die alles zusammenhält. Berlin, die Haftanstalt, Janine.«

Angersbach schnaufte. »Haben wir schon die Liste mit den Entlassungen?« Er hatte von Anfang an ein schlechtes Gefühl dabei gehabt, aber seine Halbschwester hatte unbedingt dort ihr soziales Jahr ableisten wollen, und es hatte ihr so gut gefallen, dass sie auch anschließend dort gearbeitet hatte. Bisher war es ja auch immer gut gegangen. Aber jetzt …

Sabine warf einen Blick auf ihr Smartphone. »Ich habe die Anfrage heute Morgen losgeschickt, aber bisher ist keine Antwort eingegangen.«

»Hak noch mal nach«, drängelte Ralph.

Sabine steckte das Telefon weg. »Ich bin sicher, die Anstaltsleitung tut, was sie kann. Wenn morgen früh noch nichts gekommen ist, kontaktiere ich sie noch mal.«

Angersbach grummelte leise, sah aber ein, dass sie recht hatte.

»Was machen wir jetzt?«, fragte er. Es juckte ihn in den Fingern, sich irgendjemanden vorzunehmen. Egal wen. Hauptsache, er konnte diese innere Unruhe abbauen.

»Wir müssen die Akten von Lutz Kasteleiner durchgehen.« Sabine sog nachdenklich die Unterlippe zwischen die Zähne und schaute die graue Straße entlang. »Die aktuellen. Und auch die von damals, von dem Vorfall mit diesem – wie hieß der tote Polizist beim letzten Castor-Transport?«

»Ulf Schleenbecker.«

»Richtig. Vielleicht finden wir da was. Irgendeine Verbindung zwischen Kasteleiner und einem der Geigers, die über den Protest gegen die Kanonenbahn hinausgeht. Oder zur ZYKLUS AG.«

»Okay.« Angersbach, der nichts mehr hasste als stundenlanges Aktenstudium, seufzte. Das war sicher nicht das Mittel, um sich von seiner Nervosität zu befreien. Aber Sabine hatte natürlich recht. Was sollten sie sonst tun? Sabine war offenbar wild entschlossen, sich in Arbeit zu vergraben, um sich nicht ihren Ängsten stellen zu müssen. Und er wollte bestimmt nicht derjenige sein, der ihren Schutzwall zum Einsturz brachte. Wie sollte er dann damit umgehen?

»Ich schlage vor, wir fahren zu dir«, sagte seine Kollegin, und Ralphs Herz kam für eine Sekunde ins Stolpern.

»Einfach, weil es praktisch ist«, ergänzte sie eilig. »Und nur, wenn wir unterwegs haltmachen und irgendwas Anständiges für das Abendbrot besorgen. Deine vegetarischen Klöße in grüner Soße esse ich garantiert kein zweites Mal.«

»Okay.« Angersbach grinste. »Auch wenn ich es nicht verstehe. Die Klöße sind total lecker.«

Sabine verdrehte die Augen. Ralph schwang sich auf den Fahrersitz des T3. Vielleicht meinte das Leben es ja gut mit ihm, und er bekam doch noch eine Chance?

Er wollte gerade den Schlüssel im Zündschloss drehen, als Sabines Handy erneut klingelte.

»Warte mal.« Sie fischte das Telefon aus ihrer Handtasche. »Mein Chef«, sagte sie nach einem Blick aufs Display und meldete sich beflissen.

Angersbach hörte Julius Haases sonore Stimme, konnte aber nichts verstehen, weil Sabine das Gerät nicht auf laut gestellt hatte.

»So schnell?«, fragte sie. »Super. Danke.« Sie drückte ihren Chef weg und wandte sich an Ralph. »Der Durchsuchungsbeschluss für das Haus von Dietmar Geiger ist da. Ein Dutzend Beamte von der Bereitschaft ist schon unterwegs. Wir können sofort loslegen.«

»Toll.«

Angersbach wusste, dass er sich freuen sollte. Es war eine vielversprechende Spur, und je eher sie die Morde an Willi Geiger und

Lutz Kasteleiner geklärt hätten, desto besser. Aber trotzdem … Der Abend mit Sabine in Gießen hätte schön werden können. Ob nach der Hausdurchsuchung noch etwas daraus wurde?

Er würde sich wieder einmal gedulden müssen.

Die Sonne war nicht mehr als eine fahl leuchtende Kugel im dichten Nebelgrau. Sabine Kaufmann hatte das Gefühl, als sei es den ganzen Tag über nicht richtig hell geworden, und nun senkte sich die Sonne bereits wieder dem Horizont entgegen. Noch eine Stunde vielleicht, dann würde die Dämmerung einsetzen und den grauen Nebel durch nächtliches Schwarz ersetzen. Der November war wirklich eine deprimierende Zeit.

Sie spürte, wie sich die Gedanken, die sie nicht haben wollte, herandrängten. Irgendjemand hatte sie als Zielscheibe ausgewählt. Jemand, der damit in Wirklichkeit Janine treffen wollte, nahm sie an. Aber stimmte das? Oder ging es doch um sie? Wen sollte sie so sehr verletzt haben, dass er einen Fremden damit beauftragte, sie zu vergewaltigen? Ein saures Brennen stieg in ihrer Kehle hoch. Nur Sekunden später und Holger Rahn wäre zu spät gewesen. Hatte sie sich ihm deshalb hingegeben? Aus Dankbarkeit? Und nun wies sie ihn zurück, weil seine Person immer auch mit dem grässlichen Moment verknüpft war, als sie in diesem Durchgang gestanden hatte, Carl Aschenbrenner hilflos ausgeliefert? Sie suchte in ihrer Handtasche nach einem Kaugummi und steckte es sich in den Mund. Der Pfefferminzgeschmack verdrängte die Säure, aber das Unbehagen, das zurückblieb, konnte er nicht verdrängen.

Ralph Angersbach stoppte den grünen T3 mit kreischenden Bremsen vor dem Haus des Bürgermeisters in Thalhausen, und Sabine wurde abrupt aus ihren Gedanken gerissen. Angersbach stellte den Motor ab, blieb aber mit den Händen am

Lenkrad sitzen, während der Wagen sich mit einem lauten Klappern der Inneneinrichtung schüttelte, bevor es still wurde. Er schien über irgendetwas zu brüten. Dann wandte er sich mit einem Ruck zu ihr.

»Wie läuft's denn so mit Holger und dir?«, platzte es aus ihm heraus.

Sie hätte ihm einfach die Wahrheit sagen können, doch da war etwas in seinem Blick, das sie davon abhielt. Stattdessen fuhr sie ihre Abwehr hoch.

»Danke. Alles bestens.«

»So?« Er sah aus, als wollte er nachhaken, doch in diesem Moment bogen zwei blau-silberne Mercedes-Vito-Busse in die Straße ein. Sie parkten direkt hinter dem Syncro, und ein Dutzend junger uniformierter Polizisten stieg aus.

Kaufmann und Angersbach taten es ihnen gleich. Sabine bemerkte die hochgezogenen Augenbrauen einiger Kollegen, mit denen sie das olivgrüne Gefährt und die anarchistischen Aufkleber an der Heckscheibe betrachteten. Sie beschloss, die Blicke zu ignorieren, und wandte sich an den Zugführer, einen Mann mittleren Alters, der fast zwei Meter groß war. Sabine musste den Kopf weit in den Nacken legen, um zu ihm aufzublicken. Wie so oft verfluchte sie ihre geringe Körpergröße. Es war nicht leicht, sich Autorität zu verschaffen, wenn man solchen Riesen gegenüberstand.

»Hallo, Kollege. Ihr seid informiert?«, fragte sie knapp, um nicht den leisesten Anschein von Unsicherheit zu vermitteln.

Der Beamte nickte. »Rattengift. Wir haben alles dabei, um gegebenenfalls einen Schnelltest durchzuführen.«

»Gut. Dann los.«

Sie drückte auf den Klingelknopf unter dem Messingschild an der Gartenpforte.

Wie bei ihrem letzten Besuch öffnete Eva Geiger die Haustür. Auch dieses Mal sah sie aus wie aus dem Ei gepellt. Das lange brünette Haar glänzte im Licht, das aus dem Flur fiel. Der kurze graue Rock betonte ihre langen Beine, die in einer bronzefarbenen Strumpfhose steckten. Dazu trug sie eine Bluse im selben Farbton, der perfekt zu ihren Haaren passte, und hochhackige goldene Pumps.

Sabine hörte, wie mehrere der Männer hinter ihr bei diesem Anblick leise durch die Zähne pfiffen. Sie konnte nur hoffen, dass sie nicht zu sabbern begannen und von anzüglichen Bemerkungen Abstand nahmen.

Das ehemalige Model kam über den Gartenweg auf sie zu. Auch dieses Mal musste Sabine sofort an einen Laufsteg denken. Die Körperbeherrschung dieser Frau war perfekt, genau wie ihre Figur. Wenn sie nicht wüsste, wie viel harte Arbeit und Entbehrungen dafür nötig waren, sie hätte Eva Geiger beneidet. So aber war sie froh, dass sie sich allein aufgrund ihrer Körpergröße nie dazu genötigt gesehen hatte, ebenfalls eine Modelkarriere anzustreben.

Wie beim letzten Mal blieb Eva Geiger ein paar Schritte von der Gartenpforte entfernt stehen. Wenn das Polizeiaufgebot sie erschreckte, ließ sie sich nichts anmerken. Genau wie ihren Körper hatte sie auch ihre Mimik perfekt unter Kontrolle.

»Was kann ich für Sie tun?«, fragte sie lächelnd und warf Angersbach einen Blick zu, der sicherlich viele Männerherzen schmelzen ließ. An Ralph war er allerdings verschwendet.

»Wir müssen uns bei Ihnen im Haus umsehen«, sagte er ohne jede Spur von Freundlichkeit. »Öffnen Sie bitte die Tür.«

Eva Geigers Augenbrauen wanderten eine Winzigkeit nach oben. »Sie wollen mit Ihrer ganzen Mannschaft zu uns ins Haus? Ich glaube nicht, dass wir dazu verpflichtet sind.«

»Leider doch.« Sabine zückte ihr Smartphone. Der Untersuchungsrichter hatte den Durchsuchungsbeschluss per Mail geschickt. Das unterschriebene Original war mit einem Polizeiboten auf dem Weg und würde in Kürze hier eintreffen, aber die digitale Variante reichte, um mit der Durchsuchung unverzüglich zu beginnen.

Eva Geiger schürzte die Lippen. »Tut mir leid. Das kann ich nicht entziffern. Ich hole meine Lesebrille.«

Angersbach war nicht gewillt, sich derart abfertigen zu lassen. »Das ist ein Durchsuchungsbeschluss«, polterte er. »Und Sie öffnen jetzt sofort die Tür. Sonst nehme ich Sie fest wegen der Behinderung einer Mordermittlung.«

»Schon gut.« Eva Geiger hob die Fernbedienung, und die Gartenpforte schwang mit einem leisen Summen auf. »Bitte.« Ihr Blick hatte etwas Spöttisches. »Tun Sie sich keinen Zwang an.«

Angersbach marschierte ins Haus, gefolgt von den uniformierten Kollegen. Sabine unterdrückte den Impuls, sich bei der Hausherrin zu entschuldigen. Sie hatten guten Grund, hier zu sein, und Eva Geiger war eine Verdächtige. Auch schöne Menschen konnten niedere Gefühle haben und morden.

»Wo ist Ihr Mann?«, erkundigte sie sich stattdessen.

»Bei einer Gemeinderatssitzung«, teilte ihr die Bürgermeistergattin mit, freundlich, aber auch ein wenig hochnäsig. So, als wollte sie sagen, dass man einen Mann in einer solch wichtigen Stellung so nicht behandeln durfte.

Nun, wenn sie sich täuschten, war Eva Geigers Ärger berechtigt. Das Schloss an Willi Geigers Schuppen war leicht zu knacken gewesen, das hatten die Marburger Kollegen berichtet, und letztlich hätten sich viele Personen an dem Gift bedienen können, die beiden anderen Söhne Jürgen und Marius ebenso wie jeder Gast. Man konnte nicht einmal ausschließen, dass Willi Geiger es aus eigenem Antrieb eingenommen hatte, dachte sie mit einem Anflug von schwarzem Humor.

»Tut mir leid«, sagte sie nun doch, aber Eva Geiger winkte ab.

»Sie tun nur Ihre Pflicht. Möchten Sie einen Tee?«

Sie ging Sabine voraus in die Küche und nahm eine Dose aus dem Schrank. Während das Wasser kochte, füllte sie losen Tee in ein Sieb, das sie in eine hübsch geschwungene gläserne Kanne hängte. Nachdem sich der Wasserkocher abgeschaltet hatte, goss sie den Tee auf.

»Milch? Zucker?«, fragte sie und stellte dickbauchige Tassen auf den Tisch.

»Nein, danke.« Genau wie Kaffee bevorzugte Sabine auch ihren Tee ungesüßt und ohne die Beigabe von Milch oder Zitrone.

Zwei uniformierte Beamte betraten die Küche.

»Verzeihung.« Sie begannen, die Küchenschränke zu öffnen, den Inhalt herauszuräumen und sämtliche Dosen zu öffnen.

Eva Geiger sah ihnen fassungslos zu. »Muss das sein?«, fragte sie.

»Ja. Muss«, lautete die knappe Antwort eines der Beamten.

»Was haben wir denn hier?«, sagte sein Kollege im selben Moment. Er hielt Sabine eine Dose hin, in der sich der Beschriftung zufolge Roiboostee befinden sollte. Der Inhalt hatte allerdings nicht die geringste Ähnlichkeit mit den winzigen braunen Aststückchen, aus denen dieser Tee bestand. Stattdessen erblickte Sabine giftgrüne Kügelchen.

Eva Geiger trat neben den Beamten. »Igitt. Was ist das denn?«

289

Sabine bedeutete der Bürgermeistergattin, sich zu ihr an den Tisch zu setzen. »Ich denke, das wissen Sie sehr genau.«

»Nein.« Eva Geiger strich ihre brünetten Haare nach hinten. »Die müssen im Teeladen einen Fehler gemacht haben. Anders kann ich es mir nicht erklären.«

Sabine Kaufmann seufzte. »Frau Geiger, bitte. Die Kollegen werden mit dem Inhalt der Dose einen Schnelltest machen. Ich denke, es wird sich rasch bestätigen, dass wir es mit Rattengift zu tun haben.«

»Rattengift?«

»Die Kollegen nehmen auch Fingerabdrücke von der Dose. Ich nehme an, wir werden feststellen, dass es Ihre sind? Oder die Ihres Mannes?«

Ein Beamter kam herein und stellte einen mobilen Fingerabdruckscanner auf den Tisch. »Darf ich?« Er griff nach Eva Geigers sorgfältig manikürter Hand. Die Bürgermeistergattin war so überrascht, dass sie es geschehen ließ.

Ralph Angersbach betrat die Küche und lehnte sich an die Spüle. Alles Bissige war aus seiner Miene verschwunden. Er verschränkte die Arme und sah Eva Geiger traurig an.

Immer dasselbe, dachte Kaufmann. Bei einer schönen Frau setzte der Verstand aus. Da geriet sogar die Professionalität eines Ralph Angersbach ins Stolpern, der sich sonst nie von Mitleid erweichen ließ.

Eva Geiger starrte auf die Dose mit den grünen Kügelchen und den Fingerabdruckscanner auf dem Tisch. »Ich … wollte ihn nicht umbringen«, stammelte sie. »Ich wollte nur, dass er aufhört, meinem Mann Steine in den Weg zu legen mit seinen verdammten Protestaktionen. Dietmar hat es ja nicht fertiggebracht. Nur ein paar harmlose Stolperfallen, hier eine Razzia, da eine Fahrzeugkontrolle oder ein gesperrter Parkplatz, wenn er von einer geheimen Aktion erfahren hat. Aber von solchen Kleinigkeiten hat sich Willi nicht aufhalten lassen. Ich musste etwas tun. Deshalb habe ich ein wenig Rattengift in seinen Tee gegeben, wenn er gelegentlich hier vorbeigekommen ist. Er sollte sich so krank und elend fühlen, dass er seinen Widerstand aufgibt. Aber ich wollte nicht, dass er stirbt.«

Kaufmann schüttelte innerlich den Kopf. Sie begriff nicht, wie man so sein konnte. Nun, zumindest wussten sie jetzt, wer der Drahtzieher war, der die Informationen des unfreiwilligen Maulwurfs in den Reihen der Bürgerinitiative in Polizeiaktionen umgesetzt hatte. Polizeimeister Ammann hatte Sebastian ausgefragt und die Informationen an Dietmar Geiger weitergegeben, und der hatte den Staatsanwalt vor seinen Karren gespannt.

Von der Haustür aus waren Stimmen und Tumult zu hören. Dietmar Geiger stürzte in die Küche, gefolgt von einem Beamten, der vergeblich versuchte, ihn aufzuhalten.

»Was ist hier los?«, schnarrte der Bürgermeister und ließ seinen Blick über die Anwesenden und die Utensilien auf dem Tisch schweifen.

Sabine machte dem Kollegen ein Zeichen, dass es in Ordnung war, und der zog sich wieder in den Flur zurück.

»Wir haben in einem Ihrer Küchenschränke eine Dose mit Rattengift gefunden«, erläuterte sie. »Ihre Frau hat zugegeben, dass sie es Ihrem Vater verabreicht hat, damit er seinen Protest gegen das Kanonenbahnprojekt einstellt.«

»Wie bitte?« Dietmar Geiger ließ sich auf einen Stuhl fallen und starrte seine Frau an. »Das ist nicht wahr.«

Eva Geiger tupfte sich mit zwei Fingern die Augen ab, selbst in dieser Situation noch darauf bedacht, ihr Make-up nicht zu ruinieren.

»Der alte Narr hat doch einfach keine Ruhe gegeben«, jammerte sie. »Er hätte dir alles kaputt gemacht. Deine Pläne für die Region. Deinen Aufstieg in den Landtag. Und deinen Traum vom Bundestag.«

Der Mann mit dem vollen dunklen Haar und den angegrauten Schläfen richtete sich auf. »Das ist dein Traum, meine Liebe, nicht meiner. Mir reicht es, wenn ich für Nordhessen etwas tun kann. Aber damit ist es nun wohl auch vorbei.«

Eva Geigers Augen wurden schmal. »Er ist ja nicht daran gestorben. Das war die Explosion. Damit haben wir nichts zu tun.«

»Das gilt es noch zu klären«, warf Angersbach ein.

Eva Geiger schüttelte den Kopf. »Warum hätte ich das tun sollen? Wenn ich gewollt hätte, dass er stirbt, hätte ich ihm einfach nur mehr von dem Rattengift in den Tee tun müssen.«

Sabine, die gerade einen Schluck hatte nehmen wollen, setzte die Tasse rasch wieder ab. Die Bürgermeistergattin, die es bemerkte, lachte auf. »Keine Sorge. Da ist nichts drin.« Sie bekam langsam wieder Oberwasser. »Im Grunde ist doch nichts passiert, oder? Sie nehmen die Dose einfach mit und entsorgen das Zeug. Und der Rest …« Sie machte eine wegwerfende Handbewegung. »Das ist doch nur eine Bagatelle.«

Kaufmann wurde ärgerlich. »Mitnichten«, teilte sie der Frau mit. »Auf Sie kommt ein Strafverfahren wegen gefährlicher Körperverletzung und versuchten Mordes zu. Das ist keine Kleinigkeit.«

»Und dazu noch die Scheidung«, ergänzte der Bürgermeister rau.

Eva Geiger schaute ihren Mann fassungslos an. »Wie bitte?«

Dietmar Geiger legte die Hände flach auf den Tisch. »Du hast versucht, meinen Vater zu ermorden. Glaubst du im Ernst, ich will noch länger mit dir verheiratet sein?«

Sie schluckte hart. »Aber – ich habe das doch nur für dich getan.«

Geiger lachte bitter auf. »Ich wollte es lange Zeit nicht wahrhaben. Aber du hast es einfach nicht verkraftet, dass deine Karriere vorbei war. Du wolltest wieder im Rampenlicht stehen, und dafür war dir jedes Mittel recht. Wenn es nicht der Laufsteg ist, dann eben der rote Teppich. Auf keinen Fall wolltest du als Frau des Bürgermeisters einer kleinen Gemeinde versauern.«

Die schöne Fassade brach im Bruchteil einer Sekunde zusammen. Eva Geigers Gesicht verzerrte sich vor Wut. »Das ist der Dank, ja? Dafür, dass ich dich all die Jahre unterstützt habe? Auf all diesen langweiligen Empfängen an deiner Seite war und dafür gesorgt habe, dass du glänzen kannst? Und nun ist dein Vater plötzlich wichtiger, der dich von Anfang an im Stich gelassen hat? Er wollte doch nie etwas von dir wissen, und jetzt, wo du endlich den Sprung in die große Politik schaffen könntest, wollte er dir alles kaputt machen.«

Dietmar Geiger sah seine Frau angewidert an. »Wir hatten unterschiedliche Ansichten, ja. Und jeder hat für seine Überzeugung gekämpft. Aber mit redlichen Mitteln. Worum auch immer es geht, nichts ist es wert, dafür ein Menschenleben zu opfern.« Er wandte sich an Kaufmann und Angersbach. »Es gibt eine Menge, was ich meinem Vater vorwerfe. Er war nicht da, als ich ihn gebraucht hätte als Kind, und meine Mutter hat ihre Wut auf ihn an mir ausgelassen. Trotzdem war ich froh, als er sich im reiferen Alter entschlossen hat, den Kontakt aufzunehmen. Wir haben uns oft gestritten, aber wir haben uns auch gegenseitig respektiert.« Geiger schaute wieder zu seiner Frau. »Ich wusste nicht, dass sie versucht hat, ihn zu vergiften.« Er seufzte leise. »Ich bin nur froh, dass er nicht daran gestorben ist. So muss ich ihn zumindest nicht mit dem Gefühl begraben, dass ich schuld an seinem Tod bin.«

Eva Geiger schnaubte. »Mein Gott. Du bist so ein Waschlappen. Kein Wunder, dass du über die Lokalpolitik nie hinausgekommen bist. Dir fehlt einfach der Biss.«

Angersbach winkte zwei der uniformierten Kollegen heran. »Führen Sie die Dame bitte ab und sorgen Sie dafür, dass sie nach Gießen in die Untersuchungshaft überstellt wird.«

Eva Geiger funkelte ihn an. »Darf ich wenigstens noch ein paar Sachen zusammenpacken?«

»Selbstverständlich.«

Sie sahen zu, wie die beiden Beamten die wutschnaubende Frau die Treppe hinauf begleiteten.

Dietmar Geiger blinzelte. »Ich habe das Gefühl, ich kenne diese Person überhaupt nicht. Wie kann sich ein Mensch, den man einmal geliebt hat, derart verändern, ohne dass man es bemerkt?«

Sabine warf ihm einen mitfühlenden Blick zu. »Das passiert schneller, als man es erwartet.« Sie musste an ihre Mutter denken. Allerdings war bei Hedwig Kaufmann eine psychische Erkrankung die Ursache für ihre Persönlichkeitsveränderung gewesen. Aber wer wusste schon, ob es bei Eva Geiger nicht auch so war? Offensichtlich war sie nicht damit zurechtgekommen, von einem Tag auf den anderen nicht mehr im Rampenlicht zu stehen. Das war die Kehrseite des Erfolgs. Solange er andauerte, trug er die Menschen, doch wenn er ausblieb, stürzte so mancher ins Bodenlose.

»Wie geht es weiter?«, erkundigte sich Dietmar Geiger.

»Ihre Frau bleibt heute Nacht in Untersuchungshaft«, erklärte Kaufmann. »Morgen wird sie dem Untersuchungsrich-

ter vorgeführt. Ich nehme an, sie wird dann bis zur Anklage-
erhebung wieder nach Hause entlassen. Sie hat einen festen
Wohnsitz, und es besteht vermutlich keine Fluchtgefahr.«

Dietmar Geiger nickte grimmig. »Dann richte ich wohl besser das Gästezimmer für sie her. Das Ehebett werde ich jedenfalls nicht mehr mit ihr teilen.«

Kaufmann konnte ihn verstehen. »Ich würde Ihnen raten,
sich mit Ihrer Frau auszusprechen«, empfahl sie ihm trotzdem. »Es wird auch für Sie leichter, wenn Sie reinen Tisch machen.«

Ganz kurz nur glitt ihr Blick zu Ralph. Die guten Ratschläge, die sie anderen gab, sollte sie besser auch selbst beherzigen
und sich endlich entscheiden, wie sie zu Holger Rahn und
Ralph Angersbach stand. Doch im Augenblick fühlte sie sich
dazu nicht in der Lage.

Die Dunkelheit senkte sich unerbittlich über den Wald, während die Beamten des Suchtrupps in einer langen Reihe zwischen den Bäumen hindurchschritten, alle im selben Tempo,
die Kollegen zu beiden Seiten jeweils zwei Meter voneinander
entfernt. Sie hatten Stangen dabei, mit denen sie im Boden
herumstocherten. Als ob der Wolf sich unter einem Haufen
Blätter verbergen würde. Aber das war eben die übliche Ausrüstung für eine Suchmannschaft, und falls sie den Wolf auf-
stöberten und er auf sie losging, wäre die Stange vielleicht
nützlich, um sich zu verteidigen.

Aaron Ammann glaubte allerdings nicht daran. Seiner Ansicht nach war der Wolf eine Mär. Wenn man ihn fragte, waren
die angeblichen Sichtungen, die in den letzten Wochen und
Monaten gemeldet worden waren, der Phantasie der Leute
entsprungen, nachdem irgendjemand die Falschmeldung im

Netz gepostet hatte, einer der Wölfe aus dem Wildpark sei aus seinem Gehege ausgebrochen.

Was nicht der Fall war. Die Bären und Wölfe, die sich das Gehege teilten, waren vollzählig. Das hatte die Verwaltung des Wildparks bestätigt, und der Landkreis hatte es groß und breit in die Zeitung gesetzt und auch über die sozialen Medien verbreitet. Aber es gab immer genügend Verschwörungstheoretiker und Wichtigtuer, die lieber an das Unwahrscheinliche glauben wollten, und so hielt sich das Gerücht vom Wolf im Knüll-Bergland hartnäckig.

Die Verletzungen im Gesicht des toten Staatsanwalts hatten ihm allerdings zu denken gegeben. Sie sahen tatsächlich so aus, als hätte ein Wolf Stücke daraus herausgerissen. Doch das könnte ebenso gut irgendein anderes Tier gewesen sein. Oder täuschte er sich, und irgendwo hier im Wald trieb sich tatsächlich ein ausgewachsener Wolf herum, mit gefletschten Zähnen und glühenden Augen? Aaron lief ein Schauer über den Rücken. Plötzlich fand er die Vorstellung gar nicht mehr so abwegig.

Während es zwischen den Stämmen dunkler und der Nebel dichter wurde, arbeiteten sie sich weiter durch den Wald. Auf Anweisung des stellvertretenden Revierleiters Markus Hägeler nahmen sie ihre Taschenlampen vom Gürtel und beleuchteten den dicht belaubten Waldboden.

Aaron hatte Zweifel. Würde der Wolf nicht vor dem Licht fliehen? Aber vielleicht fand man ja zumindest Pfotenabdrücke, so wie in der Blutpfütze unter Kasteleiners Kopf. Aaron wollte lieber nicht daran denken. Der Anblick war grässlich gewesen.

Irgendwo über ihm raschelte es im Laub. Er hörte ein Flattern, und etwas schoss dicht an ihm vorbei. Aaron konnte gerade noch einen Schrei unterdrücken. Das wäre ein gefundenes Fressen für die Kollegen, wenn er sich wegen einer Fledermaus ins Hemd machte.

Mit einem Mal schienen überall um ihn herum Geräusche zu sein, und das Unbehagen verstärkte sich mit jedem Schritt. Er war kein Naturbursche, nie gewesen, und nachts im Wald fand er es einfach nur unheimlich. Aber wenn er nicht das letzte bisschen Respekt verspielen wollte, das der eine oder andere seiner Kollegen vielleicht noch für ihn übrig hatte, musste er weitermachen. Zumindest mit Markus Hägeler hatte er es sich noch nicht verscherzt, und das sollte so bleiben.

Der Beamte rechts neben ihm stocherte emsig mit seiner Stange im Boden herum. Glaubte er, auf diese Weise etwas zu finden, oder war es seine Art, die Angst vor der Dunkelheit im Zaum zu halten? Aaron schaute kurz zu ihm hinüber.

Wieder rammte der Kollege die Stange in den Boden, doch dieses Mal stieß er nicht auf Widerstand. Stattdessen gab das Erdreich unter ihm nach. Der Beamte brach mit dem Fuß ein, Pflanzen und Geröll lösten sich und rutschten in das Loch, das sich plötzlich unter dem Polizisten auftat. Er stürzte und verlor seine Taschenlampe. Sie rollte ein Stück weit und blieb auf einem Moospolster liegen. Der Lichtkegel fiel in die Grube, und Aaron sah etwas Helles aufblitzen.

Er rief den anderen zu, dass sie stehen bleiben sollten, und richtete dann sein eigenes Licht in den Graben. Dieses Mal schaffte er es nicht, einen Aufschrei zu unterdrücken, doch dafür würden die anderen Verständnis haben. Von unten leuchtete ihm ein Totenschädel entgegen, ein gelblich weißer Knochen, über dem verweste Hautfetzen hingen.

15

Sie waren schon fast in Gießen, als Sabines Smartphone vibrierte. Sie zog es aus der Tasche, schaute auf das Display und meldete sich mit förmlicher Stimme. »Guten Abend, Herr Kriminaloberrat.«

Angersbach wandte ihr kurz den Kopf zu. Der Oberrat war ihr Chef Julius Haase. Wenn er sie um diese Zeit anrief – kurz vor halb sieben, wie ihm ein Blick auf die Uhr am Armaturenbrett verriet –, musste etwas Wichtiges vorgefallen sein.

»Wie bitte?« Kaufmann riss die Augen auf. »Das gibt es doch nicht.« Sie machte Ralph ein Zeichen, bei nächster Gelegenheit umzudrehen.

Angersbach seufzte. Er hatte sich darauf gefreut, nach Hause zu kommen. Eine Pizza zu bestellen, ein Glas Wein mit Sabine zu trinken und ein bisschen zu reden. Über den Fall oder irgendetwas anderes, das war ihm eigentlich egal. Vielleicht nicht gerade über ihre Beziehung, das wäre ihm zu kompliziert. Dieser Fall beanspruchte schon seine gesamte Gehirnkapazität. Es würde ihm schwerfallen, sich auf etwas anderes zu konzentrieren oder gar *hinzufühlen,* wie es ihm die Polizeipsychologin einmal geraten hatte. Für solchen Firlefanz war vielleicht im Urlaub Gelegenheit, aber nicht jetzt.

Die nächste Ausfahrt kam in Sicht. Ralph blinkte, bog von der Autobahn ab, überquerte die Brücke und fuhr auf der anderen Seite in die Gegenrichtung wieder auf. Ein leichter Nieselregen hatte eingesetzt. Angersbach stellte die Scheibenwischer an, die mit einem quietschenden Scharren über die große Scheibe fuhren, ohne viel Wirkung zu erzielen. Statt den Regen zu beseitigen, verteilten die Wischer ihn nur zu Bogen, die ähnlich aussahen wie die konzentrischen Kreise, die entstanden, wenn man einen Stein ins Wasser warf. Immerhin, zwischen den Bogenlinien konnte man hindurchsehen. Wenn ihnen allerdings ein Fahrzeug entgegenkam, dessen Scheinwerfer nicht von der Leitplanke verdeckt wurden, war Ralph so geblendet, dass er fast überhaupt nichts mehr sah.

Sabine hatte ihr Telefongespräch beendet und schaute verkniffen auf die Straße.

»Meine Güte. Ich hätte nicht gedacht, dass es ein Fahrzeug gibt, das noch unkomfortabler ist als dein Lada. Aber der VW-Bus deines Vaters schlägt ihn um Längen.«

»Hm.« Angersbach brummte nur. Er wollte jetzt nicht über Autos diskutieren. Er wollte wissen, was Julius Haase zu vermelden gehabt hatte.

»Hägelers Suchmannschaft hat etwas entdeckt«, tat Sabine ihm den Gefallen.

»Den Wolf?«

»Nein.« Seine Kollegin seufzte. »Eine Leiche.«

»Verdammt.« In Angersbachs Kopf überschlugen sich die Gedanken. Hatten sie etwas übersehen? Hätten sie ein Menschenleben retten können, wenn sie rechtzeitig die richtigen Schlüsse gezogen hätten?

»Es handelt sich offenbar um einen Mann«, berichtete Kaufmann weiter. »Er war in einem Loch im Waldboden vergraben. Die Beamten haben ihn durch Zufall entdeckt, weil einer von ihnen hineingetreten und gestürzt ist.« Sie machte eine kurze Pause. »Der Kollege Ammann war auch dabei.«

Angersbach warf ihr einen Seitenblick zu. »Willst du damit irgendwas andeuten? Hägeler hat doch gesagt, dass er zum Suchtrupp dazustoßen soll.«

»Ja.« Sabine schaute verbissen durch die Frontscheibe.

»Irgendeine Idee, wer der Tote ist?«, erkundigte sich Angersbach. »Wie lange er da schon liegt?«

»Nein.« Kaufmann legte den Kopf in den Nacken. »Eine Identifizierung ist offenbar nicht möglich. Dafür ist die Verwesung schon zu weit fortgeschritten. Da wird Hackebeil wieder einmal sein ganzes Können aufbieten müssen. Offenbar ist es schon eine Weile her, dass man ihn vergraben hat.«

Also hatten sie zumindest nichts versäumt, was den Mann gerettet hätte. Das war nicht viel, aber immerhin ein kleiner Trost.

»Wo hat man ihn gefunden?«, fragte Angersbach weiter.

»Tief im Wald, zwischen der Stelle in der Nähe von Waßmuthshausen, an der man Kasteleiner aufgehängt hat, und dem Waldparkplatz in Thalhausen.«

»Das heißt, er gehört vermutlich dazu.«

»Ja.« Sabine Kaufmann holte tief Luft und stieß sie mit einem Stöhnen wieder aus. »Es ist wohl kaum anzunehmen, dass drei Tote in so enger räumlicher Nähe nichts miteinander zu tun haben.«

Angersbach erreichte die Ausfahrt Homberg und bog erleichtert von der Autobahn ab. Auf der Landstraße gab es zwar keine Leitplanke, die ihn von den Lichtern der entgegenkommenden Fahrzeuge abschirmte, aber dafür war auch weniger Verkehr. Dadurch blieben ihm zumindest die riesigen Trucks mit ihren grellen Lichtfronten und die hochbeinigen

SUVs erspart, die ihr Scheinwerferlicht mühelos über die Leitplanke auf die Gegenfahrbahn warfen.

Der Nebel wurde dichter, und der Nieselregen, der sich immer wieder auf die Scheibe legte, verwischte die Sicht zusätzlich. Nur noch schemenhaft war die Umgebung zu sehen, auf der rechten Seite hier und da ein paar beleuchtete Fenster, links die von hohen Bäumen bestandenen Hügel des Knüllwalds, die sich schwarz und drohend erhoben. Abseits der kleinen Ortschaften, die sie durchquerten, war es komplett finster. Ralph kniff die Augen zusammen, um die Fahrbahnmarkierung nicht aus dem Blick zu verlieren.

»Womit haben wir es also zu tun?«, fragte er. »Mit einem Psychopathen, der wahllos mordet? Oder mit einer mörderischen Familie, in der jeder zu anderen Waffen greift? Eva Geiger zum Gift, einer von Willi Geigers Söhnen zum Sprengstoff und zum Strick, und jetzt …« Er brach ab, weil sie noch nichts darüber wussten, wie das Opfer in der Grube zu Tode gekommen war.

»Das ergibt alles keinen Sinn«, stellte Sabine Kaufmann nüchtern fest. »Diejenigen, die ein Motiv für den Mord an Geiger hatten, sind nicht dieselben, die einen Grund hatten, den Staatsanwalt umzubringen. Und wenn jetzt ein weiterer Faktor hinzukommt …«

Sie wischte über das Display ihres Smartphones, als überlegte sie, jemanden anzurufen, steckte es dann aber wieder weg. »Wir sollten uns die Sache erst mal ansehen«, befand sie. »Solange wir nicht wissen, wer der Tote überhaupt ist, wird es schwierig, ein Motiv zu konstruieren.«

»Kein Problem«, entgegnete Ralph und bog auf die schmale Landstraße, die nach Thalhausen führte. »Wir sind gleich da.«

Der Weg durch den Wald fühlte sich an, als wäre sie in einen schlechten Horrorfilm geraten. Entlang des Pfades standen Beamten der Bereitschaftspolizei und erhellten den mit feuchten Blättern bedeckten Waldboden mit ihren Taschenlampen; lebendige Straßenlaternen in Uniform. Aus den Tiefen des Waldes drang grelles Licht durch den feuchten Dunst, der in Schwaden über den Boden waberte wie Bühnennebel. Der Wind fegte Wolken von Nieselregen zwischen den nur noch spärlich belaubten Bäumen hindurch; die feinen Tröpfchen glitzerten im Licht, das vom Zentrum der Ereignisse kam.

Die Kollegen von der Spurensicherung waren eine halbe Stunde nach ihnen eingetroffen und hatten mittlerweile ihre Scheinwerfer aufgestellt und den Tatort gesichert. Ralph und sie waren zwar als Erste vor Ort gewesen, hatten sich aber gedulden müssen. Bei einem offensichtlichen Tötungsdelikt hatten die Kriminaltechnik und die Rechtsmedizin Vorrang.

Sie hatten die Zeit genutzt, um mit Markus Hägeler, Aaron Ammann und dem Beamten, der in das Loch getreten war, zu sprechen, doch alle drei hatten nur sagen können, dass der Leichnam offenbar unter einer dünnen Erd- und Laubschicht verborgen gelegen hatte und sich in einem fortgeschrittenen Stadium der Verwesung befand.

Als das Signal endlich gekommen war, dass sie den Schauplatz des Verbrechens betreten durften, waren sie vom Regen durchweicht und bis in die Haarspitzen angespannt. Bei Ralph äußerte sich das in den großen, eckigen Schritten, mit denen er vor ihr herging, und den geballten Fäusten, die er in die Taschen seiner Wetterjacke gestopft hatte. Sabine selbst kaute unablässig auf ihren Lippen herum, die davon bereits zwei wunde Stellen davongetragen hatten. Trotzdem konnte sie nicht aufhören.

Der abgesperrte Bereich war eine winzige Lichtung, rundherum von hohen Bäumen umstanden. Das Flutlicht der Kriminaltechnik war auf die Grube in der Mitte gerichtet. Ein Dutzend weiß gekleideter Beamten von der Spurensicherung huschte zwischen den Stämmen umher. Mit ihren Schutzanzügen wirkten sie wie weiße Gespenster im schwarzen Wald.

Eines der Gespenster kniete neben der Grube und war über den Toten gebeugt. Sein Gesicht war nicht zu erkennen, aber seine Körperhaltung und der Eifer, mit dem er seine Arbeit verrichtete, ließen keinen Zweifel daran, dass es sich um Professor Wilhelm Hack handelte.

Er hob den Kopf, als Ralph und Sabine zu ihm traten.

»Wenn Sie in dieser Frequenz weiter Leichen ans Tageslicht befördern, haben Sie bis Jahresende die Region Knüll ausgerottet«, spottete er.

Kaufmann, die sich von Hacks Humor schon lange nicht mehr abgestoßen fühlte, weil sie wusste, dass es sein Mittel war, die Dinge nicht zu nah an sich heranzulassen, schmunzelte. Angersbach dagegen hatte noch immer seine Probleme mit Hackebeils morbiden Kommentaren.

»Schön, wenn wir Ihnen eine Freude machen können«, knurrte er. »Gibt es schon irgendwas zu sagen?«

»Der Mann ist tot.« Hack kam geschmeidig auf die Füße und gab den Blick in die Grube frei.

Sabine musste schlucken. Leichen im fortgeschrittenen Stadium der Verwesung waren nie ein schöner Anblick, aber hier kam noch hinzu, dass die Schädeldecke des Opfers komplett zertrümmert war. Sie zeigte auf den deformierten Kopf. »Hat man ihm den Schädel eingeschlagen, oder ist das ein Defekt, der infolge der Lagerung entstanden ist?«

Ralph warf nur einen kurzen Blick in die Grube, blies die Backen auf und wandte sich eilig ab. Kaufmann hörte, wie er schluckte.

Wilhelm Hack lächelte. »Das ist eine sehr gute Frage, Frau Kommissarin. Endgültig entscheiden kann ich sie erst, wenn ich den Mann auf dem Tisch habe. Aber nach allem, was ich bisher erkennen kann, würde ich sagen, jemand hat so lange auf ihn eingeschlagen, bis der Knochen zersplittert ist.«

»Dafür braucht man eine Menge Kraft, vermute ich?«

Der Rechtsmediziner machte eine vage Geste. »Das hängt maßgeblich vom verwendeten Werkzeug ab«, erklärte er. »Wenn es ein Stein oder dergleichen war, musste der Täter mit großer Kraft zuschlagen. Falls er dagegen eine Waffe mit einem längeren Hebel verwendet hat, könnte auch eine schwächere Person solche Verletzungen verursachen.« Er zwinkerte ihr zu. »Sogar eine Frau.«

Angersbach drehte sich mit einem Ruck wieder zu ihnen um. »Was, wenn es so etwas wie ein Morgenstern war?«, fragte er. »Eine schwere Metallkugel an einer Kette?«

Hack sah ihn aufmerksam an. »Das ist nicht gerade eine übliche Waffe. Aber zu den Verletzungen würde es passen.«

Sabine sah Ralph eindringlich an. »Nein. Das ist nicht möglich. Worin sollte denn der Zusammenhang bestehen?«

Hack hob die Augenbrauen, sagte aber nichts.

Kaufmann schnitt eine Grimasse. »Ralphs Halbschwester ist von einem Unbekannten mit einem solchen stumpfen Morgenstern angegriffen worden, außerdem eine weitere Frau«, erklärte sie dem Rechtsmediziner. »Aber das war in Berlin.«

»Das ist keine Weltreise«, sagte Ralph. »Und solange wir nicht wissen, wer der Tote ist …«

»Okay.« Sabine hob abwehrend die Hände. Angersbach war offensichtlich angefasst. Kein Wunder, schließlich hätte die Sache mit seiner Halbschwester böse ausgehen können. Doch die Vermutung, dass bei einer im Knüll-Bergland vergrabenen Leiche derselbe Täter am Werk gewesen war, schien ihr arg weit hergeholt. Wenn sich die Bombe im VW-Bus von Johann Gründler befunden hätte, sähe die Sache anders aus. Aber hier ging es nicht um Ralph Angersbach, sondern um irgendetwas, das mit der Familie Geiger zu tun hatte.

»Wie lange ist der Mann schon tot?«, erkundigte sie sich.

Hack grinste. »Noch eine gute Frage. Nicht so lange, wie man aufgrund der fortgeschrittenen Verwesung meinen möchte. Da hat jemand nachgeholfen. Ich tippe auf Branntkalk. Das beschleunigt unter den richtigen Umgebungsbedingungen den Prozess ungemein. Tatsächlich ist der Tod erst vor ein oder zwei Wochen eingetreten, schätze ich. Festlegen werde ich mich selbstverständlich erst nach der Obduktion.«

Sabine dachte nach. Das war eine Gemeinsamkeit zwischen diesem und dem Fall Kasteleiner, auch wenn die Zerstörung der Gesichtszüge auf völlig unterschiedliche Weise geschehen war. Hatte der Täter ein Interesse daran, dass die Opfer nicht identifiziert wurden? Oder zumindest nicht so schnell?

»Ich habe übrigens noch ein paar interessante Informationen zu Ihrem erhängten Staatsanwalt«, sagte Hack in ihre Gedanken hinein.

»Aha?« Angersbach vergrub die Hände tiefer in den Taschen seiner Wetterjacke. Wahrscheinlich fürchtete er neue unappetitliche Details, die ihm den Magen umdrehen würden.

»Diese Bissverletzungen«, sagte Hack. »Ich habe die Bilder an einen befreundeten Kollegen geschickt, der sich auf Angriffe durch Wildtiere spezialisiert hat. Nach seiner Einschätzung

305

deutet das Muster darauf hin, dass das Gebiss von einem Wolf im Spiel war. Allerdings glaubt er nicht, dass es ein lebendiges Tier war, das zugebissen hat.«

Kaufmann runzelte die Stirn. »Wie bitte?«

»Er meint, dass jemand den Angriff durch den Wolf nur vorgetäuscht haben könnte. Eine Person, die sich im Besitz eines Wolfsgebisses befindet. Wenn Sie unter Ihren Verdächtigen einen Biologen hätten …«

Sabine lief ein Schauer über den Rücken. Das sprach für ihre Theorie, dass die Identifizierung erschwert werden sollte.

Angersbach richtete sich auf. »Den haben wir tatsächlich. Jürgen Geiger. Er ist Biologe an der Universität in Fulda.«

»Dann sollten Sie prüfen, ob aus einer der zoologischen Sammlungen dort ein Wolfsgebiss verschwunden ist«, empfahl Hack.

»Das machen wir.« Ralph sah aus, als wollte er sofort losstürmen.

Sabine hielt ihn auf. »Jürgen Geiger lag zum Zeitpunkt des Mordes an Kasteleiner in Schwalmstadt im Klinikum, schon vergessen?«

Angersbach schnaufte. »Aber er war nicht ans Bett gefesselt. Seine Verletzungen sind oberflächlich. Er hätte sich in der Nacht wegschleichen können. Schließlich liegt er allein in seinem Zimmer, und die Nachtschwester schaut sicher nicht alle fünf Minuten nach dem Rechten.«

Kaufmann schüttelte den Kopf. »Er hatte eine Verletzung an der Hand, die heute von einem Spezialisten gerichtet werden sollte«, erinnerte sie ihren Kollegen. »Ich glaube kaum, dass er damit in der Lage gewesen wäre, Kasteleiner aufzuknüpfen. Aber wir prüfen das.« Sie tippte auf ihre Armbanduhr. »Morgen.«

»Okay.« Angersbach gab klein bei und blickte noch einmal zur Grube. »Dann machen wir für heute Feierabend.«

Wilhelm Hack hob die Hand. »Wir sehen uns morgen früh zur Obduktion.« Er schenkte Ralph ein Lächeln, das nicht anders als wölfisch zu nennen war. »Wenn ich Ihnen einen Rat geben darf: Lassen Sie das Frühstück ausfallen.«

16

10. November
Gießen

Das Display von Angersbachs Handy, das in der Halterung am Armaturenbrett steckte, leuchtete auf, als sie sich durch den morgendlichen Stoßverkehr zum Institut für Rechtsmedizin der Justus-Liebig-Universität Gießen vorarbeiteten. Ralph warf einen schnellen Blick darauf und tippte auf die eingegangene Nachricht. Nachdem er sie überflogen hatte, seufzte er enttäuscht.

»Du hattest recht. Er kann es nicht gewesen sein«, sagte er zu Sabine Kaufmann, die neben ihm saß. »Jürgen Geiger, meine ich«, fügte er hinzu, weil ihn seine Kollegin, die etwas auf ihrem eigenen Smartphone recherchierte, verständnislos ansah. »Ich habe vorhin noch mal mit der Klinik in Schwalmstadt telefoniert, während du unter der Dusche warst«, erläuterte er, »und so wie es aussieht, hat er ein ziemlich glaubhaftes Alibi.«

Am Abend waren die beiden Kommissare so erschöpft gewesen, dass sie sich nur noch an der Autobahnraststätte ein belegtes Sandwich gekauft hatten und direkt nach ihrer Ankunft in Gießen zu Bett gegangen waren. Auf das Frühstück hatten sie, Wilhelm Hacks Rat folgend, verzichtet. Nun fühlte Angersbach sich nicht nur zerschlagen, weil ihn in der Nacht schreckliche Alpträume geplagt hatten, sondern auch hungrig. Aber den leeren Magen würde er beim Anblick des Toten auf dem Obduktionstisch sicher schnell vergessen. Schwieriger war das mit den Traumbildern, die immer noch auf seiner Netzhaut zu haften schienen. Ein riesiger Wolf mit rot glühenden Augen und Männer mit schwarzen Masken hatten Johann, Janine und ihn verfolgt und auf einer dunklen Lichtung im Wald umzingelt. Zum Showdown war es nicht mehr gekommen, weil er vorher hochgeschreckt war, schweißgebadet und mit rasendem Herzen.

Seit Jahren hatte er nicht mehr derart intensiv von Wölfen geträumt, auch wenn er die schrecklichen Nächte seiner Kindheit wohl nie vergessen würde. Ausgelöst durch Erzählungen seines Pflegevaters, der bildgewaltig von einsamen Bergdörfern berichtete, in denen ein speziell geformter Dachziegel bei besonders eisigen Stürmen zu pfeifen begann und den Bauern signalisierte, sich selbst und ihr Vieh in Sicherheit zu bringen. Denn wenn der Wolfsziegel heulte, kamen die ausgehungerten Raubtiere auf die Weiden und in die Dörfer. Auch wenn es nur Gruselgeschichten gewesen waren – Ralph Angersbach jedenfalls würde nie ein Freund dieser Tiere werden …

Er versuchte, die unangenehmen Empfindungen abzuschütteln und sich wieder auf das Hier und Jetzt zu konzentrieren.

»Ich habe nur die Nachtschwester erreicht, aber sie hat mir versprochen, die Anfrage weiterzuleiten, wenn die Visite kommt. Und da ist die Antwort.« Er zeigte auf sein Smartphone. »Geigers Hand war mehrfach gebrochen. Damit hätte er Lutz Kasteleiner niemals am Strick nach oben ziehen können, selbst wenn es ihm gelungen wäre, sich in der Nacht aus der Klinik wegzuschleichen.«

Sabine nickte und steckte ihr Handy weg. Wenn er ihre Miene richtig deutete, entsprach das Ergebnis seiner Nachfrage dem, wovon sie ohnehin überzeugt gewesen war.

»Er war es also nicht, der Kasteleiners Gesicht mit einem Wolfsgebiss verstümmelt hat«, sagte sie. »Aber vielleicht seine Frau? Durch ihren Mann hat sie sicherlich Zutritt zu den Räumen der Universität.«

Angersbach hatte endlich das Gebäude der Rechtsmedizin erreicht und parkte den VW-Bus seines Vaters auf der Rückseite. »Und ihr Motiv?«, erkundigte er sich.

»Sie will ihren Mann im Kampf gegen die Kanonenbahn und das Endlager unterstützen«, schlug Sabine vor. »Oder sie will Karriere machen, so wie Eva Geiger.«

»Indem sie einen ...«, Angersbach hob die Augenbrauen, »... *reißerischen* Artikel schreibt?«

»Ha, ha«, kommentierte Kaufmann seinen Witz. »Könnte doch sein?«

Ralph kletterte aus dem Wagen und wartete, bis Sabine ihm gefolgt war. »Das passt nicht. Diese Brutalität und ein derart profanes Motiv.«

Kaufmann sträubte sich nicht lange. Sie war wohl selbst nicht sonderlich überzeugt von ihrer Theorie. »Was glaubst du, warum der Täter die Identität der Toten verschleiern wollte? Und gleichzeitig einen derart spektakulären Tatort wählt?«

»Keine Ahnung. Das klärt sich ja vielleicht, wenn wir wissen, wer der tote Mann aus der Grube ist.«

»Okay. Dann lass uns schauen, ob Hack etwas herausfindet, das uns weiterhilft«, sagte Sabine, hob aber gleich darauf die Hand, um ihn zu stoppen. Sie zog ihr Smartphone hervor und meldete sich. Während sie zuhörte, zogen sich ihre Augenbrauen zusammen.

»Die Marburger Kollegen«, berichtete sie, nachdem sie das Gespräch beendet hatte. »Kasteleiners Handy ist bisher nicht aufgetaucht, aber sie haben die Verbindungsliste beim Anbieter abgefragt. Kasteleiner hat am Sonntagabend, also wenige Stunden vor seinem Tod, einen Anruf von einer unbekannten Mobilfunknummer bekommen. Nicht zurückzuverfolgen, wahrscheinlich ein Wegwerfhandy.«

»Na toll. Was nützt uns das?«, grummelte Ralph.

Kaufmann lächelte. »Es liefert uns einen Hinweis. Kasteleiner war vermutlich im Wald verabredet. Was bedeutet, dass er den Täter gekannt haben muss. Oder einen sehr guten Grund hatte, ihn kennenlernen zu wollen.«

»Also war es wahrscheinlich kein Komplize dieses Marburger Messerstechers, gegen den er den Prozess geführt hat«, schloss Ralph. »Mit dem hätte er sich nicht getroffen. Es sei denn, er hat ihm irgendein Märchen aufgetischt.«

»Ah. Richtig.« Erneut hob Kaufmann die Hand und wählte eine Nummer aus ihrer Kontaktliste. »Holger«, sagte sie, als der Anruf angenommen wurde. »Ich wollte nachfragen, ob du etwas Neues über diesen Georg Blöcher hast.« Sie lauschte eine Weile. »Okay. Gut. Danke dir«, verabschiedete sie sich schließlich, ohne großes Gesäusel und Brimborium, wie Angersbach erleichtert zur Kenntnis nahm.

»Holger hat das überprüft«, berichtete sie. »Es ist gibt keinerlei Hinweise darauf, dass Blöcher irgendetwas unternommen hat, um Kasteleiner aus dem Weg zu räumen. Es läge auch nicht viel Sinn darin. Der Prozess ist bereits im Gang, und Kasteleiner wird nach seinem Tod von einem Kollegen ersetzt, der dieselbe Marschrichtung einschlägt. Es gibt keine Indizien dafür, dass Blöcher eine persönliche Antipathie gegen Kasteleiner hatte. Er war für ihn einfach ein Teil des Systems.«

»Also ging es nicht um Kasteleiners Job in Marburg, sondern um etwas, das mit dem Knüll-Bergland zu tun hat. Und mit den beiden anderen Toten.«

»Davon gehe ich auch aus«, stimmte ihm Sabine zu und machte eine auffordernde Geste in Richtung des Universitätsgebäudes.

Angersbach atmete tief durch. Sein Wunsch, dass das Betreten des Rechtsmedizinischen Instituts eines Tages nicht mehr mit akuter Übelkeit verknüpft wäre, würde wohl nie in Erfüllung gehen. Aber es gehörte nun einmal zu seinem Job dazu, also versuchte er, sich zu fokussieren.

Eva Geigers Vernehmung hatten sie an die Gießener Kollegen delegiert, da nicht zu erwarten stand, dass die Frau des Bürgermeisters etwas mit den beiden anderen Todesfällen oder mit der Bombe zu tun hatte. Es ging nur darum, ihr Geständnis zu protokollieren und den Termin mit dem Untersuchungsrichter wahrzunehmen. Sofern sich daraus etwas Wichtiges ergab, würden die Kollegen sie informieren.

Das Umfeld des ermordeten Staatsanwalts wurde von den Kollegen in Marburg in Augenschein genommen, die sich mit seinen aktuellen Fällen und Unterlagen beschäftigten. Auch hier galt: Interessantes würden sie rasch erfahren. Aber nach allem, was sie bisher wussten, würde die Lösung vermutlich weder bei Eva Geiger noch in Marburg zu finden sein.

Wilhelm Hack erwartete sie bereits mit Gummischürze, Handschuhen und Haube, alles in zartem Grün. Immerhin war es nicht weiß, sonst hätte Ralph den Gedanken an eine Schlachterei wohl überhaupt nicht beiseiteschieben können.

Der Tote aus der Grube im Wald bei Waßmuthshausen lag auf dem Obduktionstisch. Hack nahm die äußerliche Untersuchung vor und diktierte seinen Befund in das Mikrofon, das von einem Galgen über dem Tisch baumelte. Als Ralph und Sabine eintraten, unterbrach er seine Arbeit und begrüßte sie.

»Schön, dass Sie es doch noch einrichten konnten«, bemerkte er mit einem Blick auf die Uhr an der Wand.

»Das Elefantenklo war heute mal wieder so richtig dicht«, grummelte Ralph, was höchstens eine halbe Entschuldigung war. Wie sich das für einen Außenstehenden anhören musste, dachte er bei sich. Der Begriff Elefantenklo stand für eine ausgeklügelte Fußgängerüberführung über einen wichtigen Verkehrsknotenpunkt der Innenstadt. Gigantische Oberlichter lockerten den überdimensionierten Bau etwas auf und konnten tatsächlich den Anschein erwecken, als handele es sich um ein Plumpsklo in XXL. Seit über fünfzig Jahren schieden sich die Geister darüber, ob es Wahrzeichen oder Bausünde war, und man kannte es weit über die Stadtgrenzen hinaus. Und genauso lange kam der Verkehr auf der mehrspurigen Kreuzung regelmäßig zum Erliegen.

»Mit diesem Phänomen sollten Sie mittlerweile vertraut sein und es bei der Berechnung der Fahrzeit einplanen«, entgegnete der Rechtsmediziner.

»Jetzt sind wir ja da.«

Hack tauschte ein Lächeln mit Sabine. »Charmant wie eh und je. Ich hoffe, Ihnen gegenüber gibt er sich etwas galanter.«

Kaufmann hob die Hände, was wohl heißen sollte, dass sie dazu lieber nichts sagen wollte.

»Na ja, wir wissen ja alle, warum er zu spät kommt«, trat Hack nach. »Er hofft, dass er sich den schlimmsten Teil erspart.« Er grinste. »Hat nicht geklappt. Ich habe extra auf Sie gewartet. Wir fangen gleich mit dem Kopf an.«

Angersbach tat sein Bestes, um eine gleichgültige Miene zu bewahren. »Haben Sie schon etwas gefunden, das uns hilft, den Mann zu identifizieren?«

Hack hob die Augenbrauen. »Schauen Sie doch einfach hin. Dann sehen Sie es selbst.« Er nahm ein Skalpell zur Hand und wies damit auf den linken Arm des Toten.

»Wow.« Kaufmann trat näher an den Sektionstisch. »Das ist ja ein krudes Tattoo.«

Ralph folgte ihrem Blick und blinzelte. Um den linken Bizeps des Toten wand sich eine Schlange mit grün schillernder Haut. Der Kopf war allerdings kein Schlangenkopf, sondern der eines feuerspeienden Drachen.

»Ziemlich einmalig, nehme ich an«, kommentierte Hack. »Mein Assistent hat bereits Fotos davon angefertigt und schickt sie Ihnen per Mail.«

»Sehr gut.« Ralph hätte sich am liebsten sofort auf den Weg gemacht, aber Hack hielt ihn zurück.

»Das ist ein kniffliger Fall, den Sie da bearbeiten. Je mehr Informationen Sie haben, desto größer sind Ihre Chancen, den Täter zu finden. Und nichts ist so gut wie das, was man mit eigenen Augen gesehen hat.« Er setzte das Skalpell am Hinterkopf des Toten an. »Also. Dann wollen wir mal.«

Sabine Kaufmann seufzte erleichtert, als sie zwei Stunden später das Gebäude der Rechtsmedizin verließen. Es gelang ihr, sich von den Eindrücken bei der Sektion nicht überfluten zu lassen und die Übelkeit, die irgendwo hinter dem Gaumensegel lauerte, zurückzudrängen, doch je länger sie im Gebäude ausharren und zusehen musste, wie ein Mensch zerlegt wurde, desto brüchiger wurde ihre Abwehr. Bisher hatte sie es immer geschafft, nicht vor dem Schrecklichen zu fliehen, aber etwas an diesem Toten berührte sie in besonderer Weise.

Oder war es die Situation? Holger, der ihr nicht aus dem Kopf ging, und Ralph, dessen Aufgewühltheit sie so deutlich spürte? Für ihn war es jedenfalls ein außergewöhnlicher Fall. Er hatte die beiden ersten Opfer persönlich gekannt, und dann war da noch diese Sache in Berlin. So ganz schien er sich noch nicht von dem Gedanken gelöst zu haben, dass es zwischen den Ereignissen einen Zusammenhang gab. Von den Gefühlen, die er möglicherweise für sie hatte, wollte sie gar nicht erst reden.

Professor Hack hatte festgestellt, dass der Mann in der Grube seit knapp zwei Wochen tot sein musste. Dass er bereits derart stark verwest war, hatte neben der Verwendung von Branntkalk etwas mit der Beschaffenheit des Waldbodens und der Insektenpopulation zu tun. Sabine hatte bei den Details weggehört. Seit dem Tod ihrer Mutter ertrug sie die Vorstellung eines Körpers, der von Würmern zerfressen wurde, nur noch schlecht.

Wichtig war vor allem, dass der Unbekannte offensichtlich das erste Opfer gewesen war. Sofern die Hypothese stimmte, dass sie es in allen drei Fällen mit demselben Täter zu tun hatten.

Kaufmann kletterte zu Ralph in den VW-Bus, und Angersbach startete den Motor, der erst beim dritten Versuch ansprang. Dann lenkte er das knatternde Gefährt vom Hof des Rechtsmedizinischen Instituts auf die Straße und steuerte den Gießener Ring an.

Während der Fahrt schloss Sabine die Augen und versuchte, an etwas Schönes zu denken. Vielleicht sollte sie, wenn dieser Fall geklärt war, Urlaub einreichen und ein paar Wochen in die Sonne fliegen? Der trübe November, der sie immer so sehr an ihre Mutter denken ließ, mit seinen viel zu kurzen und dunklen Tagen, war eine Zeit, der sie gerne entflohen wäre. Aber allein?

Sie könnte Holger Rahn fragen, ob er Lust hätte, sie zu begleiten, aber das wäre mehr als nur die Entscheidung für eine gemeinsame Reise. Und Ralph?

Es schockierte sie ein wenig, wie selbstverständlich sie an ihn dachte. Holger hatte einen Nerv getroffen, es hatte keinen Zweck, sich selbst zu belügen. Ralph spielte eine Rolle in Sabines Leben, die weitaus größer war, als sie es zu erkennen bereit gewesen war. Aber ein gemeinsamer Urlaub?

Ralph war ein Reisemuffel, schaffte es kaum, seine Halbschwester in Berlin zu besuchen, und vor der Hochzeit in Australien, zu der man ihn erwartete, graute ihm. Er war einfach nicht der Typ, mit dem man barfuß am Strand in den Sonnenuntergang spazierte, die Füße von den Wellen überspült, das Licht und die Wärme des Tages im Herzen.

Kaufmann sah überrascht auf, als Angersbach den Wagen stoppte. Sie war tatsächlich eingenickt. Der Fall und die unruhigen Nächte auf Ralphs Sofa forderten ihren Tribut.

Knüll

Markus Hägeler hatte bereits alles für eine Teambesprechung vorbereitet. Kaffee und Kekse standen auf dem Tisch, der Beamer war eingeschaltet und warf ein gelblich weißes Viereck an die Wand. Sabine verband ihr Smartphone mit dem Gerät, um den Kollegen, die sich versammelt hatten, die Ergebnisse der Obduktion zu präsentieren. Sie würden später mit einem rekonstruierten Bild des Gesichts des Toten, das Wilhelm Hack gerade anhand der ermittelten Knochenmaße am Computer erstellte, durch die umliegenden Dörfer ziehen und hoffen, dass sie jemanden fanden, der den Mann kannte.

»Die Kollegen hier und in den Polizeistationen im Umkreis sind sämtliche Vermisstenmeldungen durchgegangen«, referierte Hägeler. »Ein Mann, auf den die Merkmale des Toten passen, ist hier in der Gegend nicht abgängig. Es könnte natürlich ein Tourist sein. Bundesweit gibt es einige Vermisste im passenden Alter. Da fehlen uns die spezifischen Merkmale für eine Zuordnung. Wir haben aber Anfragen in sämtlichen Beherbergungsbetrieben gestartet. Bisher ohne Erfolg.«

»Ein spezifisches Merkmal gibt es in der Tat«, sagte Sabine und suchte auf ihrem Smartphone nach dem Foto des Tattoos, das Wilhelm Hack ihr geschickt hatte. Als sie es gefunden hatte, übermittelte sie es an den Beamer, und die um den Oberarm gewundene Schlange mit dem Drachenkopf erschien in Großaufnahme an der Wand.

Im Raum, der gerade noch von Geflüster und Geraschel erfüllt gewesen war, herrschte von einer Sekunde auf die andere Totenstille. Alle Beamten starrten auf die Projektion. Markus Hägeler hatte den Arm gehoben und zeigte mit zitternden Fingern darauf. Er war wachsweiß im Gesicht. Einige Male hob er zum Sprechen an, doch seine Stimme wollte ihm nicht gehorchen.

Aaron Ammann räusperte sich. »Das ist Harald. Harald Faust, unser Dienststellenleiter. Das ist sein Tattoo«, sagte er rau, und die anderen im Raum nickten.

Sabine spürte, wie ihr ein Schauer über den Rücken lief. Sie schaute zu Ralph, der ebenfalls blass geworden war.

»Hatten Sie nicht gesagt, Kommissar Faust sei vor zwei Wochen nach Gran Canaria geflogen?«

»Das dachten wir, ja«, bestätigte Hägeler, der endlich seine Stimme wiedergefunden hatte. »Aber offenbar …«

»Wir sollten keine voreiligen Schlüsse ziehen«, warnte Sabine, obwohl sie ahnte, dass der Verdacht der Beamten stimmte.

317

Trotzdem mussten sie das überprüfen. »Haben Sie Fausts Handynummer?«

»Ja.« Der stellvertretende Revierleiter zog sein Smartphone hervor und tippte auf einen Kontakt. Kurz darauf ließ er das Gerät wieder sinken. »Mailbox.«

»Ist er allein unterwegs oder in Begleitung?«

»Allein. Er hat immer gesagt, diese drei Wochen im November gehören ihm und niemandem sonst.«

»Okay.« Sabine überlegte. »Hinterlassen Sie ihm eine Nachricht. Er soll sich so schnell wie möglich bei Ihnen melden.«

Hägeler wählte die Nummer erneut und sprach den gewünschten Text auf die Mailbox.

»Ist Faust verheiratet?«, fragte Kaufmann weiter.

»Ja.«

»Rufen Sie seine Frau an.«

Hägeler tat wie geheißen. Dieses Mal hatte er Erfolg; das Gespräch wurde angenommen. Der Polizist stellte einige Fragen, während es im Raum mucksmäuschenstill war. Die Kollegen verfolgten gebannt jedes Wort. Als er die Verbindung beendet hatte, sahen ihn alle erwartungsvoll an.

»Er hat vor zwei Wochen seine Koffer gepackt, wie immer«, sagte Hägeler. »Hat sich von seiner Frau verabschiedet und ein Taxi gerufen, das ihn zum Bahnhof nach Schwalmstadt gebracht hat. Seitdem hat sie nichts mehr von ihm gehört.«

»Er hat ihr keine Nachricht geschickt, dass er gut angekommen ist? Sich zwei Wochen lang nicht gemeldet? Und sie fand das normal?«

Hägeler grinste schief. »Sie kennen Harald nicht. Wenn der seine Ruhe haben will, stört man ihn besser nicht. Er kann sehr … deutlich werden. Aber eine Nachricht hat er geschickt. *Guter Flug, gutes Wetter.* Er wollte Bescheid sagen, wenn er sich einen Zug für die Rückreise herausgesucht hat. Man weiß ja nie, ob der Flieger pünktlich in Frankfurt landet. Wenn man Pech hat, muss man noch eine Nacht im Hotel dranhängen.«

»Die SMS könnte auch der Täter verfasst haben, wenn er sich Haralds Handy angeeignet hat«, bemerkte einer der Kollegen.

Kaufmann nickte. »Warum hat seine Frau ihn nicht selbst zum Bahnhof gebracht?«, fragte sie weiter.

»Sie fährt nicht mehr so gerne im Dunkeln, sagt Harald.« Hägeler schluckte. »Ich meine: Das hat er gesagt. Irgendwas mit Blendempfindlichkeit. Er musste ja sehr früh am Morgen los.«

»Okay.« Sabine dachte nach. »Versuchen Sie, den Taxifahrer ausfindig zu machen. Vielleicht hat er etwas beobachtet. Ob Faust tatsächlich in den Zug gestiegen ist oder vielleicht die Reise nur vorgetäuscht hat.«

»Warum sollte er das tun? Er ist jedes Jahr im November nach Gran Canaria geflogen.«

»Dieses Jahr offenbar nicht. Sonst hätte seine Leiche jetzt nicht im Wald bei Waßmuthshausen gelegen«, warf Ralph Angersbach wenig einfühlsam ein. »Wenn es tatsächlich Faust ist.«

»Er ist es«, meldete sich ein Kollege. »Dieses Tattoo ist einmalig. Harald hat die Skizze dazu selbst angefertigt, und der Tätowierer hat den Entwurf dann ausgearbeitet. Er hat Harald versprochen, dass er niemandem sonst diesen Schlangendrachen sticht. Harald wollte etwas Exklusives, und er hat entsprechend dafür bezahlt. Ich kann Ihnen den Namen des Tätowierers geben. Er hat sein Studio in Alsfeld. Ich war auch schon öfter dort und habe mir ein paar Tribals machen lassen.«

»Danke. Schreiben Sie uns das auf«, sagte Sabine. Sie schaute zu Ralph Angersbach, dessen Gesicht nicht länger blass, sondern hochrot war. Er fixierte Aaron Ammann, als wollte er sich im nächsten Moment auf ihn stürzen. Seine Fäuste schlossen und öffneten sich, und sein Mund war ein einziger schmaler Strich.

»Ralph«, sagte sie warnend.

Angersbach wandte ihr den Kopf zu. »Die Sache ist doch wohl klar, oder nicht?«

Kaufmann hob die Augenbrauen. Sie ahnte, welche Schlüsse Ralph gezogen hatte, und möglicherweise lag er damit nicht falsch. Aber sie hatten keine Beweise. Das Einzige, was sie zurzeit tun konnten, war, den Polizisten zu befragen.

»Kollege Ammann?«, sagte sie freundlich. »Wir würden uns gern noch einmal unter vier Augen mit Ihnen unterhalten.«

Einer der versammelten Beamten sprang auf. »Du warst das«, schnaufte er. »Natürlich. Weil Harald allen die Wahrheit über dich gesagt und dafür gesorgt hat, dass du nicht noch mehr Schande über die Polizei bringst.«

Weitere Kollegen erhoben sich und drängten auf Ammann zu. Der rutschte eilig vom Tisch weg und kam auf die Beine. Sein Stuhl fiel polternd zur Seite. Mit zwei Schritten war er beim Fenster, riss es auf und schwang sich auf die Fensterbank.

»Halt. Stehen bleiben!«, donnerte Ralph Angersbach, doch Ammann ignorierte ihn und sprang.

»Verdammt.« Ralph und Sabine stürzten zum Fenster. Es befand sich im ersten Stock, der Gehweg darunter war mit grauen Steinen gepflastert.

Doch Ammann war offensichtlich sportlich und schien sich nicht verletzt zu haben. Sie sahen, wie er die Straße entlanglief und um die nächste Hausecke verschwand.

»Los. Alle Mann zu den Wagen«, bellte Markus Hägeler, und die uniformierten Polizisten stürmten aus dem Raum.

Kaufmann und Angersbach blieben mit dem stellvertretenden Revierleiter zurück. Gründlers VW-Bus war ohnehin nicht dafür geeignet, einen Flüchtigen zu verfolgen.

»Hat Ammann ein Auto?«, fragte Angersbach.

»Ja.«

»Wo steht es?«

»Bei ihm zu Hause vermutlich. Er kommt immer mit dem Fahrrad zum Dienst«, antwortete Hägeler.

»Geben Sie eine Fahndung raus«, sagte Sabine und ließ sich auf einen der frei gewordenen Stühle sinken. Angersbach setzte sich ihr gegenüber.

»Er war es«, sagte er bitter. »Ammann rächt sich für seine gescheiterte Karriere.«

In Kaufmanns Kopf rotierten die Gedanken.

»An Faust, der ihn gemobbt hat, ja«, sagte sie. »Vielleicht auch am Staatsanwalt, der damals das Verfahren geleitet hat. Aber warum sollte er Willi Geiger ermorden?«

»Ich habe keine Ahnung. Es sei denn …« Ralph zog sein Mobiltelefon hervor und tippte auf einen Kontakt. Dann legte er das Gerät auf den Tisch und stellte es auf Lautsprecher. Es dauerte eine geraume Zeit, bis das Gespräch angenommen wurde. Sabine hatte schon damit gerechnet, dass sich eine Mailbox melden würde, doch dann erklang eine Stimme, die ihr bekannt war. Johann Gründler.

»Ralph?«, brummte Angersbachs Vater verstimmt. »Warum rufst du mich so früh am Morgen an? Kann man denn nicht einmal ausschlafen?«

»Es ist halb zwölf«, stellte Angersbach mit einem Blick auf die Uhr über der Tür fest.

»Sag ich doch. Also, was willst du, wenn du mich schon geweckt hast? Ist der Bus fertig?«

»Ja.«

»Schön. Dann bring ihn mir. Je eher ich ihn wiederhabe, desto besser. In deinem Geländewagen bricht man sich ja den Rücken, wenn man versucht, darin zu übernachten.«

Schlaf doch im Bett, schrie es durch Angersbachs Kopf, aber er sagte stattdessen nur: »Ich komme heute Nachmittag vorbei. Jetzt habe ich noch eine Frage.«

»Bitte.«

»Weißt du irgendetwas über den letzten Castor-Transport vor der großen Pause? Über eine Blockade nördlich von Fulda?«

Eine Weile blieb es am anderen Ende still. Dann räusperte sich Gründler. »Das war die Aktion, bei der ein Polizist gestorben ist. Durch einen Steinwurf.«

»Richtig.« Angersbachs Gesicht war jetzt grau. »Warst du dabei?«

»Nein. Ich bin zu der Zeit mit einem Bekannten mit dem Bus durch Nordafrika gefahren. Aber Willi hat mir davon erzählt.«

Sabine bekam eine Gänsehaut. »Willi Geiger?«

»Ja. Er war total mit den Nerven durch deswegen. Klar, es ging immer gegen die Polizei. Gegen die Mächtigen. Gegen das System. Aber wir wollten nie, dass jemand stirbt.«

»Geiger war bei dieser Aktion vor Ort?«

»Nicht nur das. Er hat die Blockade an genau dieser Stelle organisiert. Deswegen hat er sich ja so verantwortlich gefühlt. Ich glaube, das hat ihn nie so richtig losgelassen.«

Ralph und Sabine wechselten einen stummen Blick. Das war der Schlüssel, den sie gesucht hatten, die Verbindung zwischen den drei Opfern.

Angersbach bedankte sich bei seinem Vater und drückte das Gespräch weg.

»Aaron Ammann. Er tötet alle, die schuld an seinem beruflichen Scheitern sind. Willi Geiger, der die Blockade organisiert hat. Den Staatsanwalt, der ihn genötigt hat, Position zu beziehen. Faust, der ihn gemobbt hat.« Er schluckte. »Wahrscheinlich wäre ich der Nächste gewesen. Oder ...«, er zerrte mit beiden Händen an seiner Wuschelfrisur, als wollte er ganze Büschel ausreißen, »... diese Angriffe auf Janine und dich gehen auch auf sein Konto. Er hat das organisiert, um mir wehzutun.«

Sabine konnte seine Schlussfolgerungen nachvollziehen, aber sie blieb skeptisch. Sicher, es deutete einiges auf Ammann hin. Aber er war Polizist aus Überzeugung geworden. Würde er wirklich töten, weil man ihm unrecht getan hatte, eine Art verquerer Selbstjustiz? So, wie sie ihn erlebt hatte, fiel es ihr schwer, das zu glauben.

»Wir bringen deinem Vater jetzt den Bus«, entschied sie. »Bis wir zurück sind, hat man Ammann hoffentlich festgesetzt. Dann reden wir mit ihm.«

Angersbach, den es kaum noch auf seinem Stuhl hielt, stand abrupt auf. »Einverstanden.«

Markus Hägeler, den sie beide fast vergessen hatten, räusperte sich. »Dann kümmere ich mich um den Taxifahrer. Und ich sage Ihnen Bescheid, sobald Ammann gefasst ist.«

Sabine sah ihn ernst an. »Tun Sie das. Und sorgen Sie dafür, dass der Mob ihn nicht aufknüpft, ehe wir mit ihm geredet haben.«

Hägeler nickte. »Das wird nicht leicht. Aber ich passe auf ihn auf.«

*

Sein rechtes Handgelenk schmerzte, ebenso der rechte Fuß. Er hatte sich zwar abgerollt, war aber trotzdem unglücklich gelandet. Das Laufen machte ihm nun Mühe. Er musste so schnell wie möglich einen Unterschlupf finden, sonst hätten ihn die Kollegen binnen Minuten wieder eingefangen. Verglichen mit dem, was ihn dann erwartete, war das Ziehen in den Gelenken eine Kleinigkeit.

Warum war er überhaupt geflohen? Die Kollegen hatten nichts gegen ihn in der Hand. Nichts als aus der Luft gegriffene Verdächtigungen. Sicher, es gab ein Motiv, eine Verbindung zwischen ihm und den drei Toten. Aber sie hatten nicht den Hauch eines Beweises, keine Faserspuren, keine Fingerabdrücke, nichts. Seine Kollegen hätte das vermutlich nicht davon abgehalten, ihn in die Mangel zu nehmen, aber zumindest die LKA-Kommissarin hätte doch dafür gesorgt, dass ihm nichts geschah. Oder nicht?

Jetzt war es so oder so zu spät. Er musste untertauchen. Aber wo sollte er hin?

Im Grunde gab es nur eine Möglichkeit.

Aaron Ammann zog sein Smartphone aus der Tasche und scrollte durch die kurze Kontaktliste. Ob sie schon so weit waren, ihn zu orten? Nach diesem Gespräch musste er das Handy ausschalten und die SIM-Karte entfernen.

Er tippte auf einen Kontakt und wartete. Es klingelte einige Male, dann schaltete sich die Mailbox ein. Ammann humpelte weiter. Wahrscheinlich durfte sein Freund das Handy am Arbeitsplatz nicht benutzen. Besser, er rief direkt in der Werkstatt an. Dort würde ja wohl noch niemand wissen, dass man ihn suchte?

Dieses Mal wurde das Gespräch angenommen, vom Chef persönlich.

»Sebastian ist nicht da«, beschied er Aaron. »Er macht ein paar Check-ups bei einer Firma in Schwalmstadt.«

»Wissen Sie, wann er zurückkommt? Oder wie ich ihn erreichen kann?«

»Bin ich ein Auskunftsbüro?« Es krachte in der Leitung, dann war die Verbindung beendet.

Aaron steckte sein Smartphone zurück in die Tasche. Tränen traten ihm in die Augen. Was sollte er tun?

Denk nach!, ermahnte er sich. Sein Auto konnte er nicht benutzen; es stand bei ihm zu Hause, und ehe er dort ankam, hätten sich die Kollegen sicher schon vor seinem Haus postiert. Das Fahrrad war ebenso wenig zugänglich. Er hatte es am Morgen im Hof hinter der Polizeistation abgestellt. Dort würden sie ihn sofort erwischen. Blieben die öffentlichen Verkehrsmittel. Am Busbahnhof würden sie sicher auch Stellung beziehen, also nahm er besser ein Taxi, bis nach Wabern oder Fritzlar. Dort könnte er in den Zug steigen.

Er hatte nicht die geringste Ahnung, wohin er fahren sollte, aber das war auch gleichgültig. Er wollte einfach nur weg.

Vogelsbergkreis

Ralph Angersbach hatte Mühe, sich auf die Straße zu konzentrieren. In seinem Kopf jagten die Gedanken. Er hatte also von Anfang an recht gehabt. Alles drehte sich um den alten Fall. Und um ihn selbst.

Wenn sie nur früher gewusst hätten, dass Willi Geiger damals die Blockade der Castor-Strecke bei Fulda organisiert hatte. Vielleicht hätten sie dann den Staatsanwalt retten können.

»Das ist Unsinn«, widersprach Sabine, als er ihr seine Überlegungen darlegte. »Nach dem Anschlag auf Geigers Bus konnte niemand ahnen, was dahintersteckt. Die Familie und die ZYKLUS AG waren plausible Verdächtige. Umso mehr, als Eva Geiger tatsächlich versucht hat, ihren Schwiegervater zu vergiften.« Sie machte eine bedeutungsschwere Pause. »Wenn Ammann überhaupt der Täter war.«

»Es passt alles zusammen«, beharrte Angersbach. »Ammann ist das verbindende Element. Nicht nur zwischen Willi Geiger, Staatsanwalt Kasteleiner und Harald Faust, sondern auch zu Janine und dir.«

Kaufmann zog die Schultern hoch. Ralph ahnte, dass sie lieber nicht an Carl Aschenbrenner und den Angriff auf sie denken wollte.

»Du wirst schon sehen«, sagte er abschließend und lenkte den T3, der auf der unebenen Zufahrt ziemlich ins Wanken geriet, auf Gründlers Hof. Er parkte ihn neben dem Lada Niva und stieg aus. Sein Vater kam ihnen entgegen, die grauen Haare wirr, der Bart zerzaust. Das braune Leinenhemd hing an einer Seite aus der Hose, die gewebte Weste saß schief. Offenbar hatte er wirklich Mühe gehabt, aus dem Bett zu kommen. Seine Augen waren allerdings wach, sein Blick klar.

»Da seid ihr ja.« Er musterte erst Ralph, dann Sabine. »Alles okay bei euch?«

»Wir sind uns nur nicht einig«, sagte Angersbach. »Ich bin mir sicher, dass wir den Mörder von Willi Geiger kennen, aber Sabine hat Zweifel.«

Gründler verdrehte die Augen, was wohl bedeuten sollte, dass er nichts anderes erwartet hatte.

»Kommt doch erst mal rein. Ich habe Kaffee und ein paar frisch gebackene Waffeln und Kekse.«

»Mit Haschisch?«

Der alte Gründler grinste. »Höchstens eine Spur. Könnte dir nicht schaden, so verspannt, wie du bist.«

»Wir haben drei Tote, da kann man schon mal angespannt sein, meinst du nicht?«

»Sicher.« Johann Gründler machte eine einladende Handbewegung, und Ralph und Sabine gingen vor ihm her ins Wohnzimmer.

Im Kamin knisterte ein Feuer, der Duft von Kaffee lag in der Luft, außerdem etwas Süßliches. Angersbach kniff die Augen zusammen und sah sich suchend um. Er schnitt eine Grimasse, als er den Aschenbecher entdeckte, in dem ein Joint vor sich hin glomm.

»Hättest du den nicht wenigstens ausmachen können?«

»Zu schade.« Gründler griff nach der Marihuana-Zigarette und zog daran. »Ist auch nicht strafbar. Nur Eigenbedarf.«

Ralph wollte nicht darüber diskutieren. Er ließ sich in den Sessel fallen und nahm sich eine Waffel vom Teller.

»Die sind hoffentlich ohne Beigabe?«

»Nur mit Zimt. Soll angeblich eine aphrodisierende Wirkung haben, aber in der winzigen Menge …« Gründler zwinkerte Sabine zu.

Kaufmann ließ sich lächelnd im zweiten Sessel nieder. Gründler schenkte Kaffee ein und setzte sich zu ihnen, den Joint immer noch zwischen den Fingern.

»Also? Was habt ihr herausgefunden? Wer hat Willi das angetan?«, fragte er ernst, und Ralph wurde milder, als er begriff, dass sein Vater die Haschzigarette vermutlich brauchte, weil ihn der Tod seines Freundes schwer getroffen hatte. Sie hatten über Jahrzehnte gemeinsam Widerstand geleistet und vieles erlebt, was eine tiefe Verbindung geschaffen hatte. Ralph erinnerte sich an die warmen Worte, mit denen Johann oft von

Willi gesprochen hatte. Dem Kämpfer, der immer unnachgiebig gewesen war, der sich nicht hinhalten, nicht beschwatzen und erst recht nicht kaufen ließ. Sein Vater hatte Willi nicht nur respektiert und geschätzt, sondern auch bewundert.

Angersbach versuchte, ihm die Zusammenhänge zu erklären.

Johann Gründler runzelte die Stirn. »Das klingt für mich nicht plausibel. Wenn es dieser Ammann war, warum bringt er Faust und Kasteleiner und Willi um, aber bei dir wählt er den indirekten Weg über Janine und Sabine? Und warum hat er so lange gewartet? Dieser Vorfall hat vor neun Jahren stattgefunden, und seitdem wird er gemobbt. Hätte er da nicht viel früher zuschlagen müssen?«

Sabine Kaufmann nickte. »Das sehe ich genauso.«

»Toll.« Angersbach stopfte sich den Rest der Waffel in den Mund und nahm sich gleich die nächste. »Wenn ihr euch so einig seid, dann wisst ihr vielleicht auch, wer es dann war?«

»Das liegt doch auf der Hand«, erwiderte Gründler und drückte den Stummel des Joints im Aschenbecher aus. Er sah aus, als überlegte er, sich gleich den nächsten zu bauen, ließ es dann aber sein.

»Aha?« Ralph kniff die Augen zusammen. »Und wer?«

»Der Mann, den ihr damals eingesperrt habt. Der Steinewerfer. Habt ihr nachgefragt, ob er noch im Knast sitzt? Vielleicht haben sie ihn vorzeitig entlassen.«

Angersbach verschluckte sich an seiner Waffel. Während er hustete und verzweifelt nach Luft rang, griff Sabine bereits zum Telefon. Gründler stand auf und klopfte seinem Sohn auf den Rücken. Endlich rutschte das Waffelstück in die richtige Röhre, und Ralph konnte wieder atmen.

»Weißt du den Namen noch?«, fragte Sabine.

»Ronald Walther«, sagten Angersbach und Gründler wie aus einem Mund.

Kaufmann gab den Namen weiter und wartete. Dann ertönte wieder eine Stimme aus dem Hörer. Sabines Gesicht verzog sich enttäuscht.

»Danke«, sagte sie und verabschiedete sich von ihrem Gesprächspartner. Sie schaute Ralph und seinen Vater an. »Ronald Walther ist tot. Er ist vor zwei Monaten gestorben. Krebs.«

»Scheiße.« Johann Gründler griff nach seinem Tabaksbeutel und baute sich einen neuen Joint. Angersbach wollte etwas sagen, aber im selben Moment meldete sich sein Smartphone. Gleich darauf klingelte es bei Sabine.

Seine Kollegin war schneller als er. Sie hatte ihr Telefon schon in der Hand, als er seines noch suchte.

»Ja, bitte?«, sagte sie. Mehr bekam er nicht mit, weil er sein Smartphone endlich zu fassen bekam und das Gespräch annahm.

Der Anrufer war Markus Hägeler.

»Wir haben ihn«, berichtete er. »Aaron Ammann, meine ich. Ein Taxifahrer hat sich gemeldet, nachdem wir eine Suchmeldung an alle Unternehmen im Umkreis rausgeschickt hatten. Die Kollegen in Wabern haben ihn auf dem Bahnhof festgenommen, ehe er in einen Zug steigen konnte. Sie bringen ihn gerade zu uns zurück.«

»Lasst ihn nicht aus den Augen«, kommandierte Angersbach. »Wir machen uns sofort auf den Weg. In spätestens einer Stunde sind wir bei euch.«

Er machte Sabine ein Zeichen und verabschiedete sich von seinem Vater. Gleich darauf rollten sie mit dem Niva vom Hof. Sabine hatte ihr Telefon immer noch am Ohr, aber aus dem, was sie sagte, konnte er nicht erschließen, worum es ging. Endlich beendete sie das Gespräch.

»Irgendwas Wichtiges?«

»Wahrscheinlich nicht mehr«, erwiderte sie. »Das war die Information zu den Entlassungen aus der Berliner Jugendstrafanstalt. Weil wir dachten, es könnte einer der Jungs sein, der Janine angegriffen hat.«

»Aber?«

»Sie schicken uns eine Liste, doch es sind zu viele. Die meisten sitzen da nur ein paar Monate ab. Da ist ein ständiges Kommen und Gehen. Und irgendwelche Vorfälle, in die deine Halbschwester involviert war, gab es nicht. Wenn Janine keinen konkreten Verdacht hat … Irgendjemand, den sie zurückgewiesen hat und der darüber sehr erbost war?«

»Sie hat gesagt, da war nichts«, erwiderte Ralph und drückte das Gaspedal weiter durch. Ganz kurz ging ihm durch den Kopf, dass er das Gefühl gehabt hatte, sie würde ihm nicht die Wahrheit sagen. Aber vielleicht hatte er sich das auch nur eingebildet. Er war verdammt aufgewühlt gewesen, als er von dem Überfall erfahren hatte. Doch das war jetzt auch egal. Er war sich sicher, dass sie mit Aaron Ammann den richtigen Täter in Gewahrsam hatten, schließlich war dieser Walther tot. Jetzt brauchten sie nur noch ein Geständnis.

17

Knüll

Markus Hägeler stand vor der Tür zum Besprechungsraum, in den man Aaron Ammann gebracht hatte. Durch die Scheibe konnten Ralph und Sabine ihn sehen. Er saß am Tisch, die Arme hinter der Stuhllehne. Wahrscheinlich hatten ihm die Kollegen Handschellen angelegt und sie bisher nicht wieder abgenommen. Dabei sah Ammann nicht so aus, als würde er einen weiteren Fluchtversuch unternehmen. Er wirkte zerzaust und müde, und seine Uniform hatte Schmutzflecke und Risse. Außerdem hätte er keine Chance gehabt. Sowohl neben der Tür als auch neben dem Fenster stand ein Beamter, beide groß und breitschultrig und sicherlich jederzeit in der Lage, Ammann zu überwältigen.

»Ich habe mir seine Personalakte angesehen«, sagte Hägeler, der sichtlich verstört wirkte. »Mir war nicht klar, wie übel man ihm hier mitspielt.« Er hob die Hände. »Selbstverständlich habe ich mitbekommen, dass die Kollegen nicht gut auf ihn zu sprechen sind, aber das kommt öfter vor. Sie kennen das sicher. Es gibt immer Außenseiter. Eigenbrötler, Kollegen, die sich nicht ins Team integrieren. Häufig stecken schlechte Erfahrungen dahinter. Ein Beamter, der seinen Partner in einer gefährlichen Situation im Stich gelassen hat, oder irgendwelche persönlichen Differenzen. Ich dachte, mit Ammann sei es ähnlich. Aber tatsächlich hat man ihn hier systematisch klein gehalten. Eigentlich muss man sagen: gedemütigt. Es gibt eine ganze Reihe von Versetzungsgesuchen, aber sie sind alle mit fadenscheinigen Begründungen abgelehnt worden. Außerdem hat Harald regelmäßig so schlechte Beurteilungen für Ammann geschrieben, dass man von einer Beförderung abgesehen hat. Vor drei Wochen hat Ammann ein Schreiben des Polizeipräsidenten erhalten. Er möge von weiteren Versetzungsanträgen absehen und solle froh sein, wenn man ihn seine Arbeit als Polizeimeister in Homberg weiter verrichten lässt.«

Sabine tauschte einen Blick mit Ralph. Vor drei Wochen hatte man Ammanns Karriere den Todesstoß versetzt. Vor zwei Wochen war Harald Faust verschwunden und ermordet worden, der Mann, der hauptverantwortlich für Ammanns gescheiterte Laufbahn war. Und danach waren Willi Geiger und Lutz Kasteleiner an die Reihe gekommen. Geiger, der für die Blockade bei Fulda verantwortlich war, und Kasteleiner, der die Anklage gegen Ronald Walther vertreten und Ammann genötigt hatte, Stellung zu beziehen.

Angersbach hob die Augenbrauen. »Denkst du immer noch, dass er unschuldig ist?«

Sabine Kaufmann seufzte. Die Indizienlage war in der Tat erdrückend. Trotzdem fiel es ihr schwer, an Ammanns Schuld zu glauben. Er machte einen anständigen, verantwortungsbewussten Eindruck. Ein aufrechter, engagierter Polizist, wie man ihn sich wünschte. Dass er sich damals nicht hatte korrumpieren lassen, sprach eindeutig für ihn. Auch Ralph war von ihm beeindruckt gewesen. Aber das war lange her. Neun Jahre Mobbing konnten einem Mann das Rückgrat brechen. Trotzdem. Würde er sich dafür an Menschen rächen, die höchstens indirekt Schuld an dieser Entwicklung trugen? Sie konnte es nicht sagen. Zu oft hatte sie erlebt, welche irrsinnigen Auswüchse eine unter unerträglichem Druck stehende Psyche hervorbringen konnte.

Ammann versuchte, sich aufrechter hinzusetzen, als sie den Raum betraten, doch seine Fesseln hinderten ihn daran.

»Nehmen Sie ihm die Handschellen ab«, forderte Sabine den Kollegen am Fenster auf. »Und lassen Sie uns mit ihm allein.«

»Sicher?« Der Beamte, ein breitschultriger Hüne, musterte sie mit einer Miene, die deutlich machte, was er von Frauen im Polizeidienst hielt. Insbesondere von kleinen Frauen. Sabine hätte ihm am liebsten eine Kostprobe aus ihrem Krav-Maga-Repertoire gegeben, auch wenn es mittlerweile etwas eingestaubt war. Noch vor ein paar Jahren hätte sie mit Hebeln, die sie bis zur Perfektion trainiert hatte, jeden Gegner zu Fall bringen können. Prompt musste sie an den Überfall denken und verspürte ein saures Brennen in der Kehle. Sie musste sich unbedingt wieder in Form bringen. Der Gedanke, das direkt an ihrem Gegenüber zu tun, war verlockend, doch sie entschied sich lieber für ein mildes Lächeln.

»Er wird nicht noch einmal weglaufen«, versicherte sie. »Glauben Sie mir.«

»Wie Sie wollen.« Der Polizist löste Ammanns Handfesseln, und die beiden uniformierten Beamten verließen den Raum.

»Danke.« Aaron Ammann rieb sich die Handgelenke.

Angersbach legte sein Smartphone auf den Tisch und schaltete die Diktier-App ein.

»Bitte«, sagte er. Dieses Mal hinderte Sabine ihn nicht. Sie hatte Ammann die Gelegenheit gegeben, in einer einfühlsam geführten Befragung die Wahrheit zu sagen, und er hatte sie nicht genutzt. Jetzt durfte Angersbach die Dampframme auspacken.

333

Ammann sah sich im Raum um. »Könnte ich ein Glas Wasser haben? Die Kollegen haben mich in Wabern über den Bahnsteig und die Gleise bis auf die Felder gejagt.« Er grinste schief. »Ich habe mir beim Sprung aus dem Fenster den Fuß verstaucht, deswegen konnte ich nicht richtig laufen, und dann bin ich auch noch über eine vorstehende Wurzel gestolpert. Sonst hätten sie mich nicht gekriegt.«

Angersbach holte Gläser und eine Flasche Wasser von der Anrichte und schenkte ein.

Ammann trank in großen Schlucken. »Danke.« Er wischte sich mit dem Handrücken über den Mund, sagte aber nichts.

Sabine sah, wie Ralph sich aufplusterte. Er war offensichtlich mit seiner Geduld am Ende. »Nun reden Sie schon, Herr Ammann«, polterte er. »Erzählen Sie uns, wie es war, drei Menschenleben auszulöschen. Hat es sich gut angefühlt, Harald Faust den Schädel einzuschlagen? Waren Sie euphorisch, als Sie Willi Geiger in die Luft gesprengt haben? Hat es Ihre Rachsucht befriedigt, Lutz Kasteleiner aufzuknüpfen?«

Ammann umklammerte die Armlehnen seines Stuhls. »Nein. Ich war das nicht. Ich habe Ihnen doch gesagt, dass ich keinen Grund hatte, dem Staatsanwalt oder Ihnen etwas anzutun. Und Willi Geiger erst recht nicht.«

»Sie haben auch gesagt, dass es etwas anderes wäre, wenn es um Ihren Vorgesetzten Harald Faust ginge.«

»Aber da wusste ich nicht, dass er tot ist. Ich dachte, er liegt auf Gran Canaria in der Sonne.«

Angersbach referierte, was sie aus Ammanns Personalakte wussten. »Es gibt keine andere Verbindung zwischen diesen drei Männern. Nur Sie und den Mord an Ulf Schleenbecker beim letzten Castor-Zug 2011. Warum geben Sie es nicht einfach zu? Schleenbeckers Tod und Ihre Rolle im nachfolgenden

Prozess haben Ihre Karriere, Ihr Leben zerstört, und dafür haben Sie sich gerächt. Jeder Richter wird dieser Argumentation folgen. Sie haben keine Chance mehr, aus dieser Sache herauszukommen.«

Ammann fuhr sich mit der flachen Hand übers Gesicht. Kaufmann sah förmlich, wie sich die Zahnräder in seinem Kopf drehten.

»Wenn es um diese alte Geschichte geht – was ist dann mit dem Mann, den Sie verurteilt haben? Der den Stein auf Ulf geworfen hat? Meinen Sie nicht, der hätte viel eher einen Grund gehabt als ich, diese drei Männer zu töten? Haben Sie das nachgeprüft? Wenn sie ihn wegen guter Führung vorzeitig entlassen haben ...«

Angersbach schnitt ihm das Wort ab. »Ronald Walther ist tot«, sagte er barsch. »Er ist vor zwei Monaten in der Haftanstalt gestorben, an Leukämie.«

Aaron starrte den Kommissar an. Er hatte immer die Wahrheit gesagt, nichts als die Wahrheit. Trotzdem hatte er nicht alles gesagt. Nur das, was er gesehen hatte. Den bösen Verdacht, der ihn beschlichen hatte, als er vor Schleenbeckers Leiche gestanden hatte, hatte er für sich behalten. Er hatte gehofft, dass es reichen würde, Zweifel zu säen. Doch Angersbach und der Staatsanwalt hatten die versteckte Botschaft nicht verstanden.

Er hatte sich nicht weiter aus dem Fenster lehnen können. Es war schließlich nur eine Ahnung gewesen, keine Gewissheit.

Nun war es zu spät, Ronald Walther war tot.

Aaron schloss die Augen und sah die Bilder wieder vor sich.

Wie sie mit ihren Schlagstöcken auf den Mann einprügelten, der den Stein geworfen hatte. Wie er selbst den Arm hob und dann mitten in der Bewegung erstarrte, weil sein Blick auf den

Jungen fiel, der danebenstand und die Szene beobachtete. Schmal und blond, mit langen Haaren, die ihm in die Stirn fielen, acht oder neun Jahre alt. Er schaute auf die Polizisten, die den Mann auf dem Boden festnagelten und die Plastikhandschellen um seine Handgelenke festzogen, so stramm, dass sie tief ins Fleisch schnitten. Seine blauen Augen waren weit aufgerissen, sein Blick wirkte fassungslos. Er streckte die Hand aus, ohne jemanden zu berühren, und eine Träne rann lautlos über seine Wange. Noch jetzt hörte Aaron das Wort, das er leise sagte.

Papa.

Ralph Angersbach erstarrte, als Aaron Ammann diese Szene so bildhaft schilderte.

Ja, es stimmte, Ronald Walther hatte Familie gehabt, eine Frau und einen Sohn, der bei der Blockade dabei gewesen war. Es hatte irgendwo in den Akten gestanden, aber für die Ermittlungen keine Bedeutung gehabt. Er konnte sich auch nicht erinnern, dass der Junge dabei gewesen wäre, als sie die Mutter befragt hatten.

Walthers Frau hatte zugegeben, dass sie eine Affäre mit Ulf Schleenbecker hatte, und sie hatte ausgesagt, dass ihr Mann seine Aggressionen nicht immer unter Kontrolle hatte. Sie hatte für plausibel gehalten, was ihr Bruder, Schleenbeckers Schwager Harald Faust, immer wieder betonte: dass Ronald Walther den Stein auf Schleenbecker geschleudert hatte, weil er den Nebenbuhler aus dem Weg räumen wollte. Das war das Zünglein an der Waage gewesen, der feine Unterschied zwischen Totschlag und Mord. Hätte der Stein nur Schleenbecker als Polizist gegolten, geworfen von einem Demonstranten, der unterschiedslos jeden Beamten angriff, der sich ihm in den Weg stellte, wäre es Totschlag gewesen. Aber der Richter war Staatsanwalt Kasteleiners Argumentation gefolgt, dass es ein persönliches Motiv gab, und damit war es Mord.

336

Eine Rolle spielte es letztlich nicht. Auch bei Totschlag wäre Walther zu einer langen Freiheitsstrafe verurteilt und mit hoher Wahrscheinlichkeit noch nicht wieder entlassen worden. Er wäre so oder so in der Haft verstorben. Trotzdem machte es für den Sohn mit einiger Sicherheit einen Unterschied.

Angersbach sah Sabine an und wusste, dass sie endlich das wahre Motiv gefunden hatten. So passte alles zusammen. Die Morde an Faust, Kasteleiner und Geiger. Und die Angriffe auf Janine und Sabine. Walthers Sohn musste etwas damit zu tun haben. Ralph hatte ihm den Vater genommen, deshalb wollte der Sohn Ralph die Menschen nehmen, die er liebte. Aber wie konnte er von Janine und Sabine wissen?

»Wir brauchen den Namen«, polterte er. »Die Akte.«

Sabine Kaufmann zog ihr Smartphone hervor. »Die ist hier drauf.«

Ammann sprang auf und ging zum Schrank. Er holte Kabel und einen Beamer hervor, stellte das Gerät auf den Tisch und baute die zusammengerollte Leinwand auf. Kaufmann verknüpfte ihr Smartphone mit dem Beamer und durchsuchte ihre Dateien. Ein eingehender Anruf unterbrach die Suche.

Holger Rahn, las Angersbach den Namen des Anrufers in fetten Lettern auf der Leinwand und ballte die Fäuste. »Nicht jetzt«, schnaubte er wütend, doch Sabine nahm das Gespräch natürlich an.

»Hallo, Sabine«, ertönte Rahns warme dunkle Stimme aus dem Lautsprecher der Anlage, die so gar nicht zu diesem aufgeblasenen blonden Yuppie passte. Immerhin, stellte Angersbach fest, klang es nicht nach Liebesgesäusel. Der Ton war ernst, und Rahn fasste sich knapp.

»Wir haben Informationen zu dem Anschluss, von dem aus der Unbekannte aus dem Spielchat mit Carl Aschenbrenner kommuniziert hat. Der Mann, von dem wir glauben, dass er der Angreifer in der Hasenheide war.«

Ralph vergaß seine Aversionen gegen Rahn und beugte sich vor.

»Wir konnten die IP-Adresse des WLAN-Routers lokalisieren, über den er sich zuletzt in den Chat eingeloggt hat«, berichtete der LKA-Beamte. »Überraschenderweise befindet er sich nicht in Berlin, sondern in Homberg an der Efze. Er gehört einem gewissen Marius Geiger.«

»Geiger?« Sabine schaute Ralph mit verständnisloser Miene an. »Was hat Geiger mit Janine und mir zu tun?«

Angersbach fluchte laut. Gerade hatten sie noch geglaubt, den Schlüssel zur Lösung des Falls in der Hand zu halten, und jetzt stand alles wieder auf dem Kopf.

»Danke, Holger«, sagte Kaufmann und drückte den Kollegen nach ein paar belanglosen Abschiedsworten weg. Das Feuer war anscheinend wieder erloschen, doch im Augenblick hatte Ralph keinen Gedanken dafür übrig. Er sah zu, wie Sabine ihre Mails durchsuchte und dann die Akte Walther auf die Leinwand projizierte. Sie scrollte zu Walthers persönlichen Daten, Geburtsdatum, Meldeadresse, die Namen von Frau und Sohn.

Angersbach fühlte sich, als hätte ihm jemand einen Knüppel auf den Kopf geschlagen.

Sebastian.

Marius Geigers Mitbewohner war Ronald Walthers Sohn.

Auf einmal ergab alles Sinn. Marius fuhr Taxi; Sebastian musste sich den Wagen geborgt haben, um Harald Faust abzuholen, den er dann nicht zum Bahnhof nach Schwalmstadt gefahren, sondern getötet und im Wald verscharrt hatte. Staatsanwalt Kasteleiner hatte er unter einem Vorwand in den Wald gelockt und ermordet. Und für Ralph, dem er vermutlich die Hauptschuld gab, weil er die Ermittlungen geleitet hatte, die seinen Vater ins Gefängnis gebracht hatten, hatte er sich etwas Besonderes ausgedacht. Ihn wollte er nicht einfach töten, sondern ihn spüren lassen, wie es war, wenn man das Liebste verlor.

Sabine Kaufmann hatte sich in die Datenbank der Polizei eingeloggt. Auf der Leinwand erschien die Akte von Sebastian Walther. Er hatte einige Einträge, Drogenbesitz, Hausfriedensbruch, Schlägereien. Zuletzt war der jetzt Achtzehnjährige – damals noch mit Wohnsitz in Berlin, wo er eine Lehre zum Automechaniker begonnen hatte – zu einer sechsmonatigen Freiheitsstrafe verurteilt worden, die er in der Strafanstalt verbüßt hatte, in der Janine arbeitete. Der Name Angersbach musste seine Erinnerungen aktiviert haben, der Tod des Vaters war dann der Auslöser gewesen. Wenn Sebastian sich mit Janine gut verstanden hatte, hatte sie ihm vielleicht sogar selbst von ihrem Halbbruder, von Sabine und von seinem Vater erzählt.

Ralph erinnerte sich an Sebastians Reaktion auf die Nachricht, dass Willi Geiger mit seinem neuen T3 in die Luft geflogen war.

Das wollte ich nicht, waren seine Worte gewesen.

Sebastian hatte nicht gewusst, dass Willi Geiger sich genauso einen natogrünen T3 gekauft hatte wie Johann Gründler. Er war erschrocken – weil er den falschen Mann erwischt hatte. In Wirklichkeit hätte der Sprengstoffanschlag Angersbachs Vater treffen sollen.

Ralph tauschte einen Blick mit Sabine. Ein Stromstoß raste durch seinen Körper. Gründler war allein in seinem Haus im Vogelsberg. Was, wenn Sebastian entschied, seinen Racheplan doch noch zu vollenden?

18

Irgendwo zwischen Knüll und Vogelsberg

Ralph Angersbach drückte das Gaspedal durch, kaum dass er den Niva von der Autobahnauffahrt Nummer 84 auf die A7 gelenkt hatte. Doch wie sehr er sich auch bemühte: Die Fahrtzeit betrug mindestens noch eine Dreiviertelstunde, was den vielen engen Straßen geschuldet war, die nach dem Verlassen der Autobahn zum Hof seines Vaters führten. Währenddessen versuchte Sabine Kaufmann neben ihm zum wiederholten Mal, bei Gründler anzurufen. Vergeblich. Er ging nicht ans Telefon. Beim Festnetz schaltete sich der Anrufbeantworter ein, beim Handy die Mailbox. Sabine hatte bereits mehrmals auf beides gesprochen und Ralphs Vater gebeten, so schnell wie möglich zurückzurufen. Eine weitere dieser Botschaften zu hinterlassen war sinnlos, also beendete sie die Verbindung einfach.

»Wo könnte er denn sein?«

Ralph hatte keine Ahnung, natürlich nicht. Sein Vater sagte ihm nicht, wie er seine Tage verbrachte. So eng war ihr Kontakt nicht, auch wenn sich die Dinge positiv entwickelt hatten, seit Angersbach, der bis dato nicht gewusst hatte, wer sein Vater war, den alten Gründler vor ein paar Jahren im Fall seines ermordeten Halbbruders kennengelernt hatte.

Am Anfang war Ralph skeptisch gewesen. Wollte er überhaupt eine Beziehung zu dem Mann, der seine Mutter im Stich gelassen hatte? Der schuld daran war, dass Ralph keine normale Kindheit vergönnt gewesen war, sondern er die entscheidenden Jahre im Heim verbracht hatte, mit all den Nebenwirkungen, die ihm bis heute nachhingen? Nicht zuletzt seinem Mangel an Vertrauen und der Fähigkeit, sich anderen gegenüber zu öffnen. Ein Grund, warum es ihm so schwerfiel, sich über seine Gefühle für Sabine klar zu werden. Aber Familie war Familie, und der alte Gründler hatte seine Gründe gehabt. Mittlerweile, das musste Ralph zugeben, hatte er ihn ins Herz geschlossen, auch wenn ihm sein Alt-Hippie-Gehabe und sein Marihuana-Konsum gegen den Strich gingen. Doch was sollte er tun? Wenn er den Kontakt zu seinem Vater weiter pflegen wollte, musste er darüber hinwegsehen. Ändern würde sich der alte Gründler nicht mehr.

»Hast du den Namen oder die Telefonnummer von irgendeinem seiner Freunde?«, insistierte Kaufmann.

»Nein. Der Willi war sein Freund, das weiß ich. Aber der Willi ...«

War tot, in die Luft gesprengt mit dem VW-Bus, der so aussah wie der vom alten Gründler. Von einem Täter, der auf Ralphs Vater gezielt hatte.

Wie würde Johann Gründler mit diesem Wissen zurechtkommen? Und wie würde Ralph damit fertigwerden? Ohnehin stellte sich die Frage nur, wenn sie rechtzeitig kamen, um Schlimmeres zu verhindern. Er sollte sich also besser auf das konzentrieren, was vor ihnen lag, statt sich mit der Vergangenheit herumzuschlagen. Dafür war später noch Zeit genug.

Die Besatzung des Streifenwagens, den sie umgehend zur Autowerkstatt geschickt hatten, als ihnen die Zusammenhänge klar geworden waren, hatte Sebastian Walther nicht angetroffen. Er sei unterwegs zu einem Check-up der Firmenwagen der ZYKLUS AG in Schwalmstadt, hatte sein Chef erklärt. Ralph hatte für einen kurzen Moment geglaubt, der Meister – oder vielleicht auch das Schicksal? – wollte ihn verhöhnen, doch der Mann war vollkommen ernst gewesen. Ein weiteres Gespräch mit der ZYKLUS AG hatte ergeben, dass Sebastian Walther mit seiner Inspektion der Fahrzeuge bereits fertig und auf dem Weg nach Hause war.

Die Beamten waren daraufhin zu Marius Geigers Wohnung gefahren. Dort waren sie auf Elias Geiger gestoßen, der sich eine Freistunde damit vertrieb, Recherchen über mögliche Endlagerstätten für deutschen Atommüll anzustellen. Wo sich Sebastian Walther aufhielt, wusste er nicht. Sein Vater, so teilte er den Polizisten mit, war bei der Arbeit. Ein Anruf bei der Taxizentrale ergab, dass Geiger unterwegs war. Sie waren zu ihm durchgestellt worden, doch auch er konnte ihnen nicht sagen, wo sie seinen Mitbewohner finden könnten.

Ralphs Kehle war bei jeder dieser Meldungen enger geworden. Natürlich konnte es hundert andere Erklärungen geben, doch für Angersbach war klar, dass Sebastian dabei war, das zu Ende zu bringen, was er begonnen hatte. Das Bild von seinem Vater, der von Sebastian Walther erstochen, erschlagen oder erwürgt wurde, stand Ralph so deutlich vor Augen, als wäre es auf die Netzhaut gebrannt. Würde sein Alptraum der letzten Nacht jetzt wahr werden?

Wenn sie Gründler doch nur warnen könnten! Aber jeder von Sabines unermüdlichen Versuchen ging ins Leere.

Sie mussten hoffen, dass die Kollegen der nächsten Polizeistation rasch vor Ort waren, um Sebastian Walther aufzuhalten, wenn er tatsächlich auf dem Weg zum alten Gründler war. Oder ihn unschädlich zu machen, wenn er bereits eingetroffen war. Aber das würde noch eine Weile in Anspruch nehmen.

Der Vogelsberg war spärlich besiedelt, und die Polizeistationen waren entsprechend dünn besetzt. Es gab nur einen Streifenwagen in der Nähe, und der war gerade in die entgegengesetzte Richtung unterwegs gewesen, zu einem Verkehrsunfall.

Kaufmann hatte die weiteren Dienststellen im Umkreis angefunkt und um Unterstützung gebeten. Jetzt waren insgesamt vier Streifenwagen im Einsatz, aber sie würden von jetzt an gerechnet in frühestens zwanzig Minuten das Haus des alten Gründlers erreichen. Ralph hoffte inständig, dass ihnen so viel Zeit blieb.

Er prügelte den Lada über die Autobahn und blendete das Fernlicht auf, wenn die vor ihnen Fahrenden trotz des mobilen Blaulichts auf dem Dach die linke Fahrspur nicht freigaben. Am Kirchheimer Dreieck reihte er sich zur A5 ein. Der Schweiß stand ihm auf der Stirn, obwohl es auch im Wagen kalt war – die Heizung hatte noch nie besonders gut funktioniert, und wegen des Stromkabels für das mobile Blaulicht stand das Fenster einen winzigen Spalt weit offen, der aber genügte, um das bei dieser Geschwindigkeit ohnehin überall pfeifende Fahrzeug empfindlich abzukühlen. Trotzdem war ihm noch so heiß, als hätte ihn ein akuter Fieberschub erfasst. Immer wieder musste er sich die feuchten Hände, mit denen er das Lenkrad umklammerte, an der Hose abwischen. Dazu blendete ihn die Sonne. Der Nebel, der in den letzten Tagen dicht und undurchdringlich über dem Land gehangen hatte, war zu Boden gesunken wie ein schwerer Vorhang und hatte einem Streifen glasklaren blauen Himmels Platz gemacht. Angersbach empfand es wie Hohn.

Sie waren kurz vor Alsfeld, als das Smartphone in der Halterung am Armaturenbrett aufleuchtete. Die Nummer seines Vaters, ein Videoanruf. Das Gerät fragte, ob er ihn annehmen wollte.

»Ja!«

Der Lada Niva geriet ins Schlingern, als Ralph versuchte, das Icon auf dem Display auf die richtige Seite zu ziehen.

»Ich mache das«, sagte Sabine Kaufmann scharf. »Konzentrier dich auf die Straße. Oder fahr rechts ran.«

Ralph schüttelte den Kopf. Er wollte jetzt nicht anhalten. Nicht, bevor er seinen Vater nicht in Sicherheit wusste.

Auf dem Bildschirm erschien das Bild eines natogrünen VW-Busses. Er parkte einsam auf einer Lichtung, die Ralph gut kannte. Es war der Platz vor dem Haus seines Vaters. In den Scheiben des T3 spiegelte sich die tief stehende Sonne, die knapp über den Baumwipfeln auf den Hängen stand. Die Räder des Fahrzeugs wurden von Bodennebel umwabert wie in einem schlechten Film.

»Papa?«

Eine Person trat ins Bild, nicht Johann Gründler, sondern ein schmal gebauter junger Mann in Jeans, Springerstiefeln und einem abgewetzten Parka, der Uniform des Widerstands. Die langen blonden Haare fielen ihm in die Stirn.

»Kommissar Angersbach«, sagte er freundlich. »Hallo.«

»Walther! Lassen Sie die Finger von meinem Vater!«, donnerte Ralph.

Sebastians Miene änderte sich nicht. »Sie wissen es also?«

»Ich weiß, dass Sie Harald Faust, Lutz Kasteleiner und Willi Geiger getötet haben.«

»Das mit Willi tut mir leid. Das wollte ich nicht.«

»Ja. Das haben Sie schon gesagt. Ich hatte es nur nicht verstanden.«

»Die Bombe war für Ihren Vater bestimmt«, bestätigte Walther mit derselben Freundlichkeit.

»Aber treffen wollten Sie mich.«

Sabine neben ihm gestikulierte heftig und schnitt Grimassen. Angersbach wusste nicht, ob sie ihm damit sagen wollte, dass er behutsamer mit Walther sprechen oder bei nächster Gelegenheit auf einen Parkplatz fahren sollte, aber das war ihm egal. Er würde jetzt nicht anhalten, im Gegenteil. Er würde das Letzte aus dem Niva herausholen, um so schnell wie möglich bei seinem Vater zu sein. Und er würde Sebastian Walther nicht mit Samthandschuhen anfassen.

Er wechselte auf die rechte Fahrspur und setzte den Blinker, als sie Alsfeld-Ost passiert hatten und mit ausreichend Schwung die Steigung zur Pfefferhöhe und der westlichen Ausfahrt hinaufjagten.

»Sie haben es also begriffen.« Walther lächelte.

Angersbach riss das Steuer herum. Der Niva schlingerte mit überhöhter Geschwindigkeit durch die Kurve, und für eine Sekunde fürchtete Ralph, er würde die Bodenhaftung verlieren. Dann gewann er die Kontrolle über das Fahrzeug zurück. Er sah, wie sich Sabine am Griff über der Beifahrertür festklammerte, und auch sein eigenes Herz hämmerte. Er musste sich beherrschen. Wenn er den Lada in den Graben setzte, war seinem Vater auch nicht geholfen. Er atmete tief durch.

»Ich habe noch mehr verstanden«, sagte er mit erzwungener Ruhe. »Dass Sie es waren, der meine Halbschwester Janine in der Hasenheide in Berlin mit einem stumpfen Morgenstern angegriffen hat, und derjenige, der einen gewissen Carl Aschenbrenner dazu angestiftet hat, meine Kollegin Sabine Kaufmann in Wiesbaden zu überfallen und zu vergewaltigen.«

»Heißt er so?« Sebastian Walther lächelte. »Ich kenne ihn nur als Conator97. Aber ansonsten: Bravo.« Er deutete eine Verbeugung an. »Sie sind ja doch ein richtig guter Kombinierer. Schade, dass Sie damals nicht so kluge Schlüsse gezogen haben, als es um meinen Vater ging.«

Ralphs Blicke wechselten sekündlich zwischen der Straße und dem Display hin und her. Walther hatte die Kamera in diesem Moment so gedreht, dass er selbst aus dem Bild verschwand. Das Bild bewegte sich nun auf die Fahrertür des T3 Syncro zu. Walther öffnete sie, und Ralph erkannte Johann Gründler, der auf dem Fahrersitz saß.

Ralph schnürte es die Kehle zu. Die Hände seines Vaters waren ans Lenkrad gefesselt. Um den Hals lag eine Schlinge, die mit der Nackenstütze verknotet war.

Der alte Gründler musste um sein Leben fürchten, doch man sah es ihm nicht an. Sagen konnte er nichts, weil Sebastian ihn geknebelt hatte, aber seine Haltung war aufrecht, die dunklen Augen waren herausfordernd in die Kamera gerichtet.

Walther wandte sich ab und drehte das Smartphone, sodass Ralph wieder sein Gesicht sehen konnte. »Eigentlich wollte ich, dass Conator97 Ihre Kollegin tötet, aber dazu war er nicht bereit. Ich sollte auch seine Freundin, diese Anne, nicht umbringen, sondern ihr nur einen Denkzettel verpassen, weil sie ihn sitzen gelassen hat. Schade, aber es war das Beste, was in dieser Situation zu kriegen war.«

Sabine zupfte an seinem Ärmel. »Halt kurz an und lass mich fahren«, drängte sie, doch Ralph schüttelte sie ab. Er hatte die Sache im Griff, und er wollte keine Zeit verlieren. Jede Sekunde war kostbar.

Sebastian bewegte sich. Das Bild auf dem Smartphone wackelte. Angersbach sah abwechselnd sein Gesicht, den grünen T3, die Hügel und Wiesen und das Haus seines Vaters wie in einer Rundumsicht. Dann stand das Bild wieder still. Walther entfernte sich ein paar Schritte und klemmte sich einen Bluetooth-Kopfhörer ins Ohr. Offensichtlich hatte er das Smartphone auf einem Stativ befestigt, um die Hände frei zu haben

346

und Ralph einen Blick auf das zu ermöglichen, was er nun zu tun beabsichtigte.

»Sie kannten Janine aus der Strafanstalt«, sagte Ralph.

Walther, der gerade aus dem Bild treten wollte, hielt inne. »Ja. Eine tolle Frau.« Sein Blick wurde traurig. »Ich habe sie gemocht. Wollte mich sogar mit ihr treffen, wenn ich wieder draußen bin.«

»Aber sie hat Sie abblitzen lassen.«

»Nein.« Sebastian wedelte mit dem Zeigefinger. »Sie wollte es auch. Hat mir ihre Karte gegeben, mit ihrer Adresse und Telefonnummer. Und ihrem Nachnamen. Angersbach.« Sein Mund verzerrte sich vor Wut. »So heißen nicht viele, richtig? Ich habe sie ausgefragt, und sie hat mir erzählt, dass sie einen Halbbruder hat, der bei der Kriminalpolizei in Hessen arbeitet. Sie ist ziemlich stolz auf Sie, wissen Sie das? Sie hat mir von einem Ihrer Fälle erzählt, von dieser Sache mit dem Sühnekreuz. Und von der Kollegin aus Wiesbaden, mit der Sie zusammenarbeiten. Sabine Kaufmann.«

»Und da haben Sie beschlossen, sich zu rächen«, sagte Kaufmann. »Die Kollegin aus Wiesbaden, das bin ich.«

Sebastian Walther lächelte schief. »Tut mir leid. Das war nichts Persönliches.« Er strich sich eine seiner blonden Haarsträhnen aus der Stirn. »Damals hatte ich auch nicht vor, irgendetwas zu unternehmen. Ich wollte nur einfach nicht mehr an diese alte Sache denken, verstehen Sie? Deshalb habe ich mich dann doch nicht mit Janine getroffen.« Er richtete den Blick in den Himmel, über den sich die Dämmerung schob.

Ralph und Sabine drängten ihn nicht. Je länger sie ihn am Reden halten konnten, desto größer war die Chance, dass sie bei Gründlers Haus im Vogelsberg ankamen, ehe Sebastian ihm etwas antat.

Angersbach raste durch Romrod. Die wenigen Autofahrer, die sich durch die kurvige Ortsdurchfahrt bewegten, machten bereitwillig Platz. Eine Frau mit einem Hund brachte sich in letzter Sekunde in Sicherheit. Ralph versicherte sich mit einem raschen Blick in den Rückspiegel, dass ihr nichts passiert war, und drückte das Gaspedal wieder durch, kaum dass sie das Ortsschild passiert hatten. Zum Glück herrschte kein Berufsverkehr, und die Bundesstraße war gut ausgebaut.

Sebastian Walther trat aus dem Bild und tauchte gleich darauf wieder auf, in der Hand ein flaches Objekt in einer leuchtend roten Plastikverpackung, aus der Drähte hervorkamen, die mehrfach um das Paket gewickelt waren.

»Wir waren mal eine glückliche Familie, wissen Sie? Bevor Sie meinen Vater verhaftet haben.« Er begann, die Drähte abzuwickeln, und nun sah Ralph, dass sich am anderen Ende ein Handschalter mit einem Druckknopf befand. Sein Puls begann zu hämmern, und sein Mund wurde staubtrocken. Er konnte sich kaum noch auf die Straße konzentrieren. Immer wieder flog sein Blick zum Bildschirm. Was Walther da in der Hand hielt, war eindeutig eine Bombe, und es war nicht schwer zu erraten, was er damit vorhatte.

Sie durchquerten zwei weitere Ortschaften, ohne auf die vorgegebenen fünfzig Stundenkilometer zu verlangsamen. Ein Rotlicht zuckte auf, nur eine Sekunde, nachdem Ralph den verräterischen Kombi mit den getönten Scheiben ins Blickfeld bekam. Fast neunzig, registrierte er. Unter anderen Umständen hätte er sich nun schon mal Gedanken über ein Monatsticket für Bus und Bahn machen müssen. Doch für ein Polizeifahrzeug im Einsatz galten diese Regeln nicht.

Die Landschaft öffnete sich wieder, und Ralph erhaschte einen weiteren Blick auf das Display mit Walthers Visage.

Dieser betrachtete nachdenklich die Bombe in seiner Hand. »Nach der Verhaftung ging alles den Bach runter«, sagte er bitter.

»Sie sprechen von Ihrer kriminellen Karriere?«, fragte Sabine ätzend. »Drogen, Diebstahl, Körperverletzung?«

Angersbach warf ihr einen erstaunten Seitenblick zu. War das nun die subtile Strategie, auf die sie sonst so schwor?

»Meine Mutter hat nicht gearbeitet, und ohne das Einkommen meines Vaters … Wir waren plötzlich Sozialhilfeempfänger«, erklärte Sebastian. Seine Stimme zitterte. »Das Haus, das mein Vater gebaut hatte, wurde verkauft, und wir mussten in eine hässliche Sozialwohnung umziehen. Meine Mutter hat angefangen zu trinken. Sie wollte, dass ich meinen Vater ersetze, aber das konnte ich nicht.«

»Sie mussten zu früh erwachsen werden«, stellte Sabine fest, jetzt wieder mit dem einfühlsamen Ton, den Ralph erwartet hatte.

Sebastian Walther ging zur offenen Tür des T3 und schob das rote Paket unter den Fahrersitz.

»Ja, so heißt es wohl im Sozialarbeiterjargon«, bestätigte er, während er sich vom Fahrzeug entfernte und dabei den Draht immer weiter abwickelte. »Den Rest kennen Sie wahrscheinlich. Schule abgebrochen, Gelegenheitsjobs, Einbrüche, Jugendknast. Und meine Mutter hat sich vor ein paar Jahren totgesoffen.«

»Und für all das haben Sie Ihren Vater verantwortlich gemacht«, stellte Angersbach fest. Kaufmann griff nach ihrem Smartphone und schrieb eine Nachricht an die Leitstelle, dass die Einsatzkräfte mit äußerster Vorsicht vorgehen sollten, weil Walther eine Bombe hatte.

»Zugriff nur nach Rücksprache mit uns«, ordnete sie an.

Sebastian blieb vor der Kamera stehen. »Ja. Lange Zeit habe ich das getan«, sagte er. »Meinem Vater die Schuld gegeben.«

»Natürlich ... Wenn er den Stein nicht geworfen hätte ...«, fuhr Ralph fort. »Er war eifersüchtig. Weil Ulf Schleenbecker ihn betrogen hat. Mit Ihrer Mutter.«

»Deswegen haben sie ihn wegen Mordes verurteilt. Aber das war falsch.«

»Ich glaube nicht«, konterte Ralph.

Es war natürlich Sabine, die auf Sebastians Seelenqual einging. »Sie haben Ihre Meinung geändert, was die Schuld Ihres Vaters betrifft?«

»Ja.« Walthers Gesicht verzog sich. Eine Träne rann ihm über die Wange. »Als er krank geworden ist, haben wir den Kontakt wiederaufgenommen. Zuerst haben wir uns nur Briefe geschrieben. Dann habe ich ihn besucht. Er hat mir geschworen, dass er nie die Absicht gehabt hatte, Schleenbecker zu töten.«

»Sie sind sein Sohn«, sagte Angersbach. »Sie sind nicht objektiv.«

Sebastian wischte den Einwurf mit einer ungeduldigen Geste beiseite. »Der Krebs. Das war die Strahlung. Von den Castor-Behältern, verstehen Sie? Mein Vater war bei allen Protesten dabei. Heute weiß man, dass die Container nie hundertprozentig dicht sind. Deswegen habe ich mich der Bürgerinitiative angeschlossen, die Marius' Vater geleitet hat. Man muss diesen Wahnsinn stoppen. Dieses Kanonenbahn-Projekt – da geht es doch nur darum, gesicherte Transportwege für die geplanten Transporte ins Endlager zu schaffen, das man bis dahin angelegt haben wird. Vielleicht sogar hier in Hessen. Aber selbst wenn nicht. Ob es nun in Hessen oder in Niedersachsen liegen wird – die Transporte aus den deutschen

Zwischenlagern oder aus La Hague oder Sellafield werden immer auch durch Nordhessen führen. Lauter fette, strahlende Container, die vor unserer Haustür vorbeirollen.«

Er holte tief Luft. »Mein Vater war stolz darauf, dass ich dabei bin. Es war ein kleiner Lichtblick für ihn, während er selbst verfallen ist. Am Ende war er ausgezehrt, nur noch Haut und Knochen. Wir haben es mit einer Berufung versucht, aber Staatsanwalt Kasteleiner hat dafür gesorgt, dass sie abgeschmettert wurde. Das Gericht hat bestätigt, dass nach den damaligen Ermittlungsergebnissen kein anderes Urteil möglich ist. Man konnte sich auch nicht dazu durchringen, ihn wegen seiner Krankheit vorzeitig zu entlassen. Er ist im Hospiz gestorben, hinter Gittern.« Sein Blick wurde hasserfüllt. »Und das, Kommissar Angersbach, ist Ihre Schuld.«

Ralph schoss über die letzte Kuppe, bevor er Mücke erreichen würde. Er holte das Letzte aus dem Lada heraus, ohne einen Blick für die Schönheit um ihn herum zu haben, die rot und gelb belaubten Bäume, die im Abendlicht leuchteten, und die liebliche Weite der Hügel, über der ein goldener Schimmer lag. Stattdessen schaute er in jeder zweiten Sekunde auf den Mann, der Johann Gründler in seiner Gewalt hatte.

»Mein Kollege kann nichts dafür, dass Ihr Vater den Stein geworfen hat«, sagte Sabine Kaufmann sachlich. »Und er hatte auch keinen Einfluss auf das Urteil des Richters.«

»Aber er kann etwas dafür, wenn eine Ermittlung nicht die Wahrheit ans Licht fördert.«

Ralph, dem gerade noch heiß gewesen war, hatte plötzlich einen Eisklumpen in der Brust. »Wie meinen Sie das?«

»Ulf Schleenbecker wäre nicht gestorben, wenn ihn nur der Stein meines Vaters getroffen hätte«, sagte Sebastian Walther scharf. »Da hat jemand nachgeholfen. Jemand, der ihn auf eine einsame Lichtung bugsiert und dann mit einem weiteren Stein zugeschlagen hat.«

Kaufmann schüttelte heftig den Kopf. *Lass dich von ihm nicht verunsichern,* sagte ihr Blick. *Er biegt sich die Dinge so zurecht, wie es ihm zupasskommt.* Aber Ralph war elektrisiert. Wenn er die Teile richtig zusammensetzte, gab es nur eine mögliche Lösung für das Rätsel, das Sebastian ihm aufgegeben hatte.

»Sie meinen, Harald Faust hat das getan?«

»Ich weiß es.«

Kaufmann verdrehte die Augen.

Angersbach hatte Mühe, seinen Atem zu kontrollieren. »Woher?«

Sebastian Walther lachte, ein bitteres, böses Lachen. »Er war auf der Trauerfeier, als sie meinen Vater begraben haben. Fragen Sie mich nicht, warum. Wahrscheinlich hat es ihm einen Kick gegeben. Zu sehen, dass er davongekommen ist. Er war so ein gottverdammtes, selbstverliebtes Arschloch. Ist zum Leichenschmaus geblieben und hat sich bis zum Umfallen besoffen. Und dann hat er es mir gesagt.«

»Was?«, fragte Angersbach atemlos. Er trat heftig auf die Bremse, weil sie die Abbiegespur erreicht hatten, die erheblich kürzer war als erwartet. Und ausgerechnet jetzt manövrierte auch noch ein Traktorfahrer einen leeren Anhänger aus einer engen Feldwegbiegung. Der Schlepper musste dazu fast komplett auf die Gegenfahrbahn steuern. Ralph stoppte gerade noch rechtzeitig und hämmerte mit der Faust auf die Hupe.

»Dass er Schleenbecker noch einmal auf den Kopf geschlagen hat, damit er stirbt«, spuckte Sebastian aus. »Weil man so was schön den Demonstranten anhängen und sie damit diskreditieren kann. Und weil er sein Schwager war. Schleenbecker hat nicht nur meinen Vater betrogen, sondern auch seine Frau. Die Schwester von Harald Faust.«

Sabine blinzelte. »Moment. Sie behaupten, Harald Faust hat seinen Freund und Kollegen Ulf Schleenbecker erschlagen? Weil Schleenbecker seine Frau, Fausts Schwester, mit Ihrer Mutter betrogen hat?«

»Das hat er gesagt.«

Der Traktorfahrer gestikulierte. Offenbar wollte er zum Ausdruck bringen, dass er versuchte, die Straße so schnell wie möglich zu räumen, doch das Gegenteil war der Fall. Er drehte das Steuer in die falsche Richtung und verkeilte sich. Ralph sah, dass es ein Jugendlicher war, fast noch ein Kind. Der Sohn des Bauern wahrscheinlich, der seine ersten Fahrversuche unternahm. Angersbach schickte ein Stoßgebet zum Himmel, dass er seine Nerven in den Griff bekam und den Weg freigab.

»Warum sind Sie mit dieser Information nicht zur Polizei gegangen?«, fragte Sabine Kaufmann ruhig, als nähme sie nichts von den Dingen um sich herum wahr.

»Was hätte das genützt? Mein Vater war tot. Die Polizei hat damals keine Indizien dafür gefunden, dass er an dem Tod nicht schuldig war, also würde sie es wohl auch jetzt nicht. Schleenbecker war ja in der Rechtsmedizin. Offenbar hat man keine Hinweise entdeckt, dass es nicht nur den Treffer durch meinen Vater gab, sondern einen zweiten Schlag. Daran wird sich nichts mehr ändern. Schleenbecker ist eingeäschert worden.«

»Also haben Sie beschlossen, selbst für Gerechtigkeit zu sorgen«, krächzte Ralph.

Ein vierschrötiger Mann in Cordhosen und einem verblichenen karierten Hemd kam hinter dem Traktor hervorge-

353

rannt. Ob er die ganze Zeit dort gestanden hatte, um seinem Sohn Kommandos zuzuwinken? Jetzt kletterte er ins Führerhaus des Traktors, schob den Jungen beiseite und übernahm das Steuer. Der Anhänger glitt aus seiner hoffnungslosen Position, wurde zweimal zurechtgerückt, und schon war die Straße wieder frei, von den schweren Erdklumpen abgesehen, die sich aus den Reifen gelöst hatten.

Angersbach zeigte dem Mann den hochgereckten Daumen und trat wieder aufs Gas. Irgendwo in der Ferne hörte er Sirenen. Er brauchte einen Moment, um zu begreifen, dass das Geräusch aus den Lautsprechern kam, die über das Autoradio per Bluetooth mit seinem Smartphone verbunden waren.

Sebastian bemerkte ebenfalls, dass sich ihm die Einsatzfahrzeuge näherten. Er wandte kurz den Kopf und hob den Zünder in der Hand hoch.

»Sagen Sie Ihren Leuten, sie sollen wegbleiben. Wenn ich hier einen Polizeiwagen sehe, zünde ich die Bombe sofort. Dann gibt es keine Erklärungen mehr.«

Kaufmann griff hastig zum Smartphone und bat die Leitstelle, den Kollegen mitzuteilen, dass sie außer Sicht, aber in der Nähe bleiben sollten.

»Wir sind gleich vor Ort«, sagte sie. »Warten Sie auf weitere Anweisungen.«

Sebastian, der ihre Worte offensichtlich gehört hatte, lächelte müde. »Korrekt«, sagte er, als hätte es die Unterbrechung nicht gegeben. »Ich habe mir Marius' Taxi ausgeborgt, als Faust zum Flughafen wollte. Das heißt, zum Bahnhof nach Schwalmstadt, von da wollte er mit dem Zug nach Frankfurt fahren. Der Kerl hat mich nicht mal erkannt, dabei hatte ich bloß eine getönte Brille und ein Basecap aufgesetzt. Und so jemand will Polizist sein. Wir sind ein Stück aus dem Ort raus,

354

und dann habe ich eine Reifenpanne vorgetäuscht. Das Ventil hatte ich vorher manipuliert, sodass der Reifen beim Fahren Luft verlor. Ich habe Faust gebeten, mir zu helfen. Der dachte, so ein Hänfling wie ich kriegt natürlich die Radmuttern nicht ab. Aber ein großer, starker Kerl wie er … Er hat ziemlich blöd aus der Wäsche geguckt, als ich ihm den Wagenheber über den Schädel gezogen habe.«

Ralph spürte, wie sich ihm der Magen umdrehte. Am liebsten hätte er Walther weggedrückt, um sich dieses abscheuliche Geständnis nicht länger anhören zu müssen, aber er hatte keine Wahl. Sie mussten dafür sorgen, dass er weiterredete. Wenn er damit aufhörte, würde er die Bombe unter Gründlers Fahrersitz zünden.

»Danach haben Sie den Reifen gewechselt und den Leichnam im Wald verscharrt«, spann Kaufmann die Geschichte fort. »Warum die Sache mit dem Branntkalk? Hatten Sie Angst, dass man Ihnen zu rasch auf die Spur kommt?«

»Nein. Ich wollte ihn auslöschen. Damit nichts von seinem Gesicht übrig ist, das sich die trauernde Witwe ansehen kann.«

»Okay.« Sabine schluckte, behielt aber ihren sachlichen Tonfall bei. »Und dann haben Sie sich überlegt, wie Sie sich an den beiden Männern rächen könnten, die dafür verantwortlich sind, dass die Wahrheit nie ans Licht gekommen ist.«

Walther fuhr sich durch die langen blonden Haare. »Ich wollte, dass sie dasselbe durchmachen wie ich. Dass sie das Liebste verlieren, dass ihr Leben in Stücke bricht, so wie meines. Aber das hat ja alles nicht geklappt. Als ich Janine gegenüberstand, konnte ich nicht richtig zuschlagen, weil ich mich erinnert habe, wie nett sie immer zu mir war, und anschließend bin ich auch noch gestört worden. Conator97 hat das mit Ihnen nicht richtig hinbekommen in Wiesbaden, und dann ist

355

bei der Explosion auf dem Waldparkplatz in Thalhausen auch noch der falsche Mann gestorben.«

Er wischte sich mit dem Handrücken über die Augen. »Willi Geiger war total in Ordnung. Ein Mann mit echten Überzeugungen. Er war fast so etwas wie ein Vater für mich. Ich hätte nie gewollt, dass ihm etwas passiert.«

»Es war Geiger, der damals den Protest gegen den Castor-Transport organisiert hat, bei dem Ulf Schleenbecker gestorben ist«, teilte Angersbach ihm mit und erntete einen bösen Blick von Sabine. Sie hatte recht; diese Information war eine Trumpfkarte, die man hätte zurückhalten sollen, um sie später auszuspielen, aber er konnte nicht mehr klar denken. Sebastian Walther war ein dreifacher Mörder. Er hatte nichts mehr zu verlieren. Und er hatte ganz offensichtlich vor, Ralphs Vater zu töten. Wie sollte man da einen kühlen Kopf behalten?

Er passierte immer kleiner werdende Ortschaften auf immer enger werdenden Straßen und drückte wieder aufs Gas. Von hier war es nicht mehr weit bis zum Fuchsrücken, einer Gemeinde, die er mittlerweile wie seine Westentasche kannte. Nur noch ein Steinwurf bis zu der schmalen Straße, die zum einsam gelegenen Haus seines Vaters führte.

»Tatsächlich?« Walther grinste flüchtig. »Dann war es vielleicht Schicksal.«

»Sie sollten jetzt aufhören«, sagte Sabine Kaufmann. »Sie haben gesehen, dass bei all diesem Töten nichts Gutes herauskommt. Und wenn Sie die Schuld bei jemandem suchen wollen, wäre da nicht die Rechtsmedizin der naheliegende Gedanke? Wie hätte mein Kollege die Wahrheit herausfinden sollen, wenn ihm die Information gefehlt hat, dass es nicht der geworfene Stein war, der Schleenbecker getötet hat?«

»Indem er seine Zeugen anständig befragt.«

»Welche Zeugen?«

»Polizeimeister Aaron Ammann zum Beispiel.«

»Sie wissen, dass er bei der Polizei ist?«

»Klar. Deswegen habe ich mich ja mit ihm angefreundet. Ich habe jemanden gesucht, den ich ausquetschen kann. Homberg ist ein Dorf. Wenn man in einer Autowerkstatt arbeitet, weiß man nach ein paar Monaten alles über jeden. Es war nicht schwer herauszufinden, dass er damals bei dem Transport dabei war. Aaron ist ein netter Kerl, aber er ist zu ehrlich für diese Welt. Und er kann die Klappe nicht halten. Ich musste nur ein paar passende Stichworte einwerfen. Auf unseren Motorradtouren hat er mir dann von dem Vorfall damals erzählt. Natürlich alles verklausuliert, angeblich eine Geschichte, die einem Freund von einem Freund passiert ist. Aber Aaron hat keine Freunde. Selbst wenn ich es nicht schon gewusst hätte, wäre mir sofort klar gewesen, dass er von sich selbst spricht. Ich kannte die Geschichte ja schon, nur von der anderen Seite. Aaron hatte schon damals den Verdacht, dass irgendwas nicht mit rechten Dingen zugegangen ist. Doch das konnte er nicht sagen. Er hat sich extra sperrig verhalten und sich mit seiner Aussage zurückgehalten, weil er gehofft hat, dass Sie darauf kommen. Aber Sie haben es nicht kapiert.«

»Nein«, sagte Ralph, der seine Wut nicht länger im Zaum halten konnte. »Habe ich nicht. Aber wenn das so ist, warum haben Sie dann Ammann nicht bestraft? Er hätte doch auch dafür sorgen können, dass die Sache anders ausgeht. Indem er nicht nur Andeutungen macht, sondern seinen Verdacht klar und deutlich äußert. Das wäre seine Pflicht gewesen, wo er doch so ein aufrechter Polizist sein will.«

Sebastian nickte. »Klar. So könnte man es sehen. Aber Aaron hat seine Strafe bekommen. Er wird seit neun Jahren gemobbt, und seine Karriere war zu Ende, bevor sie richtig angefangen hatte. Außerdem war er damals gerade einundzwanzig und ganz frisch im Polizeidienst. Er hatte Schiss, sich mit seinem Vorgesetzten anzulegen. Doch Kasteleiner und Sie, Sie hatten die Erfahrung. Sie hätten spüren müssen, dass an der Sache etwas faul ist.«

Angersbach verneinte. »Da war nichts, woran man es hätte merken können.«

»Tja. Pech«, sagte Sebastian Walther. »Für Kasteleiner und für Sie.« Er hob die Hand mit dem Druckzünder und streckte die andere zum Bildschirm aus.

»Nein!« Ralph schrie auf, doch es nützte nichts. Das Bild von Sebastian Walther verschwand vom Display. Stattdessen erschien die Benutzeroberfläche mit der Felsenbucht, die Ralph noch nie hatte leiden können. Vermutlich konnte man das ändern, aber diese technischen Dinge lagen ihm nicht, also hatte er sich damit abgefunden.

»Ruf ihn zurück!«, drängte er seine Kollegin.

Sabine nahm das Smartphone aus der Halterung, rief die Anruferliste auf und tippte auf das Hörersymbol. Der Ruf ging ein paarmal raus, dann meldete sich eine Computerstimme.

Der gewünschte Gesprächsteilnehmer ist zurzeit nicht erreichbar. The person you have called is temporarily not available ...

Kaufmann drückte die Verbindung weg, versuchte es erneut, mit demselben Ergebnis.

»Er hat das Handy ausgeschaltet.«

»Was ist mit seinem eigenen?«

Sabine zog ihr Smartphone hervor, suchte eine Nummer heraus.

»Kaufmann. Ihr habt doch die Telefondaten von allen Beteiligten im Mordfall Geiger aufgenommen. Habt ihr auch die Nummer von Sebastian Walther, dem Mitbewohner von Marius Geiger?« Sie horchte auf die Antwort. »Ja, ich warte.«

Zähe Sekunden verstrichen, während Angersbach den Lada weiter über die schmale Landstraße jagte. Endlich piepte Kaufmanns Handy. Die Gießener Kollegen hatten ihr die Rufnummer per SMS geschickt. Sabine tippte auf den Link.

Es klingelte sechsmal, dann schaltete sich die Mailbox ein.

»Keine Chance«, krächzte Kaufmann. »Wie lange brauchst du noch?«

»Fünf Minuten, maximal.« Angersbach trat noch fester auf das Gaspedal, doch es war bereits bis zum Wagenboden durchgedrückt. Mehr war aus dem Lada beim besten Willen nicht herauszuholen.

Vogelsbergkreis, Gründler-Hof

Sabine Kaufmann hörte das Blut in ihren Ohren rauschen, als Angersbach das Tempo drosselte. Das letzte Wegstück, das zum Haus seines Vaters hinabführte, schlängelte sich zwischen Bäumen hindurch. Es war schmal und steinig, keine Piste, auf der man Gas geben konnte.

Vor der letzten Kurve parkten rechts und links jeweils zwei Streifenwagen zwischen den Bäumen. Die acht Beamten standen daneben und diskutierten.

Ralph stoppte kurz.

»Wir sehen uns die Lage an«, rief er ihnen zu. »Haltet euch bereit. Wenn er versucht zu fliehen, müssen wir ihn um jeden Preis aufhalten.«

Die Kollege nickten grimmig. Angersbach fuhr um die Kurve, und vor ihnen öffnete sich die Lichtung, auf der Gründlers natogrüner T3 parkte.

Sebastian Walther stand neben dem Wagen und sah ihnen entgegen. Offenbar hatte er auf sie gewartet. Ein paar Meter abseits sah Sabine das Stativ, auf dem Walthers Smartphone steckte. Anscheinend wollte er den großen Showdown jetzt und hier in ihrer Anwesenheit stattfinden lassen, und er wollte ihn auf Video festhalten.

Glaubte er ernsthaft, er hätte eine Chance zu entkommen, wenn er Johann Gründler vor ihren Augen in die Luft sprengte? Oder dachte er, er könnte sie alle töten?

Angersbach stoppte, und Kaufmann sprang aus dem Wagen. Sie lief auf den jungen Mann zu, bis Walther die Hand hob.

»Bleiben Sie stehen.«

Sabine versuchte, sich nichts anmerken zu lassen. Nicht ihre Angst, dass die Sache schiefging und Johann Gründler sterben musste, und auch nicht ihre Wut darüber, dass dieser Mann glaubte, das Recht selbst in die Hand nehmen zu dürfen. Natürlich war es furchtbar, was ihm widerfahren war, wenn es stimmte, was er ihnen erzählt hatte. Trotzdem durfte er sich nicht über das Gesetz erheben.

Sie spürte, wie Ralph neben sie trat. Auch er war geladen, das merkte sie an der Hitze, die er abstrahlte. Trotzdem riss er sich zusammen.

»Warum wollen Sie, dass Unschuldige sterben?«, fragte Kaufmann. Sie hatte nicht die geringste Idee, wie sie Gründler aus seiner misslichen Lage befreien könnten, aber zumindest konnten sie sich Zeit verschaffen, indem sie Sebastian Walther am Reden hielten. »Lutz Kasteleiner haben Sie einfach getötet. Warum die Mühe mit Ralphs Vater, Janine und mir?«

Walther ging zu dem Stativ und schaltete die Kamera seines Smartphones ein.

»Er sollte spüren, wie es ist, wenn man das Liebste verliert, das habe ich doch schon gesagt. Bei Kasteleiner wollte ich das auch, aber an die Familie bin ich nicht rangekommen. Die sind alle irgendwo im Ausland.«

»Also haben Sie ihn sich persönlich vorgenommen«, sagte Ralph und trat einen Schritt auf Walther zu. »Wie haben Sie das geschafft?«

Sebastian lachte leise. »Das war nicht schwer. Ich habe ihn angerufen und behauptet, ich hätte Informationen über den Pädophilenring, gegen den er ermittelt. Das steht im Internet. Er war sofort bereit, sich an einem einsamen Ort im Wald mit mir zu treffen.« Sebastian zuckte mit den Schultern. »Es ist verblüffend, wie sorglos jemand sein kann, der tagtäglich mit Verbrechern zu tun hat. Stand einfach auf der Lichtung, von der ich ihm die Koordinaten geschickt hatte, und hat sich ein Kaugummi ausgewickelt. Ich habe mich angeschlichen und ihn niedergeschlagen. Danach musste ich ihm nur noch die Schlinge um die Füße legen und ihn hochziehen. Den Rest hat die Natur erledigt.«

Ralph warf Sabine einen raschen Blick zu. Seine Augen beschrieben einen Bogen zu Sebastian hin, und sie erkannte, dass er recht hatte. Walther war vollkommen auf Angersbach fokussiert. Sie könnte sich unbemerkt entfernen und versuchen, sich ihm von der anderen Seite zu nähern. Wenn sie nah genug herankam, könnte sie ihm mit einer gezielten Bewegung aus dem Krav Maga den Druckzünder aus der Hand treten und ihn überwältigen. Sie hatte in den letzten Jahren wenig trainiert, doch die grundlegenden Bewegungen waren ihr während der Zeiten intensiven Trainings in Fleisch und Blut über-

gegangen. Sie müssten auch nach einer längeren Pause abruf-
bar sein.

Angersbach trat weiter auf Sebastian zu und fixierte ihn.
»Und der Wolf?«

»Ach.« Walther vollführte eine wegwerfende Geste. »Ich
hatte den Gedanken, dass ich ein paar Fehlspuren legen könnte, um Sie zu verwirren. Ein Kollege aus der Werkstatt ist
Sammler. Wir haben ein paar Kunden, die Jäger sind, da lässt
er sich gerne mal was mitbringen. Keine Ahnung, wie er an das
Wolfsgebiss gekommen ist. Vielleicht von jemandem aus dem
Wildpark, da sind bestimmt schon Wölfe gestorben. Jedenfalls
hat er die alle in seinem Schuppen an der Wand hängen. Ich
habe mir das Wolfsgebiss ausgeliehen und Kasteleiner das
selbstgefällige Lächeln aus dem Gesicht gewischt.«

»Und die Pfotenabdrücke im Blut?«

Walther schnaubte verächtlich. »Das war kein Wolf. Das
war ein Gipsmodell von den Abdrücken vom Schäferhund
meines Chefs. Der läuft immer auf dem Betriebsgelände herum.«

Angersbach kniff die Augen zusammen. Er starrte Sebastian
Walther an und schaffte es, dass dieser zurückstarrte. »Sie
wollten, dass wir Jürgen Geiger verdächtigen. Als Biologe an
der Universität Fulda hat er sicher Zugriff auf Tiergebisse und
ausgestopfte Tiere. Oder war es Ihr Plan, dass wir bei der Suche nach dem Wolf die Leiche von Harald Faust finden?«

Walther zog die Schultern hoch. »Das war mir egal.«

Sabine Kaufmann fand es nach wie vor schwierig, seine Persönlichkeit einzuschätzen. Sein Antrieb für die Morde war
offensichtlich der Wunsch nach Vergeltung für das Unrecht,
das man seinem Vater – und damit auch ihm – zugefügt hatte.
Aber sein Handeln war wirr. An mancher Stelle schien es ei-

nem Muster zu folgen, dann wieder mangelte es an Konsequenz. Mit der Explosion auf dem Parkplatz hatte er ein Vorgehen gewählt, das maximale Aufmerksamkeit erregt hatte. Staatsanwalt Kasteleiner hatte er heimlich ermordet, dann aber offen zur Schau gestellt. Bei Faust, Janine und ihr selbst hatte er dagegen einige Mühe darauf verwendet, unentdeckt zu bleiben. Hatte er seine Strategie im Laufe der Zeit geändert? Oder hatte er die Kontrolle über seine Emotionen verloren?

Das waren Fragen, auf die sie gerne Antworten gehabt hätte, doch im Moment ging es einzig und allein darum, Walther zu überwältigen und Gründlers Leben zu retten.

Sabine hatte sich fast bis zum Waldrand entfernt und beschrieb nun einen großen Bogen um Walther herum, bis sie von Gründlers grünem T3 verdeckt war. Sollte sie um den Wagen schleichen und versuchen, Ralphs Vater zu befreien? Aber wenn Sebastian etwas merkte, würde er den Zünder drücken und nicht nur den alten Gründler, sondern auch sie in die Luft sprengen. Es war besser, wenn sie an ihrem ursprünglichen Plan festhielt und versuchte, Walther unschädlich zu machen.

»Sie wissen, dass Sie mit alldem nicht durchkommen«, sagte Ralph Angersbach. Kaufmann bewunderte, wie cool er angesichts der Bedrohung für seinen Vater blieb. Er mochte ungehobelt sein und sich manchmal wie eine Bulldogge aufführen, doch wenn es darauf ankam, konnte man sich zu hundert Prozent auf ihn verlassen.

»Ja.« Sebastian warf die langen blonden Haare nach hinten. »Obwohl ich am Anfang dachte, es könnte klappen. Dass niemand herausfindet, worum es wirklich geht. Umso mehr, als ich versehentlich Willi erwischt habe mit der Bombe.«

»Dann hören Sie auf«, sagte Ralph eindringlich. »Werfen Sie Ihr Leben nicht weg.«

»Mein Leben?« Walther lachte auf. »Das war in dem Moment vorbei, als sie meinen Vater verhaftet haben.« Er verengte die Augen. »Ich gehe nicht ins Gefängnis. Ich bereite der Sache hier und jetzt ein Ende. Und Ihren Vater, Kommissar Angersbach, nehme ich mit.«

Sabine, die gerade hinter dem VW-Bus hervorkommen und sich von hinten an Walther hatte anschleichen wollen, zuckte zurück. Sebastian ging rückwärts bis zur Fahrertür des T3 und lehnte sich daneben. Mit der ausgestreckten Hand zeigte er auf sein Handy, das knapp zwanzig Meter entfernt auf dem Stativ montiert war.

»Ich zeichne das für die Nachwelt auf. Sie können es sich später in aller Ruhe ansehen. Wie Ihr Vater für die Fehler gestorben ist, die Sie gemacht haben. Zusammen mit dem Sohn des Mannes, der Ihretwegen unschuldig im Gefängnis gesessen hat und dort gestorben ist.

»Herr Walther!« Ralph Angersbach hob die Hände. »Tun Sie das nicht. Bitte!«

Walther lachte hohl. »Nennen Sie mir einen Grund.«

Angersbach stand wie ein Baum, obwohl Sabine sicher war, dass es ihn innerlich zerriss.

»Sie können immer noch das Richtige tun«, sagte er. »Sie haben für etwas gekämpft, genau wie Ihr Vater. Nicht die Mächtigen tun lassen, was sie wollen, sondern Widerstand leisten. So wie Willi Geiger und mein Vater. Sie stehen doch auf derselben Seite. Sicher, fünfzehn Jahre sind eine lange Zeit, aber Sie sind jung, gerade mal achtzehn. Wenn Sie Glück haben, fallen Ihre Taten sogar noch unter das Jugendstrafrecht. Man wird Ihre Motive verstehen. Wenn Sie einen verständnisvollen Richter finden, bekommen Sie mildernde Umstände. Sie werden nicht für den Rest Ihres Lebens hinter Gittern sitzen. In ein paar Jahren können Sie Ihre Ausbildung absolviert haben. Sie können therapeutische Hilfe bekommen. Mit Mitte dreißig können Sie als freier Mann in irgendeiner Autowerkstatt arbeiten. Da fragt keiner nach irgendwelchen Vorstrafen. Und Sie haben immer noch mehr als Ihr halbes Leben vor sich, in Freiheit. Wir helfen Ihnen, wenn Sie meinen Vater gehen lassen. Er hat Ihnen nichts getan.«

Kaufmann konnte nicht sehen, wie Walther reagierte, aber das war nun auch nicht wichtig. Sie griff nach den Holmen der Leiter, die sich links neben dem Reserverad an der Heckklappe des T3 Syncro befand, stellte den Fuß auf die ausladende Stoßstange und zog sich hoch. Rasch erklomm sie die vier Sprossen und kletterte aufs Dach. So lautlos, wie sie es vermochte, robbte sie bäuchlings bis zur Fahrertür.

Von oben sah sie, wie Sebastian die Arme vor der Brust verschränkte.

»Mir machen Sie nichts vor«, spuckte er aus. »Ich habe gesehen, was das Gefängnis aus einem Menschen macht. Mein Vater ist daran krepiert.«

»Ich dachte, das war die Strahlung von den Castor-Behältern?«, fragte Ralph und machte einen weiteren Schritt auf Walther zu. Wenn Sebastian auf den Zündknopf drückte, würde Angersbach ebenso ein Opfer der Explosion werden wie sein Vater und sie selbst.

Was sollte sie jetzt tun? Ein Krav-Maga-Tritt war von hier oben nicht durchführbar. Sie konnte Walther nur in den Rücken springen und versuchen, ihm den Zünder zu entreißen. Es war keineswegs sicher, dass es gelingen würde. Aber sie sah keine andere Möglichkeit.

»Von der Strahlung hat er den Krebs bekommen«, fauchte Sebastian. »Aber das Gefängnis hat ihn kaputtgemacht. Wenn er in Freiheit gelebt hätte, hätte er eine viel bessere Konstitution gehabt. Er wäre früher beim Arzt gewesen. Und man hätte größere Anstrengungen unternommen, um ihm zu helfen.«

»Das ist nicht wahr.« Angersbach schob die Hände in die Taschen seiner Wetterjacke, als könnte ihn die ganze Sache nicht erschüttern. »Die medizinische Versorgung in deutschen Gefängnissen ist tadellos.«

»Aber er hatte der Krankheit nichts mehr entgegenzusetzen. Der Knast hat ihn zerrüttet. Er hatte keine Kraft mehr.«

»Das tut mir leid. Wirklich.«

Sabine sah, dass Ralph es ernst meinte. Sie fühlte sich berührt, doch bei Sebastian Walther kam die Geste offenbar nicht an. Er hob den Zünder.

»Genug geredet«, sagte er. »Jetzt ist Schluss.«

Kaufmann zögerte nicht länger. Sie federte vom Dach und sprang Sebastian in den Nacken.

Gemeinsam gingen sie zu Boden. Sie rang mit ihm, schaffte es, ihn niederzudrücken, doch seine Hand umklammerte noch immer den Zünder. Sabine griff nach seinem Daumen, versuchte, ihn zurückzubiegen, aber die Wut und Verzweiflung verliehen Walther übermenschliche Kräfte. Ralph stürzte dazu, doch es war zu spät.

Walther drückte auf den Knopf.

Angersbach wartete auf den Knall, den blendenden Lichtblitz und den Schmerz, wenn ihn der Sprengsatz in Stücke riss, aber nichts geschah. Sebastian Walther lag unter Sabine und ihm begraben und drückte immer wieder auf den Zündknopf, doch die Explosion blieb aus.

Ralph kam wieder auf die Füße und half Sabine, und gemeinsam zogen sie Walther hoch. Angersbach riss ihm den Zünder aus der Hand und warf ihn beiseite, Kaufmann drehte ihm die Arme auf den Rücken und legte ihm Handschellen an.

Walther schrie wie ein verwundetes Tier. Tränen quollen aus den geröteten Augen, Rotz lief ihm aus der Nase.

»Warum?«, brüllte er verzweifelt. »Warum hat dieses Scheißding nicht funktioniert?«

Die uniformierten Beamten kamen über die Lichtung gelaufen und packten den tobenden jungen Mann an den Armen.

»Bringt ihn weg«, bat Ralph müde.

Zwei Kollegen zerrten ihn rüde zu den Streifenwagen, die zwischen den Bäumen standen. Sein Geschrei war zu hören, bis sie ihn endlich in eines der Fahrzeuge bugsiert und die Tür hinter ihm geschlossen hatten. Die roten Rücklichter verschwanden in der Dämmerung, die sich über den Vogelsberg senkte. Die Kollegen blieben in respektvollem Abstand stehen, bereit, zu Hilfe zu eilen, wenn es nötig sein sollte.

Angersbach ging rasch zur Fahrertür des VW-Busses und löste die Fesseln, mit denen sein Vater ans Lenkrad und an die Nackenstütze geknüpft war. Gemeinsam mit Kaufmann half er ihm aus dem Wagen, und Sabine löste vorsichtig den Knebel.

Der alte Gründler spuckte aus.

»Meine Herren. Was für ein Spektakel. Das hätte Willi gefallen.«

Angersbach blinzelte. Er begriff nicht, wie sein Vater so cool sein konnte. Oder war es der Schock?

»Sebastian Walther hätte dich fast in die Luft gesprengt«, sagte er sanft.

Gründler grinste. »Hätte er nicht.« Er ruckte mit dem Kopf zur Rückseite des Hauses. »Ich hatte gleich so ein komisches Gefühl, als er hier aufgekreuzt ist. Habe ihm einen Tee angeboten und ihm gesagt, er soll schon mal ins Wohnzimmer gehen und den Kamin anheizen. Ist ja verdammt kalt geworden in den letzten Tagen, und in der Nacht wird es nicht besser. Während er sich um das Feuer gekümmert hat, habe ich die Autoschlüssel aus seiner Jacke genommen, die er in den Flur gehängt hatte. Im Kofferraum lag dieses Sprengstoffpaket mit dem Druckzünder. Ich kenne mich ein bisschen aus mit diesen Sachen. Wenn man jahrzehntelang im Widerstand war ...« Seine Lippen kräuselten sich. »Aber davon erzähle ich dir besser nichts.« Er zwinkerte Sabine zu. »Ich habe also den Zündschalter aufgeschraubt und eines der Kabel entfernt. Danach habe ich ihn wieder zugemacht und alles zurück in den Kofferraum gelegt.«

Ralph schaute ihn entgeistert an. »Warum hast du mich nicht angerufen?«

Sein Vater schnitt eine Grimasse. »Das wollte ich. Ich habe nur auf eine günstige Gelegenheit gewartet. Ich wollte nicht, dass Sebastian misstrauisch wird und abhaut. Deswegen habe ich die Autoschlüssel zurück in seine Jackentasche gesteckt und bin zu ihm ins Wohnzimmer gegangen. Ich dachte, wenn wir gemütlich dort sitzen und Tee trinken, kann ich mich noch mal hinausschleichen. Zur Toilette. Tee schlägt ja bekanntlich auf die Blase. Aber nicht nur ich hatte die Zeit genutzt.«

Sabine Kaufmann musterte Ralphs Vater besorgt. »Sebastian hatte etwas in den Tee getan«, mutmaßte sie.

»Richtig.« Der alte Gründler lächelte schief. »K.-o.-Tropfen, nehme ich an. Ich hatte erst ein paar Schlucke getrunken, als ich wahnsinnig müde geworden bin. Sebastian meinte, das läge womöglich am Rauch, weil der Kamin nicht richtig abzieht. Er hat mir geholfen aufzustehen, und wir sind nach draußen gegangen, um nachzusehen. Ich dachte, die frische Luft tut mir vielleicht gut, aber stattdessen bin ich erst recht benommen geworden. Sebastian hat mich zum Bus geführt und die Tür geöffnet. Er meinte, ich sollte mich einen Augenblick hinsetzen, während er den Abzug kontrolliert. Ganz fürsorglich hat er getan und gemeint, dass es besser sei, wenn ich nicht ins Haus zurückgehe, damit ich mir keine Rauchvergiftung hole. Irgendwie klang das überzeugend, und ich war auch viel zu groggy, um zu protestieren. Ich bin einfach hinters Steuer geklettert, und im nächsten Moment war ich auch schon weg. Als ich wieder zu mir kam, hatte er mich gefesselt und geknebelt. Und dann seid ihr aufgetaucht.« Er klopfte Ralph auf die Schulter. »Das war ganz großes Kino.«

Angersbach schaute seine Kollegin an. Die Angst, die Aufregung, alles fiel von ihm ab. Er fühlte sich plötzlich unendlich müde und erschöpft. Am liebsten wäre er einfach nach Hause gefahren. Aber nach dem, was seinem Vater widerfahren war, wollte er ihn nicht allein lassen.

Er schaute zum Himmel. Mittlerweile war es komplett dunkel geworden. Ein paar Sterne funkelten, und die schmale Sichel eines zunehmenden Mondes stand hoch über den Baumwipfeln.

»Kommt rein«, sagte Johann Gründler. »Ich mache euch etwas Anständiges zu essen. Und dazu einen Schnaps. Den kann ich jetzt gebrauchen.« Er warf Ralph einen verschmitzten Blick zu. »Noch besser wäre ja etwas anderes. Aber ich nehme an, davon willst du nichts hören.« Er wartete Ralphs Antwort nicht ab, sondern ging ihnen voran zum Haus. In der Tür drehte er sich um. »Ihr könnt auch hier übernachten«, fügte er hinzu. »Dann seid ihr morgen wieder fit.«

Sabine schaute Ralph an. »Ich hätte nichts dagegen.«

»Einverstanden.« Angersbach signalisierte den wartenden Kollegen, dass sie nicht mehr gebraucht wurden. Dann folgte er seinem Vater ins Wohnzimmer, wo ein munteres Feuer im Kamin brannte. Er ließ sich in den Sessel fallen und schloss die Augen. Im nächsten Moment war er eingeschlafen.

19

13. November
Knüll

Der Friedhof in Homberg befand sich am Schlossberg. Es war eine weitläufige Anlage, umstanden von hohen Laubbäumen mit ausladenden Kronen. Die Blätter waren fast vollständig in Rot und Gold gefärbt, doch die Farben wirkten stumpf. Die fahle Sonne schaffte es nicht, sich einen Weg durch den dichten Nebel zu bahnen. Auch der Blick, der sich aus der Hanglage möglicherweise eröffnete, blieb den Trauergästen an diesem Novembermorgen verwehrt. Alles versank in einem trüben, feuchten Grau, das auf Schultern und Köpfen lastete wie eine schwere, nasse Decke.

Ralph und Sabine standen zusammen mit Johann Gründler in der zweiten Reihe, gleich hinter den drei Söhnen, Jürgen Geigers Frau und dem Enkel von Willi Geiger. Elias hatte sich eng an seinen Vater gepresst, der seinerseits den Kopf seines Sohnes mit der Hand umfasst hielt. Der selbstbewusste Junge, den Ralph kennengelernt hatte, wirkte heute jünger und zerbrechlicher, nicht wie vierzehn, eher wie ein Achtjähriger. Kein Wunder, er musste ja nicht nur den Tod seines geliebten Großvaters verwinden, sondern auch den Schock darüber, dass ihr Mitbewohner in der WG ein Mörder war. Sebastian war nur vier Jahre älter als Elias und für Geigers Enkel ein Freund gewesen. Dass ausgerechnet er seinen Großvater getötet hatte – wenn auch versehentlich –, würde ihm sicher lange zu schaffen machen.

Auch sein Vater, Marius Geiger, wirkte verstört, wenngleich er sich seinem Sohn zuliebe bemühte, es nicht allzu deutlich zu zeigen. Für die Trauerfeier hatte er sich in einen schwarzen Anzug gezwängt, der aussah, als hätte er ihn zuletzt zu seiner Konfirmation getragen. Seine Nickelbrille und die langen, zottelig verfilzten braunen Haare bildeten einen seltsamen Kontrast dazu.

Die beiden anderen Brüder standen eng beisammen, obwohl sie sonst verfeindeten Lagern angehörten. Der Tod des Vaters und die Erkenntnis, dass Dietmar Geigers Frau versucht hatte, ihren Schwiegervater zu vergiften, schienen etwas verändert zu haben. Jürgen Geiger trug keine Verbände mehr, aber sein Gesicht war gezeichnet von den Spuren der Explosion, eine Kraterlandschaft, die ihn für den Rest seines Lebens an die Vorfälle auf dem Parkplatz in Thalhausen erinnern würde.

Angersbach glaubte nicht, dass die Annäherung zwischen Dietmar und Jürgen von Dauer war, doch für den Moment half es vielleicht, sich auf das Gemeinsame zu besinnen, statt sich in unvereinbare Standpunkte zu verbeißen.

Weil er ihren Vater besser gekannt hatte als jeder der drei Söhne, hatten sie Johann Gründler gebeten, die Trauerrede zu halten und auch die Musik auszuwählen. Für Ralph wenig überraschend war die Wahl auf Konstantin Weckers *Willy* gefallen.

»Genauso war er«, begann sein Vater, als die letzten Töne verklungen waren. »Genau wie der Willy beim Wecker. Er hat nicht den Mund gehalten. Sich nicht kleinkriegen lassen und sich nicht geduckt. Schon damals nicht in München, als die Polizei mit Knüppeln auf die Straßenmusiker losgegangen ist, und auch später nicht. Er hat sich gewehrt, selbst wenn seine Gegner größer und stärker waren als er. Für seine Überzeugungen ist er eingetreten. Wir haben das alles zusammen durchgemacht, die Proteste gegen Atomkraft und gegen die Startbahn West, die Hausbesetzungen, die Demonstrationen gegen die Castor-Transporte und gegen den Golfkrieg, und jetzt gegen die Kanonenbahn und ein Endlager in Hessen.«

Gründler blinzelte und wischte sich eine Träne aus dem Auge. »Ich habe den Willi immer bewundert. Weil er konsequenter war als ich. Radikaler. Er hat gehandelt, wo andere nur geredet haben. Aber wie alles im Leben hat auch das eine Kehrseite.« Er hob die Hände. »Wir haben die Hippie-Zeit gelebt, und wir haben an all diese Dinge geglaubt. Flower-Power. Anarchie. Und die freie Liebe.« Johann Gründler blickte zu Ralph. »Aber dabei haben wir etwas vergessen. Die Frauen und die Kinder unserer Liebe. Sie sind auf der Strecke geblieben. Während wir mit dem VW-Bus durch Afrika gefahren sind, mussten sie sich allein durchschlagen. Viel zu spät haben wir begriffen, dass auch das scheinbar Spießige seine Berechtigung hat. Werte wie Verantwortung, Fürsorge und Familie. Ich bin froh, dass ich meinen Sohn gefunden habe und wir mittlerweile ein gutes Verhältnis haben, und auch Willi war froh, als er den Kontakt zu seinen Söhnen aufgebaut hat.«

Gründler zog ein Stofftaschentuch aus seiner Hosentasche und schnäuzte sich. »Nun ist das alles vorbei. Willi hätte seinen Söhnen und vor allem seinem Enkel Elias, den er sehr geliebt hat, noch so viel geben wollen, doch er wurde gewaltsam aus dem Leben gerissen. Von einem Mann, der eigentlich auf unserer Seite hätte sein sollen. Sebastian Walther hat sich in seiner Rachsucht vollkommen verrannt.«

Er ließ den Blick über den Friedhof schweifen. »Nun findet Willi hier seine letzte Ruhe. Wir aber sollten keine Ruhe geben und weiterkämpfen für alles das, was gut und richtig war an

Willis Idealen. Solange wir die Fackel seines Protests hochhalten, wird er nicht vergessen werden. Solange jemand seinen Weg weitergeht, wird er in uns allen weiterleben. Ich bin mir sicher, so hätte er es gewollt, und wenn er uns jetzt von irgendwo da oben zusieht, wird er ein Lächeln auf den Lippen haben.«

Johann Gründler hob die geballte Faust. »Für Willi!«

Ralph beugte sich zu Sabine Kaufmann hinunter, die neben ihm stand. »Ein bisschen dick aufgetragen, findest du nicht?«

Seine Kollegin wandte ihm den Kopf zu, und er sah, dass ihre Augen feucht waren. Weil die Ansprache seines Vaters sie so gerührt hatte oder weil sie wieder einmal an den Tod ihrer Mutter erinnert wurde?

»Mir hat es gefallen.«

Damit war sie offensichtlich nicht allein, denn die Mehrheit der Trauergäste reckte stumm die Fäuste in den Himmel.

Johann Gründler machte dem Bestatter ein Zeichen, der daraufhin das zweite Lied abspielte, das er ausgewählt hatte. Wieder war es ein Konstantin-Wecker-Song.

Sage Nein.

Als das Lied zu Ende war, versenkten die Sargträger den Sarg in der Grube, und Dietmar Geiger trat vor und ließ eine Schaufel Erde auf das helle Holz rieseln. Nacheinander folgten Jürgen und Kerstin, Marius und Elias Geiger, und dann Johann Gründler. Angersbach, der direkt hinter seinem Vater stand, konnte hören, wie er murmelte: »Mach es gut, alter Freund. Und halte mir schon mal ein warmes Plätzchen frei.«

Damit drückte er Ralph die Schaufel in die Hand, der sich fühlte, als berührte ein eisiger Finger sein Herz. Bisher hatte er es erfolgreich verdrängt, doch jetzt kam ihm mit voller Wucht zu Bewusstsein, wie viel Glück er gehabt hatte, dass sein Vater heute hier lebendig neben ihm stand. Eigentlich war die Bom-

be, die Willi Geiger getötet hatte, für Johann Gründler bestimmt gewesen, und auch Walthers zweiter Versuch, ihn zu
ermorden, war nur knapp vereitelt worden.

Impulsiv griff er nach Gründlers Arm und drückte ihn. Sein
Vater lächelte unter seinem dichten Bart. Er hatte ihn wohl
verstanden.

Nach der Zeremonie traf sich die Trauergemeinde auf dem
Waldparkplatz bei Thalhausen. Die dunklen Anzüge wurden
abgelegt und durch gelbe Warnwesten ersetzt. Man bewaffnete sich mit Schildern und Transparenten, und dann machte
sich der Zug der Demonstranten auf den Weg. Gegen die Reaktivierung der Kanonenbahn unter Vorspiegelung falscher
Tatsachen, gegen ein Endlager in Hessen – und für Willi.

Sabine Kaufmann lächelte, als sie sah, dass auch Dietmar Geiger sein Jackett auszog und durch ein neongelbes T-Shirt er-
setzte. Für den Moment marschierte er Schulter an Schulter
mit seinen beiden Brüdern. Schon bald würde das wieder anders sein, die Politik erneut in den Vordergrund rücken und
die Rührseligkeit verdrängen, doch es war eine schöne Geste.
Und vielleicht würde Geiger ja tatsächlich nicht weiter kritik-
los die Pläne der ZYKLUS AG unterstützen.

Wie es weiterging, hing wohl auch davon ab, ob Jürgen oder
Marius Geiger die Führungsrolle in der Bürgerinitiative übernehmen würde, die Vernunft oder der rebellische Geist. Der
Versuch von Dietmar Geigers Frau, ihren Schwiegervater zu
vergiften, war der Presse bisher verborgen geblieben; all die
anderen Schauergeschichten, die den Knüllwald in der letzten
Woche heimgesucht hatten, hatten Stoff genug geboten. Doch
das konnte sich ändern. Und was dann aus Geigers Karriere
würde? Man wusste es nicht.

Kaufmann ging neben Angersbach her und schaute über die liebliche Landschaft. Der Nebel löste sich auf und wurde zu einem dünnen Schleier, hinter dem sich der blassblaue Himmel zeigte. Die Sonne ließ das Laub der Bäume aufleuchten, und die Strahlen waren überraschend warm. Sabine fühlte, wie die Anspannung der letzten Tage von ihr abfiel.

Der Angriff von Carl saß ihr noch in den Knochen, doch damit würde sie fertigwerden. Am Abend zuvor hatte sie lange mit Holger Rahn telefoniert. Er war ein toller Mann, klug, warmherzig, verständnisvoll, aber er war nicht der Partner, den sie sich wünschte.

Sie warf einen Seitenblick auf Ralph, der die Hände in die Taschen seiner Wetterjacke gestopft hatte und mit grimmiger Miene neben ihr her schritt. Auch wenn es ihnen als Polizisten nicht verboten war zu demonstrieren, gefiel ihm die Sache nicht, obwohl er, da war sie sich sicher, die Geschäftspolitik der ZYKLUS AG ebenso verurteilte wie sie und die anderen Demonstranten.

Vielleicht hatte seine schlechte Laune auch einen ganz anderen Grund.

Als sie anhielten, um das erste Mahnmal zu platzieren, eine Vogelscheuche mit einem Kopf aus geschwärzten Strohhalmen und einem »Atomkraft – Nein danke«-T-Shirt, wandte er sich ihr zu. »Wie ist das jetzt mit dir und diesem LKA-Schnösel?«, fragte er.

»Holger ist kein Schnösel«, gab sie zurück.

»Okay.« Angersbach hob die Hände. »Der geschätzte Kollege Rahn.«

»Wir sind Freunde«, sagte Sabine und merkte, dass es sich richtig anfühlte. »Nicht mehr und nicht weniger.«

Ralph brummelte etwas Unverständliches und trat von einem Fuß auf den anderen. »Und wir? Sind wir auch Freunde?«

Sabine seufzte. Sie mochte Ralph, fühlte sich zu ihm hingezogen, aber sie war mit ihren Gefühlen nicht im Reinen. Wenn er einfach gehandelt hätte, sie in den Arm genommen und geküsst, dann hätte sie sich vielleicht darauf eingelassen. Aber solange er theoretisch blieb, konnte sie sich nicht öffnen. Vielleicht war sie ohnehin noch nicht so weit. Diese Sache mit ihrer Mutter blockierte sie. Es war wirklich an der Zeit, sich Hilfe zu suchen. Eine Psychologin, mit der sie die Geschichte aufarbeiten und die ihr auch helfen könnte, sich darüber klar zu werden, ob Ralph in ihrem Leben eine Rolle spielen sollte.

»Gib mir ein bisschen Zeit, ja?«, sagte sie.

Ralph schob die Fäuste wieder in die Jackentaschen. »Zeit. Klar.«

Johann Gründler trat zu ihnen und legte Ralph und ihr jeweils eine Hand auf die Schulter. »Na? Streit im Paradies?«, spottete er. »Janine hat mir schon erzählt, dass ihr nicht in die Pötte kommt. Ich soll euch übrigens grüßen. Es geht ihr gut in Australien. Morten und sie überlegen, die Hochzeit vorzuziehen. Zum Jahreswechsel, dann ist da unten Sommer. Sie könnten am Strand heiraten, mit blauem Meer und Sonnenschein. Und wir bräuchten nicht bei Schnee und Eis hier oben herumzusitzen, sondern könnten uns eine Auszeit unter Palmen nehmen.«

Sabine sah, wie sich Ralph versteifte. Er reiste nicht gerne, und sicher graute ihm vor dem langen Flug nach Australien. Sie selbst hätte große Lust, diesen Kontinent einmal zu bereisen.

Gründler, der ihr Mienenspiel richtig deutete, blinzelte ihr zu. »Du kommst natürlich mit. Schließlich gehörst du schon fast zur Familie.«

Sabine lächelte. Ein warmes Gefühl durchflutete sie. Es war ja nicht nur Ralph, den sie mochte, es waren auch die Menschen, die zu ihm gehörten.

Gründler hob den Arm, weil er offenbar von weiter vorn ein Signal erhalten hatte.

»So. Es geht weiter«, sagte er. »Euer Techtelmechtel müsst ihr später fortsetzen.«

Ralph sah seinem Vater ärgerlich hinterher. Die Situation war schwierig genug, auch ohne dass er sich einmischte. Sabine war offenbar wieder frei, aber er kam nicht an sie heran. Weil er sich zu unbeholfen und tollpatschig anstellte, das war ihm durchaus bewusst. Aber er konnte es nicht besser. Er war kein Charmeur, kein Mann, der mit Frauen flirtete und sie umgarnte. Er war ein schlichter, bodenständiger Typ. Und er war ein gebranntes Kind. Er hatte zu viele Beziehungen hinter sich, die gescheitert waren. Er wollte Sicherheit, wenn er sich auf jemanden einließ. Und die gab es natürlich nicht.

Wütend auf sich selbst, auf Sabine und auf die ganze Welt stapfte er hinter den Geiger-Brüdern her. Dabei war es auch die Wut auf den jungen Ralph Angersbach, die ihm zu schaffen machte. Hätte er damals genauer hingeschaut, hätte er damals ... Doch daran war nichts mehr zu ändern. Und es war immer einfacher, auf andere wütend zu sein als auf sich selbst.

Das Ziel ihres Weges war die ZYKLUS AG, wo sie ihre Transparente und Schilder an die Zäune nageln wollten. Falls sie es schafften, aufs Gelände zu kommen, hatten sie außerdem neongelbe Farbbomben dabei, mit denen sie die Mitarbeiter bewerfen wollten.

Damit ihr wisst, wie es ist, wenn man strahlt.

Die Wand aus Polizeibeamten tauchte auf wie aus dem Nichts. Es waren sicher zwei Hundertschaften, in voller Schutzausrüstung mit Weste, Schild und Helm. Die Gummiknüppel hielten die Beamten vorsorglich bereit in der Hand.

Sie versperrten ihnen den Weg, bildeten einen Ring um die Gruppe der Demonstranten und drängten sie zurück in den Wald.

Der Zorn schwappte wie eine Welle über Ralph hinweg. Er war ein freier Mann und konnte stehen und gehen, wo er wollte. Es war sein gutes Recht, zu demonstrieren und seine Meinung zu sagen. Man durfte ihm nicht den Mund verbieten und ihn und die anderen zusammentreiben wie eine Herde Vieh.

Wie von selbst wanderte seine Hand in die Tasche seiner Wetterjacke, und er zog eine der Farbbomben hervor. Ihnen gegenüber klappte einer der Beamten das Visier hoch, weil er offenbar etwas im Auge hatte. Angersbach hob den Arm und zielte.

»Ralph.«

Sabines leise Stimme holte ihn zurück.

Angersbach ließ die Hand wieder sinken. Seine Wut war verraucht. Er sah seine Kollegin an. »Ich habe nicht gewusst, wie leicht so etwas passiert.«

Kaufmann sah ihn mitfühlend an. »So ein Stein ist schnell geworfen. Ein Leben rasch ausgelöscht. Und danach ist nichts mehr, wie es einmal war.«

Ralph nickte nur. Sie hatte recht, und mehr gab es dazu nicht zu sagen.

*

Aaron Ammann zog den amtlich aussehenden Umschlag aus seinem Postfach und spürte, wie ihm das Herz sank. Nun war es also so weit. Die Vergangenheit hatte ihn eingeholt. Die Fehler, die er damals und heute begangen hatte, mussten gesühnt werden. Seit er ein kleiner Junge gewesen war, hatte er

Polizist werden und für Recht und Ordnung sorgen wollen. Nun würde er sich einen anderen Job suchen müssen.

Müde griff er nach dem Brieföffner, der vor ihm auf dem Schreibtisch lag, und schlitzte das Kuvert auf. Mit schwerfälligen Fingern zog er den eng beschriebenen Briefbogen heraus.

Sein Atem ging mühsam, während sein Herz heftig hämmerte. Sein Inneres fühlte sich an wie zu Eis erstarrt.

Er musste den Brief mehrfach lesen, weil die Wörter immer wieder vor seinen Augen verschwammen. Erst dann konnte er den Sinn erfassen, und sein schweres Herz wurde plötzlich leicht.

Der Polizeipräsident dankte ihm für die aktive Mithilfe bei der Aufklärung der Mordfälle Geiger, Faust und Kasteleiner. Außerdem teilte er ihm mit, dass er mit Wirkung zum nächsten Ersten zum Polizeiobermeister ernannt werde und seinem Wunsch nach Versetzung entsprechend den Dienst in der Polizeistation Melsungen antrete.

Ein berauschendes Glücksgefühl stieg in ihm auf, und zugleich schaffte er es nicht, sein Schluchzen zurückzudrängen. Als er den Brief schließlich beiseitelegte, war das Papier aufgeweicht, durchnässt von seinen Tränen.

Marburg, vier Monate später

Sebastian Walther wurde wegen dreifachen Mordes, gefährlicher Körperverletzung und Anstiftung zur gefährlichen Körperverletzung zu einer lebenslangen Freiheitsstrafe mit der Möglichkeit einer anschließenden Sicherungsverwahrung verurteilt. Aufgrund der Schwere der Taten, des sorgfältig geplanten Vorgehens und der mangelnden Reue des Täters sah

das Gericht keine Veranlassung, das Jugendstrafrecht anzu-
wenden. Zweifel an der Zurechnungsfähigkeit bestanden
ebenfalls nicht, und die Verteidigung unternahm keinen Versuch, das Verfahren in diese Richtung zu lenken.

Als Walther nach der Verkündung des Urteils abgeführt
wurde, blieb er vor Ralph Angersbach und Sabine Kaufmann
stehen, die dem letzten Verhandlungstag beigewohnt hatten.

»Ihr werdet das bereuen«, drohte er mit erhobenem Zeigefinger. »Eines Tages wird es euch genauso ergehen wie Willi
Geiger.«

»Haben Sie jetzt Angst?«, fragte später ein Reporter vor
dem Gebäude des Landgerichts.

Ralph und Sabine wechselten einen kurzen Blick.

»Nicht mehr und nicht weniger als sonst auch«, sagte Kaufmann.

Ralph nickte. Wer keine Angst hatte, war einfach nur dumm,
aber man durfte sich von der Angst nicht lähmen lassen. Das
galt für ihren Beruf genauso wie für ihr Privatleben. Eine Erkenntnis, die immerhin der erste Schritt war. Vielleicht würde
ja auch der zweite eines Tages gelingen.

Danksagung

Manchmal geht es schnell.

Wir erinnern uns noch, als ob es gestern gewesen wäre. Es war Oktober, das Wetter versprach, gut zu werden, und ähnlich Ralph Angersbach und Sabine Kaufmann rollten unsere Fahrzeuge über die Autobahn. Das Ziel: Der Knüllwald, um genau zu sein, der Wildpark. Es musste ein Treffen im Freien sein, statt wie geplant ein Arbeitsessen mit viel Papier. Ideenfindung. Manchmal der schwierigste Prozess, viel zäher als das Schreiben. Dann stiegen wir aus. Beseelt von Herbstsonne und Natur, beeindruckt von dem nahegelegenen Eisenbahnviadukt, über das schon so lange keine Züge mehr rollen. Geprägt von einer Jugend, die sich mit Aufrüstung, Tschernobyl und dem Schreckgespenst des Atommülls auseinandersetzen musste. Parallel dazu war das Thema der bundesweiten Suche einer geeigneten Stelle für ein Endlager in den Medien sehr präsent. Auch Hessen hat da potenziell etwas zu bieten, wenngleich es sehr unwahrscheinlich ist.

Und dann dauerte es am Ende nur einen kurzen Fußmarsch über Wolf und Bär, bis wir begeistert vor einem Cappuccino saßen und eine neue, sehr greifbare Idee im Kopf hatten.

Danach begann das übliche Procedere mit unserem Buchplaner Dirk Meynecke und Christine Steffen-Reimann im Verlag. Für die beinahe schon als Urvertrauen zu bezeichnende Freiheit, unsere Plots zu gestalten und die immer so fruchtbare Titel- und Coverwahl ein ganz herzliches Dankeschön an alle Beteiligten der Verlagsgruppe Droemer Knaur! Und zwar sowohl den Menschen im Hintergrund, Presse, Werbung, Veranstaltungen, sowie den Menschen an der vordersten Front, den Vertreterinnen und Vertretern.

Ein ganz besonderes Dankeschön geht bei diesem Buch jedoch in eine ganz andere Richtung. Wenn Sie zurückblättern an den Anfang, dann finden Sie die erste Figur. Willy. Er stammt nicht aus unserer Feder und es gab ihn schon lange, bevor einer von uns seine ersten Worte kritzelte. Es ist bezeichnend, dass Themen aus unserer Kindheit und Jugend auch drei Jahrzehnte später ein Buch ausmachen, das sich sehr aktuell anfühlt. Es ist auch bezeichnend, dass Konstantin Wecker den »Willy« bis heute nicht in die Mottenkiste verbannen durfte. Dass er immer wieder von neuer Aktualität ist und sich nur in Feinheiten, nicht aber in seinem Wesen, verändert hat.

Die Genehmigung, einen Teil des Ursprungstextes abzudrucken, erhielten wir nicht einfach so. Für das wohlwollende Prüfen unserer Geschichte und die Erlaubnis, dafür einen seiner wichtigsten Texte als Ouvertüre verwenden zu dürfen, möchten wir Konstantin Wecker unseren allerherzlichsten Dank aussprechen!

Volksfest mit Todesfolge

DANIEL HOLBE
BEN TOMASSON

Blutreigen

Kriminalroman

Die Vorbereitungen für den alljährlichen Bad Vilbeler Markt laufen auf Hochtouren. Da erreicht die Polizei eine tödliche Drohung: Auf dem Volksfest soll, sozusagen als krönender Abschluss, ein Attentat auf die Ordnungshüter verübt werden. Sofort werden alle Kräfte in höchste Alarmbereitschaft versetzt. Neben Sabine Kaufmann muss auch Ralph Angersbach anrücken, dem Massenveranstaltungen eigentlich ein Gräuel sind. Zunächst scheint der Zusammenhang mit einem Fall von Bestechung und Korruption bei der Vergabe der Lizenzen für die Schausteller offensichtlich. Doch dann führen die Spuren plötzlich in eine ganz andere Richtung …
Der fünfte Fall in der Krimi-Reihe um das Team Sabine Kaufmann und Ralph Angersbach.